冯骥才 小说

浙江出版联合集团
浙江文艺出版社

出版说明

冯骥才,祖籍浙江宁波,1942年生于天津,初为画家,后登上文坛,以小说、散文和随笔见长。代表作有:《高女人和她的矮丈夫》《神鞭》《三寸金莲》《俗世奇人》和《一百个人的十年》等。作品版本甚多,有英、法、德、俄、意、日、西等十余种文字译本。20世纪末,发起规模浩大的文化遗产与古村落抢救,影响深广。

本书收录的都是冯骥才的代表作,包括"俗世奇人"系列、《高女人和她的矮丈夫》、《雕花烟斗》等短篇小说和中篇小说《三寸金莲》。其中"俗世奇人"系列由《俗世奇人》和《俗世奇人·2》中遴选出的18篇小说组成。以"俗世奇人"系列为代表的市井小说真实而有意味地展现了一个特殊时空里天津的地域风情、民间生活及其奇人异事,让我们看到了一个个传奇故事背后的历史文化影像。而以《雕花烟斗》为代表的知识分子小说则从现实生活出发,注意选取新颖的视角,用多变的艺术手法、细致深入的描写，开掘生活的底蕴，咀嚼人生的况味。

本书所收作品，由冯骥才亲自审定，同时我们根据目前通行的语言文字规范，对个别字词、标点做了适当的修改，以方便大众读者尤其是学生读者的阅读。就总体而言，我们尽可能地保留作品所体现的艺术风貌。对于那些体现了鲜明地域特色和作家创作个性的字词，也按冯骥才著作的出版惯例予以保留。

小说在编辑过程中难免存在不足，热忱欢迎广大读者继续提出宝贵意见。

浙江文艺出版社

目录

短篇小说

俗世奇人 3

炮打双灯 56

高女人和她的矮丈夫 76

雕花烟斗 88

楼顶上的歌手 108

胡子 122

抬头老婆低头汉 …… 130

雪夜来客 …… 150

老夫老妻 …… 157

中篇小说

三寸金莲 …… 167

短 篇 小 说

俗世奇人

短　语

　　天津卫本是水陆码头，居民五方杂处，性格迥然相异。然燕赵故地，血气刚烈；水咸土碱，风习强悍。近百余年来，举凡中华大灾大难，无不首当其冲，因生出各种怪异人物，既在显耀上层，更在市井民间。余闻者甚夥，久记于心；尔后虽多用于《神鞭》《三寸金莲》等书，仍有一些故事人物，闲置一旁，未被采纳。这些奇人妙事，闻所未闻，倘若废置，岂不可惜？近日忽生一念，何不笔录下来，供后世赏玩之中，得知往昔此地之众生相耶？故而随想随记，始作于今；每人一篇，各不相关。冠之总名《俗世奇人》耳。

苏七块

苏大夫本名苏金散，民国初年在小白楼一带，开所行医，正骨拿环，天津卫挂头牌，连洋人赛马折胳膊断腿，也来求他。

他人高袍长，手瘦有劲，五十开外，红唇皓齿，眸子赛灯，下巴儿一绺山羊须，浸了油赛的乌黑锃亮。张口说话，声音打胸腔出来，带着丹田气，远近一样响，要是当年入班学戏，保准是金少山①的冤家对头。他手下动作更是"干净麻利快"，逢到有人伤筋断骨找他来，他呢？手指一触，隔皮截肉，里头怎么回事，立时心明眼亮。忽然双手赛一对白鸟，上下翻飞，疾如闪电，只听"咔嚓咔嚓"，不等病人觉疼，断骨头就接上了。贴块膏药，上了夹板，病人回去自好。倘若再来，一准是鞠大躬谢大恩送大匾来了。

人有了能耐，脾气准各色。苏大夫有个各色的规矩，凡来瞧病，无论贫富亲疏，必得先拿七块银元码在台子上，他才肯瞧病，否则绝不搭理。这叫嘛规矩？他就这规矩！人家骂他认钱不认人，能耐就值七块，因故得个挨贬的绰号，叫作：苏七块。当面称他苏大夫，背后叫他苏七块，谁也不知他的大名苏金散了。

苏大夫好打牌。一日闲着，两位牌友来玩，三缺一，便把街北不远的牙医华大夫请来，凑上一桌。玩得正来神儿，忽然三轮车夫张四闯进来，往门上一靠，右手托着左胳膊肘，脑袋瓜淌汗，脖子周围的小褂湿了一圈，显然摔坏胳膊，疼得够劲。可三轮车夫都是赚一天吃一天，哪拿得出七块银元？他说先欠着苏大夫，过后准还，说话时还哼哟哼哟叫疼。谁料苏大夫听赛没听，照样摸牌看牌

---

① 金少山（1890—1948）：京剧演员。

算牌打牌，或喜或忧或惊或装作不惊，脑子全在牌桌上。一位牌友看不过去，使手指指门外，苏大夫眼睛仍不离牌。"苏七块"这绰号就表现得斩钉截铁了。

牙医华大夫出名的心善，他推说去撒尿，离开牌桌走到后院，钻出后门，绕到前街，远远把靠在门边的张四悄悄招呼过来，打怀里摸出七块银元给了他。不等张四感激，转身打原道返回，进屋坐回牌桌，若无其事地接着打牌。

过一会儿，张四歪歪扭扭走进屋，把七块银元"哗"地往台子上一码。这下比按铃还快，苏大夫已然站在张四面前，挽起袖子，把张四的胳膊放在台子上，捏几下骨头，跟手左拉右推，下顶上压，张四抽肩缩颈闭眼龇牙，预备重重挨几下，苏大夫却说："接上了。"当下便涂上药膏，夹上夹板，还给张四几包活血止疼口服的药面子。张四说他再没钱付药款，苏大夫只说了句："这药我送了。"便回到牌桌旁。

今儿的牌各有输赢，更是没完没了，直到点灯时分，肚子空得直叫，大家才散。临出门时，苏大夫伸出瘦手，拦住华大夫，留他有事。待那二位牌友走后，他打自己座位前那堆银元里取出七块，往华大夫手心一放，在华大夫惊愕中说道：

"有句话，还得跟您说。您别以为我这人心地不善，只是我立的这规矩不能改！"

华大夫把这话带回去，琢磨了三天三夜，到底也没琢磨透苏大夫这话里的深意，但他打心眼儿里钦佩苏大夫这事这理这人。

刷子李

码头上的人，全是硬碰硬。手艺人靠的是手，手上就必得有绝活。有绝活的，吃荤，亮堂，站在大街中央；没能耐的，吃素，发蔫，靠边待着。这一套可不是谁家定的，它地地道道是码头上的一种活法。自来唱大戏的，都讲究闯天津码头。天津人迷戏也懂戏，眼刁耳尖，褒贬分明。戏唱得好，下边叫好捧场，像见到皇上，不少名角便打天津唱红唱紫、大红大紫；可要是稀松平常，要哪儿没哪儿，戏唱砸了，下边一准起哄喝倒彩，弄不好茶碗扔上去，茶叶末子沾满戏袍和胡须。天下看戏，哪儿也没天津倒好叫得厉害。您别说不好，这一来也就练出不少能人来。各行各业，全有几个本领齐天的活神仙。刻砖刘、泥人张、风筝魏、机器王、刷子李等等。天津人好把这种人的姓，和他们拿手擅长的行当连在一起称呼。叫长了，名字反没人知道。只有这一个绰号，在码头上响当当和当当响。

刷子李是河北大街一家营造厂的师傅，专干粉刷一行，别的不干。他要是给您刷好一间屋子，屋里任嘛甭放，单坐着，就赛升天一般美。最叫人叫绝的是，他刷浆时必穿一身黑，干完活，身上绝没有一个白点。别不信！他还给自己立下一个规矩，只要身上有白点，白刷不要钱。倘若没这本事，他不早饿成干儿了？

但这是传说，人信也不会全信。行外的没见过的不信，行内的生气愣说不信。

一年的一天，刷子李收个徒弟叫曹小三。当徒弟的开头都是端茶、点烟，跟在屁股后边提东西。曹小三当然早就听说过师傅那手绝活，一直半信半疑，这回非要亲眼瞧瞧。

那天，头一次跟师傅出去干活，到英租界镇南道给李善人新造的洋房刷浆。到了那儿，看刷子李跟管事的人一谈，才知道师傅派头十足。照他的规矩一天只刷一间屋子。这洋楼大小九间屋，得刷九天。干活前，他把随身带的一个四四方方的小包袱打开，果然一身黑衣黑裤,一双黑布鞋。穿上这身黑,就赛跟地上一桶白浆较上了劲。

一间屋子,一个屋顶四面墙,先刷屋顶后刷墙。顶子尤其难刷,蘸了稀溜溜粉浆的板刷往上一举,谁能一滴不掉?一掉准掉在身上。可刷子李一举刷子,就赛没有蘸浆。但刷子划过屋顶,立时匀匀实实一道白,白得透亮,白得清爽。有人说这蘸浆的手法有高招,有人说这调浆的配料有秘方。曹小三哪里看得出来?只见师傅的手臂悠然摆来,悠然摆去,好赛伴着鼓点,和着琴音,每一摆刷,那长长的带浆的毛刷便在墙面"啪"的清脆一响,极是好听。啪啪声里,一道道浆,衔接得天衣无缝,刷过去的墙面,真好比平平整整打开一面雪白的屏障。可是曹小三最关心的还是刷子李身上到底有没有白点。

刷子李干活还有个规矩,每刷完一面墙,必得在凳子上坐一大会儿,抽一袋烟,喝一碗茶,再刷下一面墙。此刻,曹小三借着给师傅倒水点烟的机会,拿目光仔细搜索刷子李的全身。每一面墙刷完,他都搜索一遍,居然连一个芝麻大小的粉点也没发现。他真觉得这身黑色的衣服有种神圣不可侵犯的威严。

可是,当刷子李刷完最后一面墙,坐下来,曹小三给他点烟时,竟然瞧见刷子李裤子上出现一个白点,黄豆大小,黑中白比白中黑更扎眼。完了!师傅露馅了,他不是神仙,往日传说中那如山般的形象轰然倒去。但他怕师父难堪,不敢说,也不敢看,可忍不住还要扫一眼。

这时候,刷子李忽然朝他说话:

"小三,你瞧见我裤子上的白点了吧。你以为师傅的能耐有假,名气有诈是吧?傻小子,你再细瞧瞧吧——"

说着,刷子李手指捏着裤子轻轻往上一提,那白点即刻没了,再一松手，白点又出现了。奇了！他凑上脸用神再瞧，那白点原是一个小洞，刚才抽烟时不小心烧的。里边的白衬裤打小洞透出来，看上去就跟粉浆落上去的白点一模一样！

刷子李看着曹小三发怔发傻的模样，笑道：

"你以为人家的名气全是虚的？那你是在骗自己。好好学本事吧！"

曹小三学徒头一天，见到听到学到的，恐怕别人一辈子也未准明白呢！

酒　婆

酒馆也分三六九等。首善街那家小酒馆得算顶末尾的一等，不插幌子，不挂字号，屋里连座位也没有；柜台上不卖菜，单摆一缸酒。来喝酒的，都是扛活拉车卖苦力的底层人。有的手捏一块酱肠头，有的衣兜里装着一把五香花生，进门要上二三两，倚着墙角窗台独饮。逢到人挤人，便端着酒碗到门外边，靠树一站，把酒一点点倒进嘴里，这才叫过瘾解馋其乐无穷呢！

这酒馆只卖一种酒，使山芋干造的，价钱贱，酒味大。首善街养的猫从来不丢，跑迷了路，也会循着酒味找回来。这酒不讲余味，只讲冲劲，进嘴赛镪水，非得赶紧咽，不然烧烂了舌头嘴巴牙花嗓子眼儿。可一落进肚里，跟手一股劲"腾"地蹿上来，直撞脑袋，晕晕乎乎，劲头很猛。好赛大年夜里放的那种炮仗"炮打灯"，点着一炸，红灯蹿天。这酒就叫作"炮打灯"。好酒应是温厚绵长，绝不上头。但穷汉子们挣一天命，筋酸骨乏，心里憋闷，不就为了花钱不多，马上来劲，晕头涨脑地洒脱洒脱放纵放纵吗？

要说最洒脱，还得数酒婆。天天下晌，这老婆子一准来到小酒馆，衣衫破烂，赛叫花子；头发乱，脸色黯，没人说清她嘛长相，更没人知道她姓嘛叫嘛，却都知道她是这小酒馆的头号酒鬼，尊称酒婆。她一进门，照例打怀里掏出个四四方方小布包，打开布包，里头是个报纸包，报纸有时新有时旧；打开报纸包，又是个绵纸包，好赛里头包着一个翡翠别针；再打开这绵纸包，原来只是两角钱！她拿钱撂在柜台上，老板照例把多半碗"炮打灯"递过去，她接过酒碗，举手仰脖，碗底一翻，酒便直落肚中，好赛倒进酒桶。待这婆子两脚一出门槛，就赛在地上画天书了。

她一路东倒西歪向北去，走出一百多步远的地界，是个十字路口，车来车往，常常出事。您还甭为这婆子揪心，瞧她烂醉如泥，可每次将到路口，一准是"噔"的一下，醒过来了！竟赛常人一般，不带半点醉意，好端端地穿街而过。她天天这样，从无闪失。首善街上人家，最爱瞧酒婆这醉醺醺的几步扭——上摆下摇，左歪右斜，悠悠旋转乐陶陶，看似风摆荷叶一般；逢到雨天，雨点淋身，便赛一张慢慢旋动的大伞了……但是，为嘛酒婆一到路口就醉意全消呢？是因为"炮打灯"就这么一点劲头儿，还是酒婆有超人的能耐说醉就醉说醒就醒？

酒的诀窍，还是在酒缸里。老板人奸，往酒里掺水。酒鬼们对眼睛里的世界一片模糊，对肚子里的酒却一清二楚，但谁也不肯把这层纸捅破，喝美了也就算了。老板缺德，必得报应，人近六十，没儿没女，八成要绝后。可一日，老板娘爱酸爱辣，居然有喜了！老板给佛爷叩头时，动了良心，发誓今后老实做人，诚实卖酒，再不往酒里掺水掺假了。

就是这日，酒婆来到这家小酒馆，进门照例还是掏出包儿来，层层打开，花钱买酒，举手仰脖，把改假为真的"炮打灯"倒进肚里……真货就有真货色。这次酒婆还没出屋，人就转悠起来了。而且今儿她一路上摇晃得分外好看，上身左摇，下身右摇，愈转愈疾，初时赛风中的大鹏鸟，后来竟赛一个黑黑的大漩涡！首善街的人看得惊奇，也看得纳闷，不等多想，酒婆已到路口，竟然没有酒醒，破天荒头一遭转悠到大马路上，下边的惨事就甭提了……

自此，酒婆在这条街上绝了迹。小酒馆里的人们却不时念叨起她来，说她才算真正够格的酒鬼。她喝酒不就菜，向例一饮而尽，不贪解馋，只求酒劲。在酒馆既不多事，也无闲话，交钱喝酒，喝完就走，从来没赊过账。真正的酒鬼，都是自得其乐，不搅和别人。

老板听着，忽然想到，酒婆出事那日，不正是自己不往酒里掺假的那天吗？原来祸根竟在自己身上！他便别扭开了，心想这人间的道理真是说不清道不明了。到底骗人不对，还是诚实不对？不然为嘛几十年拿假酒骗人，却相安无事，都喝得挺美，可一旦认真起来反倒毁了？

张大力

张大力，原名叫张金璧，津门一员赳赳武夫，身强力蛮，力大没边，故称大力。津门的老少爷儿们喜欢他，佩服他，夸他。但天津人有自己夸人的方法。张大力就有这么一件事，当时无人不晓，现在没人知道，因此写在下边——

侯家后一家卖石材的店铺，叫聚合成。大门口放一把死沉死沉的青石大锁，锁把也是石头的。锁上刻着一行字：

凡举起此锁者赏银百两

聚合成设这石锁,无非为了证明它的石料都是坚实耐用的好料。

可是,打石锁撂在这儿,没人举起过,甚至没人能叫它稍稍动一动,您说它有多重?好赛它跟地壳连着,除非把地面也举到头上去!

一天,张大力来到侯家后,看见这把锁,也看见上边的字,便俯下身子,使手问一问,轻轻一撼,竟然摇动起来,而且赛摇一个竹篮子,这就招了许多人围上来看。只见他手握锁把,腰一挺劲,大石锁被他轻易地举到空中。胳膊笔直不弯,脸上笑容满面,好赛举着一大把花儿!

众人叫好呼好喊好,张大力举着石锁,也不撂下来,直等着聚合成的伙计老板全出来,看清楚了,才将石锁放回原地。老板上来笑嘻嘻说:

"原来张老师来了,快请到里头坐坐,喝杯茶!"

张大力听了,正色说:"老板,您别跟我弄这套!您的石锁上写着嘛,谁举起它,赏银百两,您就快把钱拿来,我还忙着哪!"

谁料聚合成的老板并不理会张大力的话。待张大力说完,他不紧不慢地说道:"张老师,您只瞧见石锁上边的字了,可石锁底下还有一行字,您瞧见了吗?"

张大力怔了。刚才只顾高兴,根本没瞧见锁下边还有字。不单他没瞧见,旁人也都没瞧见。张大力脑筋一转,心想别是老板唬他,不想给钱,以为他使过一次劲,二次再举不起来了,于是上去一把又将石锁高高举到头顶上,可抬眼一看,石锁下边还真有一行字,竟然写着:

　　惟张大力举起来不算

把这石锁上边和下边的字连起来，就是：

凡举起此锁者赏银百两，惟张大力举起来不算

众人见了，都笑起来，原来人家早知道惟有他能举起这家伙。而这行字也是人家佩服自己，夸赞自己——张大力当然明白。

他扔了石锁，哈哈大笑，扬长而去。

好嘴杨巴

津门胜地，能人如林，此间出了两位卖茶汤的高手，把这种稀松平常的街头小吃，干得远近闻名。这二位，一位胖黑敦厚，名叫杨七，一位细白精朗，人称杨八。杨七杨八，好赛哥儿俩，其实却无亲无故，不过他俩的爹都姓杨罢了。杨八本名杨巴，由于"巴"与"八"音同，巴的年岁长相又比杨七小，人们便错把他当成杨七的兄弟。不过要说他俩的配合，好比左右手，又非亲兄弟可比。杨七手艺高，只管闷头制作；杨巴口才好，专管外场照应，虽然里里外外只这两人，既是老板又是伙计，闹得却比大买卖还红火。

杨七的手艺好，关键靠两手绝活。

一般茶汤是把秫米面沏好后，捏一撮芝麻撒在浮头，这样做香味只在表面，愈喝愈没味儿。杨七自有高招，他先盛半碗秫米面，便撒上一次芝麻，再盛半碗秫米面，沏好后又撒一次芝麻，这样一直喝到见了碗底都有香味。

他另一手绝活是，芝麻不用整粒的，而是先使铁锅炒过，再拿擀面杖轧碎。轧碎了，里面的香味才能出来。芝麻必得炒得焦黄不

煳，不黄不香，太煳便苦；轧碎的芝麻粒还得粗细正好，太粗费嚼，太细也就没嚼头了。这手活儿别人明知道也学不来，手艺人的能耐全在手上，此中道理跟写字画画差不多。

可是，手艺再高，东西再好，拿到生意场上必得靠人吹。三分活，七分说，死人说话了，破货变好货，买卖人的功夫大半在嘴上。到了需要逢场作戏、八面玲珑、看风使舵、左右逢源的时候，就更指着杨巴那张好嘴了。

那次，李鸿章来天津，地方的府县道台费尽心思，究竟拿嘛样的吃喝才能把中堂大人哄得高兴？京城豪门，山珍海味不新鲜，新鲜的反倒是地方风味小吃，可天津卫的小吃太粗太土：熬小鱼刺多，容易卡嗓子；炸麻花梆硬，弄不好硌牙。琢磨三天，难下决断，幸亏知府大人原是地面上走街串巷的人物，嘛都吃过，便举荐出"杨家茶汤"；茶汤黏软香甜，好吃无险，众官员一齐称好。这便是杨巴发迹的缘由了。

这日下晌，李中堂听过本地小曲莲花落子，饶有兴味，满心欢喜，撒泡热尿，身爽腹空，要吃点心。知府大人忙叫"杨七杨八"献上茶汤。今儿，两人自打到这世上来，头次里外全新，青裤青褂，白巾白袜，一双手拿碱面洗得赛脱层皮那样干净。他俩双双将茶汤捧到李中堂面前的桌上，然后一并退后五步，垂手而立，说是听候吩咐，实是请好请赏。

李中堂正要尝尝这津门名品，手指尖将碰碗边，目光一落碗中，眉头忽地一皱，面上顿起阴云，猛然甩手，"啪"地将一碗茶汤打落在地，碎瓷乱飞，茶汤泼了一地，还冒着热气儿。在场众官员吓蒙了，杨七和杨巴慌忙跪下，谁也不知中堂大人为嘛犯怒！

当官的一个比一个糊涂，这就透出杨巴的明白。他眨眨眼，立时猜到中堂大人以前没喝过茶汤，不知道撒在浮头的碎芝麻是嘛东西，一准当成不小心掉上去的脏土，要不哪会有这大的火气？可这样，难题就来了——

倘若说这是芝麻，不是脏东西，不等于骂中堂大人孤陋寡闻，没有见识吗？倘若不加解释，不又等于承认给中堂大人吃脏东西？说不说，都是要挨一顿臭揍，然后砸饭碗子。而眼下顶要紧的，是不能叫李中堂开口说那是脏东西。大人说话，不能改口。必须赶紧想辙，抢在前头说。

杨巴的脑筋飞快地一转两转三转，主意来了！只见他脑袋撞地，"咚咚咚"叩得山响，一边叫道："中堂大人息怒！小人不知道中堂大人不爱吃压碎的芝麻粒，惹恼了大人。大人不记小人过，饶了小人这次，今后一定痛改前非！"说完又是一阵响头。

李中堂这才明白，刚才茶汤上那些黄渣子不是脏东西，是碎芝麻。明白过后便想，天津卫九河下梢，人性练达，生意场上，心灵嘴巧。这卖茶汤的小子更是机敏过人，居然一眼看出自己错把芝麻当作脏土，而三两句话，既叫自己明白，又给自己面子。这聪明在眼前的府县道台中间是绝没有的，于是对杨巴心生喜欢，便说：

"不知道当无罪！虽然我不喜欢吃碎芝麻（他也顺坡下了），但你的茶汤名满津门，也该嘉奖！来人呀，赏银一百两！"

这一来，叫在场所有人摸不着头脑。茶汤不爱吃，反倒奖巨银，为嘛？傻啦？杨巴趴在地上，一个劲儿地叩头谢恩，心里头却一清二楚全明白。

自此，杨巴在天津城威名大震。那"杨家茶汤"也被人们改称作"杨巴茶汤"了。杨七反倒渐渐埋没，无人知晓。杨巴对此毫不内疚，因为自己成名靠的是自己一张好嘴，李中堂并没有喝茶汤呀！

蔡二少爷

蔡家二少爷的能耐特别——卖家产。

蔡家的家产有多大？多厚？没人能说清。反正人家是天津出名的富豪，折腾盐发的家，有钱做官，几代人还全好古玩。庚子事变时，老爷子和太太逃难死在外边。大少爷一直在上海做生意，有家有业，家里的东西就全落在二少爷身上。二少爷没能耐，就卖着吃。打小白脸吃到满脸胡茬，居然还没有"坐吃山空"。人说，蔡家的家产够吃三辈子。

敬古斋的黄老板每听这话，心里暗笑。他多少年专卖蔡家的东西。名人家的东西较比一般人的东西好卖。而黄老板凭他的眼力，看得出二少爷上边几代人都是地道的玩主。不单没假，而且一码是硬邦邦的好东西，到手就能出手。蔡家卖的东西一多半经他的手，所以他知道蔡家的水有多深。十五年前打蔡家出来的东西是珠宝玉器、字画珍玩；十年前成了瓷缸石佛、硬木家具；五年前全是一包一包的旧衣服了。东西虽然不错，却渐渐显出河干见底的样子。这黄老板对蔡二少爷的态度也就一点点地变化。十五年前，他买二少爷的东西，全都是亲自去蔡家府上；十年前，二少爷有东西卖，派人叫他，他一忙就把事扔在脖子后边；五年前，已经变成二少爷胳肢窝里夹着一包旧衣服，自个儿跑到敬古斋来。

这时候，黄老板耷拉着眼皮说："二少爷，麻烦您把包儿打开吧！"连伙计们也不上来帮把手。黄老板拿个尺子，把包里的衣服一件件挑出来，往旁边一甩，同时嘴里叫个价钱，好赛估衣街上卖布头的。最后结账时，全是伙计的事，黄老板人到后边喝茶抽烟去了。黄老板自以为摸透了蔡家的命脉，可近两年这脉相可有点古怪了。

蔡家二少爷忽然不卖旧衣，反过来又隔三岔五派人叫他到蔡家去。海阔天空地先胡扯半天，扭身从后边柜里取出一件东西给他看，件件都是十分成色的古玩精品。不是康熙五彩的大碟子，就是一把沈石田细笔的扇子。二少爷把东西往桌上一撂那神气，好赛又回到十多年前。黄老板说："真是瘦死的骆驼比马大，二少爷的箱底简直没有边啦！东西卖了快二十年，还是拿出一件是一件！"蔡二少爷笑笑，只淡淡说一句："我总不能把祖宗留下来的全卖了，那不成败家子了吗？"可一谈价就难了，每件东西的要价比黄老板心里估计的卖价还高，这在古玩里叫作脖梗价，就是逼着别人上吊。

像蔡家这种人家卖东西，有两种卖法：一是卖穷，一是卖富。所谓卖穷，就是人家急等着用钱，着急出手，碰上这种人，就赛撞上大运；所谓卖富，就是人家不缺钱花，能卖大价钱才卖。遇到这种人，死活没办法。蔡二少爷一直是卖穷，嘛时候改卖富了？

一天，北京琉璃厂大雅轩的毛老板来到敬古斋。这一京一津两家古玩店，平日常有往来，彼此换货，互找买主，熟得很。

毛老板进门就瞧见古玩架上有件东西很眼熟，走近一看，一个精致的紫檀架上，放着一叠八片羊脂玉板刻的《金刚经》，馆阁体的蝇头小字，讲究之极，还描了真金。他扭脸对黄老板说："这东西您打哪来的？"脸上的表情满是疑惑。

黄老板说："半个月前新进的，怎么？"

毛老板追问一句："谁卖您的？"

黄老板眼珠一转，心想你们京城人真不懂规矩。古玩行里，对人家的买主或卖主都不能乱打听。他笑了笑，没搭茬。

毛老板觉出自己问话不当，改口说："是不是你们天津的蔡二少爷匀给您的？这东西是打我手里买的。"

黄老板怔住。禁不住说："他是卖主呀！怎么还买东西？"

毛老板接过话："我一直以为他是买主，怎么还卖，要不我刚才问你。"

两人大眼对小眼。都发傻。

毛老板忽指着柜上的一个大明成化的青花瓶子说："那瓶子也是我卖给他的！他多少钱给您的？我可是跟白扔一样让给他的。"

毛老板还蒙在鼓里，黄老板心里头已经真相大白，他不能叫毛老板全弄明白。待毛老板走后，他马上对伙计们说：

"记住，蔡二少爷不能再打交道了。这王八蛋卖东西卖出能耐来了，已经成精了！"

认　牙

治牙的华大夫，医术可谓顶天了。您朝他一张嘴，不用说哪个牙疼、哪个牙酸、哪个牙活动，他往里瞅一眼全知道。他能把真牙修理得赛假牙一样漂亮，也能把假牙做得赛真牙一样得用。他哪来的这么大的能耐，费猜！

华大夫人善、正派、规矩，可有个毛病，便是记性差，记不住人，见过就忘，忘得干干净净。您昨天刚去他的诊所瞧虫子牙，今儿在街头碰上，一打招呼，他不认得您了，您恼不恼？要说他眼神差，他从不戴镜子，可为嘛记性这么差？也是费猜！

后来，华大夫出了一件事，把这两个费猜的问题全解开了。

一天下晌，巡捕房来了两位便衣侦探，进门就问，今儿上午有没有一个黑脸汉子到诊所来。长相是络腮胡子，肿眼泡儿，挨着右嘴角一颗大黑痣。华大夫摇摇头说："记不得了。"

侦探问:"您一上午看几号?"

华大夫回答:"半天只看六号。"

侦探说:"这就奇了!总共一上午才六个人,怎么会记不住?再说这人的长相,就是在大街上扫一眼,保管也会记一年。告明白你吧,这人上个月在估衣街持枪抢了一家首饰店,是通缉的要犯,您不说,难道跟他有瓜葛?"

华大夫平时没脾气,一听这话登时火起,"啪!"一拍桌子,拔牙的钳子在桌面上蹦得老高。他说:"我华家三代行医,治病救人,从不做违背良心的事。记不得就是记不得!我也明白告诉你们,那祸害人的家伙要给我瞧见,甭你们来找我,我找你们去!"

两位侦探见牙医动怒,龇着白牙,露着牙花,不像装假。他们迟疑片刻,扭身走了。

天冷了的一天,华大夫真的急急慌慌跑到巡捕房来。跑得太急,大褂都裂了。他说那抢首饰店的家伙正在开封道上的"一壶春酒楼"喝酒呢!巡捕闻知马上赶去,居然把这黑脸巨匪捉拿归案了。

侦探说:"华大夫,您怎么认出他来的?"

华大夫说:"当时我也在'一壶春'吃饭,看见这家伙正跟人喝酒。我先认出他嘴角那颗黑痣,这长相是你们告诉我的,可我还不敢断定就是他,天下不会只有一个嘴角长痣的,万万不能弄错!但等到他咧嘴一笑,露出那颗虎牙,这牙我给他看过,记得,没错!我便赶紧报信来了!"

侦探说:"我还是不明白,怎么一看牙就认出来了呢?"

华大夫哈哈大笑,说:"我是治牙的呀,我不认识人,可认识牙呀!"

侦探听罢,惊奇不已。

这事传出去，人们对他那费猜的事就全明白啦。他记不住人，不是毛病，因为他不记人，只记牙；治牙的，把全部心思都使在牙上，医术还能不高？

泥人张

手艺道上的人，捏泥人的"泥人张"排第一。而且，有第一，没第二，第三差着十万八千里。

泥人张大名叫张明山。咸丰年间常去的地方有两处，一是东北城角的戏院大观楼，一是北关口的饭馆天庆馆。坐在那儿，为了瞧各样的人，也为捏各样的人。去大观楼要看戏台上的各种角色，去天庆馆要看人世间的各种角色。这后一种的样儿更多。

那天下雨，他一个人坐在天庆馆里饮酒，一边留神四下里吃客们的模样。这当儿，打外边进来三个人。中间一位穿得阔绰，大脑袋，中溜个子，挺着肚子，架势挺牛，横冲直撞往里走。站在迎门桌子上的"撂高的"一瞅，赶紧吆喝着："益照临的张五爷可是稀客，贵客，张五爷这儿总共三位——里边请！"

一听这喊话，吃饭的人都停住嘴巴，甚至放下筷子瞧瞧这位大名鼎鼎的张五爷。当下，城里城外气最冲的要算这位靠着贩盐赚下金山的张锦文。他当年由于为盛京将军海仁卖过命，被海大人收为义子，排行老五，所以又有"海张五"一称。但人家当面叫他张五爷，背后叫他海张五。天津卫是做买卖的地界儿，谁有钱谁横，官儿也怵三分，可是手艺人除外。手艺人靠手吃饭，求谁？怵谁？故此，泥人张只管饮酒，吃菜，西瞧东看，全然没把海张五当个人物。

但是不会儿，就听海张五那边议论起他来。有个细嗓门的说：

"人家台下一边看戏，一边手在袖子里捏泥人。捏完拿出来一瞧，台上的嘛样，他捏的嘛样。"跟着就是海张五的大粗嗓门说："在哪儿捏？在袖子里捏？在裤裆里捏吧！"随后一阵笑，拿泥人张找乐子。

这些话天庆馆里的人全都听见了。人们等着瞧艺高胆大的泥人张怎么"回报"海张五。一个泥团儿砍过去？

只见人家泥人张听赛没听，左手伸到桌子下边，打鞋底下抠下一块泥巴。右手依然端杯饮酒，眼睛也只瞅着桌上的酒菜，这左手便摆弄起这团泥巴来；几个手指飞快捏弄，比变戏法的刘秃子的手还灵巧。海张五那边还在不停地找乐子，泥人张这边肯定把那些话在他手里这团泥上全找回来了。随后手一停，他把这泥团往桌上"叭"地一截，起身去柜台结账。

吃饭的人伸脖一瞧，这泥人真捏绝了！就赛把海张五的脑袋割下来放在桌上一般。瓢似的脑袋，小鼓眼，一脸狂气，比海张五还像海张五，只是只有核桃大小。

海张五在那边，隔着两丈远就看出捏的是他。他朝着正走出门的泥人张的背影叫道："这破手艺也想赚钱，贱卖都没人要。"

泥人张头都没回，撑开伞走了。但天津卫的事没有这样完的——

第二天，北门外估衣街的几个小杂货摊上，摆出来一排排海张五这个泥像，还加了个身子，大模大样坐在那里。而且是翻模子扣的，成批生产，足有一二百个。摊上还都贴着个白纸条，上边使墨笔写着：

贱卖海张五

估衣街上来来往往的人，谁看谁乐。乐完找熟人来看，再一块乐。

三天后，海张五派人花了大价钱，才把这些泥人全买走，据说连泥模子也买走了。泥人是没了，可"贱卖海张五"这事却传了一百多年，直到今儿个。

大　回

大回姓回，人高马大，手大脚大嘴大耳朵大，人叫他大回。叫惯了大回，反倒没人知道他的名字。

大回是能人，专攻垂钓。手里一根竹竿子，就是钓鱼竿；一个使针敲成的钩，就是鱼钩；一根纳鞋底子用的上了蜡的细线绳，就是鱼线；还有一片鸽子的羽毛拴在线绳上，就是鱼漂。只凭这几样再普通不过的东西，他蹲在坑边，顶多七天，能把坑里几千条鱼钓光了，连鱼秧子也逃不掉。

甭管水里的鱼多杂，他想要哪种鱼就专上哪种鱼；他还能钓完公鱼钓母鱼，一对对地往上钓。他钓的大鱼比他还沉，钓的小鱼比鱼钩还小。

人说钓鱼凭的是运气，他凭的全是能耐。

钓鲫鱼用的红虫子，又小又细，好赛线头，而且只有一层薄皮儿，里边一兜儿血红的水。要想把鱼钩穿进去，那可不易；弄不好钩尖一斜，一股红水出来，单剩下一层皮儿了。可人家大回把红虫子全放在嘴里，在腮帮子那里存着。用的时候，手指捏着鱼钩，张开嘴把钩往里边一挂，保管把那小红虫漂漂亮亮穿在鱼钩上。就这手活，谁会？

他无论钓什么都有绝法，比方钓王八。

钓鱼时钩到王八，都是竿儿弯，线不动，很容易疑惑是钩上了水下边的石块。心里急，一使劲，线断了！大回不急，稳稳绷住。停了会儿，见线一走，认准那是王八在爬，就更不急着提竿。尤其大王八，被鱼钩钩住之后，便用两只前爪子抓住水草。假若用力提竿，竿不折线断。每到这时候，大回便从腰间摸出一个铜环，从鱼竿的底把套进去，穿过鱼竿一松手，铜环便顺着鱼线溜下去。水底下的王八正吃着劲儿，忽见一个锃亮的东西直朝自己的脑袋飞来，不知是嘛，扬起前爪子一挡，这便松开下边的草。嘿，就势把它舒舒服服地提上来！

这招这法，还在哪儿见过？

天津卫人过年有个风俗，便是放生，就是把一条活鲤鱼放到河里去，为的是行善，求好报。放鱼时，要在鱼的背鳍上拴一根红绳，做个记号。倘若第二年把这鱼打上来，就再拴一根红绳，第三年照样还拴一根。据说这种背上拴着三根红绳的鲤鱼，放到河里，可以跳龙门，一切人间的福禄寿财，就全招来了。

可是鲤鱼到处有，拴红绳的鱼无处寻到。鱼要是给鱼钩钩过一次，就变得又灵又贼。拴一根红绳的鲤鱼在鱼市上偶尔还能看见，拴二根红绳的鲤鱼看不见，拴三根红绳的连撒网打鱼的也没瞧见过。你想花大价钱买，他会笑着说："你有本事把河淘干了，我就有本事把它弄上来。"

怎么办？找大回。天津卫八大家都是一进腊月，就跟大回定这种三根红绳的鲤鱼了。

大回站在河边，看好鱼道。鱼道就是鱼在水里常走的路，大回有双神眼，能一眼看到水里。他瞧准鲤鱼常待的地界，把一个面团扔下去。这面团比栗子大，小鱼吃不进嘴，大鱼一口一个。但这面团里边绝不下钩，纯粹是扔到河里喂鱼，一天扔一个。开头，那贼乎乎的大鱼冒着危险试着吃，一吃没事，第二天再来一个，胆儿便渐渐大起来，最后见了面团张嘴就吞。半个月二十天后，大回心想差不多了，用鱼钩钩个面团扔下去。错不了——一条拴红绳的大鲤鱼就结结实实绷住了。

可是这法子最多只能钓到拴两根红绳的鲤鱼，三根红绳的鲤鱼绝不上钩。这三根绳的鲤鱼已经给钓到三次，就是吃屎也不敢再吃面团了。使嘛法子？就用小孩的屁屁做鱼食！大回不是把鱼琢磨透了？

南门外那些水坑，哪个坑里有嘛鱼，哪个坑里的鱼大小，哪个坑的鱼有多少条，他心里全一清二楚。他能把坑里的鱼全钓绝了，但他也绝不把任何一个坑里的鱼钓绝了。钓绝了，他玩嘛？故而，小鱼不钓，等它长大；母鱼不钓，等它涮子。远近钓者都称他"鱼绝后"。这可不是骂他，是夸他。

这外号并不好——

民国三年，夏至后转一天。大回钓一天鱼，人困力乏。多半辈子，整天站在坑边河边，风吹日晒，身子里的油耗得差不多了。他在鼓楼北的聚合成饭庄，吃饱肚子喝足酒，提着一篓子鱼摇摇晃晃回家，走不动就靠墙睡会儿。他家在北城根，这一段路不近，他走走停停直到午夜，迷迷糊糊就趴在大街上了。这时街上走过来一辆拉东西的马车，赶车人在车上睡着了。但就是醒着也瞧不见他——凑巧这段路的几盏街灯给风吹灭了。这真是该活死不了，该死活不了。马车从他身上轧过去时，车夫那老家伙睡得太死，居然也没觉出来。转天天亮才叫人发现，大回给车轧成一个片儿了，赛张纸似的贴在地面上。奇怪的是，人压瘪了，鱼篓子却没压着，里边的鱼还都活着。等巡警一追查，更奇怪的是，那车上拉的东西，竟然是一车鱼！这事叫人听了一怔一惊，脖子后边冒出凉气来。

有人说，这事坏就坏在他那个外号上了，"鱼绝后"就是叫"鱼"把他"绝后"了。但也有人说，这是上天的报应，他一辈子钓的鱼实在太多了，龙王爷叫他去以命抵命。可事情传到东城里的文人裴文锦——裴五爷那里，人家念书的人说的话就另一个味儿了。人家说：

"能人全都死在能耐上。"

黑　头

这儿说的黑头，可不是戏曲里的行当，而是条狗的名字。这狗不一般。

黑头是条好狗，但不是那种常说的舍命救主的"忠犬""义犬"，这是一条除了它再没第二的狗。

它刚打北大关一带街头那些野狗里出现时，还是个小崽子，太丑！一准是谁家母狗下了崽，嫌它难看，扔到这边来。扔狗都往远处扔，狗都认家，扔近了还得跑回来。

黑头是条菜狗——那模样，说它都怕脏了舌头！白底黑花，花也没样儿，像烂墨点子，东一块西一块；脑袋整个是黑的，黑得看不见眼睛，只一口白牙，中间耷拉出一小截红舌头。不光人见人嫌，野狗们也不搭理它。北大关挨着南运河，码头多，人多，商号饭铺多，土箱子①里能吃的东西也多。野狗们单靠着在土箱子里刨食就饿不着。可这边的野狗个个凶，狗都护食，不叫黑头靠前。故而一年过去，它的个子不见长，细腿瘪肚，乌黑的脑袋还像拳头那么点儿。

---

① 土箱子：天津人对垃圾箱的俗称。

北大关顶大的商号是隆昌海货店，专门营销海虾河蟹湖鱼江鳖，远近驰名。店里一位老伙计商大爷，是个敦敦实实的老汉，打小在隆昌先当学徒后当伙计，干了一辈子，如今六十多岁，称得上这店里的元老，买卖水产的事儿比自家的事儿还明白。至于北大关这一带市面上的事儿，全都在他眼里。他见黑头皮包骨头，瘦得可怜，时不时便叫小伙计扔块鱼头给它。狗吃肉不吃鱼，尤其不吃生鱼，怕腥；但这小崽子却领商大爷的情，就是不吃也咬上几口，再朝商大爷叫两声，摇摇尾巴走去。这叫商大爷动了心。日子一久，有了交情，模样丑不丑也就不碍事儿了。

一天商大爷下班回家，这小崽子竟跟在他后边。商大爷家在侯家后，道儿不远，黑头一直跟着他，距离拉得不近不远，也不出声，直送他到家门口。

商大爷的家是个带院的两间瓦房。商大爷开门进去，扭头一看，黑头就蹲在门边的槐树下边一动不动瞧着他。商大爷没理它关门进屋。第二天一天没见它。傍晚下班回家时，黑头不知嘛时候又出来了，又是一直跟着商大爷，不声不响送商大爷回家。一连三天，商大爷明白这小崽子的心思，回到家把院门一敞说："进来吧，我养你了。"黑头就成了商家的一号了。

邻居们有点纳闷，商大爷养狗总得养条好狗；领野狗养，也得挑一条顺眼的，干嘛把这么一个丑东西弄到家里？天天在眼皮子底下转来转去，受得了吗？

商大爷日子宽裕，很快把黑头喂了起来，个子长得飞快，一年成大狗，两年大得吓人，它那黑脑袋竟比小孩的脑袋还大，白牙更尖，红舌更长。它很少叫，商大爷明白，咬人的狗都不叫，所以从不叫它出门，即便它不咬人，也怕它吓着人。

其实黑头很懂人事，它好像知道自己模样凶，绝不出院门，也绝不进房门，整天守在院门里房门外。每有客人来串门，它必趴下，把半张脸埋在前爪后边，不叫人看，怕叫人怕，耳朵却竖着，眼睛睁得挺圆，绝不像那种好逗能的家犬，一来人就咋呼半天。可是一天半夜有个贼翻墙进院，它扑过去几下就把那贼制伏。它一声没叫，那贼却疼得吓得唧哇乱喊。这叫商大爷知道它不是吃闲饭的；看家护院，非它莫属。

商大爷常说黑头这东西有报恩之心，很懂事，知道怎么"做事"。商大爷这种在老店里干了一辈子的人，讲礼讲面讲规矩讲分寸，这狗合他的性情，所以叫他喜欢。只要别人夸赞他的黑头，商大爷辄必眉开眼笑，好像人家夸他孩子。

可是，一次黑头惹了祸，而且是大祸。

那些天，商大爷家西边的厢房落架翻修，请一帮泥瓦匠和木工，搬砖运灰里里外外忙活。他家平时客人不多，偶尔来人串门多是熟人，大门向来都是闭着，从没这样大敞四开，而且进进出出全是生脸。黑头没见过场面，如临大敌，浑身的毛全竖起来。但又不能出头露面吓着人，便天天猫在东屋前，连盹儿也不敢打。七八天过去，老屋落架，刨糟下桩，砌砖垒墙，很快四面墙和房架立了起来。待到上梁那天，商大爷请人来在大梁上贴了符纸，拴上红绸，众人使力吆喝，把大梁抬上去摆正，跟着放一大挂雷子鞭，立时引来一群外边看热闹的孩子连喊带叫，拥了进来。

黑头以为出了事，突然腾身蹿跃出来，孩子们一见这黑头花身、张牙舞爪、凶神恶煞般的怪物，吓得转身就跑。外边的往里拥，里边的往外挤，在门里门外砸成一团，跟着就听见孩子又叫又哭。

商大爷跑过去一瞧，一个邻居家的男孩儿被挤倒，脑袋撞上石头门墩儿，开了口子冒出血来。邻居家大人赶来一看不高兴了，迎面给商大爷来了两句："使狗吓唬人——嘛人？"

商大爷是讲礼讲面的人，自己缺理，人家话不好听，也得受着。一边叫家里人陪着孩子去瞧大夫，一边回到院里安顿受了惊扰的修房的人。

这时，扭头一眼瞧见黑头，心火冒起，拾起一根杆子两步过去，给黑头狠狠一杆子，骂道："畜生就是畜生，我一辈子和人好礼好面，你把我面子丢尽了！"

黑头挨了重重一击，本能地蹿起，龇牙大叫一声，那样子真凶。商大爷正在火头上，并不怕它，朝它怒吼："干嘛，你还敢咬我？"

黑头站那儿没动，两眼直对商大爷看着，忽然转身夺门而去，一溜烟儿就跑没了。商大爷把杆子一扔说："滚吧，打今儿别再回来，原本不就是条丧家犬吗？"

黑头真的没再回来。打白天到夜里，随后一天两天三天过去，影儿也不见。商大爷心里觉得好像缺点嘛，嘴里不说，却忍不住总到门外边张望一下。这畜生真的一去不回头了吗？

又过两天，西边的房顶已经铺好苇笆，开始上泥铺瓦。院门敞着，黑头忽然出现在门口。这时候，商大爷去隆昌上班了，工人都盯着手里的活儿，谁也没注意到它。

黑头两眼扫一下院子，看见中间有一堆和好的稀泥，突然它腿一使劲，朝那堆稀泥猛冲过去，"噗"地一头扎进泥里，用劲过猛，只剩下后腿和尾巴留在外边。这一切没人瞧见。

待商大爷下晌回来，工人收工时，有人发现这泥里毛乎乎的东西是嘛呢，拉出来一看，大惊失色，原来是黑头，早断了气，身子都有点发硬了。它怎么死在这儿，嘛时候死的，是邻居那家弄死后塞在这儿的吗？

大伙猜了半天说了半天，谁也说不清楚。半天没说话的商大爷的一句话，把这事说明白了："我明白它，它比我还要面子，它这是自我了结。"随后又感慨地说："唉，死还是要死在自己家里。"

神医王十二

天津卫是码头。码头的地面疙疙瘩瘩可不好站，站上去，还得立得住，靠嘛呢——能耐？一般能耐也立不住，得看你有没有非常人所能的绝活儿。换句话说，凡是在天津站住脚的，不管哪行哪业，全得有一手非凡的绝活儿，比方瞧病治病的神医王十二。

要说那种"妙手回春"的名医，城里城外一捡一筐，可这只是名医而已，王十二人家是神医。神医名医，一天一地。神在哪儿，就是你身上出了毛病，急病，急得要死要活，别人没法儿，他有法儿，而且那法儿可不是原先就有的，是他灵光一闪，急中生智，信手拈来，手到病除。

王十二这种故事多着呢，这儿不多说，只说两段。一段在租界小白楼，一段在老城西马路。先说租界这一段。

这天王十二在开封道上走，忽听有人尖叫。一瞧，一个在道边套烟筒的铁匠两手捂着左半边脸，痛得大喊大叫。王十二急步过去问他出了嘛事，这铁匠说："铁渣子迸进眼睛里了，我要瞎了！"王十二说："别拿手揉，愈揉扎得愈深。你手拿开，睁开眼叫我瞧瞧。"铁匠松开手，勉强睁开眼，一小块黑黑的铁渣子扎在眼球子上，冒泪又流血。

王十二抬起头往两边一瞧，这条街全是各样的洋货店，王十二喜好洋人新鲜的玩意儿，常来逛。他忽然目光一闪，也是灵光一闪，只听他朝着铁匠大声说："两手别去碰眼睛，我马上给你弄出来！"扭身就朝一家洋杂货店跑去。

王十二进了一家洋货店的店门，伸出右手就把挂在墙上一样东西摘下来，顺手将左手拿着的出诊用的绿绸包往柜台上一撂，说："我拿这包做押，借你这玩意儿用用，用完马上还你！"话没说完，人已夺门而出。

王十二跑回铁匠跟前说："把眼睁大！"铁匠使劲一睁眼，王十二也没碰他，只听叮的一声，这声音极轻微也极清楚，跟着听王十二说："出来了，没事了。你眨眨眼，还疼不疼？"铁匠眨眨眼，居然一点不疼了，跟好人一样。再瞧，王十二捏着一块又小又尖的铁渣子举到他面前，就是刚在他眼里那块要命的东西！不等他谢，王十二已经转身回到那洋货店，跟着再转身出来，胳肢窝夹着那个出诊用的绿绸包朝着街东头走了。铁匠朝他喊："您用嘛法给我治好的？我得给您磕头呵！"王十二头也没回，只举起手摇了摇。

铁匠纳闷，到洋货店里打听。店员指着墙上边一件东西说："我们也不知道是怎么回事，他就说借这东西用用，不会儿就送回来了。"

铁匠抬头看，墙上挂着这东西像块马蹄铁，可是很薄，看上去挺讲究，光亮溜滑，中段涂着红漆；再看，上边没钉子眼儿，不是马蹄铁。铁匠愈瞧愈不明白，问店员道："洋人就使它治眼？"

店员说："还没有听说它能治眼！这是个能吸铁的物件，洋人叫吸铁石。"店员说着从墙上把这东西摘下来，吸一吸桌上乱七八糟的铁物件——铁盒、铁夹子、钉子、钥匙，还有一个铁丝眼镜框子，竟然全都叫它吸在上边，好赛有魔法。铁匠头次看见这东西——见傻。

原来王十二使它把铁匠眼里的铁渣子吸下来的。

可是，刚刚那会儿，王十二怎么忽然想起用它来了？

神不神？神医吧。再一段更神。

这段事在老城西那边，也在街上。

那天一辆运菜的马车的马突然惊了，横冲直撞在街上狂奔，马夫吆喝拉缰都弄不住，街两边的人吓得往两边跑，有胡同的地方往胡同里钻，没胡同的往树后边躲，连树也没有的地方就往墙根扎。马奔到街口，迎面过来一位红脸大汉，敞着怀，露出滚圆锃亮的肚皮，一排黑胸毛，赛一条大蜈蚣趴在当胸。有人朝他喊："快躲开，马惊了！"

谁料这大汉大叫："有种往你爷爷胸口上撞！"看样子这汉子喝高了。

马夫急得在车上喊："要死人啦！"

跟着，一声巨响，像撞倒一面墙，把大汉撞飞出去，硬摔在街边的墙上，好像紧紧趴在墙上边。马车接着往前奔去，大汉虽然没死，却趴在墙上下不来了，他两手用力撑墙，人一动不动，难道叫嘛东西把他钉在墙上了？

人们上去一瞧，原来肋叉子撞断，断了的肋条穿皮而出，正巧插进砖缝，撞劲太大，插得太深，拔不出来。大汉痛得急得大喊大叫。

一个人嚷着："你再使劲拔，肚子里的中气散了，人就完啦！"

另一个人叫着："不能使劲，肋叉子掰断了，人就残了！"

谁也没碰过这事，谁也没法儿。

大汉叫着："快救我呀，我这个王八蛋要死在这儿啦！"声音大得震耳朵。有几个人撸袖子要上去拽他。

这时，就听不远处有人叫一声："别动，我来。"

人们扭头一瞧，只见不远处一个小老头朝这边跑来。这小老头光脑袋，灰夹袍，腿脚极快。有人认出是神医王十二，便说："有救了。"

只见王十二先往左边，两步到一个剃头摊前，把手里那出诊用的小绿绸包往剃头匠手里一塞说："先押给你。"顺手从剃头摊的架子上摘下一块白毛巾，又在旁边烧热水的铜盆里一浸一捞，便径直往大汉这边跑来。他手脚麻利，这几下都没耽误工夫，手里的白手巾一路滴着水儿、冒着热气儿。

王十二跑到大汉身前，左手从后边搂大汉的腰，右手把滚烫的湿手巾往大汉脸上一捂，连鼻子带嘴紧紧捂住，大汉给憋得大叫，使劲挣，王十二死死搂着捂着，就是不肯放手。大汉肯定脏话连天，听上去却呜呜的赛猪嚎。只见大汉憋得红头涨脸，身子里边的气没法从鼻子和嘴巴出来，胸膛就鼓起来，愈鼓愈大，大得吓人，只听"砰"的一声，钉在墙缝里的肋叉子自己退了出来。王十二手一松，大汉的劲也松了，浑身一软，坐在地上，出了一声："老子活了。"

王十二说："赶紧送他瞧大夫去接骨头吧。"转身去把白手巾还给剃头匠，取回自己那出诊用的绿绸包走了，好赛嘛事没有过。

可是在场的人全看得目瞪口呆。只一位老人看出门道，他说："王十二爷这法儿，是用这汉子自己身上的劲把肋条从墙缝里抽出来的。外人的劲是拗着自己的，自己的劲都是顺着自己的。"这老人寻思一下又说："可是除去他，谁还能想出这法子来？"

人想不到的只有神，所以天津人称他神医王十二。

黄金指

黄金指这人有能耐，可是小肚鸡肠，容不得别人更强。你要比他强，他就想着法儿治你，而且想尽法子把你弄败弄死。

这种人在旁的地方兴许能成,可到了天津码头上就得栽跟头了。码头藏龙卧虎,能人如林,能人背后有能人,再后边还有更能的人,你知道自己能碰上嘛人?

黄金指是白将军家打南边请来帮闲的清客。先不说黄金指,先说白将军——

白将军是武夫,官至少将。可是官做大了,就能看出官场的险恶。解甲之后,选中天津的租界作为安身之处;洋楼里有水有电舒舒服服,又是洋人的天下,地方官府管不到,可以平安无事,这便举家搬来。

白将军手里钱多,却酒色赌一样不沾,只好一样——书画。那年头,人要有钱有势,就一准有人捧。你唱几嗓子戏,他们说你是余叔岩①;你写几笔烂字儿,他们称你是华世奎,甚至说华世奎未必如你。于是,白将军就扎进字画退不出身来。经人介绍,结识了一位岭南画家黄金指。

黄金指大名没人问,人家盯着的是他的手指头。因为他作画不用毛笔,用手指头。那时天津人还没人用手指头画画。手指头像个肉棍儿,没毛,怎么画?人家照样画山画水画花画叶画鸟画马画人画脸画眼画眉画樱桃小口一点点。这种指头画,看画画比看画更好看。白将军叫他在府中住了下来,做了有吃有喝、悠闲享福的清客,还赐给他一个绰号叫"金指"。这绰名令他得意,他姓黄,连起来就更中听:黄金指。从此,你不叫他黄金指,他不理你。

一天,白将军说:"听说天津画画的,也有奇人。"

黄金指说:"我听说天津人画寿桃,是脱下裤子,用屁股蘸色坐的。"

---

① 余叔岩(1890—1943):京剧演员。

白将军只当笑话而已。可是码头上耳朵连着嘴，嘴连着耳朵。三天内这话传遍津门画坛。不久，有人就把话带到白将军这边，说天津画家要跟这位使"爪子"画画的黄金指会会。白将军笑道："以文会友呵，找一天到我这里来画画。"跟着派人邀请津门画坛名家。一请便知天津能人太多，还都端着架子，不那么好请。最后应邀的只有二位，还都不是本人。一位是一线赵的徒弟钱二爷；一位是自封黄二南徒弟的唐四爷，据说黄二南先生根本不认识他。

钱二爷的本事是画中必有一条一丈二的长线，而且是一笔画出，均匀流畅，状似游丝。唐四爷的能耐是不用毛笔也不用手作画，而是用舌头画，这功夫是津门黄二南先生开创。

黄金指一听就傻了，再一想头冒冷汗。人家一根线一丈多长，自己的指头绝干不成；舌画连听也没听过，只要画得好，指头算嘛？

正道干不成，只有想邪道。他先派人打听这两位怎么画，使嘛法嘛招，然后再想出诡秘的招数叫他们当众出丑，破掉他们。很快他就摸清钱、唐二人底细，针锋相对，想出奇招，又阴又损，一使必胜。黄金指真不是寻常之辈。

白府以文会友这天，好赛做寿，请来好大一帮宾客，个个有头有脸。大厅中央放一张奇大画案，足有两丈长，文房四宝，件件讲究又值钱。待钱、唐二位到，先坐下来饮茶闲说一阵，便起身来到案前准备作画，那阵势好比打擂台，比高低，分雌雄，决生死。

画案已铺好一张丈二匹的夹宣，这次画画预备家伙材料的事，都由黄金指一手操办。看这阵势，明明白白是想先叫钱、唐露丑，自己再上场一显身手。

钱二爷一看丈二匹，就明白是叫自己开笔，也不客气走到案前。钱二爷人瘦臂长，先张开细白手掌把纸从左到右轻轻摸一遍，画他这种细线就怕桌子不平纸不平。哪儿不平整，心里要有数。这习惯是黄金指没料到的。钱二爷一摸，心里就咯噔一下。知道黄金指做了手脚，布下陷阱，一丈多长的纸下至少三处放了石子儿。石子儿虽然只有绿豆大小，笔墨一碰就一个疙瘩，必出败笔。他嘴没吭声，面无表情，却都记在心里，只是不叫黄金指知道他已摸出埋伏。

钱二爷这种长线都是先在画纸的两端各画一物，然后以线相连。比方这头画一个童子，那头画一个元宝车，中间再画一根拉车的绳线，便是《童子送宝》；这头画一个举着鱼竿的渔翁，那头画一条出水的大红鲤鱼，中间画一根光溜溜的鱼线牵着，就是《年年有余》。今天，钱二爷先使大笔在这头下角画一个扬手举着风车的孩童，那头上角画一只飘飞的风筝，若是再画一条风中的长线，便是《春风得意》了。

只见钱二爷在笔筒中择支长锋羊毫，在砚台里浸足墨，长吸一口气，存在丹田，然后笔落纸上，先在孩童手里的风车上绕几圈，跟着吐出线条，线随笔走，笔随人走，人一步步从左向右，线条乘风而起，既画了风中的线，也画了线上的风；围看的人都屏住气，生怕扰了钱二爷出神入化的线条。这纸下边的小石子在哪儿，也全在钱二爷心里，钱二爷并没叫手中飘飘忽忽的线绕过去，而是每到纸下埋伏石子儿的地方，则再提气提笔，顺顺当当不出半点磕绊，不露一丝痕迹，直把手里这根细线送到风筝上，才收住笔，换一口气说："献丑了。"立即赢得满堂彩。钱二爷拱手答谢，却没忘了扭头对黄金指说："待会儿，您使您那根金指头也给大伙画根线怎样？"

黄金指没答话，好似已经输了一半，只说："等着唐四爷画完再说。"脸上却隐隐透出点杀气来。他心里对弄垮使舌头画画的唐四爷更有根。

黄金指叫人把钱二爷的《春风得意》撤下，换上一张八尺生宣。

舌画一艺，天津无人不知，可租界里外边来的人，头次见到。胖胖的唐四爷脸皮亮脑门亮眼睛更亮，他把小半碗淡墨像喝汤喝进嘴里，伸出红红舌头一舔砚心的浓墨，俯下身子，整张脸快贴在纸上，吐舌一舔纸面，一个圆圆梅花瓣留在纸上，有浓有淡，鲜活滋润，舔五下，一朵小梅花绽放于纸上；只见他，小红舌尖一闪一闪，朵朵梅花在纸上到处开放，甭说这些看客，就是黄金指也呆了。白将军禁不住叫出声："神了！"这两字叫黄金指差点厥过去。他只盼自己的绝招快快显灵。

唐四爷画得来劲，可愈画愈觉得墨汁里的味道不对，正想着，又觉味道不在嘴里，在鼻子里。画舌画，弯腰伏胸，口中含墨，吸气全靠鼻子，时间一长，喘气就愈得用力，他嗅出这气味是胡椒味；他眼睛又离着纸近，已经看见纸上有些白色的末末——白胡椒面。他马上明白有人算计他，赶紧把嘴里含的墨水吞进肚里，刚一直身，鼻子眼里奇痒，赛一堆小虫子在爬，他心想不好，想忍已经忍不住了，跟着一个喷嚏打出来，霎时间，喷出不少墨点子，哗地落了下来，糟蹋了一张纸一幅画。眼瞧着这是一场败局和闹剧。黄金指心里开花。

众人惊呆。可是只有唐四爷一人若无其事，他端起一碗清水，把嘴里的墨漱干净吐了，再饮一口清水，像雾一样喷出口中，细细淋在纸上，跟着满纸的墨点渐渐变浅，慢慢洇开，好赛满纸的花儿一点点张开。唐四爷又在碟中慢慢调了一些半浓半淡的墨，伸舌蘸墨，俯下腰脊，扭动上身，移动下体，在纸上画出纵横穿插、错落有致的枝干，一株繁花满树的老梅跃然纸上。众人叫好一片。更妙的是唐四爷最后题在画上的诗，借用的正是元代王冕那首梅花诗：

> 吾家洗砚池头树，
> 个个花开淡墨痕。
> 不要人夸好颜色，
> 只留清气满乾坤。

白将军欣喜若狂："唐四爷，刚才您这喷嚏吓死我了。没想到这张画就是用喷嚏打出来的。"

唐四爷微笑道："这喷嚏在舌画中就是泼墨。"

白将军听过"泼墨"这词，连连称绝，扭头再找黄金指，早没影儿了。

从此，白府里再见不到黄金指，却换了二位清客，就是这一瘦一胖一高一矮——钱、唐二位了。

四十八样

天津人灵，把药材弄到糖里，好吃又治病，这糖叫作药糖。

药糖在清末民初时流行起来，传到北京，广受欢迎。"买卖"二字，一因一果，有人吃就有人做，有人买就有人卖。于是，津京两地冒出了不少能人干这事，一是想出法儿来把各种草药弄进糖里，各色各味好看好吃的药糖愈来愈多；一是在"卖"上边想尽花活儿，或用说功唱功，或使江湖杂艺，为的是招人迎人取悦于人，叫人高高兴兴掏钱把药糖撂到嘴里。

天津人和北京人不同，卖药糖的法儿也不同。北京是官场，人们心里边全是大大小小的官儿，喜欢官场的是是非非。故此，在天桥卖药糖的"大兵黄"最招人的一手是骂官。站在那儿，破口大骂，从段祺瑞到张勋再到袁世凯，哪个官大骂哪个，别人不敢骂的他敢骂。他的糖自然卖得好。

天津是市井，百姓心里边就是生活——吃喝玩乐，好吃好喝好玩和有乐子的事都喜欢，还爱看绝活儿，这卖药糖的本事就五花八门了。有说段子的，有说快板的，有变戏法的，有献演武功杂耍车技打弹弓子的，连吆喝起来都有腔有调一套一套。

鼓楼前有个卖药糖的叫俞六，宝坻县人，脑瓜好使，两只手特别能干。他和别人不一样，他的功夫不在"卖"上，都在"糖"里边。他在家门口摆摊卖药糖，不说不唱不吆喝，就在一个桌上摆几排长长的带木框的玻璃盒子，中间隔开，每格里边一种糖，上边是镶玻璃的盒盖，隔着透明的盒盖看得见各色的药糖；你买哪样，他就掀开哪个盒盖，使镊子夹出几块，放进纸兜给你，没有花样，不会哄人高兴。可是他的糖好——色艳，味厚，有模有样，味道各异，不单有各种药材如茶膏、丹桂、鲜姜、红花、玫瑰、豆蔻、橘皮、砂仁、莲子、辣杏仁、薄荷，还把好吃的蔬果也掺和进去，比方鸭梨、桃子、李子、柿子、枇杷、香蕉、樱桃、酸梅、酸枣、西瓜等等。可是做买卖单靠真材实料不行，还得会卖。虽说他的药糖样儿最多，最全，总共四十八样，可是只摆在自家门口，这城里城外能有几个人知道？一提天津卫卖药糖的，第一王宝山，第二李傻子，第三连化清，一直往下数到大沽口，也瞧不见俞六的影子。

他的一个街坊刘二爷是位老到的人，读过书没当过官，做买卖赚点钱，早早收手在家坐享清福。一天碰到俞六便说："你会做糖却不会卖糖。你不能总守在家门口摆摊呀。"

俞六说："我也想走街串巷，可我嘴笨，说说唱唱全不会，也没别的功夫招人喜欢。"

刘二爷说:"人家有的,你未必再有,学人家就不是绝活儿了。你不是本地人不知道,天津人认绝活儿,服绝活儿。"

俞六说:"可这绝活儿哪儿找去?"

刘二爷说:"没处找。绝活儿一是琢磨出来的,一是练出来的。"

"咋学咋练?"俞六还没全明白。

刘二爷笑道:"要我说,琢磨——你就得琢磨使嘛新鲜玩意儿把你这四十八样亮出来;练——你就得琢磨使嘛法子招人来买。比方,你能不能不使镊子,天津卫卖药糖的手里全捏着这么个东西。"

俞六不是木头疙瘩。这两句话点石成金。没多久,俞六把刘二爷请到家喝杯茶,吃几块药糖,然后领刘二爷到后院一看,刘二爷立马眼前一亮。院中间放一个挑儿,一根扁担,两个桶柜,柜子上是一圈放药糖的小方盒,每个盒里一种糖。盒上边有个盖儿,带合页,可以掀;这一圈小盒总共二十四个,两个桶柜正好四十八样。

桶柜的捯饬前所未见。提梁上边各雕一个龙头,龙面相向,瞪眼龇牙,横梁正中一个锃亮的金珠,这叫二龙戏珠。龙头上还伸出两根弹簧,拴着红绒球,为的是挑起来一走,绒球就随着脚步一颠一颠。不知俞六从哪儿请来一位好漆工,把桶柜漆得油黑锃亮,上边使金漆写着"俞家药糖,四十八样"八个大字。每个糖盒的玻璃盖上还全用红漆写上糖名,玻璃盖下的药糖五颜六色。这样的药糖柜在街上一晃,保管全震!刘二爷看得高兴,夸赞道:"好赛从宫里挑出来的。"

跟着俞六演了一手"卖糖"把式。他左手拿个纸兜,右手的大拇指和食指捏个小铜勺——他可真不用镊子了。上去,绕着两个桶柜各转一圈,顺手用右手的无名指一挑盒盖,小铜勺就从盒里舀出一块糖到纸兜里;挑盒盖麻利无比,舀药糖灵巧之极,比得上变戏法的"快手刘"的小碗扣球。单看这"卖法",不吃糖,花点钱也值了。

刘二爷从中看得出俞六的用心与练功之苦,高兴地说:"行了,你可以出山了,四十八样要成名了。"

第二天,俞六挑这挑子走出家门,城里城外,河东水西,宫南宫北,九个租界一转,立时名满津门。他还置了一身好行头,青裤白褂,皂鞋净袜;他挑着这对天下独有的花桶,一走一颤行在街头,还有洋人拿照相盒子给他照相呢。

可俞六没神气多久,就听说河东出现一个担挑卖药糖的,也用两个龙头漆桶,也叫"四十八样",这一来,他的四十八样可就算不上独门绝技了。他心里发急,去找刘二爷请教。刘二爷说:"你不学人,可挡不住别人学你,你得叫人想学学不去,那才叫绝活儿。"

三个月后俞六亮出一个新把式,叫"走八字"。原先他从桶柜取糖时,右手拿勺,人总往里怀转,不好看;现在他改成走八字,从一个桶左面绕过去,再从另一个桶右面绕回来,桶和人位置一变,两只手的家伙跟手就换,就像皇会里茶炊子的换肩。这一改,走八字,两手换"活儿",把式出了花样,别忘了——还能吃到他俞六四十八样色鲜味正的药糖呢!这点儿钱谁不想花?

可不久,听说又有人开始练这走八字的把式了。俞六憋了几个晚上,再想出一招,就在每个桶中间加几个糖盒,里边全是半块的糖。他想在四十八样外再奉送半块,这半块由买主自选,人家要哪样,他就上去一掀一舀取出哪样。

他拿着这个新主意去请教刘二爷。

刘二爷听了笑哈哈,说道:"你这法子早晚还得给人学去。我送你一个法子吧。"说完,给他用纸写了几句词,递给俞六说:"你也不用唱，只要背下来，走着八字时把它踩着点儿念出来就行了。"

俞六一看，是六句：

    天津药糖家家好
    四十八样数第一
    一色一味块块香
    再饶半块随您意
    俞家能耐不传女
    谁我儿子谁学艺

俞六不是天津人，不懂天津人这几句嘎话里，有打趣逗笑，也暗含着骂人，挺厉害。他心里有点疑惑。刘二爷看了出来，说："放心去用，不会再有人敢招你了。"

俞六说："您开头就帮我，已经多回了。这次成了，我管您一辈子药糖。"

第二天俞六卖糖走八字时，便把刘二爷这六句念一遍，一回生，二回熟，熟能生巧，渐渐跟上步点，走起来挺好看，像徐策跑城。买糖的人、围观的人听了都笑，有人说："听你这几句，谁再敢偷艺谁就是你儿子了。"旁观的人都跟着笑。

俞六才明白这一招把他的绝活儿立住了。更明白天津人说话的妙处——既厉害又幽默，既幽默又厉害。单厉害不受听，单幽默不给劲。自今而后，果然再没有人学他。他感激刘二爷，天天给刘二爷送糖，一天六块，一天换一样，八天一轮，正好四十八样。多少年来一直送下去。

俞六有妻无子，他的手艺绝活儿后继无人。可到他死后，刘二爷还活着，人说刘二爷长寿，就是因为长年吃俞六的药糖。

冷　脸

南门外有位铁匠，四十多岁，怪人，他从来不笑，脸总阴着，外号冷脸。

他不是脾气怪才没笑脸；他打小就没笑过，无论嘛事，人都笑了，甚至捧腹大笑，笑破肚子，他也不笑。他那张脸就像用铁皮敲出来的盘子，又黑又硬，赛个铁面人。

冷脸是打保定府来的，在天津至少待了二十年，人有点偏，性子闷，不好结交，没人知道他的事。后来，不知打哪儿传出一段他不会笑的根由，说他爹是钉马掌的，他四五岁时候，站在一边看他爹钉马掌，那马忽然犯起性子，一尥蹶子，后蹄子踢在他脑袋上，他挺在床板上不动劲不睁眼，滴水不进，大夫来一号脉，说没命了，顶多三天阎王爷就把他领走；可三天后他没走，还有气，七天过后，居然睁开眼醒过来，翻身下地，走路说话吃喝拉撒一切照旧，就少一样——不会笑了；人说他的笑脸给阎王爷留下了。

这说法听起来像那么回事，对不对，没人敢去和他核对。

他刚来天津那年，几个小子不信他绝不会笑，一天摸黑，一起上去把他按在地上，一起胳肢他，想叫他笑。可怎么胳肢他也不笑，直到将他胳肢得上边流泪下边尿尿，大喊求饶，可还是不笑。这几个小子住了手，认定这家伙到死也绝不会笑。

不会笑是怪人，怪人还有更怪的事，就是好听相声，怪不怪事？听相声就为了笑，他不笑听相声为了嘛？练笑吗？谁也弄不明白。

冷脸不赌不嫖不贪杯，干完活儿，有点清闲，就钻进说相声的园子，找个凳子一坐，听几段。园子里的人都认识他那张半死不活的冷脸，这张脸好像专和说相声的找别扭，说相声就怕人不乐，你不乐等于人家的包袱不哏，活儿使得不绝，栽人家面子。在天津卫，谁要和说相声的作了对，就找几个人坐在园子里死活不乐，成心戗火。这一来，冷脸可就跟说相声的较上劲了。天津说相声的高手如林。开头，一个个跑到南门外来，看谁能把冷脸逗乐了，结果个个丢盔卸甲，掉头回去。于是南门外有句歇后语：

　　说相声逗冷脸——自找别扭。

　　可只有冷脸自己不知道这句话。
　　北京挨着天津，这怪人怪事传到了北京的相声圈子。北京有不少高手，不信世上还有一个逗不乐的人，就来了一逗哏一捧哏的两位。这两位早先在厂甸、天桥一带扬名立万。先甭说"说学逗唱"的功夫都是超一流，单凭长相就不一般。逗哏的又高又瘦，像个瘦猴，人偏姓侯；捧哏的又矮又肥，像个胖猫，人偏姓毛。江湖给他俩一个绰号叫"毛猴"。北京不是还有拿蝉蜕做的那种人见人爱的小玩意儿"毛猴"吗？这外号就在北京叫得山响。
　　毛猴来到天津，在南门外的喜福来开说。头一天，台下就坐满了人。冷脸听到信儿也来了。不少人都知道毛猴是冲冷脸来的，只有冷脸自己完全不知道。可他在台下一坐，阵势就摆开了。
　　毛猴上来，在台上一站，一高一矮一瘦一肥一精一傻，就惹得哄堂大笑。毛猴他俩往下一看，心里咯噔一下，满屋子七八十张笑脸里，有张脸赛铁板，又黑又硬又阴冷，甭打听，这就是那个冷脸。他俩想：今儿是不是真遇到克星了？可是毛猴是二十年老江湖，嘛都见过，先不管这脸，轻轻快快有说有笑之间，"啪"地甩一个包袱，甩得意外、漂亮、逗哏，人全笑了，惟独冷脸不笑。毛猴目光都扫见了，相互递个眼神，表面不当事，接着说笑，不经意中又使一个包袱，这包袱使得又巧又妙又绝，看出了老到，引得大家大笑，可冷脸还是没笑。毛猴见了，还不当事，接着再来，下边的包袱是毛猴拿手的——听一百次得笑一百次。毛猴一使，全场爆笑，笑声要掀去屋顶，毛猴再看，冷脸居然赛个睁着眼的死人。

毛猴觉得不好，知道今儿弄不好要栽在天津卫了。心里没根，接下去就有什么算什么了。老段子、新段子、文段子、荤段子，加上不停的现挂，直说得脑门流汗、嗓子冒烟，冷脸还是那张冷脸。最后，那个逗哏的瘦猴索性对着冷脸抖一个砸锅卖铁似的包袱，说：

"这位爷，您要是再不笑，我俩可真要脱裤子了。"

全场又一阵大笑。冷脸忽然站起身，板着面孔拱拱拳说："您二位说得真棒，谢你们了。我退了。"话说完，起身离座走了。到了也没露出个笑脸。

毛猴两个站在那儿下不了台，这算栽到家，只好耷拉脑袋回北京。

自打毛猴走后，没人敢再往南门外说相声。人们把冷脸愈说愈神，好像冷脸是天生的相声杀手。可奇怪的是打那天起，不单南门的相声园子，全天津的相声园子里，没人再见过冷脸。有人说他远走高飞了，可有人说他哪儿也没去，还在南门外打铁，只是绝不再听相声了。

这事就费琢磨了。那天他要是真夸毛猴的相声棒，干嘛不笑？他要是真的不会笑，干嘛非来听相声？他要真的爱听相声，干嘛从那天起与相声一刀两断了？

这几句问话没人答得上来。当时答不上来，今天更是答不上来。

狗不理

天津人讲吃讲玩不讲穿,把讲穿的事儿留给上海人。上海人重外表,天津人重实惠;人活世上,吃饱第一。天津人说,衣服穿给人看,肉吃在自己肚里;上海人说,穿绫罗绸缎是自己美,吃山珍海味一样是向人显摆。天津人反问:那么狗不理包子呢?吃给谁看?谁吃谁美。

天津人吃的玩的全不贵,吃得解馋玩得过瘾就行。天津人吃的三大样——十八街麻花耳朵眼炸糕狗不理包子,不就是一点面一点糖一点肉吗?玩的三大样——泥人张风筝魏杨柳青年画,不就一块泥一张纸一点颜色吗?非金非银非玉非翡翠非象牙,可在这儿讲究的不是材料,是手艺,不论泥的面的纸的草的布的,到了身怀绝技的手艺人手里一摆弄,就像从天上掉下来的宝贝了。

运河边上卖包子的狗子,是当年跟随他爹打武清来到天津的。他的大名高贵友,只有他爹知道;别人知道的是他爹天天呼他叫他的小名:狗子。那时候穷人家的孩子不好活,都得起个贱名,狗子、狗剩、梆子、二傻、疙瘩等等,为了叫阎王爷听见不当个东西,看不上,想不到,领不走。在市面上谁拿这种狗子当人,有活儿叫他干就是了。他爹的大名也没人知道,只知道姓高,人称他老高;狗子人焉不说话,可嘴上不说话的人,心里不见得没想法。

老高没能耐,他卖的包子不过一块面皮包一团馅,皮厚馅少,肉少菜多,这种包子专卖给在码头扛活儿的脚夫吃。干重活儿的人,有点肉就有吃头,皮厚了反倒能搪时候。反正有人吃就有钱赚,不管多少,能养活一家人就给老天爷磕头了。

他家包子这点事,老高活着时老高说了算,老高死了后狗子说了算。狗子打小就从侯家后街边的一家卖杂碎的铺子里喝出肚汤鲜，他就尝试着拿肚汤排骨汤拌馅。他还从大胡同一家小铺的烧卖中吃到肉馅下边油汁的妙处，由此想到要是包子有油，更滑更香更入口更解馋，他便在包馅时放上一小块猪油。之外，还刻意在包子的模样上来点花活儿，皮捏得紧，褶捏得多，一圈十八褶，看上去像朵花。一咬一兜油，一口一嘴鲜，这改良的包子一上市，像炮台的炮一炮打得震天响。天天来吃包子的比看戏的人还多。

狗子再忙，也是全家忙，不找外人帮，怕人摸了他的底。顶忙的时候，就在门前放一摞一摞大海碗，一筐筷子，买包子的把钱撂在碗里。狗子见钱就往身边钱箱里一倒，碗里盛上十个八个包子就完事，一句话没有。你问他话，他也不答，哪有空儿答？这便招来闲话："狗子行呵，不理人啦！"

别的包子铺干脆骂他"狗不理"，想把他的包子骂"砸"了。

狗子的包子原本没有店名，这一来，反倒有了名。人一提他的包子就是"狗不理"。虽是骂名，也出了名。

天津卫是官商两界的天下。能不能出大名，还得看是否合官场和市场的口味。

先说市场。在市场出名，要看你有无卖点。好事不出门，坏事传千里；好名没人稀罕，骂名人人好奇。狗不理是骂名，却好玩好笑好说好传好记，里边好像还有点故事，狗子再把包子做得好吃，狗不理这骂名反成了在市场扬名立万的大名了。

再说官场。三岔河口那边有两三个兵营，大兵们都喜欢吃狗不理的包子。这年直隶总督袁世凯来天津，营中官员拜见袁大人，心想大人山珍海味天天吃，早吃厌了，不如送两屉狗不理包子，就叫狗子添油加肉，精工细作，蒸了两屉，赶在午饭时候，趁热送来。狗子有心眼，花钱买好衙门里的人，在袁大人用餐时先送上狗不理。人吃东西时，第一口总是香。袁大人一口咬上去，满嘴流油，满口喷香，心中大喜说："我这辈子头次吃这么好吃的包子。"营官自然得了重赏。

转过几天，袁大人返京，寻思着给老佛爷慈禧带点什么稀罕东西。谁知官场都是同样想法。袁大人想，老佛爷平时四海珍奇，嘛见不着；鱼翅燕窝，嘛吃不到。花上好多钱，太后不新鲜，不如送上前几天在天津吃的那个狗不理包子。就派人办好办精，弄到京城，花钱买好御膳房的人，赶在慈禧午间用餐时，蒸热了最先送上，并嘱咐说：

"这是袁大人从天津回来特意孝敬您的。"慈禧一咬，喷香流油，勾起如狼似虎的胃口。慈禧一连吃了六个，别的任嘛不吃，还说了这么一句：

"老天爷吃了也保管说好！"

这句话跟着从宫里传到宫外，从京城传到天津。金口一开，天下大吉，狗不理名满四海，直贯当今。

钓　鸡

民国十六年入冬，天津卫地面上冒出来一位奇人，这人谁也没见过。姓嘛叫嘛，长的嘛样，也就没人能说清楚。既然是奇人，就得有出奇的地方。这人是位钓客，但不是钓鱼，是钓鸡。鸡怎么钓？我说您听——别急。

那时，天津家家户户都养鸡养狗养猫。养鸡吃蛋，养狗看门，养猫抓耗子。狗在院里猫在屋里，鸡不圈着，院里院外随便跑，后晌该进窝的时候，站在门口一吆喝，或敲敲食盆食罐，就全颠颠跑回家了，绝丢不了。可是到了民国十六年天津人开始丢鸡，开始以为闹黄鼠狼，黄鼠狼抓鸡总留下点鸡毛，可是丢鸡的地方没人见过鸡毛；后来认为是有人抓鸡，可是抓鸡的地方总能听见鸡嘎嘎叫，怪的是——没人听过鸡叫。

不多时候，家住粮店后街的一位姓刘的老江湖，瞧出了门道。他发现丢鸡不总在一个地方，今儿河东，过两天河北，再几天杨庄子。丢鸡的地界都不大，不过几条胡同，一两条街，几十只鸡，好似给一阵风刮走，不留半点痕迹。黄鼠狼绝没这种心计，只有人才干得出来。这叫打一枪换一个地方。这偷鸡的人真够聪明。可他用嘛法子，不声不响，鸡也不叫，不大工夫，就把一个地界满地跑的几十只鸡全敛去了？

老刘开始到处走，留神用耳朵摸，只听到哪儿哪儿丢鸡的传闻，却没人说偷鸡的人给逮着了，只听到一个绰号叫"活时迁"——叫得挺响。嘿，人没见，号先有了。

二十天后一个小痞子告他这个活时迁的事，叫他大吃一惊。

据说这活时迁抓鸡不用手抓，用线钓。他先把一颗黄豆中间打个眼儿，用一根细线绳穿过去，将黄豆拴在线绳一头；再使一个铜笔帽，削去帽尖，露出个眼儿，穿在线绳另一头上，铜笔帽像串珠那样可在线上任意滑动，然后将黄豆、线绳、铜笔帽全攥在手里，偷鸡的家伙就算全预备好了。

活时迁看到一个有鸡的地界，蹲在一个墙角，抽着旱烟，假装晒太阳。待鸡一来，先将黄豆带着线抛出去，笔帽留在手中。鸡上来吞进黄豆，等黄豆下肚，一拽线，把线拉直，就劲把铜笔帽往前一推，笔帽穿在线中，顺线飞快而下，直奔鸡嘴，正好把嘴套住。鸡愈挣，线愈紧，为嘛？豆子卡在鸡嘴里边，笔帽套在鸡嘴外边，两股劲正好把鸡嘴摽得牢牢的，而且鸡的嘴套着笔帽张不开，叫不出声。活时迁两下就把鸡拉到跟前。

小痞子说，活时迁多在入冬钓鸡，冬天穿一件黑棉大衣，抓了鸡，塞进怀里，谁也看不出来，更因为谁也想不到他用这法子偷鸡。小痞子还说，他一天吃三只鸡，吃不了拿到就近的集市上卖了。

老刘问他这话当真。小痞子说他前些天在挂甲寺一带亲眼见的。

老刘在家里寻思一天一夜，想出一招。他想，他住这粮店后街，养鸡的人家多，地势杂，活时迁迟早会来这儿偷鸡。他家也养鸡，他便守在家候着活时迁。他说：他钓鸡，我钓他。

入了腊月，他的鸡和隔墙陈三家的鸡忽然没了，十几只，光光的一只没剩下。老刘说："行了，上钩了。"

老刘知道在哪儿能找到活时迁。他去到附近一带几个卖活禽的集市上转，转来看去，瞧见一个胖子，脸色红，皮肤光，小眼赛一对琉璃珠黑又亮，身穿大棉袍蹲着，旁边一个竹编的罩笼，扣着五六只活鸡。老刘过去对这胖子说："鸡吃得不少呀，嘴巴都流油了。"

胖子一听一惊，坐个屁股蹲儿。老刘心想这就是活时迁了。

活时迁手一撑地，又蹲回来，朝老刘笑道："这么肥的鸡哪有福气吃？"

老刘一听他说话的口音不是当地人，却不和他多废话，指着鸡笼子说："你把那白公鸡拿出来瞧瞧。"

活时迁应声伸手从叽哇乱叫的几只鸡中间，把白公鸡抓出来，递给老刘。白毛红冠，雄姿勃勃。活时迁说："这公鸡起码十斤，还是当年鸡，肉多又嫩，煮着炒着怎么吃都成。"

老刘拿着鸡问他："多少钱？"

活时迁："不便宜也不贵，十个铜子儿。"

老刘："好，你就给我十个铜子儿吧，还有笼里那五只，总共六十个铜子儿。"

活时迁："别打岔了，你吃我鸡还要我给钱。"

老刘："谁打岔了，你抓我鸡还要我给钱。"

活时迁觉得话茬儿不对，把脸一撂，说："好，你可得说明白，这鸡怎么是你的？"

老刘笑了，说："你说这鸡是你的，可有记号？"

活时迁有点发急："鸡不是你抱来的，是在我笼子里的。我没记号，你有记号？"

老刘说："肚子上有个红圈儿。"

活时迁抓过鸡，翻过来，拿给围观的大伙看，叫着："大伙瞧呵，哪来的红圈儿。"没有红圈，只有一肚子厚厚的白绒毛。

老刘冷冷一笑，左手把鸡抓过来，右手将肚子上的白毛一把把揪下，果然一红圈儿，用漆画在鸡皮上。他说："我早在它换毛时就把这红圈儿画上去了。"

活时迁心想：这回要玩儿完，人家早早画个圈儿，等着自己往里跳呢。这才叫魔高一尺，道高一丈。码头人真厉害。自己只有叫爹叫爷，求饶了。

人家老刘是江湖。真正的江湖都厚道，得饶人处且饶人。他叫活时迁把笼子里的鸡腿拴在一起，头朝下提在手里。只朝活时迁说了一句："小能耐，指着它活不了一辈子，弄不好只活半辈子。打住吧。"

打这天起，天津没听说谁再丢鸡。却都知道粮店后街有位姓刘的汉子，叫"赛时迁"。

燕子李三

光绪末年，天津卫出了一位奇人，叫燕子李三。他人叫李三，燕子是他的绰号。他是个天下少见的飞贼，专偷富豪大户，每偷走一物，必在就近画下一只燕子做记号，表示东西是他大名鼎鼎的燕子李三偷的。此贼牵涉到富贵人家，官府必然下力缉拿，但李三的功夫奇高，穿房越脊，如走平地。遇到河面还能用脚尖点着水波而行，从这岸到那岸，这一手叫作"蜻蜓点水"。轻功不到绝顶，绝对学不会这一手。

燕子李三的事闹了半年，在城里城外十多个富人家窃去的宝贝旁，留下了那个燕子的记号，府县的捕快使了不少计谋逮他，却连李三的影儿也没见过。有的说模样像时迁，一身紧身皂衣，长筒软靴，深夜出来行盗，人混在夜色里，绝对看不出来。有的说他长相和杨香武一样，嘴唇上留一撮两头向上翘的小黑胡，更是"燕子"的来历。于是一时间，留小胡子的人走在街上总会招人多看两眼。后来又有人说，什么时迁杨香武，都是戏迷瞎诌的。此人肯定长相平平，不惹眼，白天睡觉，半夜出行，像蝙蝠。

这李三怎么突然冒出来的？为嘛以前从没人说过？肯定是新近打外地窜来的。天津卫有钱的人多，有钱的人宝贝多，就把李三这种人招来了。传说这个李三是河北人，燕赵之地的人身上都有功夫，还有说得更有鼻子有眼——是吴桥人。吴桥人善杂技，爬杆走绳，如履平地。说法虽然多，谁也没见过。愈见不着愈瞎猜，愈猜愈玄愈神愈哏，甚至有人说这李三就是几个月前刚打外地调任天津的县太爷。县太爷是河北人，人瘦如猴，能文善武，还爱财。甭管是不是他，反正说来挺好玩，愈说愈有乐子。天津人就好过嘴瘾，往里是吃，往外是说；说美了和吃美了一样痛快。

不过这飞贼李三在人们嘴里口碑不坏。反正他不偷穷人的。不但偷富，还济贫。东门内一家穷人欠着房租还不上，被房主逼得无奈，晚上在屋里哭哭啼啼，忽然打后窗外扔进一包东西，打开一瞧，竟是不少银子，令这家人更惊奇的是，包袱一角画着一只小燕。这家人急忙出去谢恩人，跑到门外一片漆黑，早没了人影。听说最有机会看到李三长相的是蹲在城门口讨饭的裴十一。李三把一纸包钱亲手摺在他手心里，可裴十一是个瞎子，只捏到李三的手，这手不大却挺硬；虽然脸对脸，嘛也瞧不见。

这一来，李三在人们口里就更神奇了。

一天，燕子李三在天津卫，把偷窃一事做到了头——他偷到天津最大的官直隶总督荣禄老爷的家。

这天，荣禄的老婆早晨起来梳妆，发现梳妆匣子里的一个珍珠别针不见了。这是她顶喜欢的一件宝贝，珠子大小跟葡萄差不多大，亮得照眼，这么大的珍珠在海里蚌里得五百年才能养成，当年荣禄想拿它孝敬老佛爷，她都死活不肯。丢了这东西跟她丢条命差不多。最气人的是在放别针那块衬绸上画了一只燕子，这纯粹是和荣禄老爷叫板！气得荣禄一狠劲咬碎一颗后槽牙。

荣禄也不是凡辈，他使个法儿：在大堂中间放一张八仙桌，桌面中央摆了总督的官印，上边罩一个玻璃罩子，然后放出话去，说当夜他要关上大堂门，堂内不设兵弁护卫，只他自己一人坐在堂上守候着官印，他要从天黑守到天亮，燕子李三有胆量有本事就来把官印取走！

这话一出，算和李三较上劲了，而且总督大人保准能赢。想想看，虽然大堂内没有一兵一卒，可是堂外必然布满兵力。大堂的门关着，官印在玻璃罩子里边扣着，总督又坐在堂上瞪圆眼守着，李三能耐再大,怎么取法?再说,门窗全都紧紧关着,怎么进去?钻老鼠洞?

当夜总督大人就这么干了。桌子摆在大堂上,官印放在桌面中央,罩了玻璃罩子;然后叫衙役退出大堂,所有门窗关得严严实实。总督大人自己坐在公案前,燃烛读书,静候飞贼。

从天黑到天亮,总督大人只在近五更时,困倦难熬时略打一个盹,但眨眼间就醒了。整整一夜没听到一点动静。天亮后,打开门窗,阳光射入,仆役们也都进来,只见那方官印还好好摆在那里,纹丝没动。总督大人笑了,说道:"燕子李三只是徒有虚名罢了。"

然后,举起双手伸个懒腰,喝口茶漱漱嘴,喷在地上,预备回房休息。

这时,收拾官印的仆人掀开玻璃罩子时,忽然发现官印朝南一面趴一个虫子似的东西,再仔细一看,竟然是一只毛笔画的又小又黑的小燕子!燕子李三画的!

总督大人登时目瞪口呆,猜想是不是自己五更时那个小盹,给了超人燕子李三可乘之机,但门窗是闭着的,他怎么进来怎么出去的?衙门里上上下下没人能猜得出来。

真人能人全在民间,很快民间就有了说法。说李三是在大堂还没关门窗时飞身进来,躲在了大堂正中那块"清正光明"大匾的后边,待到总督大人困极打盹时,下来把事干了,然后重回匾后藏身,天亮门窗一开,趁人不备,飘然而去。

这说法合情合理。可是总督大人纳闷,他当时为什么不拿走官印,只在上边画个小燕?

人们笑道:官印?李三爷能拿却不拿,就是告诉你,那破东西只有你当宝贝,谁要那个!

甄一口

要说喝酒,谁也喝不过甄一口。

酒量,没边儿;各种酒杂着喝,没事儿;喝急酒,多急多猛多凶都不含糊。他喝啤酒时仰着脑袋,把酒瓶倒立在嘴上,手不扶瓶子,口对口,不用去喝,一瓶酒一下倒进胃里,只过食管,绝不进气管,要呛早呛死了,还有谁能这么喝?他能一晚上两箱啤酒,二十四瓶,全这么下去。"甄一口"的大号就这么来的。

有人不服,说他是县长,喝酒不花自己的钱,敞开喝,想喝多少喝多少,这么喝狗也能练出来。可是,本事是练出来的,海量不醉是人家天生的。甄一口从来就没醉过。甄一口说:"我娘说过,我要真醉就醒不过来了。"

别人只当笑话,可是老娘的话绝不能当假。这话先搁在这儿。

有人问,几十瓶酒进身子里,都放哪儿了。这话问到关口,也问到喝酒的门道上了。人喝酒,酒进身子,但不能只进不出;肚子有多大,能装二三十瓶酒?身子里的酒必得排出去,俗话叫出酒。能喝酒的人必能出酒,出酒的地方各不相同。有的尿,从下边排出来;有的倒,从上边吐出来;有的冒汗,从浑身汗毛眼儿发出来。纳税局一位局长上酒桌,必带一块毛巾擦汗,喝完酒,毛巾赛从酒缸里捞出来的。

甄一口都不是,他另有一绝——从脚上出来。

他不喝酒时,脚是旱脚;喝酒时,脚是汗脚。

打脚上冒出来的可不是汗,是酒。上边的嘴进的酒多,下边的脚出的酒就多。每次赴宴,绝不穿丝袜和皮鞋,必穿线袜布鞋,皮鞋憋酒,布鞋吸酒。他的随从还要事先在他座位前落脚的地方,放一小块厚毛毯，为了好吸酒。每每酒终人散，他两只脚像从酒河里蹚过来的。回到家第一件事是热水泡脚，把脚上的残酒泡去，要不就成醉鸡醉鸭了。因此，甄一口两只脚从不生脚气，光滑白嫩，好似一双妇人足。

某日，甄一口去上司那里开会，会后正要返回，被一位上司留下吃饭谈事。这上司是他的"现管"，自己升迁的梯子在人家手里，不能谢绝，只好说好。随行却对他说："县长您今天喝酒可得悠着点，您没穿布鞋，小毯子也没带着。"甄一口说："我有根。"可是上了饭桌上了酒，就另一码事了。开头，甄一口压着量，推推挡挡；可是这位领导馋酒，就不好硬推硬挡。偏偏上司七八盅下去就上头，上兴，来劲；再七八盅下去，就较上劲了。冲他叫着："都说你大名甄一口，喝啤酒时嘴和瓶子口对口，眼见为实，今儿我得亲眼看看，不然就是瞧不起我。"

甄一口被降住了，不能不喝也不敢不喝，一箱啤酒就搬上来，开箱开盖；两人说好，甄一口啤酒一瓶上司白酒一盅。上司的酒多半趁乱倒掉，甄一口却货真价实。他把一瓶啤酒举上头顶，脑袋朝后一仰，就势手腕一翻，瓶口立在嘴上，嘴巴没动，脖子笔直，顷刻满满一瓶酒灌进肚里，再一翻腕，空酒瓶放在桌上；这种喝法，天下无二。

上司看得高兴，大呼，"人才难得"，随手又操起一瓶啤酒"哐"地放在甄一口面前，喝道："再来！"既是赞许又是命令，更想大开眼界。这就一瓶一瓶干下去了。

不一会儿，甄一口就觉脚热，脚烫，两只脚呱唧呱唧不舒服。心想不好，自己的脚出酒了，皮鞋不透水，怎么办？没等他想明白，脑袋已经想不了事了。

事后甄一口的随从说，他给县长脱下皮鞋时，每只鞋窝里足有一瓶酒。

甄一口到头来，还真的应上他娘的那句话：要是真醉就再醒不过来了。

可是他娘是怎么知道的？

炮打双灯

一

都说静海县西南那边，地里不是土，全是火药面子。把那干结在地皮上白花花的火硝刮下来，掺上硫磺木炭，就是炸药。再加上盐碱，土里的火性太大、太强、太壮，庄稼不生，野草长不到三寸就枯死；逢到大旱时节，烈日暴晒，大开洼地无缘无故自个儿会冒起黑烟来……可有一种灌木状丛生的碱蓬，俗称红柳，却成片成片硬活下来，有时候不知为什么，一下子全死了，死时变得通红通红，像一团团热辣辣的火苗。在夕照里望去，静静的，亮亮的，好像地里的火药全都狂烧起来。老百姓靠山吃山，靠水吃水，靠火药吃火药，自来不少村子，家家户户都是制造鞭炮烟花的小作坊，屋里院里总放着一点就炸的火药盆子，一不留神就屋顶上天、血肉横飞；土匪、游勇、杂牌军常窜到这里来，不抢粮食，专抢火药，弄不对劲儿就药炸人亡。那么此地人的性子又是怎样？是急是缓是韧是烈？拿人们常用的话说便是：点着一根药芯子瞧瞧。

牛宝，人称"卖缸鱼的牛宝"，今年二十三，陈官屯人。他祖宗神道，名字起得像算命一般准，"牛宝"二字就是他的一切。先说牛，他浑身牛一般壮实的肉，一双总睁得圆圆、似乎眨也不眨的牛眼，还有股牛劲，牛脾气，头上没角却好顶牛，舌头比牛舌还硬，不会巧说话；再说宝，他天生一双宝手，虽长得短粗厚硬，手掌像肉饼子，却从杨柳青外婆家学来一手好画，专画大年贴在水缸上求福求贵的缸鱼：一条肥鲤仰头摆尾，配上莲蓬荷花，连年有余呀！那红鱼绿水，金莲粉荷，一看照眼；图样出得富态，版线刻得活泛，颜色上得亮堂。画缸鱼的人多的是，可这喜庆兴旺的劲儿谁也学不来。年年腊月大集上，不少人专等着"卖缸鱼"的牛宝来。一露面，全出手，腊月里攒的钱，够一年四季零花，真像是手里捏个宝，想什么变什么。

腊月十四这天，静海县城的大集已经很有年味了。牛宝肩扛三百张缸鱼到集上，找一块人流往返的地界儿，站不多时候，卖个干净，别无他事，便轻轻爽爽去往顶西边的炮市看热闹。

这里的炮市，天下少有。原本是条河，年年秋后河水干涸，三九天河泥冻硬，这河床便成了卖鞭炮的集市。牛宝最爱看这阵势，远近各村赶来一车车鞭炮，都停在两岸河堤上，车上鞭炮用大红棉被蒙盖严实，怕引上火。牲口的眼睛一律使红布遮住，耳朵使红布堵上，怕给炮声吓惊。为什么使红色的布？造鞭炮的都是铤而走险，灾祸四伏，据说红色辟邪。人们拿着自家制造的鞭炮，走下堤坡，到河床上去放，相互争强斗胜，哪家的鞭炮出众，自然招引很多人来买。这一截子差不多二里长的河床里，浓烟裹眼，烟硝呛鼻，连天炮响震得耳朵生疼。这股子火爆凶猛的劲儿，叫牛宝看得快活，不觉下了堤坡，但还没到鞭炮阵的中央，满脑袋就全是鞭炮屑儿了。

把事情挑出头来的是这女人。这女人一下子跳进牛宝的眼睛里。怎么能说是这女人跳进他眼里？她还离着远呢！可世上好看的女子，都不是你瞧见的，而是她自己招灾惹事活灵灵跳到你眼里来的。她顶大二十出头，头上扎块大红布头巾，两鬓各耷拉下一片黑发，像是乌鸦的翅膀，把她那张有红有白鲜活透亮的小鼓脸儿夹在当中。她人在那么远，牛宝怎么能看得这般清楚？魂儿给勾了去呗！渐会儿，才看明白，北边堤坡一棵歪脖老柳树下，停着一辆驴车，她坐在蒙着大红棉被的满满一车鞭炮上。倚车站着两个小子，一个大，一个小，各执一根放鞭用的长竹竿子，这两个小子什么模样，牛宝满没瞧见。

他像驾了云，双脚由得也由不得自己，幻幻糊糊一步步朝那女人走去。看这女人像看花，愈近愈好看，那眉眼五官，画也画不出这般美，而且清清楚楚，白处雪白，黑处乌黑，红处鲜红，像羊肠子汤那样又鲜又冲……忽然，一根竹竿横在他身前，牛宝怔住才看清，原来就是站在那女人车前的小子，年龄较大的一个，估摸十八九年岁，圆头圆脑，四方厚嘴，肥嘟嘟的嘴巴子冻得像唱戏打脸涂了胭脂，倒是虎虎实实样子，只可惜长了一双单眼皮。这圆头小子问道："你是买炮的，还是卖炮的？"口气很不客气。

牛宝正要回话的当口，从这小子肩头刚好与那女人眼对眼，只觉得两个深幽幽、晃着天光的井眼对着自己，弄不好就要一头栽进去。心里一恍惚，说出的话便岔出道儿去。

"卖炮的，干啥？"

他哪卖过炮，为什么偏偏这样说？这话一错，可就把自己送上绝路了。

圆头小子说："这边是俺们蔡家卖鞭炮的地界儿。你要来买炮，俺不拦你；你要卖炮，对不住！你先放一挂叫俺们瞧瞧，要是比俺们强，这地界儿就归你了。"说罢，嘴唇朝天噘，不信天下还有老大，也不信还有老二。

牛宝涌上来一股劲。说不清是叫这小子的傲气激的，还是叫那女人的美色挤的，反正他顶上牛。听完圆头小子的话，拨头就走，到那边炮市中央，在呛鼻震耳的浓烟烈炮中转了两圈，寻到一家卖鞭的，个大、贼响，掏钱买了四挂，都是千头大查鞭，还高价把人家放鞭使的大竹竿也买下来，返回到这圆头小子面前，闲话不会讲，剥开大红包纸，挑起一挂就放，一阵火闪烟腾，声如炸雷，噼噼啪啪连珠般响起来，真是好鞭！惹得不少人围上来并纷纷喝彩叫好。可这挂鞭放完，圆头小子站在原地并没动，嘴仍噘着，一脸不屑的神气。牛宝一瞅他绕在竿子上的一挂鞭，差点没笑出声来；这挂硬纸卷的小钢鞭，分外细小，像是豆芽菜，而自己的大查鞭却同小指头粗，摆在一起，只怕那小钢鞭像一堆耗子屎啦。想必是这圆头小子心虚不敢比试，故作高傲，再不端端架子还不倒下来？明摆着对方叫自己比趴下了！抬眼瞧那女人，愈发兴奋起来，把余下三挂大查鞭扎成一束，使竿子高高挑起，拿火一点，三挂齐响，声音翻番，成百上千小爆竹喷火刺烟，纷纷炸落下来，好似一阵恣肆的弹雨。牛宝不懂放鞭炮的门道，竿子举得过直，许多爆竹就落到他头上肩上手上，还有几个从领口掉进衣服，在前胸后背炸了，这一炸，尤其透过火光硝烟看见那女人正在笑他，立时撒起欢来，粗声吆喊，尖声欢叫，似唱非唱，腿又蹦，肩又摆，手中的竹竿子像是醉汉的腰，东摇西晃，甩得爆竹四下散落，逼得围观的人叫着笑着往后退，有人认出卖缸鱼的牛宝，不知他遇上喜还是撞上邪，跑到这里来瞎闹，耍活宝。

就这时候，空中一声"啪！"清脆至极，像是清晨车把式将那带露水的鞭子，在凉冽的空气里麻利地一抖。

牛宝没弄明白这声音打哪儿来，跟着就听这鞭子在半空中"啪啪"抽打起来，愈打愈紧愈密，声音毫不粘连，每一响都异常清晰、干脆、刚烈，上下左右，响在何处都一清二楚。牛宝这才瞅见，原来是圆头小子把他那挂小钢鞭点响了。奇了！他这鞭怎么声声都像是钻到耳朵里炸，直要把耳膜炸裂？这炸声还把三挂大查鞭的响声从耳朵里赶了出来，赶到外边，变得像拍打棉袄或吹破猪尿脬的那种闷响，完全成了圆头小子那小钢鞭的陪衬了。真奇了！他豆芽菜似的小鞭，哪来如此大的炸劲儿？当两人竿子上的鞭炮全放净，对面站着，牛宝瞪大眼发傻，圆头小子指指地面，牛宝一瞅更是惊讶。圆头小子身周一片炸得粉粉碎的鞭炮屑儿，像是箩过，细如粉末，足见炸药的劲力；自己四周却有许多爆竹根本没炸开，到处是烧净了火药黑乎乎的纸筒子。围观的人给他起哄，喝倒彩，这算栽到家了。他抬头硬叫自己向歪脖柳树下边望去，那女人也在嘿嘿笑话他。这笑比任何人嘲弄挖苦都叫他难堪。他要是土行孙，当即就扎进地里。羞恼之下，把竹竿子一扔，朝圆头小子说：

"十八号大集，咱再到这儿见！"

"干啥等到十八，"圆头小子神气活现地说，"你要不服，带着好货去独流镇找俺们，那儿后天就是集！"

周围一片叫好，此地人就喜欢这种带劲的话。

二

转过两天，牛宝在独流镇的炮市上拉开阵势。

独流镇的炮市与静海县城不同。十来亩平平坦坦一块场子，四处围着泥坯垒的一道墙，多处坍塌，任人跨出跨进；地上光秃秃，只是戳着高高矮矮许多拴牲口的木桩，平时这是买卖牲口的地界儿。可一入腊月，卖花炮的渐渐挤进来，鞭炮一响，牲口吓走了，自然而然改做临时的炮市。

今儿牛宝好精神。一身崭新的棉袄棉裤，乌鞋净袜，脑袋一早洗过，此刻太阳一照，墨黑油亮。卖炮的人从没有这般打扮，烟熏火燎，鞭炸炮崩，衣衫多是旧破与煳洞。牛宝平时最不爱新衣，这样一身全新，架架棱棱，生生板板，像是相亲来的。他身边站着一个苍白消瘦的小子，带着病相，一双小眼倒是亮亮闪闪，十二分的精神。这人是他堂弟，名唤窦哥，专门折腾花炮的小贩。昨天牛宝请他买来一批上好鞭炮。窦哥既钻钱眼，也讲义气，买卖道上很有情面，这批鞭炮是他打沿儿庄"万家雷"家里买出来的。这"万家雷"不单名满静海，还在天津卫宫前大街和北平的厂甸设炮摊，挂字号，有几分名气。人说"万家雷"能开山打洞，装进大炮膛里当炮弹使。

牛宝连夜把鞭炮上凡有"万家雷"的戳记都扯下来，换上红纸，临时使块杜梨木刻条大鲤鱼盖上去。自打静海造炮千八百年来，还没见过这字号。转天满满装一小车，运到集上，车上车下摆得漂漂亮亮。大挂的万头雷子鞭，一包三尺多高，立在车上，像半扇猪，极是气派。牛宝和窦哥各拿一根大竹竿，足足两丈长，左右一站，好比守阵门的两员武将。

对面是圆头小子，手握长竿，挑一挂红纸大鞭，横刀立马站在前头。后边是装满鞭炮的驴车，那女人面雕泥塑般坐在车上。车前，除去那年龄小的小子，还多出一个黑瘦瘦的男子。他们腰上全扎一条辟邪用的红布腰带。炮市上的人看这阵势，知道要比炮，都围了上来。

窦哥一瞅对方,眼珠惊得差点没掉在地上,扭脸对牛宝低声说:

"牛宝哥,你咋跟他们斗上气儿了?人家是文安县蔡家啊!在天津卫'蔡家鞭'和'万家雷'齐名,前二年蔡家老大给火药炸死,蔡家人不大往咱静海这边来了,'蔡家鞭'也见不着了。哎,你瞧,坐在车上那俊俏人就是蔡家大媳妇,名叫春枝,方圆百里,打灯笼也难找着这么俊的人儿!可惜守了寡!这圆脑袋小子是蔡三,倚车站着的是蔡家老二和老四,都是放炮的好手。咱的炮再好,也放不过人家,更别说人家'蔡家鞭'了!"

牛宝听了,脑袋里只多了春枝,根本没有"蔡家鞭",还要多问,可不容他说话,圆头圆脑的蔡三已经将竹竿子使劲画起圈儿来,直把拴在竿尖上的那挂鞭甩成一条直线,在空中呜呜响。卖鞭的人都这么做,显示自己编炮使的麻绳结实不断。跟着,蔡三又变了手法,耍起花活,叫手中的竿子转起来,半圈紧,半圈松,一紧一松,有张有弛,那鞭就忽弯忽直,忽刚忽柔,蛇舞龙飞,十分好看,还没点炮,就引得人们叫好。随后,竹竿往地上"噔"地一戳,鞭炮垂下来,点着就炸,声音比上次那小钢鞭响几倍,震得周围一些拉车的牲口慌慌挪动身子和腿,受不住,要跑。

牛宝挑起一挂雷子鞭也点响,"万家雷"名不虚传,个个爆竹都像炸雷,带着一股烈性与豪气,只比蔡家的大鞭强,绝不比蔡家弱,也招来一阵喝好。

两边就紧紧较上劲儿。

只见蔡三往右边一闪,小小蔡四从车子那儿走来,手提一挂巨型大鞭,每只都有黄瓜一般粗,总共十二只,像是提着一串长茄子,引得人们喊怪叫奇。蔡四身小,虽然斜向上举,最下边的一只大鞭依然嚓嚓蹭地。牛宝头次瞧见这般大的鞭。窦哥告诉他:"这叫'一步一响',走一步,炸一个,这是蔡家鞭的看家货,已经多年见不到,你一听就知道了。"他掏钱给了身边一个熟人,嘀咕些话,然后对牛宝说:"我叫人去买他几挂,有几挂这鞭当幌子,今年多赚一倍钱。"

蔡四走到场子中央,蔡三帮他点着药芯子,大鞭炸天,响声像打炮,震得看热闹的人不单堵耳朵,还闭眼。小小蔡四却毫不为之所动,炮炸身边,浓烟蔽体,他却像提着笼子遛鸟,从容又清闲,叫人佩服蔡家人鞭炮这行真有功底。

蔡四稳稳当当走了十二步,一停,手里的大鞭刚好放完。一时不少人拥上来,争买大鞭。窦哥扬手大叫:"别急,还有更好的家伙哪!"他从车上抱下来一个天下少见的大雷子炮,立在地上,一尺多高,快要齐到膝盖,小胳膊粗,药芯子像根麻绳,大红纸筒,上边盖的戳记是条墨线大鱼。

"娘哟!这不是炸城池子用的吧!"有人惊叫道。

"你瞧炮上那条鱼,挺像是牛宝的缸鱼,哎,那壮小子是牛宝吧,他咋改行卖起炮来了?"

人们议论着。

春枝在车上,仍旧像娘娘庙里的泥像,端坐不动,只是眼睫毛偶尔惊颤一下,那是听到人们议论时的反应,这反应却不为任何人发现。

牛宝拿香点着大雷子炮,轰地炸开,烟腾火起,声如天塌地陷,近前的人溅了一身黄土,没人叫,都呆了,像是出了大事。连牛宝都发蒙,一时竟不知发生什么意外。面皮生疼,是大炮炸开气浪拍打的。惟有蔡家人眼皮眨也没眨,但这一炸,却使春枝对眼前的事全然明了了。

随后两边各逞其能，蔡家人放炮似有用不尽的花样，可牛宝一招不会，新棉袄叫炮打煳了两大片，一只耳朵打红了，差点丢人现眼，多亏窦哥常年贩炮，见多识广，会使小伎俩，支应着局面，但要不是"万家雷"货真价实，东西地道，也早叫蔡家打趴下了。看来，真东西没亏吃，此亦万事之理。

蔡家老二放"二踢脚"的本事叫人赞叹不已。他打开两把"二踢脚"，一个个插在红布腰带上，站在场子中央，先照寻常手法放上天空。蔡家鞭好，炮一样是头等；这"二踢脚"飞得高，炸得脆，高空一炸，碎屑飞散，像是打中一只鸟，羽毛迸开，飘飘飞去。他这样一连放三个，便换了手法，把"二踢脚"倒拿手里，点着药芯子，先叫下边一响在手上炸了，再用力抛上天空，炸上边一响。想叫它在哪儿炸就在哪儿炸。圆头圆脑的蔡三在两丈开外举起一挂鞭，蔡二看准，点着"二踢脚"，炸掉一响后，把余下一响抛过去，正好在那挂鞭下端炸开，当即引着那鞭，噼噼啪啪响起来，更引得周围一个满堂彩。这蔡老二得好却不罢手，更演出一手绝活。他像刚才那样倒拿"二踢脚"，炸掉下边一响后，却不抛出手，而是交给另一只手，抓住炸开的下半截，叫上边一响在另一只手上炸。两响不离手，一手一响，这招极是危险，换手慢了，就把手炸伤。但他黑瘦瘦紧绷绷的脸上老练而自信，动作从容又娴熟，好像玩一条鱼。

牛宝见对方压住自己，心里着急。

窦哥说："在天津卫大街上摆炮摊，不叫你乱放'二踢脚'，怕引着房子，崩着人，'二踢脚'就这样拿在手里，放给人看。蔡老大，就是那女人死了的爷儿们，还有手活儿更绝，他把大雷子夹在手指头缝里，一个指缝夹一个，两手总共夹八个，平举着，八个药芯子先后点着，哪个快炸，松开哪个。叫雷子掉下来炸，可又不能碰地，碰地会弹起来崩着人。这火候拿不准，手指头就炸飞了。如今蔡老大一死，没人敢耍这手活了。哎，牛宝哥，你咋直眼了？"

牛宝听着这话，眼盯着春枝，脑袋里轰地涌出个念头，他对窦哥说：

"你给俺把大雷子夹在手指头缝里，俺试试。"

"你疯啦，这手活是拿空炮筒子练出来的，咋能使真的试？炸坏手，你使啥画缸鱼，俺不干！"窦哥说。

牛宝不理他，从车上取些大雷子，一个个夹在手指缝里，平举双臂，瞪大眼，用一种命令口气对窦哥说："点上！"

窦哥见事不好，想扔下香头跑掉。

谁知牛宝这么一来，蔡家哥仨如同中了枪弹，怔住。春枝脸色十分难看，像是闹心口疼；蔡三红着脸喊道："这小子当俺们蔡家没人，欺侮俺们嫂子，拼啦！"哥仨疯了似的冲过来，还有蔡家同乡和要好的也一齐拥上。

牛宝还没弄懂这缘故，就给蔡家人摁在地上，窦哥也被揪扯住。对方喊着要把雷子插进他们屁眼儿点上，窦哥吓得叫救命求饶，想解释，却不知牛宝与蔡家究竟什么仇。牛宝给十来只大手死死摁着，摁得愈死，他犟劲愈大，用力一挣，脑袋刚抬起来，嘴巴反被压下来，在冻硬的地皮上蹭破，火辣辣地疼痛，蔡老三问他要干啥，他火在身体里撞，嘴更笨，索性大叫：

"俺想做你哥，俺想做蔡老大！"

这话叫在场的人全傻了！傻子也没有这么说话的。蔡家哥仨气得发狂，把他拉起来，用几十挂大鞭把他浑身上下缠起来，要炸他。牛宝使劲使得脖子脑门全是青筋，叫着：

"点火，点火呀！死活我是你哥啦！"

蔡三攥着一把香火，指着牛宝说："你欺人太甚，俺豁出去吃官司，坐大牢，今儿也要把你点了，大伙闪开，我个人做事个人当——"说着就要冲上去点。

"慢着。"忽然响起一个清亮的声音。

牛宝瞧见春枝竟站在他身前，一手拦着蔡三，面朝自己。这张脸就是在杨柳青年画《美人图》上也找不着，可此刻满面愁容，两眼亮晃晃，厚厚包着泪水，像是委屈极了。在牛宝惊讶中，春枝说："你不好好卖你的'缸鱼'，弄来这些'万家雷'来闹啥？你要再来搅扰俺，俺就亲手点这鞭！"然后对蔡家哥仨说："回家！"一扭身，一大片眼泪全甩在牛宝当胸上。牛宝觉得，像是一排枪子打在自己身上。

春枝和蔡家人去了，浑身缠着大鞭的牛宝，像那拴牲口的木桩，直呆呆戳在那儿。

三

如果牛宝不去沿儿庄，他和春枝这段纠缠也就此罢了。自己一时迷糊、冒傻、犯浑，把人家好好一个女人逼成那份可怜相。究竟春枝因何这般痛苦不堪，他琢磨不透。眼盯着溅在他棉衣上春枝的泪痕，后悔到头，不住地骂自己，最后把剩下的半车鞭炮堆在大开洼里点了，炸成火海雷天，惹得邻村人敲锣报警，以为谁家造炮，中了邪火，炸了窝。

转过两天，窦哥提着两瓶老白干、一包天津卫大德祥的鸡蛋糕来找他，要一同去沿儿庄谢谢人家姓万的，不管牛宝自己的事如何，人家"万家雷"真给使劲儿，那巨型的大雷子炮是万老爷子特意做的，真叫激动人心！这事关着窦哥生意道儿上的情面义气，牛宝便随窦哥来到沿儿庄。

沿儿庄人上至七老八十，下至童男童女，倘若不会造炮，非残即傻。尤其在这腊月里，家家院子的树杈上、衣杆上、屋檐下，都晾满整挂整挂沉甸甸的大鞭，好比秋后拿线穿成串儿晒在屋外的大辣椒；墙头摆满捆成盘的雷子两响，像是码起来的大南瓜，极是好看。那些进村出村的大车装满花炮，蒙上大红棉被，在冰天雪地里更是惹眼。这腊月的鞭炮之乡虽然十二分的热闹，却听不到一声炮响，静得绝对，静得离奇，静得叫人揪心。

牛宝万万想不到，这位跟火药打一辈子交道的万老爷子，竟然胆小如鼠。三九寒冬，屋里和屋外一般冷，炕不生火，灶不烧柴，茶碗里水全结成冰，惟有说话时从嘴里冒出点热气。牛宝和窦哥一进门，万老爷子就嘀咕他们身上有没有铁器、抽烟打火的家伙，鞋底钉没钉"橘子瓣儿"，还非叫他俩抬脚亮鞋底，看清楚才放心。窦哥假装不高兴地说：

"万老爷子每次都这么折腾我，下次我得光屁股来了。"

"别怪我疑神疑鬼。火是我们这行的灾。我不认字，我爹说灾字就是下边一个'火'字，上边三个火苗。所以俺们非到做饭时才生火，烟也不抽，家里除去做饭的锅，不准使一点铁器。那九十堡的'炮打灯'杨四，就是称火药时，秤砣掉在地上，迸出火星子，把一桶火药引炸，炸得杨四没有尸首，秤砣飞出半里多地。火这东西不知打哪儿来的，有时两家隔一道墙，这家点烟，火竟能穿墙过去，把那家屋里的鞭炮引着，火可邪啦……"万老爷子说到这儿，两眼发直，像是见到鬼，"哎，窦哥，你可小心点桌上那盆火药！"

待窦哥把"万家雷"前天在独流镇显威风的情景，一说一吹一捧，万老爷子才松开面皮，满脸直垂的皱纹也打弯了，龇开一嘴黄牙笑了。这儿井水盐碱也大，人牙焦黄。他神情得意地问道：

"俺那大活咋样？"

"还用说。生把土地炸个大坑，人说再炸就炸出个井来了。是不是这么说的，牛宝哥？"窦哥朝牛宝挤挤眼，叫他帮腔，哄万老爷子高兴。

牛宝嘴拙，找不着话说，只傻笑，点头。

万老爷子愈发得意，笑眯眯再问：

"你们跟谁家比炮？"

"俺们咋能拿您的'万家雷'去跟无名小辈比试，那不成请关老爷和小兵小卒比高低了？对手是文安县'蔡家鞭'蔡家，行吧？"

"噢？"万老爷子惊讶得很。他说："蔡老大一死，都说蔡家关门不造炮了，挂在天津卫的牌匾都摘了，怎么又出头露面，是不是假冒？"

"咋能假冒呢？蔡家四个大活人都在场呀！"

"咋四个？"

"蔡家老二、老三、老四，哥仨……"

"对呀，才三个，咋四个呢？"

"还有人家蔡老大的那俊媳妇春枝呢。春枝她——"窦哥说到春枝，看牛宝直了眼，便赶紧停住口。

"窦哥，你嘴动，胳膊别乱动，小心俺那火药盆子！"万老爷子叫道，然后叹口气说，"春枝那孩子命够苦，三个跟她贴近的男人全给炸死了——她爹，她公公，她爷儿们！俺说她是火命！是火！是灾！"

牛宝听得惊异不已，他死也想听明白；窦哥完全清楚牛宝的心思，何况他自己也想知道这闻所未闻的事，便死乞白赖，东绕西套，终于从万老爷子肚里掏出下边的话：

"哎，窦哥，俺当你万事通呢，你咋不知春枝姓杨，她爹就是九十堡'炮打灯'杨四啊。还是大清时候，天津卫炮市上就有句话，是'蔡家鞭，万家雷，杨家的炮打灯'，这都是上两辈人创的牌子，到今儿全是百年老炮了。那时，因为杨家是本县人，跟俺们万家熟识，蔡家远在文安，相互只知其名罢了。到了俺们这辈，杨家跟蔡家认识了，很要好，两家给春枝和蔡老大定了娃娃亲。可春枝十岁就死了妈，跟她爹相依为命过日子。后来孩子们长大，该成亲了，蔡家老头子就去找杨四商量嫁娶的日子，杨四怕春枝走了，一个人受不住孤单，非要蔡老大倒插门。其实蔡家有四个儿子，少一个在身边怕啥？蔡家老头子偏不肯，谈崩了，都上了火气，蔡家老头子回家喝闷酒，一头醉倒，睡成烂泥巴，忘了热炕上还烤着几十挂受了潮的大鞭呢！一下烤过了劲儿，炮炸火起，怪的是四个大小伙子愣没打火里弄出他们爹，活活烧死了。蔡家人恨死杨四，没人提那婚事。过两年，哎，就是俺刚头说过的——杨四同村人来找他借点火药，提着杆秤来称分量。造炮的人弄火药绝不准使铁器，勺用木勺，铲用木铲，他怎么忘了秤砣是铁疙瘩呢！秤杆一斜，秤砣砸在石头上，火星子迸进火药里，生把人炸得净光光，连根骨头也没找到。你们说奇不奇？好好一个人，像是变成一股烟，影都没留下，这是遭了啥罪？啥灾？杨家只剩下春枝孤孤单单一个闺女。那蔡老大来向她求婚，她不肯，不知因为她爹欠着蔡家一条命，还是怕一走，'炮打灯'杨家的根儿就此绝了？蔡老大打小跟春枝要好，知道这闺女的性子比火药还强，他竟造了一百个'炮打双灯'去到杨家门口放。意思是你杨家祖业给我蔡老大接过来了，绝断不了根脉。蔡老大是造炮好手，更是放炮好手，他把'炮打双灯'一个个立在手掌上托着放。凡是打上天的炮，头一响都得用'竖药'，只往高处蹿，不往横处炸。顶多觉出点坐力来，绝不会伤手。这又表示，他蔡老大已经把杨家的'炮打灯'学到家了。一百个放完，春枝流着泪出屋，二话没说，跟他去了文安……哎，窦哥,这些事你咋会不知道呢?"

"只只片片听见过,可各村各庄造花炮的年年出事,年年死人,哪会连成您这么长的故事!"窦哥说,"俺倒听人说过蔡老大的死,他是惹了大仙吧?"

"说是也是。春枝嫁到蔡家第二年,也是年根底下,她做了一盘'炮打灯',打算三十夜里自己放,祭祖呗!她剩下一捧炸药没处放,就使高丽纸包个包儿,塞到鸡窝后边夹缝里。这地方平时绝没人去碰,最保险。谁知夜里闹黄鼠狼,钻进鸡窝后边夹缝里,这也奇了,它上房翻墙,跑哪儿去不成,偏扎到火药包上。蔡老大拿棍子一捅,嘿,正好,'轰'地生把蔡老大炸得人飞起来,撞在屋檐上,再摔下来,成了血人……唉,怎么这样巧,又都巧到春枝一个人身上?也是命呗!出殡那天,春枝把自己编了十天十夜的两挂大鞭,足有几十万头,挂在大门两边老树上,放起来足足响了整整一夜,直叫整个村的人听着听着,都听哭了……"

牛宝听到这里,忽地翻身趴在地上,给万老爷子叩头。万老爷子蒙了,忙弯腰搀扶,说道:

"俺哪句话伤着你了,快起来,快起来,告诉俺,俺赔不是!"

牛宝却不起身,脑门撞地,咚咚山响,然后抬起泪花花的脸说:"您得教俺造'炮打灯',您得教俺造'炮打灯',您得教俺造'炮打灯'……"反反复复只这一句话。

万老爷子更糊涂了,窦哥心里却很明白,他害怕牛宝再去惹事,但牛宝犟上劲儿的事,愈拦愈坏,因此他非但没有劝阻,反也趴在地上给万老爷子叩头说:

"您成全俺哥哥吧!"

这句话像是在万老爷子脑袋里点盏灯。万老爷子先是惊讶,随后摇着头低声说:

"要说春枝是个好闺女,懂事明理,知情讲义,可惜她天生是火命,是灾祸!你去问问文安县的光棍,还有人敢娶她做老婆吗?听俺一句吧,老弟!你只要一沾她,灾祸就扑上身,快快绝了这念头!"

牛宝额头顶着地,一动不动,说话的声音便又闷又重:"俺、俺死活要当蔡老大。"他不会再多说一句。

乡里人之间并不靠说,哼哼两声,谁都能知道谁的意思。万老爷子叹口长气,无奈地说道:"都是命里有啊!好,都起来吧,俺教!"他屁股没离凳子,一转,旁边就是一头吊在房梁上的赶版。他使这赶版一下一个,赶出四五十个炮筒子交给牛宝。然后把桌上的火药盒子和几个料碗端过来说:"一硝、二磺、三木炭,火药就这三样东西。你要想往天上打,少放磺,多放炭,这叫竖药;你要想往横处炸,多放磺,少放炭,这叫横药。'炮打灯'是把灯往天上送,下边一响必得用竖药。听明白了?硫磺好买,县城里铺子就卖,木炭你自己会烧?"

"俺画样子就拿木炭起稿。把柳树枝用泥封在洋铁罐里烧,行不?"牛宝说。

"这可不行!造炮的木炭不能使柳枝,只能用青麻秆。"

"麻秆倒有,可硝到哪儿去弄?"

"碱河边有的是,白花花一片片。人说文安、任丘那边地上的硝更好,是火硝。"窦哥插嘴说。

"使那硝造炮,还不如放屁响。俺告你们个绝密。你们要是说给外人,俺就使炮炸了你们——"万老爷子凑过织满皱纹的老脸,表情神秘,压低嗓音说,"你们就到俺家对面那茅厕后的墙上去刮。"

"那是尿硝啊!"窦哥说。

"谁说不是。这村里人身上全是硝，尿出来的尿烫手，结成的尿硝才有劲儿哪！我家的不行，人老了，没火力。对面崔家五个小子，个个像小牛，那硝面子才是好东西。"万老爷子说，"这硝弄回去，可不能直接使，先用锅熬，熬成水，泼在木炭上，晾干压成粉再掺硫磺。记得，一份硝炭，一份半硫磺。'炮打灯'使竖药，还得多放硝炭！"

"那打到天上的灯，咋做法？"牛宝问。

万老爷子说："这东西叫明子，你不会配，俺送你些吧。"他从身后拿出两个瓦坛子，里边装着黄豆大小、药丸似的东西，各拿出几十粒，分别使红绿纸包上。"这红纸包的，打到天上就是红灯，绿纸包的打到天上是绿灯。'炮打灯'有很多样儿，有一响一灯，有两响七灯，俗称'炮打七灯'，可灯色都是黄色的。惟有这'炮打双灯'，一红一绿，打到天上才好看哪！听俺爷爷说，大清时候，男的向女的求婚，就在人家房前放这炮。当年蔡老大在杨家房前放'炮打双灯'，多半就是这意思。"

牛宝呼啦一声又趴地上，给万老爷子连叩响头，像是遇到救命大恩人。他动作太猛，差点把桌上火药盆子撞下来，幸亏窦哥眼疾手快抱住了。

待牛宝与窦哥千恩万谢告辞回去，万老爷子一人叹息、摇头，还狠狠砸了自己几拳，好像自己伤天害理、送人上西天了。

牛宝和窦哥出来就绕到对面茅厕后边。一看沿墙根白白的，果然都是尿硝，又厚又硬，使瓦片刮下来，晶莹闪亮。两人正刮得带劲，有个孩子喊："有人偷硝了。"吓得他俩赶紧使帽头兜上硝面子，慌张逃出村，再逃回家。

牛宝照万老爷子的法儿，买料、配料、装活，他平日里干活认真，可此时脑袋着魔了，总一闪一闪老年间求婚使的那一双双红灯绿灯，糊里糊涂弄不清硝炭同硫磺，该是哪多哪少，装了一半，便不敢再装。傍晚时候，窦哥来了，两人一说，窦哥笑道：

"你脑袋里净是那春枝啦，咋弄不清呢？'炮打灯'使竖药往天上打呗，多掺些木炭不就行了！"牛宝往药里又加些木炭。两人在房后空地上试了两个，真鼓捣成啦！一响过后，打炮筒里飞出两条亮线，一红一绿，直上天空，老高老高，跟着变成一红一绿两盏灯，极亮极艳，照得天都暗了。窦哥看去，这双灯不在天上，而是在牛宝眼里；那大眼眶子中间，绚烂五彩，烁烁逼人。可窦哥哪知，刚刚牛宝往火药里加木炭之前，已经装成的一些炮，配料正好弄反，竖药成横药！

四

静海县城逢四逢八是大集。今儿是腊月二十八，大年根儿，赶集是最后一遭儿，买卖东西的人便都翻几番，穿戴也鲜活多了；炮市上更是气势压人，河床上烟火连天，炸声如雷，像是开了战；两岸堤坡装鞭炮的车排得密不透风，好似千军万马列成长蛇阵。牛宝和窦哥手拿一包"炮打双灯"，蹲在一辆牛车后头，等候天晚人少。牛宝目光穿过大车轮子，一直死盯着春枝。她依旧在那歪脖柳树下，坐那驴车上，依旧黑衣服、白脸儿、红头巾，但她不像前两次木雕泥塑般纹丝不动，而是把俊俏小脸扭来扭去，东张西望，像是在找什么。蔡家哥仨放鞭卖炮，忙前忙后，她却像没瞧见。

下晌后，炮市明显歇下劲来，停在堤上的大车走了许多，零零落落，不成阵势；河床中央的硝烟也见稀薄，看出一个个人来。日头西沉，景物、天空乃至空气全变暗，火光反显得分外明亮。渐渐剩下的人多是鞭炮贩子，吆喝喊叫加劲闹，无非想把压在手里的货甩出去。鞭炮这东西，压过腊月二十八，就得压上一年。地上炸碎的鞭炮屑儿，已经铺了厚厚一层，歪脖树下的蔡家人开始收摊子，也要返回去了，就这时牛宝带着窦哥突然出现在蔡家人面前。

春枝眼睛一亮，像是这才定住魂儿。

蔡家哥仨马上抄起家伙走上来。他们见牛宝立眉张目，嘴角紧张得直抖，有股子决然神气，以为并非比炮，只是要报复前仇，拼命来的。可牛宝不动手也不动嘴，他把厚厚大手平着向前一伸，掌心朝上，中央摆着一个"炮打双灯"，大红炮筒，绿纸糊顶，还使黄纸盖个鲤鱼戳记粘贴中间，鲜艳漂亮，不是画画的牛宝，谁能把花炮打扮成这个样儿？蔡家哥仨一看，立即明白牛宝要干什么，气急眼红，竹竿子给抖动的膀臂震得哗哗响。他们回头看春枝，等待嫂子下令，他们就把这欺侮人到家的小子活活打死。只见春枝脸刷白，没一点血色，紧咬着嘴唇，两眼却像一对小火苗，闪闪冒光，叫蔡家哥仨不明白。

牛宝拿香头把立在手心的炮点着，一声响过，一对浓艳照眼的红绿双灯，腾空而起，他人也觉得随同升起，绚烂地呈现在幽蓝的晚空上。一个放过，窦哥就递上一个，一双双火弹连续不断打上天，美丽、响亮，又咄咄逼人。春枝抬头看，这双灯是她的过去——她最好的日子和最美的希望；而双灯一亮一灭，便是她坎坷多难的岁月经历，她入迷了。

突然，一声巨响，一个炮在牛宝手心爆炸，没往天上蹿，却往横处崩，手心登时裂开，血淌下来。窦哥急得忙把塞在牲口耳朵里的红布拉出来，要给牛宝缠手，一边叫着："牛宝哥，别再放了。人家春枝不会跟你的……"

牛宝抢过红布一扬，朝窦哥喊道："拿来，拿炮给俺！你不给俺就宰了你！"他瞪圆一对牛眼，像门神，很吓人，脑门上的青筋鼓起来嘣嘣直跳。

一个炮递过去，又炸了手心，眼瞅着皮开肉绽，手掌像托着一盘炒鱿鱼卷儿。窦哥忽想到万老爷子的话，一股子不祥感透入骨头，不觉心寒胆战，掉着眼泪哀求道：

"咱中了万老爷子的话了，再放下去没命了，求你快回家吧！"

牛宝不吭声，像是没听见。一个个炮立在血肉模糊的手掌上，点着药芯子，有的飞上去，有的往横处乱炸，完全没有准，血点子滴了一片。蔡家哥仨和周围的人都看呆了。决死的人跟神仙差不多，叫人敬畏。那打上去的双灯，像是带着血，变成血灯。牛宝后牙咬得咯咯咯响，努力不叫托炮的胳膊打战，两眼死死盯着春枝。春枝坐在车上一动不动，但双手紧紧抓住盖在车上的红棉被，好像一松手，人就要掉下车来。

牛宝又点着一个"炮打双灯"，他万没想到这炮筒子里硫磺这么多，几乎是炸弹，猛烈一声巨响，火光闪着血光，牛宝倒在地上，春枝倒在车上。

一年后，还是腊月里，牛宝赶车往县城赶集，左手扬鞭，残断的右手缩在袄袖里。他拿不成笔，不能再画缸鱼了，改卖"杨家的炮打灯"，而且只卖"炮打双灯"。满满一车花炮盖着大红棉被，上头坐着一个鲜艳如花的女人，便是春枝。

但人们说到他俩，都暗暗摇头。窦哥无意间，把万老爷子应验了的预言泄露出来，大家更信春枝这女人是火、是灾、是祸，瞧！她还没进牛家门，就叫牛宝先废了一只手，而且是干活画画的手，这跟搭进去半条命差不多。牛宝听到这些闲话，憨笑不语，人间的苦乐惟有自知。

高女人和她的矮丈夫

一

你家院里有棵小树，树干光溜溜，早瞧惯了，可是有一天它忽然变得七扭八弯，愈看愈别扭。但日子一久，你就看顺眼了，仿佛它本来就应该是这样子。如果某一天，它忽然重新变直，你又会觉得说不出多么不舒服。它单调、乏味、简易，像根棍子！其实，它不过恢复最初的模样，你何以又别扭起来？

这是习惯吗？嘿，你可别小看"习惯"！世界万事万物中，它无所不在。别看它不是必须恪守的法定规条，惹上它照旧叫你麻烦和倒霉。不过，你也别埋怨给它死死捆着，有时你也会不知不觉地遵从它的规范。比如说，你敢在上级面前喧宾夺主地大声大气地说话吗？你能在老者面前放肆地发表自己的主见吗？在合影时，你能叫名人站在一旁，你却大模大样站在中间放开笑颜？不能，当然不能。甭说这些,你娶老婆,敢娶一个比你年长十岁、比你块头大,或者比你高一头的吗?你先别拿空话敉火,眼前就有这么一对——

二

她比他高十七厘米。

她身高一米七五,在女人们中间算作鹤立鸡群了;她丈夫只有一米五八,上大学时绰号"武大郎"。他和她的耳垂儿一般齐,看上去却好像差两头!

再说他俩的模样:这女人长得又干、又瘦、又扁,脸盘像没上漆的乒乓球拍儿。五官还算勉强看得过去,却又小又平,好似浅浮雕,胸脯毫不隆起,腰板细长僵直,臀部瘪下去,活像一块硬挺挺的搓板。她的丈夫却像一根短粗的橡皮辊儿:饱满,轴实,发亮;身上的一切——小腿啦,脚背啦,嘴巴啦,鼻头啦,手指肚儿啦,好像都是些溜圆而有弹性的小肉球。他的皮肤柔细光滑,有如质地优良的薄皮子。过剩的油脂就在这皮肤下闪出光亮,充分的血液就从这皮肤里透出鲜美微红的血色。他的眼睛简直像一对电压充足的小灯泡,他妻子的眼睛可就像一对乌乌涂涂的玻璃球儿了。两人在一起,没有谐调,只有对比。可是他俩还好像拴在一起,整天形影不离。

有一次,他们邻居一家吃团圆饭时,这家的老爷子酒喝多了,乘兴把桌上的一个细长的空酒瓶和一罐矮墩墩的猪肉罐头摆在一起,问全家人:"你们猜这像嘛?"他不等别人猜破就公布谜底,"就是楼下那高女人和她的矮爷儿们!"

全家人轰然大笑,一直笑到饭后闲谈时。

他俩究竟是怎么凑成一对的?

这早就是团结大楼几十户住家所关注的问题了。自从他俩结婚时搬进这大楼，楼里的老住户无不抛以好奇莫解的目光。不过，有人爱把问号留在肚子里，有人忍不住要说出来罢了。多嘴多舌的人便议论纷纷。尤其是下雨天气，他俩出门，总是那高女人打伞。如果有什么东西掉在地上，矮男人去拾便是最方便了。大楼里一些闲得没事儿的婆娘们，看到这可笑的情景，就在一旁指指画画。难禁的笑声，憋在喉咙里咕咕作响。大人的无聊最能纵使孩子们的恶作剧。有些孩子一见到他俩就哄笑，叫喊着："扁担长，板凳宽……"他俩闻如未闻，对孩子们的哄闹从不发火，也不答理。可能为此，也就与大楼里的人们一直保持着相当冷淡的关系。少数不爱管闲事的人，上下班碰到他们时，最多也只是点点头，打一下招呼而已。这便使那些真正对他俩感兴趣的人们，很难再多知道一些什么。比如，他俩的关系如何？为什么结合在一起？谁将就谁？没有正式答案，只有靠瞎猜了。

这是座旧式的公寓大楼，房间的间量很大，向阳而明亮，走道又宽又黑。楼外是个很大的院子，院门口有间小门房。门房里也住了一户，户主是个裁缝。裁缝为人老实，裁缝的老婆却是个精力充沛、走家串户、爱好说长道短的女人，最喜欢刺探别人家里的私事和隐秘。这大楼里家家的夫妻关系、姑嫂纠纷、做事勤懒、工资多少，她都一清二楚。凡她没弄清楚的事情，就要千方百计地打听到；这种求知欲能使愚顽成才。她这方面的本领更是超乎常人，甭说察言观色，能窥见人们藏在心里的念头；单靠嗅觉，就能知道谁家常吃肉，由此推算出这家收入状况。不知为什么，六十年代以来，处处居民住地，都有这样一类人被吸收为"街道积极分子"，使得他们对别人的干涉欲望合法化，能力和兴趣也得到发挥。看来，造物者真的不会荒废每一个人才的。

尽管裁缝老婆能耐，她却无法获知这对天天从眼前走来走去的极不相称的怪夫妻结合的缘由。这使她很苦恼，好像她的才干遇到了有力的挑战。但她凭着经验，苦苦琢磨，终于想出一条最能说服人的道理：夫妻俩中，必定一方有某种生理缺陷，否则谁也不会找一个比自己身高逆差一头的对象。她的根据很可靠：这对夫妻结婚三年还没有孩子呢！于是团结大楼的人都相信裁缝老婆这一聪明的判断。

事实向来不给任何人留情面，它打败了裁缝老婆！高女人怀孕了。人们的眼睛不断地瞥向高女人渐渐凸出来的肚子。这肚子由于离地面较高而十分明显。不管人们惊奇也好，质疑也好，困惑也好，高女人的孩子呱呱坠地了。每逢大太阳或下雨天气，两口子出门，高女人抱着孩子，打伞的事就落到矮男人身上。人们看他迈着滚圆的小腿、半举着伞儿、紧紧跟在后面的滑稽样子，对他俩居然成为夫妻，居然这样形影不离，好奇心仍然不减当初。各种听起来有理的说法依旧都有，但从这对夫妻身上却得不到印证。这些说法就像没处着落的鸟儿，啪啪地满天飞。裁缝老婆说："这两人准有见不得人的事。要不他们怎么不肯接近别人？身上有脓早晚得冒出来，走着瞧吧！"果然一天晚上，裁缝老婆听见了高女人家里发出打碎东西的声音。她赶忙以收大院扫地费为借口，去敲高女人家的门。她料定长久潜藏在这对夫妻间的隐患终于爆发了，她要亲眼看见这对夫妻怎样反目，捕捉到最生动的细节。门开了，高女人笑吟吟迎上来，矮丈夫在屋里也是笑容满面，地上一只打得粉碎的碟子——裁缝老婆只看到这些。她匆匆收了扫地费出来后，半天也想不明白这对夫妻之间到底发生了什么事。打碎碟子，没有吵架，反而像什么开心事一般快活。怪事！

后来，裁缝老婆做了团结大院的街道居民代表。她在协助户籍警察挨家查对户口时，终于找到了多年来经常叫她费心的问题答案，一个确凿可信、无法推翻的答案。原来这高女人和她的矮丈夫，都在化学工业研究所工作。矮男人是研究所总工程师，工资达一百八十元之多！高女人只是一名普普通通的化验员，收入不足六十元，而且出生在一个辛苦而赚钱又少的邮递员家庭。不然她怎么会嫁给一个比自己矮一头的男人？为了地位，为了钱，为了过好日子，对！她立即把这珍贵情报，告诉给团结大楼里闲得难受的婆娘们。人们总是按照自己的思维方式去解释世界，尽力把一切事物都和自己的理解力拉平。于是，裁缝老婆的话被大家确信无疑。多年来留在人们心里的谜，一下子被打开了。大家恍然大悟：原来这矮男人是个先天不足的富翁，高女人是个见钱眼开、命里有福的穷娘儿们。当人们谈到这个模样像匹大洋马，却偏偏命好的高女人时，语调中往往带一股气。尤其是裁缝老婆。

三

人命运的好坏不能看一时，可得走着瞧。

一九六六年，团结大楼就像缩小了的世界，灾难降世，各有祸福，楼里的所有居民都到了"转运"时机。生活处处都是巨变和急变。矮男人是总工程师，迎头遭到横祸，家被抄，家具被搬得一空，人挨过斗，关进"牛棚"。祸事并不因此了结，有人说他多年来，白天在研究所工作，晚上回家把研究成果偷偷写成书，打算逃出国，投奔一个有钱的远亲，把国家科技情报献给外国资本家——这个荒诞不经的说法居然有很多人信以为真。那时，世道狂乱，人人失去常态，宁肯无知，宁愿心狠，还有许多出奇的妄想，恨不得从身旁发现出希特勒。研究所的人们便死死缠住总工程师不放，吓他，揍他，施加各种压力，同时还逼迫高女人交出那部谁也没见过的书稿，但没效果。有人出主意，把他俩弄到团结大楼的院里开一次批斗大会；谁都怕在亲友熟人面前丢丑，这也是一种压力。当各种压力都使过而无效时，这种做法，不妨试试，说不定能发生作用。

那天，团结大楼有史以来这样热闹——

下午研究所就来了一群人，在当院两棵树中间用粗麻绳扯了一道横标，写着那矮子的姓名，上边打个叉；院内外贴满口气咄咄逼人的大小标语，并在院墙上用十八张纸公布了这矮子的"罪状"。会议计划在晚饭后召开。研究所还派来一位电工，在当院拉了电线，装上四个五百烛光的大灯泡。此时的裁缝老婆已经由街道代表升任为治保主任，很有些权势，志得意满，人也胖多了。这天可把她忙得够呛，她带领楼里几个婆娘，忙里忙外，帮着刷标语，又给研究所的革命者们斟茶倒水，装灯用电还是从她家拉出来的线呢！真像她家办喜事一样！

晚饭后，大楼里的居民都给裁缝老婆召集到院里来了。四盏大灯亮起来，把大院照得像夜间球场一般雪亮。许许多多人影，好似放大了数十倍，投射在楼墙上。这人影都是肃然不动的，连孩子们也不敢随便活动。裁缝老婆带着一些人，左臂上也套上红袖章。这袖章在当时是最威风的了。她们守在门口，不准外人进来。不一会儿，化工研究所一大群人，也戴着袖章，押着高女人和她的矮丈夫，一路呼着口号，浩浩荡荡地来了。矮男人胸前挂一块牌子，高女人没挂。他俩一直给押到台前，并排低头站好。裁缝老婆跑上来说："这家伙太矮了，后边的革命群众瞧不见。我给他想点办法！"说着，带着一股冲动劲儿扭着肩上两块肉，从家里抱来一个肥皂箱子，倒扣过来，叫矮男人站上去。这样一来，他才与自己的老婆一般高，但此时此刻，很少有人对这对大难临头的夫妻不成比例的身高发生兴趣了。

大会依照流行的格式召开。宣布开会，呼口号，随后是进入了角色的批判者们慷慨激昂的发言，又是呼口号。压力使足，便开始要从高女人嘴里逼供了。于是，人们围绕着那本"书稿"，唇枪舌剑地向高女人发动进攻。你问，我问，他问；尖声叫，粗声吼，哑声喊；大声喝，厉声逼，紧声追……高女人却只是摇头，真诚恳切地摇头。但真诚最廉价，相信真诚就意味着否定这世界上的一切。

无论是脾气暴躁的汉子们跳上去，挥动拳头威胁她，还是一些颇工心计的人，想出几句巧妙而带圈套的话问她，都被她这恳切又断然的摇头拒绝了。这样下去，批判会就会没结果，没成绩，甚至无法收场。研究所的人有些为难，他们担心这个会开得虎头蛇尾；乘兴而来，败兴而归。

裁缝老婆站在一旁听了半天，愈听愈没劲。她大字不识，既对什么"书稿"毫无兴趣，又觉得研究所这帮人说话不解气。她忽地跑到台前，抬起戴红袖章的左胳膊，指着高女人气冲冲地问：

"你说，你为什么要嫁给他？"

这句突如其来的问话使研究所的人一怔，不知道这位治保主任的问话与他们所关心的事有什么奇妙的联系。

高女人也怔住了。她也不知道裁缝老婆为什么提出这个问题。这问题不是这个世界所关心的。她抬起几个月来被折磨得如同一张皱巴巴的枯叶的瘦脸，脸上满是诧异的神情。

"好啊！你不敢回答，我替你说吧！你是不是图这家伙有钱，才嫁给他的？没钱，谁要这么个矮子！"裁缝老婆大声说。声调中有几分得意，似乎她才是最知道这高女人根底的。

高女人没有点头，也没摇头。她好像忽然明白了裁缝老婆的一切，眼里闪出一股傲岸、嘲讽、倔犟的光芒。

"好，好，你不服气！这家伙现在完蛋了，看你还靠得上不！你心里是怎么回事，我知道！"裁缝老婆一拍胸脯，手一挥，还有几个婆娘在旁边助威，她真是得意到极点。

研究所的人听得稀里糊涂。这种弄不明白的事，就索性糊涂下去更好。别看这些婆娘们离题千里地胡来，反而使会场一下子热闹起来。没有这种气氛，批判会怎好收场？于是研究所的人也不阻拦，任使婆娘们上阵发威。只听这些婆娘们叫着：

"他总共给你多少钱？他给你买过什么好东西？说！"

"你一月二百块钱不嫌够，还想出国，美的你！"

"邓拓是不是你们的后台？"

"有一天你往北京打电话，给谁打的，是不是给'三家村'打的？"

会开得成功与否，全看气氛如何。研究所主持批判会的人，看准时机，趁会场热闹，带领人们高声呼喊了一连串口号，然后赶紧收场散会。跟着，研究所的人又在高女人家搜查一遍，撬开地板，掀掉墙皮，一无所获，最后押着矮男人走了，只留下高女人。

高女人一直待在屋里，入夜时竟然独自出去了。她没想到，大楼门房的裁缝家虽然闭了灯，裁缝老婆却一直守在窗口盯着她的动静。见她出去，就紧紧尾随在后边，出了院门，向西走了两个路口，只见高女人穿过街在一家门前停住，轻轻敲几下门板。裁缝老婆躲在街这面的电线杆后面，屏住气，瞪大眼，好像等着捕捉出洞的兔儿。她要捉人，自己反而比要捉的人更紧张。

吱呀一声，那门开了。一位老婆婆送出个小孩。只听那老婆婆说：

"完事了？"

没听见高女人说什么。

又是老婆婆的声音：

"孩子吃饱了，已经睡了一觉。快回去吧！"

裁缝老婆忽然想起，这老婆婆家原是高女人的托儿户，满心的兴致陡然消失。这时高女人转过身，领着孩子往回走，一路无话，只有娘儿俩的脚步声。裁缝老婆躲在电线杆后面没敢动，待她们走出一段距离，才独自怏怏地回家了。

第二天一早，高女人领着孩子走出大楼时眼圈明显地发红，大楼里没人敢和她说话，却都看见了她红肿的眼皮。特别是昨晚参加过批斗会的人们，心里微微有种异样的、亏心似的感觉，扭过脸，躲开她的目光。

四

矮男人自批判会那天被押走后，一直没放回来。此后据消息灵通的裁缝老婆说，矮男人又出了什么现行问题，进了监狱。高女人成了在押囚犯的老婆，落到了生活的最底层，自然不配住在团结大楼内那种宽敞的房间，被强迫和裁缝老婆家调换了住房。她搬到离楼十几米远孤零零的小屋去住。这倒也不错，省得经常和楼里的住户打头碰面，互相不敢答理，都挺尴尬。但整座楼的人们都能透过窗子，看见那孤单的小屋和她孤单单的身影。不知她把孩子送到哪里去了，只是偶尔才接回家住几天。她默默过着寂寞又沉重的日子，三十多岁的人，从容貌看上去很难说她还年轻。裁缝老婆下了断语：

"我看这娘儿们最多再等上一年。那矮子再不出来，她就得改嫁。要是我啊——现在就离婚改嫁，等那矮子干嘛，就是放出来，人不是人，钱也没了！"

过了一年，矮男人还是没放出来，高女人依旧不声不响地生活，上班下班，走进走出，点着炉子，就提一个挺大的黄色的破草篮去买菜。一年三百六十五天，天天如此……但有一天，矮男人重新出现了。这是秋后时节，他穿得单薄，剃了短平头，人大变了样子，浑身好似小了一圈儿，皮肤也褪去了光泽和血色。他回来径直奔楼里自家的门，却被新户主、老实巴交的裁缝送到门房前。高女人蹲在门口劈木柴，一听到他的招呼，唰地站起身，直怔怔看着他。两年未见的夫妻，都给对方的明显变化惊呆了。一个枯槁，一个憔悴；一个显得更高，一个显得更矮。两人互相看了一忽儿，赶紧掉过头去，高女人扭身跑进屋去，半天没出来，他便蹲在地上拾起斧头劈木柴，直把两大筐木块都劈成细木条。仿佛他俩再面对片刻就要爆发出什么强烈而受不了的事情来。此后，他俩又是形影不离地一起上班，一起下班回家，一切如旧。大楼里的人们从他俩身上找不出任何异样，兴趣也就渐渐减少。无论有没有他俩，都与别人无关。

一天早上，高女人出了什么事。只见矮男人惊慌失措从家里跑出去。不一会儿，来了一辆救护车把高女人拉走。一连好些天，那门房总是没人，夜间也黑着灯。二十多天后，矮男人和一个陌生人抬一副担架回来，高女人躺在担架上，走进小门房。从此高女人便再没有出屋。矮男人照例上班，傍晚回来总是急急忙忙生上炉子，就提着草篮去买菜。这草篮就是一两年前高女人天天使用的那个，如今提在他手里便显得太大，底儿快蹭地了。

转年天气回暖时，高女人出屋了。她久久没见阳光的脸，白得像刷了一层粉那样难看。刚刚立起的身子左倒右歪。她右手拄一根竹棍，左胳膊弯在胸前，左腿僵直，迈步困难，一看即知，她的病是脑血栓。从这天起，矮男人每天清早和傍晚都搀扶着高女人在当院遛两圈。他俩走得艰难缓慢。矮男人两只手用力端着老婆打弯的胳膊。他太矮了，抬她的手臂时，必须向上耸起自己的双肩。他很吃力，但他却掬出笑容，为了给妻子以鼓励。高女人抬不起左脚，他就用一根麻绳，套在高女人的左脚上，绳子的另一端拿在手里。高女人每要抬起左脚，他就使劲向上一提绳子。这情景奇异，可怜，又颇为壮观，使团结大楼的人们看了，不由得受到感动。这些人再与他俩打头碰面时，情不自禁地向他俩主动而友善地点头了……

五

高女人没有更多的福气在矮小而挚爱她的丈夫身边久留。死神和生活一样无情。生活打垮了她，死神拖走了她。现在只留下矮男人了。

偏偏在高女人离去后，幸运才重新来吻矮男人的脑门。他被落实了政策，抄走的东西发还给他了，扣掉的工资补发给他了。只剩下被裁缝老婆占去的房子还没调换回来。团结大楼里又有人眼盯着他，等着瞧他生活中的新闻。据说研究所不少人都来帮助他续弦，他都谢绝了。裁缝老婆说：

"他想要什么样的，我知道。你们瞧我的！"

裁缝老婆度过了她的极盛时代，如今变得谦和多了。权力从身上摘去，笑容就得挂在脸上。她怀里揣了一张漂亮又年轻的女人照片，去到门房找矮男人。照片上这女人是她的亲侄女。

她坐在矮男人家里，一边四下打量屋里的家具物件，一边向这矮小的阔佬提亲。她笑容满面，正说得来劲，忽然发现矮男人一声不吭，脸色铁青，在他背后挂着当年与高女人的结婚照片，裁缝老婆没敢掏出侄女的照片，就自动告退了。

几年过去，至今矮男人还是单身鳏居，只在周日，从外边把孩子接回来，与他为伴。大楼里的人们看着他矮墩墩而孤寂的身影，想到他十多年来的一桩桩事，渐渐好像悟到他坚持这种独身生活的缘故……逢到下雨天气，矮男人打伞去上班时，可能由于习惯，仍旧半举着伞。这时，人们有种奇妙的感觉，觉得那伞下好像有长长一大块空间，空空的，世界上任什么东西也填补不上。

雕花烟斗

一、老花农

他被这大盆光灿灿的凤尾菊迷住了。

这菊花从一人多高的花架上喷涌而出，闪着一片辉煌夺目的亮点点儿，一直泻到地上，活像一扇艳丽动人的凤尾，一条给舞台的灯光照得熠熠发光的长裙，一道瀑布——一道静止、无声、散着浓香的瀑布，而且无拘无束，仿佛女孩子们洗过的头发，随随便便披散下来。那些缀满花朵的修长的枝条纷乱地穿插垂落，带着一种山林气息和野味儿。在花的世界里，惟有凤尾菊才有这样奇特的境界。他顶喜欢这种花了。

大自然的美使他拜倒和神往。不知不觉间他一只手习惯地、下意识地从衣兜里掏出一个挺大的核桃木雕花烟斗，插在嘴角，点上火，才抽了几口，突然意识到花房里不准吸烟，他慌忙想找个地方磕灭烟火,一边四下窥探,看看是否被看花房的人瞧见了。

花房里静悄悄,幸好没有旁人,他暗自庆幸。可就在这时,忽见身旁几片肥大浓绿的美人蕉叶子中间,有一张黑黑的老汉的脸直对着他。这张脸长得相当古怪,竟使他吓了一跳。显然这是看花房的人,不知什么时候站在这里的,而且没出一声,好像一直躲在叶子后边监视着他。一双灰色的小眼睛牢牢盯着他嘴上的烟斗。烟斗正冒着烟儿。他刚要上前承认和解释自己的过错,那老汉却出乎他的意料,对他招招手,和气地说:

"没关系,到这边来抽吧!"

他怔了一下,不觉从眼前几片蕉叶下钻过去。老汉转过身引着他走了几步,停住,这里便是花房的一角。

这儿,靠墙是条砖砌的土炕,上边的铺盖卷成卷儿,炕上只铺一张苇席;炕旁放着一堆短把儿的尖头锄、长柄剪子、喷水壶、水桶、麻绳和细竹棍之类;炕前潮湿的黄土地扫得干干净净。中间摆一个矮腿的方木桌,只有一尺多高,像炕桌;隔桌相对放两把小椅子——实际上是凳子,不过有个小靠背,像幼儿园孩子们用的那种小椅子。桌椅没有涂漆,光光的木腿从地上吸了水分,都有半截的湿痕。桌面上摊开一张旧报纸,晾着几片焦黄的烟叶子……看来,这看花房的老汉,还是个收拾花的老花农呢!以前他来过这里几次,印象中似乎有这么个人,但从未注意过。

"您自管抽吧,这儿透气。"

老花农指指床上边一扇打开的小玻璃窗说,并请他坐下,斟了一碗热水,居然还恭恭敬敬放在他面前,使他这个犯了错的人非常不安,也更加不明白老汉为什么如此对待他。

随后,老花农坐在他对面,打腰里拿出一杆小烟袋和一个圆圆的磨得锃亮的洋铁烟盒,打开烟盒盖儿,动手装烟叶。但这双手痉挛似的抖着，装了一阵子才装满。点上火抽起来，也不说话，却不住地对他露出笑容，还总去瞟他叼在嘴上的烟斗。他从老花农古怪的脸上，很难看出是何意思。是善意地讥笑他刚才的过失，还是对他表示好感呢？自己能引起别人什么好感来？他百思莫解，老花农却开了口：

"唐先生，您还画画不？"

他怔住了。"您怎么知道我姓唐？还知道我画画？"他问。

"啥？"老花农侧过右耳朵。

他大点声音又说一遍。

老花农两颊上的皱纹全都对称地弯成半圆形的曲线，笑眯眯地说：

"先前，您带学生到这儿来画过花儿，咋不知道。您模样又没变……"

唐先生想了想，才想起这是六十年代中期"文化大革命"的狂潮到来之前的事。由于这儿的花开得特别好，他曾带学生们来上写生课，而且是在他喜欢的这凤尾菊盛开的时节。事隔六七年，老花农居然还记得。尤其近几年的骤变，过去的事对于他犹如隔世的事，去之遥远。像他这样的一个红极一时的大画家，好比高高悬挂的闪烁辉煌的大吊灯，如今被一棒打落下来，摔得粉粉碎。那些五光十色、光彩照人的玻璃片片，被人踩在脚下，无人顾惜。他落魄了，被人遗忘了，无人问津了。原先整天门庭若市，现在却"门前冷落车马稀"；那些终日缠在他身旁的名流、贵客、记者、编辑、门生、慕名而来的崇拜者，以及附庸风雅的无聊客，一概都不见了。他就是一张盖了戳的邮票，没有用处。而当下，居然被这老汉收集在记忆的册子里。他心里不禁泛起一阵酸楚和温暖的感动的微波。"您居然还记得我，好记性呀！可我，我现在……不常画了。"

他因感慨万端，声调低沉下来。

"啥？"老花农又是那样偏过右耳朵。

"不常画了。"

"明白，明白。"老花农像个知心的人那样，深有所感似的、会意地点了点头，跟着加重语气说，"不过，还是该画，该画。您画得美，美呀……"

"我？可您并没见过我的画呀！"他想自己在这儿给学生们上写生课时，并没动手画过。一刹那，他觉得老花农在对自己客套，拉近乎。

"不！"老花农说，"您的画印出过画片，俺见过，画得美呀！"

老花农赞美的语气是由衷的，好像回味吃过的一条特别美味的鱼似的。看来，这老汉不只是在花房认识自己的，还注意过自己的作品，耳闻过自己的声名。难道在这奇花异卉中间，在这五彩缤纷的花的天地里，隐藏着一个知音吗？好似深山幽谷之间的钟子期？他惊异地望着对方。当他的目光在老花农古怪的脸上转了两转，这些离奇的猜想便都飞跑了——

谁能从这老花农身上、脸上和奇形怪状的五官中间找到聪慧、美的知识的影子呢？瞧，他穿一身皱巴巴的黑裤褂，沾满污痕，膝头和领口的部分磨得油亮；像老农民那样打着裹腿，脚上套一双棉鞋篓子；面色黧黑，背光的暗部简直黑如锅底，这颜色和衣服混成一色；满脸深深的皱纹和衣服的皱褶连成一气。他身子矮墩墩，微微驼背，罗圈腿明显地向里弯曲。坐在那里，抱成一团，看上去像一个汉代的大黑陶炉，也只有汉代人才有那种奇特的想象，把器物塑造得如此怪异——他的脑门向外凸成一个球儿；球儿下边，便是两条猿人一般隆起的眉骨，眉毛稀少；眼睛小，眼圈发红，眸子发灰，有种上年纪人褪尽光泽而黯淡的眼神。下半张脸差不多给乱杂杂的短髭全盖上了。那双扇风耳,像假的,或者像惟恐听不清声音而极力挓开。尤其总偏过来的右耳朵,似乎更大一些……就这样一个老汉,给人一种不舒展、执拗和容易固守偏见的感觉,好似一个老山民,一辈子很少出山沟,不开通,没文化,恐怕连自己的名字都不会写;而且岁数大了,耳朵又背,行动迟缓而不灵便。他往烟袋里塞满烟叶子,一半掉落在外,也不去拾。掉多了,就垂下一只又黑又厚又粗糙的手,连地上的土渣一齐捏起来,按在烟锅里,并不在意。老年的邋遢使他显得有些愚笨。由于语言少,他夸耀唐先生的画时,除了"美,美呀"之外,好像再没有其他词语了。唐先生很少听人用"美"这个字眼儿来称赞画。这个字眼儿本身就含着很深的内容,尤其是现在从这样一个黑老汉的嘴里说出来,就显得很特别,不和谐,不可思议。这个"美,美呀"究竟是指什么而言,是何内容,难道是对自己的艺术发自内心的一种感受?唐先生心想,或许这老汉听人说过自己的大名,偶然还见过自己大作的印刷品,碰巧发生了一时兴趣,但仅仅是一种直觉的喜爱,与对艺术的理解无关。这种喜爱即便有理由,也是出于无知和对艺术幼稚的曲解。仿佛我们听鸟叫,觉得婉转动听,但完全不懂鸟儿们说些什么;两只鸟儿对叫,可能在相互生气谩骂,我们却以为它们在亲昵地召唤或对歌……

他俩坐了一阵子。老花农似乎无话可说,默默抽着烟。老花农烟抽得厉害,铜烟嘴一直没离开嘴唇。唐先生呢,也没有更多的话可说。不过,他不再像刚才那样——由于自己犯了花房的规矩而不安和发窘了。心里舒坦,滋滋有味儿地抽着自己的烟斗。可是他发现老花农仍在不时瞅他嘴上的烟斗。他不明其故。"您想尝尝我的烟斗丝吗?"他问。

"不!"老花农笑眯眯地说,他笑得又和善又难看,"俺是瞧您的烟斗挺特别……"

他的烟斗比一般的大。上边雕着一只肥胖的猫头鹰，栖息在一段粗粗的秃枝上，整个图形是浮雕的，凸出表面；背后是一个线刻的圆圆的大月亮，实际上只是一个大圆圈，却十分洗练，和浮雕的部分形成对比，画面显得十分别致和新颖。他把烟斗磕灭火，递给老花农。

"这烟斗是我自己刻的。"他说。

老花农接过烟斗，双手摆弄着，目不转睛地瞧着。然后仰起脸对唐先生赞不绝口："美，美，美呀！"那双灰色的小眼睛竟流露出真切的钦慕之情，使他见了，深受感动。这烟斗是他得意的精神产儿啊！但他跟着又坚信，烟斗上那些奇妙的变形和线条的趣味，绝不在老花农的理解之中。此时，他脑袋里还闪过一种对老花农并非善意的猜疑。他疑心老花农对他如此敬重，如此赞美，是看上了他的烟斗，想要这烟斗。他瞅着老花农对这烟斗爱不释手的样子，便说：

"您要是喜欢这烟斗，就送给您吧！"

不料，老花农听了一怔，脸上的表情变得郑重又严肃，赶忙把烟斗双手捧过来，说：

"不，不，俺要不得，要不得！"

"您拿去玩吧！我家里还有哪！"

"您有是您的。俺不能要！"

老花农一个劲儿地固执地摇脑袋，坚决不肯要。他客气再三，老花农竟有些急了，脸色很难看，黑黑的下巴直打战，好像被人家误以为自己贪爱他人之物，自尊心受不了似的。老花农激动得站起身，把烟斗用力塞回到唐先生的手掌里。唐先生只得作罢，将烟斗装上烟斗丝，重新插在嘴角，点上火。

这样，唐先生对陌生的怪模怪样的老花农的认识便进了一步。除了感到他个性十分固执之外，还感到他很质朴和诚实。对自己的敬重是实心实意的，没有任何利欲的杂质。尽管他依然确信老花农对艺术一窍不通，仅仅出自一种外行的欣赏方式，与自己毫无共同语言。但由于自己长时间受尽歧视，饱尝冷淡和受排斥的苦滋味，在这里所得到的敬重对于他便是十分珍贵的了。尤其这一片单纯、温厚、自然而然的人情，好比野火烧过的荒原上的花儿、寒飙吹过的绿叶那样难得。

从此以后，尽管这花房离他家不算太近，他却常来坐坐，特别是在凤尾菊盛开的时刻。他来，看过花，便和老花农相对而坐。两碗冒着热气儿的开水，两个冒着白烟儿的烟锅。周围是艳丽缤纷的花的海洋，静静地吐着芬芳。没有一丝风，但可以一阵阵闻到牡丹的浓香，一会儿又有一股兰花的幽馨暗暗飘来。两人的话很少，常常默默地坐到薄暮。窗子还挺亮，花房内已经晦暗，到处是模模糊糊的色块，对面只能见到一个朦胧的人影。这时，老花农完全变成一尊大黑陶炉子。只有在一闪一闪的烟火里，才隐隐闪现出那副古怪的面孔。

从偶然、不多的几句话里，他得知老花农姓范，唐山北边的丰润县人，上几代都是花农；从三十多岁他就来到这属于郊区公社的小花房工作，为市区各机关的会场增添色彩，给许许多多家庭点缀生活的美。他老伴早已病故，有个儿子，在附近的农场修水渠。这间充满阳光、花气和潮湿的泥土气味的小花房便是他的家。除此，再不知道旁的，似乎老花农再没有什么可以告诉他的了。两人默默对坐，并不因为无话可说而觉得尴尬，相反，却互相感受到一种满足。至于老花农以什么为满足，他很难知道。但他从老花农凝视着他和他嘴上的烟斗的含笑的目光里，已经明确地感觉到了——老花农难道真的懂得他的艺术，只是不善于表达？不，不！这雕花的烟斗，目前在他生活中、在他精神的天地里的位置，旁人是很难想象得到的。

二、画　家

一些巴黎的穷画家，曾经由于买不起画布和颜料，或者被饥肠饿肚折磨得坐卧不宁，就去给酒吧间的墙上画金月亮，换取一点甜酒、酸黄瓜、面包和亚麻布，跑到家，趁肚子里的食物没消化完，赶紧把心中渴望表达出来的美丽的形象涂在画布上。

我们的唐先生则不然。现在，所有的画家都靠边站，又没有课教，待在家无事可做。他每月十五日可以到画院的财务室领到足够的薪金。天天把肚子塞得鼓鼓的，像实心球；精力有余，时间多得打发不出去。画瘾时时像痒痒虫弄得他浑身难受，但他不敢去摸一摸笔杆。

这是当时我们的文学艺术家们共同的苦恼。文坛上拉满带电的铁丝网，画苑里遍处布雷；笔杆好像炸弹里的撞针，摆弄不好，就会引来杀身之祸。

时间久了，锡管中黏稠的颜色硬结成粉块，好似昆虫学家标本盒里的死蚂蚱；画布被尘埃抹了厚厚的一层，笔筒中长长短短的画笔中间结上了亮闪闪的蛛丝……

他整天无所事事，又很少像从前那样有客来访，无聊得很。他怀念往事，怀念失去的一切，包括那飞黄腾达的岁月里种种出风头和得意的事情。那时，不用他去找，好事会自己跑上门来，还是请求他接受，如今却只有寂寞陪伴着他。但他总不能浸在回忆里，要摆脱。他曾同别人学过钓鱼、下棋、打牌，借以消磨时光；他却发现自己缺乏耐性，计算、推理和抽象认识的能力极差，无论怎样努力也养不成这些嗜好。他还学过一阵木工。虽然他五十余岁，身子蛮壮，结实的肌骨里还蕴藏着不少力量，拉得了大锯，推得动大刨子。前几年的大风暴里，他的家具被抄去不少，自己动手做些应用的家具，倒还不错。经过努力，他的木工活学到能粗粗制成一张桌子或一个碗橱的程度，但没有一件家具能够最后完成，总是设计得好，做得差不多就没兴致了。草草装配上，刷一道漆色；往往是这里剩下一个抽屉把儿没安，那里还有一扇玻璃柜门没有装上去，就扔在一边，像一件件半成品，无精打采地站在屋子四边……他不能画画，就如同一个失恋的人，一时做什么事都打不起精神来。

一次，他闲坐着，嘴上叼一只大烟斗。无意间，目光碰到又圆又光滑、深红色的烟斗上。他忽然觉得上边深色的木纹，隐隐像一双敦煌壁画中的飞天人物；他灵机一动，找到一把木刻刀，依形雕刻出来，再用金漆复勾一遍，竟收到了意想之外的效果。这飞天，衣袂飞举，裙带飘然旋转，宛如在无极的太空中款款翱翔，并给阳光照得辉煌耀目，真有在莫高窟里翘首仰望时所得的美妙的感觉。那些刀刻的线条还含着一种他从未感受过的浓厚又独特的趣味。如此一来，一只普普通通的烟斗便变成一件绝妙的艺术品。一下子，他就像在难堪的囚居中找到一个新天地，在焦渴的荒漠中发现一汪清泉；像孩子突然拾到一个可以大大发挥一下想象的木头轮子似的，兴致勃勃、欣喜若狂地摆弄起这玩意儿来。

他钻到床底下，从一只破篮子里翻出好几个旧烟斗，几天内全刻了出来。有的刻上一大群扬帆的船；有的雕出一只啁啾不已、活灵活现、毛茸茸的小雏雀；有的仅仅划几条春风吹动的水纹，几颗淡淡的星；有的则仿照汉画中带篷子的战车，线条也逼真地摹拟出汉画拓片上那种浑古苍拙的味道。现成的烟斗刻完了，他就找来一些硬木头、干树根、牛角料，自制烟斗。雕刻的技术愈来愈精，从线刻到浮雕、高浮雕，有的还在表层打孔和镂空。再加上煮色、磨光、烫蜡和涂漆，精美无比。它和一般匠人们雕刻的烟斗迥然不同。匠人们靠熟练得近似油滑的技术，式样千篇一律，图形也都有规定的程式，严格地讲那仅仅算是玩意儿，不是艺术品。而唐先生的烟斗，造型、图纹、形象、制法，乃至风格，无一雷同。他把每只烟斗都当作一件创作，倾尽心血，刻意经营。在每一个两三公分高的圆柱体上，都追求一种情趣，一种境界……他把雕好的烟斗摆满一个玻璃书柜——里边的书早被抄去，原是空的——这简直是一柜琳琅满目、绝美的艺术珍品。在这里，可以见到世纪前青铜器上怪异的人形，彩陶文化所特有的酣畅而单纯的花纹，罗马建筑，蒙娜丽莎，日本浮世绘中的武士，北魏佛像，昭陵六骏，凯旋门，武梁祠石刻，韩幹的马，徐渭的牛，郑板桥的竹子，埃及的狮身人面像，华特·迪斯尼的卡通人物。这些图形都保持原来的艺术风格和趣味，不因模仿而失真。有的原是鸿幅巨制，缩小千分之一刻在烟斗上，毫不丢掉原作的风神、气势和丰富感。还有些用怪模怪样的老树根雕成的烟斗，随形刻成嶙峋的山石，古鼎或兽头，海浪或飞云。文明世界的宝藏，人世间的万千景象，都是他摄取的题材。他的变形大胆而新奇。为了传神，常常舍弃把握得很准确的物象的轮廓；他在艺术上向来反对单纯地记录视网膜上的影像；在调色板上，他主张融进内心感受的调子。此时，他把这一切艺术理想都实现了。

　　他如同真正从事创作时那样，有时一干就是一整天。半夜里，有了想法也按捺不住跳下床来，操起雕刻刀。得意之时，还要把老伴推醒共同欣赏。老伴与他三十年前同毕业于一座艺术院校，有一样的理想和差距不大的才华。结婚后，老伴为了他，把个人的抱负收拾起来，或者说是全部地加入到他的理想中。瘦削单薄的肩膀挑起生活的重担，却以他的成功为欢乐，默默与他一起分享荣誉的快感和事业上的收获。当有人宣布他的前程已经被毁灭时，老伴表面上比他不在乎，心里反比他更沉重、更灰心失望。现在，老伴见他从多年的苦闷里找到一种精神的寄托，心中深感安慰。不管怎样，在旁人眼里烟斗是个玩物，不被留意。画画的，不去画画，还有什么麻烦？有时，老伴见他居然从这么一个小东西上获得如此之多的快乐，还忍不住偷偷掉泪呢！

想想看，这一切老花农哪里懂得。如果说老花农是他的知音，恐怕是自寻安慰吧！然而，艺术家需要的不是家庭承认，而是社会承认。也许由于唐先生的周围万籁俱寂，无人赏识，无人喝彩，无人答理他，太寂寞了，老花农这里发出的一个孤孤单单的苍哑的回声，多多少少使他得到一点充实。

三、时来运转

秋风一吹，大自然单调的绿色顷刻变得黄紫斑驳。又是一番姿色，又是赏菊的好时节。可是唐先生却没有到那离家较远的小花房去。他已经半年多没去了。

半年前，他被落实了政策，名画家的桂冠重新戴在头上。家里的客人渐渐多起来。好像堪堪枯谢的枝头又绽开花蕾，引来一群群蜜蜂、蝴蝶、小虫。编辑们来要稿，记者们来采访，名流们穿梭不已。前几年销声匿迹的门生，又来登门求教。求画的人更是接踵不绝。他整天迎进送出，开门关门，忙得不亦乐乎。有时一群群闯进来，坐满一屋子，闹得他的画室像刚刚开业的小饭铺。

他给这些人缠着，什么也干不了。还有些人纯粹来泡时间，一坐就是半天。要不是他们自己坐得厌烦了，还不肯走呢！他对这些不知趣的人，尤其没有办法。有时他不说话，想把来访者冷淡走，偏偏这种人不善察言观色。甚至有人还对他说："你的客人太多了，把你的时间都占去了，还怎么画画？你不能不答理他们吗？"说话的人往往把自己除外，弄得他啼笑皆非。

然而，他被这么多人捧在中间，像众星捧月似的，毕竟很高兴。这是自己地位、名望、荣誉和价值的见证。前些年失掉的荣誉，像一只跑掉的鸟儿，又带着一连串响亮的鸣叫飞回来了。整天，喜悦如同一对小漩涡旋在他嘴角上，连睡觉时也停在他嘴角上缓缓转动。因此，人来人往，又使他得意、满足、引以为荣。此时，他忙得早把那无足轻重的老花农淡忘了。

烟斗呢？却非刻不可。因为来访者搞不到他的画，都设法要一只烟斗去。大凡这些要烟斗的人，其中没有几个真正懂得他寄寓在这小东西上奇妙的语言，也并非喜欢得不得了（尽管装得珍爱如狂），不过因为这是大名鼎鼎的"唐先生"刻的烟斗而已。好比有人向大作家要书，拿回去可能翻也不翻，要的是作家在扉页上的亲笔签名——但他必须应付这种事。几个月里，他摆在玻璃书柜里的烟斗被人们要去大半。他还要抽时间不断地雕出一些新的来，刻得却不那么尽心了，草草了事，人家照样抢着要。除非对方是艺术内行或什么大人物，他在构思用意和刻法上才着意和讲究一些。

他可以画画了，反而画不成，没时间。一时他的烟斗倒比他的画更出名。他快成烟斗艺术大师了。

一天，打一早就是高朋满座。一个矮胖胖，是位通晓些绘画常识的名作家；另两个身材一般高，都戴圆眼镜，若不是一个长脸盘，一个小脸盘，简直是一对儿。这两个是出版社比较有些资格的编辑，来催稿件；还有一位瘦高、长腿、像只鹳鸟的大个子，是位画家。大家当着他的面讨论他的绘画风格，自然都是赞美之词。那位长腿画家曾是唐先生的画友，多年来也曾登门，近来又成了座上客，此刻竟以唐先生的贴己和知音的口气说话。

唐先生虽然听得挺舒服，但他要画画，并不希望这些人总坐着不走。昨晚他勾了一张草图，本想今天完成，但客人们一早就鱼贯而入，他又不好谢客，只得坐陪。此时，大家已经抽掉一包带过滤嘴的香烟了，浓烟满室，都还没有告辞的意思。正在无可奈何之际，外边又有人敲门。他心里厌烦地说："又来一个，今天算报销掉了！"便去开门。

打开门，不觉双目一亮。面前一大盆光彩照人的凤尾菊。一个人抱着这盆花，面部被花遮住。他怔了，是谁给自己送花来了呢？这么漂亮的花！

"谁？快请进！"

来人没吭声，慢吞吞走进来，把花儿放在地上。待来人直起腰一看，原来是半年多未见的老花农。是他把自己喜爱的花儿送到家里来了。

"唷，老范，是您呀！您怎么来的？抱来的吗？"

矮墩墩的老花农笑眯眯地站在他面前，前襟沾着土，他抱了这盆花走了很长的路，累了，额上沁出亮闪闪的汗珠，微微直喘，说不出话，只频频点头。

客人们都起身过来，围着地上这盆凤尾菊欣赏起来，兼有为主人助兴的意思。

唐先生请老花农坐下歇歇。老花农扭身本想就近坐在一张带扶手的沙发椅上，但他迟疑一下没坐，似乎嫌自己一身衣服太脏。他见墙角的书柜前有个小木凳，就过去蹲下去坐在木凳上。唐先生没跟他客气，让座位，倒了一杯热水给他，问道：

"怎么样，忙吗？"

"啥？"老花农还是那样偏过右耳朵。

"我问您忙吗？"唐先生放大音量又问一遍。

"噢，没啥忙的。半年没见您了。您不是爱凤尾菊吗？您要是再不来，花就开败了。今儿俺歇班，给您抱一盆来，您就在家瞧吧！"

老花农说着，打腰里掏出小烟袋和那个圆圆的洋铁烟盒，打开盖儿放在地上，装上烟叶末子，点了火抽起来。

客人们看过花，重新落座。唐先生也坐回到自己的一张大靠背的皮软椅上去，接着谈天。大家谁也没有把这个送花来的、蹲坐在一边的黑老汉当作一回事。也没人和他说话，问他什么。唐先生也没和他搭腔，任他在一旁抽烟、喝水，只是间或朝他无声地笑一笑，点一下头。老花农丝毫没有怨怪这些人不理他。他津津有味地听着这些人海阔天空地谈天。为了听清这些人的话，他把那右耳朵偏过来，时而皱起满脸皱纹，仿佛感到费解；时而又舒展面容，似乎领略到这些人话中的奥妙。他不声不响地坐在一旁，黑黑的脸上露出满足的神情，好像在享受着什么，如同当年在小花房里，与唐先生相对而坐、默默抽着烟时所表现出的那种满足。

后来他发现了身后陈列烟斗的玻璃柜，便站起身，面对柜子，见到这么多雕着花、千奇百怪的烟斗，他看呆了。而且距离柜门的玻璃面那么近，好像要挤进柜里去。嘴里呼出的热气把柜门弄污了，不断用手去抹。还禁不住发出一声声——对于他是惟一的、很特别的赞叹声："美，美，美呀……"

屋内的几位客人听到这声音，不以为然，并觉得这个傻里傻气、怪模怪样的黑老汉挺可笑。这使得唐先生感觉自己认识这么一位无知的缺心眼的怪老头很难为情。因此，没敢和老花农说话，生怕引他说出更无知可笑的话来，栽自己的面子。他尽力说些话扯开贵客们对老花农的注意，心里却巴望老花农快快告辞回去。

没人管理老花农。待了会儿，老花农向唐先生告辞要回去了。唐先生一边和他客气着，一边送他到了大门外。

"耽误你们谈话了。"老花农歉意又发窘地说。

"哪的话！您给我送花来，跑了这么远的路。"他说着客套话。

"您怎么一直没来呢？今年的凤尾菊开得盆盆好。您很忙吧？"

唐先生听了，马上想到如果自己说"不忙"，说不定这老花农没事就要来，便说："何止忙呢，忙得不可开交呀！这些人整天没事，到这儿来泡时间，弄得我一点时间也没有。他们还找我要画，我哪来的时间画？！半年来，我一共才画了四张画，多半还是夜里画的。照这么下去，我非得跑到深山里躲躲去不可，否则什么也干不成！"他一边显得很烦恼，一边还透出两分得意的神色。

"呀！不画哪成！该画、该画……"老花农好像比唐先生更为忧虑，沉了片刻，他诚恳又认真地说，"要不，您到我的花房画去吧！"

"不，不……我，我离不开这儿。有时，有人找我，也确实是有事。您甭为我操心了，我自己慢慢再想些别的办法。"

老花农听罢，怔了怔，便说："那我走了。您这儿还有客人哪！"随即转身慢吞吞地走去。

此后，老花农又来送过两次花，却没有露面，连门也没敲，而是悄悄把花儿放在门口，悄悄去了。这两次都是唐先生送客出来，发现了花，摆在门旁边。他便知是老花农送来的。他领会到老花农的用心，心里也受了感动。本想去看看老花农，但川流不息的来客，以及更重要的事情把这些念头冲跑了。

有一次，他送走几位来客，正打开窗子放放屋里的烟。忽听门外"咚"的一声,好像有人把一件沉重的东西放在地上。他忙走到门前,拉开门,只见门外台阶上又放了一盆美丽的花。一个矮墩墩、穿一身黑裤褂的老汉的背影,正离开这里走去。一看那微微驼背,慢吞吞迈着弧形步子的罗圈腿,立即认出是老花农。他招呼一声:"老范!"便赶上去。

他请老花农屋里坐,老花农说什么也不肯,摇着手说:"不,不,别耽误您的时间。"

"屋里没人。您坐坐,喘一喘再走。"

"不,您正好可以画画。俺不累,溜溜达达就回去了。"

"往后您别再跑这么远的路了。这一盆花得十多斤重。我要是看花,到花房去看好了。"唐先生说。

"您哪里有空呢?"老花农说。他牢牢记着上次唐先生埋怨没有时间工作的话,才一次次把花儿送来。

"可是……您送花,也不要我付钱,怎么成呢?哪能叫您白送。"

老花农摇着一双又厚又黑、短粗的手,说:

"没啥,没啥。俺就一个儿子,他做事,不要我的钱。我的钱用不了,没嗜好,也没处花,连烟叶子也是自己种的……您干啥要提钱呢!"

"可我怎么谢谢您呢?"

"啥?"

"我说,我总得谢谢您。"

老花农听了,在他黑黑发亮的铁球一般的鼓脑门下,两只无神的灰色的小眼睛直怔怔地盯着唐先生。

"您真的要谢谢俺?"

"是啊……"

"那……"老花农变得犹豫不决，然后他像下了决心那样地说，"您就送俺一只您刻的烟斗吧！"这时，他的表情既是一种诚恳的请求，也好像因为开口找人家要东西而不好意思，甚至挺窘。

"噢？行，没问题，我给您去拿一只去！"

唐先生说着，转身走进屋。一边想，这老范的性格真够怪的。自己刚和他认识那次，曾经要送给他一只烟斗，他怎么不要呢？

唐先生打开玻璃柜门，里边的烟斗不多了，最上边的一格仅仅还有五只。其中两只是他的杰作，一直没肯给人。另外三只是新近雕的，也属精品，但都有主了。这是一位诗人、一位市艺术处处长、一位电影大导演请他雕的。这几只烟斗完全可以摆在博物馆的陈列柜里。他没动这些，而从下边一层内一堆属于一般水平的烟斗中，选择了一只刻工比较简单的，刻的是五朵牡丹花。还是他刚刚开始刻烟斗时的作品，艺术上还不太纯熟。但他以为，这对于不懂艺术的老花农来说，足可以了。便拿着这只烟斗，在手心里揉擦干净，走出去，给老花农。

老花农一见这烟斗，眼睛像一对灰色的小灯泡亮了起来。唐先生没注意到，这双小眼睛居然有这样的神采。

"您……"老花农欢喜得声音都震颤了，"您真的把这么好的烟斗送给俺吗？"

唐先生见老花农如此喜爱，心里也挺满意。这么一来，总算还了所欠对方送花的情。"是啊，您拿去吧！"说着，把烟斗递给老花农。

老花农双手郑重地接过烟斗，激动得吭吭巴巴地说：

"谢谢您，唐先生，真谢谢您，俺回去了……"

他的目光一直没离开双手捧着的烟斗，走去了。

四、寂寞中的叩门声

唐先生坐在那张高背的皮椅子上,抽着烟斗。他显得疲惫不堪,软弱无力,身子坐得那么低,好像要陷进椅子里似的。那样子,仿佛一连干了三天三夜的重活,撑不住了,瘫在了这儿。

他的眸子黯淡无神,嘴角上那一对喜悦的漩涡不见了。天才入秋,他就套上两件厚毛衣,当下还像怕冷似的缩着脖子。屋里静得很,家具上蒙了一层薄薄的尘土,显然好几天没有擦抹过,没有客人来。

他的一幅画被莫名其妙地定为黑画——还是那个曾请他刻烟斗的艺术处处长定的。那位处长本来挺喜欢他的画,但为了迎合上边某种荒谬的理论,为了自己在权力的台阶上再登一级,亲手搞掉他。一下子,他又失去了一切。在受到一连串批判斗争之后,被撇在一边,听候处理。于是,他再一次落魄了,无人理睬了,每天从大门进出的又只剩下他和老伴两个。喧闹的人声从屋内消失,好似午夜后关了门的小饭铺,静得出奇。而玻璃书柜的第一层上,还摆着几只名人和要人请他雕刻的烟斗。这几只烟斗刻得精美极了,却放在那里,没人来取。他重新领略到歧视和冷漠的滋味;至于寂寞,他反而觉得挺舒服,挺难得,和这一次反复之前的感受大不一样。生活的变化使他获得多少积极和消极的处世哲理。反正他再不把那重新被夺去的荣誉、那众星捧月般虚幻的荣华,当作生活中失落的最宝贵的东西了。

这时,他听到有人轻轻叩门。已经许久没听过这声音了。他撂下烟斗,趿拉着鞋去开门。

打开门,不禁惊奇地扬起眉毛。原来一个人抱着一盆特大的金光灿烂的凤尾菊正堵在门口。因花枝太长，抱花盆的人努力耸着肩，把花盆抱得高高的，遮住他的脸，但枝梢还是一直拖到地上。

啊，是老花农——老范！不用说，肯定是他来了。他总是在这种时候出现；而在自己春风得意之时，他却悄悄避开了，并且总是不声不响地用一片真心诚意对待自己。唐先生感到一阵浓郁的花香，混着一股醇厚的人情扑在身上，心中有种说不出的乱糟糟的感触。嘴里忙乱地说：

"老范，老范，快请进，请进……好，好，就放在地上吧！这花儿开得多好！好大的一盆，重极了吧！"

来人把花儿放在地上，直起腰。他看了不由得一怔，来人竟不是老范。他不认得。是一个中等个子的青年人，穿件黑布夹袄，装束和气质都像个农民。手挺大，宽下巴，一双吊着的小眼睛，皮肤黑而粗糙；鞋帮上沾着黄土。

"你？"

"俺是您认得的那老范的儿子。"

唐先生听了，忽觉得他脸上某些地方确实挺像老范。忙请他坐，并给他斟了杯热茶。"你爹还好吧？这两天，我还正想去看他呢！"唐先生这话真切不假，毫无客套的意思。

不料这青年说："俺爹今年夏天叫雨淋着，得了肺炎，过世了。"他的声音低沉。但好像事情已过了多日，没有显得强烈的悲痛与难过。

"什么？他？！"唐先生怔住了。

"俺爹病在炕上时，总对俺念叨说，唐先生最爱瞧凤尾菊。这盆是他特意给您栽的。他嘱咐俺说，开花时，他要是不在了，叫俺无论如何也得把花儿给您送来。"

唐先生听呆了。他想不到生活中还有这样的事。一个对于他无足轻重的人，竟是真正尊重他，真心相待于他的人……他心里一阵凄然，不知该说些什么话。他下意识地习惯地从茶几上拿起烟斗，可是划火柴时，手抖颤着，怎么也划不着。那青年一见到烟斗，忽然像想起什么似的说：

"唐先生，您知道，俺爹爹多喜欢您刻的烟斗吗？您曾经送给过他一只烟斗吧！他临终时对俺说：'你记着，俺走的时候，身上的衣服穿得像样不像样都不要紧，千万别忘了把唐先生那只烟斗给俺插在嘴角上。'"

"什么？"唐先生惊愕地问。他好像没听清这句话，其实他都听见了。

那青年又说一遍。他的脑袋嗡嗡响，却一个字儿也没听见。

直到现在，唐先生的耳边还常常响着那傻里傻气的苍哑的"美，美呀"的赞叹声。于是，一个难解的问题便纠缠着他：这个曾用一双粗糙的手培植了那么多千姿万态的奇花异卉的老花农，难道对于美竟是无知的吗？那死去的黑老汉在他的想象中，再不是怪模怪样的了，而化作一个极美的灵魂，投照在他心上，永远也抹不去。每每在此时，他还感到心上像压了一块沉重的大石板似的，怀着深深的内疚。他后悔，当初老花农向他要烟斗时，他没有把雕刻得最精美的一只拿出来，送给他……

楼顶上的歌手

——一个在极度压抑下浪漫的故事

一

那天早晨，忽有一块极亮的、颤动着的光像发狂的精灵，在我房间里跑来跑去。当这光从我眼前掠过，竟照得我睁不开眼。我发现这块诡奇的光是从后窗外射进来的，推窗一看，原来隔着后胡同，对面屋顶上那间小阁楼正在安装窗子的玻璃。

我也住在阁楼上。不同的是，我的阁楼是顶层上的两间低矮的亭子间，对面的阁楼是立在楼顶之上孤零零、和谁都没关系的一间尖顶小屋。远远看，很像放哨用的岗楼。它看上去很小，而且从来没人居住。它为什么盖在楼顶上，当初是干什么用的，无人能说。这片房子是十九世纪二十年代英国人"推广租界"时盖的。只记得后胡同里曾经有人养过鸽子，有许多白的、黑的、灰的鸽子便聚到这荒废的屋子里，飞进飞出，鸽子们拿这小空屋当作乐园。现在有人住了吗？是谁搬进来了？

隔了十来天，黄昏时分，忽然一阵歌声如风一样吹进我的后窗。后胡同从来没有歌声，只有矿石收音机劣质的纸喇叭播放着清一色的语录歌和样板戏。那种充满霸气的吼叫和强加意味的曲调被我本能地排斥着。于是此刻，这天籁般的歌声自然就轻易地推开我的心扉了。

没等我去张望是谁唱歌，妻子便说："是那小阁楼新来的人。"

女人对声音总是比男人敏感。

我们隔着窗望去，对面阁楼的地势略高一些，相距又远，无法看到那屋里唱歌的人。这是一个男性的歌声，音调浑厚又深切，虽然声音并不大，但极有穿透力，似乎很轻易地就到了我耳边。这时金红色的夕照正映在那散发着歌声的小屋，神奇般地闪闪烁烁。我分不出这是夕阳还是歌声在发光。

我第一次感受到声音是发光的，有颜色的。

这个人是谁呢？一个职业的歌手吗？他是谁？只一个人吗？从哪儿搬来的？他也像我们——抄家之后被轰到这贫民窟似的楼群里来的？对于楼顶上这间废弃已久的小破屋，似乎只有被放逐者才会被送到这里。

我相信我的判断。因为我的判断来自他的歌声。一些天过去，我听得出他的歌声如同盛夏的天气时阴时晴。这声音里的阴晴是歌者心中的晦明。我还听得出，他的歌声里透出一种很深的郁闷与无奈。他的歌为什么从来不唱歌词？在那个"革命歌曲"之外一切都被禁唱的时代，他一定是怕这些歌词会给自己找麻烦吧。从中，我已经感知到他属于那个时代的受难者。

也许我和他是社会的同类。也许他随口哼唱出来的歌——那些名歌、情歌、民歌我太熟悉，也太久违了。我为自己庆幸。好像在沙漠的暴晒和难耐之中，忽然天上飘来一块厚厚的雨云，把我遮盖住，时不时还用一些凉丝丝的雨滴浇洒我的心灵。

我这边楼群的后胡同，其实也是他那边楼群的后胡同。后胡同自来人就很少。从我的后窗凭栏俯望，这胡同又窄又细又长又深，好像深不见底的一条峡谷。阳光从来照不进去，雨点或雪花常常落下去，但落下去一半就看不见了；下一半总是黑乎乎的，阴冷潮湿，冒着老箱子底儿的那种气味。对面的楼群似乎更老。一色的红砖墙上原先那种亮光光刚性的表层都已经风化、粉化、剥落，大片大片泛着白得刺目的碱花。排水的铅管久已失修，大半烂掉，只有零碎的残管东一段西一段地挂在墙角。一颗凭着风吹而飘来的椿树籽儿在女儿墙边扎下根，至少活了二十年，树干已有擀面杖粗。它很像生长在悬崖石壁的树，畸形般地短小，却顽强又苍劲。这些老楼里的人拥挤得不可思议，每间屋子里差不多都住着一家老少三代甚至四代，各种生活的弃物只能堆在屋外。不论是胡同下边的小院、上上下下的楼梯，还是阳台上，到处堆着破缸、碎砖、废炉子、自行车架以及烂油毡。最奇特的景象还是在屋顶上，长长短短的竹竿拉着家家户户收音机细细的天线，好像一张巨大的蜘蛛网笼罩着整片的楼群。然而，这种破败、粗粝而艰辛的风景现在并不那么难看了，因为它和神灵般的歌声融在了一起。

二

一切艺术中，最神奇最伟大的莫过于音乐，莫过于歌。它无形无影，无可触摸，飘忽不定，甚至不如空气——挥挥手掌就能感到。但它却能够以其独有的气质与情感，改变它所充盈的空间里的一切。它轻盈我们轻盈，它沉重我们沉重，它恬淡我们恬淡，它激情鼓荡我们便血脉偾张。一个地方只要有音乐，连那里的玻璃杯看上去也有感觉。这些被艺术家神化的声音，能够一下子直接进入我们的心，并轻而易举地把我们带进它的世界，心甘情愿地接受它美的主宰。

那时代，我活得可够劲。整个社会都疯了，我所供职的画院里的人们忽然都视艺术为粪土，都迷上了军装。穿上军装，都把眼睛睁得奇大，好像处处藏着"敌人"。对于我，离开了艺术的生活空洞无物，更何况整个生活充斥着那种与艺术相悖的东西。你躲不开它，又绝对不能拒绝它，还要装着顺从它，甚至热爱它。

不管为了什么，违心地活着都很累。

当我带着一天的倦乏回家，拉下肩上的挎包——此时已无力把挎包放在柜子或椅子上，而是随手往地上一扔，一转身仰面朝天倒在床上，心中期待着对面楼顶上的歌声能飘过来。

尽管他的歌是苦味的，有时很苦、很苍凉，但很动情。他的歌声还有一种很特别的磁性美，使我的心一直走进他的歌声里，一天中积存在浑身骨节和肌缝里的疲惫，便不知不觉烟一般地消散了。不仅如此，他的歌还常常会给我端起的水酒里添上一点滋味，感染得我和家人亲热时多一些爱意与缠绵。最令我惊奇的是，他的歌还像精灵一样钻进我的笔管里。白天在单位不能画画儿，下班在家便会铺开纸，以笔墨释怀。这时我发现我的笔触与水墨居然明显地多了些苦味，很像他歌里的那种味道。歌声能够改变画意吗？当然不是，其实这种苦味原本也潜在我的心底，只不过被他的歌声唤醒罢了。为此，我非但没有去抵制他对我的影响，反而喜欢在他的歌声中作画。

一天，我被他低沉而阴郁的歌声感动，一种久违的冲动使我急急渴渴在桌案上展纸提笔，以充沛的水墨抹上大片厚厚的阴霾。然而，他浓重的低音并不绝望，时而透出一种祈望，于是我笔下的阴云在相互交错中不觉地透出一块块天光。我情不自禁还在云隙之间，用极淡的花青点上薄薄的蓝色。这是晴空的颜色，但它又高又远，可望而不可即。这是无限的希冀之所在，一块极其狭小的安放遐想之地，却又朦朦胧胧，远如幻梦。

后来，他的声音转而变得强劲，那种金属般磁性的音质渐渐有力地透露出来。这一瞬，我看见在画面的云天上，飞着几只乌黑的大雁，它们引颈挥翅，逆风而行，吃力地扇动着翅膀。我在画这些顶风挥舞的雁翅时，好像自己的臂膀也在用力，甚至听到这些大雁与强风较劲时肩骨发出的咯吱咯吱声。我忽然想，这苦苦挣扎却执意前行的大雁所表现的不正是一切生命本质中的顽强吗！

我忽然彻悟到，人的力量主要还是要在自己的身上寻找。别人给你的力量不能持久，从自己身上找到的力量，再贯注到自己身上，才会受用终身。

也许为此，这样题材的画我不止一次地画过。奇妙的是，每次画这些逆风的大雁耳边都会幻觉般地出现那天听到的歌声来。

我个人生活的一段时光是和他的歌声在一起的。

我很幸运。因为那是我生命中极度贫乏的一段日子。

和歌声在一起是奇妙的。它与我似伴相随。

它进入我的生活时，是随意的，自由的，不知不觉的；它走出我的空间时，也随意而自由，像烟一般地飘去。它从不打扰我。他的歌很少完整地从头唱到尾，似乎随心所欲，想唱就唱。有时一段歌反复地唱，有时只唱一两句就再没声音。他是绝对自我的，完全不管也不知道我的存在。这反而使我很自由，完全不必"应酬"他。人和音乐所进行的是两个心灵奇妙的"对话"。当心灵互不投机时，人与音乐彼此无关；当两个心灵互相碰撞到一起，便一下子相拥一起了。我和这歌手也如此，有时他的歌与我的心情不一致——我就不去用心倾听它。我与人聊天说话或者独自沉思时，它仅仅是一种远远的背景，就像身后的一幅画。

白天里很少听到他的歌，大多是他下班归来，所以他的歌总是和黄昏的夕照同时进入我的后窗。

由于他不唱歌词，歌中内容多是代以"啊、噢、啦、哎、呜"，类似歌手练习发声，但他在这字音里注入了很多情感。这种无歌词的哼唱听起来就更像是音乐。有时他还会唱一些著名的钢琴曲或交响曲的旋律。这些旋律一直刻在我心里。他一唱，我就觉得旧友旧情亲切地回来了。

虽然他的歌不是为我唱的，却不时会与我共鸣。有时我像站在山这边听他在那边"自言自语"，有时却一下子落入他歌的深谷里。这些歌于我，常常勾引回忆，唤起向往，抚慰心灵，诱发爱意。它能使我暂时忘掉身边的苦恼，但当我离开这些歌，回到现实中，我会感到更苦恼更茫然。

渐渐地，他的歌已成为我生活的一部分。

如果一两天听不见他的歌，我会想他、猜他，为他担心。但是他人长得什么样，我看不清楚。他大多时间待在屋里，偶尔会到屋外——也就是对面楼群的房顶上站一站，或在晾衣绳上晾晒洗过的衣物。我最多只能知道，他中等略高的身材，瘦健，头发似乎较长，眉眼就绝对看不清了。除此之外，我对他一无所知。

但我知道他的心，他的气质与情绪。这全来自他的歌。

歌声就是歌手本人。因为歌是歌手外化的灵魂。由此说，我已经和他神交了。

一天，天降急雨。因为是北风，我怕雨水溮进屋，关上后窗。忽然一阵歌声混在雨声里，这支歌一听就立即感动了我。它很伤感、无奈，还有些求助的意味。它穿过密密的雨一直来到我后窗前，粘在我的玻璃上。风儿一个劲儿地吹我的窗，好像有人在外边哐哐地推。不知道为什么，我打开窗放它进来。一瞬间，我感觉这歌声仿佛是淋着雨进来的，好像一位顶着雨来串门的老朋友。

三

忽然一天，妻子站在后窗边，手指着楼对面叫我去看。她发现，歌手那边的窗边有个新的人影。鲜黄的衣色，黑色长发，显然是一个女人。这人是歌手的妻子吗？新交的女朋友吗？一年多来，那阁楼上只有歌手孤单一人，从没见过任何别的身影。

他一直很孤独，这是他的歌告诉我的。

但从那天起，我听得出他的歌发生了变化。歌声里边多了些新鲜的东西。有更多的光线与色彩，还有明媚的花朵，柔和的风，慢慢行走在天上的洁白无瑕的云，静谧的月色与奔涌的激流……而这些美好的事物好像实实在在就在眼前。

我妻子说："他在恋爱了。"她微笑着。

我望着妻子含辛的脸庞上柔和的目光，忽然感受到我们的生活和我们自己。脑袋里冒出一幅画来：大风大雪中，幽暗的密林深处一双小鸟相互紧靠在一起。我马上把心中这个画面画下来，还即兴写了四句诗：

> 北山有双鸟，
> 老林风雪时，
> 日日长依依，
> 天寒竟不知。

妻子看罢，对我打趣地说："你现在还在恋爱吗？"

我望她一眼。她依然是那种天生而不变的柔和的目光，脸上茹苦含辛的意味却一扫而空。

这之后歌手的歌愈来愈明亮，声音也明显高昂起来。一天黄昏，他居然唱起那支古巴民歌《鸽子》，而且连歌词也唱出来。歌声与夕阳一同把我们后窗遮阳的窗帘照得雪亮，歌中最高亢的含着那种金属质感的磁性的声音混在一束强烈的阳光里，穿过窗帘上一个破洞，雪亮地直射进来。这使我们很激动。在那个文化真空的时代，一时好像天下大变了。

突然后胡同一个男人粗声一吼："谁唱的？派出所来人了！"

歌声好像被刀"咔嚓"切断，整个世界没声音了。严酷的现实回到眼前。

我想，那个叫喊的男人，多半嫌歌声太大，打扰了他。但这一吼过后，歌声戛然而止，立即消失，整个世界因突然无声而显得分外地空洞与绝情。

我真的担心歌声由此断绝。但一周之后，对面楼顶上的歌声渐渐出现。开始只是断断续续，小心翼翼，浅尝辄止，居然还夹着一点语录歌的片段。随后，他又像以前那样唱歌——没有歌词；没有歌词就安全，因为住在后胡同里的那些人没人懂得他唱的是什么。而由此他的音量始终控制得比较轻。令我奇怪的是，他的歌中那些光线与色彩却变得含糊了，内涵犹疑了，甚至还有些缭乱不安。他要向我诉说什么呢？

四

一个月后,歌手的歌无缘无故地中断。是由于那次唱《鸽子》被人告发,还是出了什么事或是病倒了?

我总在猜。

妻子说:"要不你到那楼上瞧瞧去。他一个人,如果真的病倒了呢?"

没想到,我们已经把这个不曾认识,甚至连长相都不知道的人,当作朋友一样关切了。

若要进入他那片楼群,先要走出我这片楼,绕到后边一条窄街上,寻一个楼口进去。

他这楼群是由十几排楼房组成的。他在哪一排?我事先观察了地形,估摸好他那楼的位置和距离,但真的走进这片老得掉牙的楼群里,马上转向,纵横迂回了半天,还是扎进了一条死胡同。又费了很大劲,总算找到他这排楼。可是一排楼有许多门,哪个门通向楼顶上歌手那个阁楼呢?我看见一位矮胖的大娘站在楼前,上前询问。

矮胖大娘显然是街道代表一类人物。叫她大娘时,她一脸肉松松地微笑。待一打听那歌手,她腮帮的肉立即紧绷,小眼睛警惕地直视着我,好像发现了"敌情"。总算我还机灵,扯谎说我是东方红电机厂毛泽东思想宣传队的,想找那人去唱革命歌曲,尽管她将信将疑,还是告诉了我应该走哪个门。

这种年深日久的老楼的楼梯,差不多都只剩下一半宽窄的走道,其余地方堆满破烂,全都蒙着厚厚的尘土;楼道的窗子早都没有玻璃,有的连窗框也没有,不知哪年叫一场大风扯去的;墙壁上的灰皮大块大块地剥落下来，露出砖块；顶子给烟熏得黑乎乎，横七竖八地扯着电线。做饭时分，家家门口的煤球炉子都用拔火罐，辣眼的浓烟贯满楼梯上下。

我从中穿过，直攀楼顶，一扇小门从乳白色的煤烟中透出来。我屈指敲了敲门，里边没声音，手指再用点劲儿，门径自开了，没有上锁，看看门框，也没有锁。

眼前的景象使我惊呆。说老实话，我从没见过如此一贫如洗的房间。七八平米小屋，家徒四壁。墙上除去几个大小不同、锈红的钉子，什么也没有。用码起的砖块架着的几条木板就是他的床。一个旧书架，上面放着竹壳暖瓶、饭盒、碗盆、梳子、旧鞋、药瓶；只有几本书，都没封皮，我却看得出其中一本旧书是屠格涅夫的《猎人笔记》，因为书中有些写得极美的段落我能背诵。小屋里既无柜子，也没桌椅。墙角放着两个装香烟的纸箱子，大概是放衣服的。我着意看一眼果然是，一个装干净衣服的，一个盛脏衣服的。

我真不解，就这样几乎一无所有的地方，一年多来，竟给了我们那么丰盈、深切、充满美感的抚慰和补偿！

其实，这才正是艺术的神奇与伟大。不管物质怎样贫乏内心怎样压抑，它都能创造出无比丰富的精神和高贵的美来。

我从他的窗子向外张望，对面正是我住的楼房，再往下看，是我的阁楼。换一个位置看自己的家的感觉挺有趣，就像站在镜子前瞧自己。此时，我妻子好像正在窗子里抬头望我。她很想知道我看到了什么吧。我向她打手势，太远，她肯定看不清。我想告诉她，我看到的远远比我想看到的多得多。

十天后，外边忽然又传来他的歌声，他重新"出现"了。我和妻子在惊喜之时，不约而同地屏住呼吸，从他的歌声里询问他的一切。

这次的歌，婉转低回，郁闷惆怅，宛如晚秋的风景一片凋零。所有树木光秃秃的枝条都无力地低垂着，枝梢俯在地上，并浸在凹处冰冷的积水里。不用再去分辨，我坚信这是失恋者的哀伤。从这歌声里知道，他没有患病，却看到十多天来他身上发生了什么。他的歌最多只是几句，断断续续，似乎每次唱，都是难耐痛苦的一种释放。失恋中的苦与爱是同步的。从中我听得出昨日的爱在他生命中的位置。

她为什么离开他？不知道。歌声里只有情感没有叙事。

这天傍晚，我的一位画友在我家吃饭。我这位朋友住在老西开那座天主教堂的高墙后边。他最初画水墨，近些年改画油画，画得很抽象。他画中怪异而冷峻的变形源于心中的变态，他笔下那些畸形的形态彰显着内心的扭曲。

我问他："你不怕这种画会给你找麻烦？"

他说："那些人不像你，他们不懂画。我会对他们说，我的画还没画完，或者说我刚学画，还画不像。"

我笑道："这是绘画的好处。作家不行。作家都是白纸黑字。弄不好一句话就招来大祸。"

妻子在餐桌摆上炒鸡蛋、炸花生、拌黄瓜、猪肉丸子汤，还有一瓶刚从凉水盆里拿出来的啤酒，这便是那时代上好的家宴了。酒到半酣时，后窗外传来那歌手很轻的哼唱。我的画友问我：

"这是谁在唱？"

我便讲了对面楼顶上的那位歌手。从一年多前他搬到对面那阁楼上，一直讲到这些天发生的事。还讲到他的歌和我的感受，以及我对他的造访和他的热恋与失恋。我的画友问我："直到今天，你也不知道他的模样吗？"

"从未见过。长什么样根本不知道，姓甚名谁更无从得知。"

我说。

我的画友笑道:"有意思。可你却是他的知音。不,应该说你是他这世上惟一的知音。哎,他知道你吗?"

"不!"我说,"他可能根本不知道我的存在。"

我的画友忽然停住不再说话,手中的筷子也停下来,只因为歌手那边又轻轻唱起来。我的画友听得用心,仿佛也有些投入了。他忽发感慨地说道:

"原来失恋不单苦,也这么美。"

我说:"在艺术中,痛苦的东西愈美就愈深切。"

五

我对大地震的亲身体验是,第一下并非左右剧烈摇摆,而是突然向上猛地一弹,所有东西和人都往上猛地一蹦。我妻子对大地震的体验是门框下边才最安全。她当时摔倒在门框下边,地震时屋里屋外砖瓦落如急雨,但凭仗着门框的保护她居然没受一点伤。

这次全世界都知道的大地震总共摆了四十秒钟。我楼下的邻居后来说,他们听到我从始至终一直在拼命叫喊,我说我不知道。据说这种喊叫是人的一种本能的反应,是在释放心中的恐怖,自己并不知道。但在那地动山摇时,我却听到两声来自后胡同的高声呼叫。我太熟悉歌手这种带着磁性的声音了,但我怎么也不会想到这是我听到的他最后的声音。

大地震的第二天,我爬上自家的破楼,在坍塌的废墟——成堆的瓦砾里,寻找可用和急用的衣物。地震中,我的屋顶没了,一切全暴露在光天化日之下;房间靠后胡同那面大墙,带着后窗户一起落下去,现在对面的楼群一目了然。我像站在一座山顶,看另一片山，感觉极是奇异。这片上了年纪的老楼早已松松垮垮，再给大地一摇，全像狼啃狗啃过了一样。突然，一个景象闯进我的眼中，令我愕然。对面屋顶那歌手的小屋消失了，成了一堆砖头瓦块，远远看，像一个坟冢。

他呢？被砸了还是侥幸逃生了？

两年后，我的小阁楼修复了，只是把原先厚重的瓦顶改成简易的木顶。但对面歌手那小屋却一直没有重建。待他那堆震垮的瓦砾清除干净后，整片楼顶重新铺过油毡，黑黑的，一马平川，反射着刺目的光，看上去很异样。望着对面这空荡荡的屋顶，常常牵动我的是那歌手的下落，他是否还在人间。

我又到他那片楼里去了一趟。此时"文革"已然结束，再去打听那位歌手不必提心吊胆。奇怪的是，那楼里的邻居竟连他叫什么也说不清楚。只知道他在地震中受了伤，被人抬走了。但他被谁抬走的，抬到哪儿去了，没人知道。

那时代，人对人知道得就这么少。

六

三年后的一天晚上，我到不远的"三角地"那边的地震棚去看一个朋友，聊天聊得太长，回来已经挺晚。街上很黑，也很静。秋叶清新的气息呼吸起来很舒畅。走着走着，后边传来一阵歌声，像风一般吹到我的背上。我立即被热烘烘地感动起来。这歌是那时候传唱最广的《祝酒歌》。欢悦里边含着很深的苦涩和伤感，这是那个时代特有的情感。然而我不只是为这支歌而感动。更让我惊喜地发觉——哎呀，这不正是那失踪已久又期待已久的歌手的声音吗？真的会是他吗？

我扭过头,只见唱歌那人骑着车,从街心远处一路而来,歌声随之愈来愈近。

　　可是在这短暂的时间里,我又不能立即确定这就是那歌手的声音。因为我听过他的歌是没有歌词的,现在却唱着歌词,这声音听起来就有点似是而非了。就在犹疑之间,唱歌的人骑车从我身边擦肩而过。这一瞬,我看清楚了他,一个中年男人,头发向后飘着,瘦削的脸上线条清晰,眉毛很深,他唱得很动情,神情完全投入到歌里边去了。可是我从来没见过他呀,反倒是愈看清楚他愈不能断定了。眼看着他已经跑到我前面十几米远,马上就要走掉,我心一急,一举手,待要招呼住他,却忽然控制住自己。如果他不是那歌手,不就会很尴尬,而且更失落吗?世上的事,有时模糊比弄清楚更好。希望不总是在模糊中吗?于是我伫立街心,目光穿过黑夜,跟着他的身影与歌声一同远去,直到消失在深邃的夜色里,我却还在下意识和茫然地举着一只空手。

胡　子

　　有本时尚杂志说，胡子是男性美最鲜明的标志。还说男人的雄性、刚性、野性都在这黑乎乎糊满了下巴的胡茬子上——这话可不是真理！对于我认识的老蔡来说，胡子可不是什么美，而是他的命运。

　　老蔡从十三岁起唇上就长出软髭。这些早生的黑毛长长短短，稀稀拉拉，东倒西歪，短的像眉毛，长的像腋毛。他正为这些讨厌的东西烦恼时，黑毛开始变硬，渐渐像一根根针那样竖起来。一次和同学扭打着玩，这硬毛竟把同学的手背扎破，多硬的胡子能扎破人的手背？那不成刺猬的刺了吗？因而他得了一个外号，叫刺猬。从此再没人敢和他戏耍了。

　　他执意要把这个耻辱性的外号抹去，便偷用父亲的刮胡刀刮去唇上和下巴上的那些硬毛。头一次使刮胡刀，虽然笨手笨脚地划出几条血伤，但刮出来的光溜溜的瓷器一般的下巴叫他快乐无穷。这一下真顶用，刺猬的绰号不攻自废。可时过不久，一茬新生的胡子从他嘴唇四周冒出头来，反而变粗一些，也更硬一些。他急了，再刮，更糟！原来胡子天生具有反抗性，愈刮愈长，愈刮愈硬。到了高中二年级，已经非得一天一刮不可了。

这时，他不得不在自己的胡子前低下头来，认头人家称他"刺猬"，不和他亲近。他呢？渐渐被别人这种惧怕"刺猬"的心理所异化，主动与别人保持距离。他是不是因此变得落落寡合，并在上大学时选择了远离世人的古生物研究专业，工作后主动到那种整天戴着口罩的化验室工作？

后来，这胡子还成为他和女友之间的障碍。一次看完电影，女友忽然把手中的电影票递给老蔡，说："你用它蹭蹭脸。"

"为什么？"他不明白她的用意，却还是这样做了。当电影票从脸颊上蹭过，发出非常清晰的嚓嚓声。

真是挺可怕。三个小时前他从家里出来时刚刮过脸。难道只是一场电影的工夫，胡子就冒出来了？！

还能怪女友不准他凑过脸去吗？这位与他结交的第一位女友送给他一个比刺猬更具威胁的绰号，叫"铁蒺藜"。无疑，这绰号里边包含着一种恐惧。

从此他一天不止一次刮胡子了。一位同事笑他："这应上了那句俏皮话——一天刮三遍胡子——你不叫我露脸，我不叫你露头！"

老蔡面对镜子里黑乎乎的自己，真不明白这些坚硬的、顽强的、不可抑制的硬毛是从哪里来的。皮下边？肉里边？到底他身上多了些什么怪诞的元素，使他如此难堪与苦恼。他发现自己进入二十岁之后，胡子变得更加癫狂。不仅更黑更粗更硬更密，而且沿着两腮向上攀升，与鬓角连成一体。不可思议的是，有时面颊上也会蹿出油亮的一根。这别是人类的"返祖"现象吧？他去看过医生，医生笑道:"指甲长得快能治吗?汗毛儿长得多也能治吗?你这不是病!比你胡子多的人我也见过。你父亲胡子是不是也很盛?要是遗传就谁也没办法了。你天生就得这样。"

没办法了。任凭这命中注定、霸气十足的胡子把他第一个女友打跑。虽然女友没说分手的原因是为了胡子,但谁会一辈子天天夜里睡在铁蒺藜旁边?用下巴上的胡子把女朋友吓跑,可谓天下少有,真算得上蝎子屁尼——毒(独)一份了。

从此老蔡变得自卑起来,甚至不敢主动去接近女人。至于他后来的妻子,完全是人家自己主动走进他这一团荆棘的。若说这段姻缘的起始,那可是再普通不过的一件小事——

一次老蔡出差杭州办完事,买了回程的车票在火车站等车。站台上有一个很长的水泥水池,上边一排七八个水龙头,这是为了方便来往的长途旅客洗洗涮涮的。可有的人只顾洗,完事不关龙头,三个龙头正在哗哗流水,过往的人没有一个人当回事儿。老蔡上去把这三个龙头全拧上——这个细节叫坐在车窗边的一个女子瞧见,心中生出敬意。老蔡上车后凑巧坐在这女子的斜对面,谁想这女子就主动和他交谈起来。这女子在杭州上大学,念中文,喜欢文学的女子都很看重人的心意。而真正的爱慕,往往是从对方身上感触到自己人生理想的准则开始的。还有比关水龙头再小的事吗?但对于这念文科的女子,它就像一束细细的光照亮一个世界。有了这样的来自心灵的因由,胡子就不会是任何障碍了。

如果爱一个人,一定爱这个人的一切,包括缺欠。缺欠甚至可以被美化。比如对老蔡的胡子,妻子称之为"温柔的锉"。

老蔡自己却很小心。刚结婚时,他怕在激情中扎伤妻子,每天睡觉前都把下巴刮得锃亮。一天早晨醒来,睡意未尽的妻子无意间伸过来的手触到他的脸,手马上闪开,好像触到一个硬棕刷,被扎一下。妻子不知道睡了一觉的老蔡的胡子竟会长成这样。

老蔡说:"我马上起来刮脸。"

妻子笑道:"不,这是你的识别物。如果摸不到胡子就不是你了,换别人了。"妻子逗他。

老蔡有点急。他赌气说:"还有一种情况就是我死了,人一死就不会再长胡子了。"

妻子忽然翻身起来,使劲捂住他的嘴,朝他大声叫着:"说什么浑话呀,快敲木头,敲木头!"

老蔡很惊讶。娴静的妻子怎么会变得这样地气急败坏。

老蔡不是学文的。也许他没想过,爱的本质就是生命的相互依赖。

再往后,老蔡与胡子的关系不但不小,反而更大了。

比方上世纪六十年代末被关进"牛棚"时候,他最受不了的并不是那些逼供啦、写检查啦、批斗时"坐飞机"以及挨揍啦等等,而是不能刮胡子。从十七岁起,他没有一天不刮胡子,可是"牛棚"里任何人都不准刮胡子,主要是怕他们用刮胡刀片自杀。饭碗也不用瓷的,怕他们摔碎碗用瓷片割脖子,他们用的饭碗都是搪瓷或铝的。此外也不给他们筷子,担心他们把筷子头磨尖,插进自己身体的要害处。据说一位老专家就用这种自己改制的筷子了结了自己。因此吃饭时发给他们每人一条硬纸片做代用品。

于是,被放纵的胡子便在老蔡的脸上像野草那样疯长起来。五天后像卡斯特罗,十天后就像张飞了。他感到下半张脸发热,捂得难受,好像扣着一个厚厚的棉帽。这时候正是八月天气,不时要用手巾去擦胡子中间的汗水——好似草里的露水。不久,他感到胡子根儿的地方奇痒,愈搔愈痒,大概生痱子了。

他原以为自己这么硬的胡子，长得太长会像四射的巨针。在他刚被关起来的头几天胡子还真是长得又长又硬，使他想起少年时代那个"刺猬"的绰号。但没料到，胡子过长，反而变软，就像柳枝愈长愈柔，最后垂了下来。可是他的胡子垂下来并不美，因为这胡子没经过修剪和梳理，完全是野生的。一脸乱毛，横竖纠结，在旁人看来像肩膀上扛着一个鸟窠。于是，他的胡子就成了被审讯时的主要话题——成了审讯他的那帮小子耍坏取乐的由头。

一次，一个小子居然问他：

"你怎么不说话，哑巴了？你那堆毛里边有嘴吗？那里边只会尿尿吗？"

他没生气，过后也没拿这句话当回事。如果他拿胡子不当回事，这世上就没什么可以特别较真的事了。

四个月后，他被宣布为"人民内部矛盾，但不平反，帽子拿在人民手中"，可以回家了。

他从单位的"牛棚"走出来，即刻拐向后街一家小理发店。由于在"牛棚"里没人看他，也不怕人看，整天扬着一脸胡子，已经惯了；此刻走在大街上，竟把一女孩子吓得尖叫起来，仿佛见了鬼。待进了理发店坐下来，对着镜子一瞧，俨然一个判官，一时把站在椅子后边的剃头师傅吓了一跳，自己也完全不认得自己了。

剃头师傅问他："怎么剃法？"

他说："全剃去。"

师傅放下椅背，叫他躺好。拿过一块热气腾腾的手巾捂在他下巴上，真是温暖！不一会儿剃头师傅掀去手巾，用胡刷蘸着凉丝丝、冒着气泡的肥皂水涂在他的下巴上，好似清冽的溪水渗入久旱的荒草地。当大大小小的肥皂泡儿纷纷炸破时，每根胡子都感到了愉悦。跟着一刀刮去，便感到一股凉爽的风吹到那块刮去胡子的脸上。一刀刀刮去，一道道清风吹来。他闭上眼，享受着这种奇妙的快感。鼻子闻着肥皂的香气——其实只是一种最廉价的胰子而已，耳听着又薄又快的刀刃扫过面皮时清晰悦耳的声音，还有胖胖的剃头师傅俯下身来喘着暖呼呼的粗气……随后一块湿漉漉的热毛巾如同光滑的大手，在他整个脸上舒舒服服地抹来抹去。最后只听师傅说："好了。"他被推起来的椅背托直了身子。

睁眼一瞧，好似看到一个白瓷水壶摆在镜子中央——他更认不得自己了。

怎么？刚才有胡子的不是自己，此刻没胡子的也不是自己，究竟谁是自己呢？自己在哪儿呢？

他付了钱。口袋里有五六块钱，是两个月前妻子送衣服来时放在口袋里的。他跑到小百货店给妻子买了一瓶雪花膏，又跑到街口买了一小包五香花生，两支刚蘸着玻璃般亮晶晶糖汁的糖葫芦，这都是妻子平日最喜爱的东西。天已经暗下来，他回到家。一手举着糖葫芦一手敲门，想给妻子一个突然的意外惊喜。她并不知道他今天被放回来。他们已经四个月没见面，音讯断绝，好似生活在阴阳两极。

里边门一开。妻子看见他立即惊得一叫，声音极大，好像出了什么事。他说：

"你是不是不认识我了？我是老蔡呀。"

妻子把他拉进屋，关上门，扑在他怀里哭起来，边说："你变成狗，我也认得你。你怎么不事先告我一声呀！"

老蔡说："我还以为我刮脸，刮得太白太光，你认不出我来呢！"

妻子抬头看他一眼，带着眼泪笑了，说："什么太白太光，你什么时候刮的脸，那些胡子又都出来了。"

他一怔，抬起手背蹭蹭下巴，这么短的时间已经又毛茬茬地冒出一层！但这一次他对胡子的感觉很例外，很美妙。就这层胡茬儿，使他忽然感到，往日往事，充溢着勃勃生机的生命，还有习惯了的生活，带着一种挺动人的气息又都回来了。

老蔡的病是八十年代开始得的。

先是视力下降，干不成他化验室的工作；后来是一根脑血管不畅，走道打斜，也无法在办公楼里传送文件和里里外外跑跑颠颠；跟着是负面的遗传基因开始发作——血糖高上来了，他父亲就是从这条道儿去天国的；随后是内分泌乱了套，他称自己的体内正在进行"文化大革命"。各大医院都去过了，各大名医也托人引荐看过了，最终还是躺在了床上。奇怪的是，虽然身体各部分都很弱，惟有胡子依然很旺，黑亮而簇密，生气盈盈。他依旧习惯地早一次晚一次刮两遍。一位朋友说："这表明老蔡生命力强。毛发乃人的精血呀！"

于是，胡子成了老蔡和妻子隐隐约约的一种希望与寄托。这期间经常挂在妻子嘴边的，是她从古诗中改出来的两句：

"胡子除不尽，剃刀刮又生。"

然而，胡子从来就不听老蔡的，只给他找麻烦。

最早发现胡子发生变异的，不是他自己，而是他妻子。

自从他躺到床上，一早一晚刮胡子的事就由妻子来做。自己刮自己的脸，脸蛋和刮刀相互配合，不会刮破脸；别人来刮就难了，常常会刮破。老蔡血糖高，伤口不好愈合，幸好那时市场上出现一种进口的电动剃须刀，刀头上蒙着一种带网眼儿的铁罩，绝对安全。妻子赶紧买了一个，倒是十分好用。但一天，妻子发现老蔡下巴上有一根胡子怎么也刮不掉，奇怪了，怎么会刮不掉呢？戴上花镜一看，竟是一根很怪异的胡须，颜色发黄，又细又软，须尖鬈曲。它弯弯曲曲很难进入网罩上的细眼儿。老蔡的胡子向来都是又黑又硬，怎么冒出这么一根？好似土地贫瘠长出的荒草。妻子只当是偶然。谁料从此，这鬈曲的黄须就一根根甚至攒三聚五地出现。随后，她发现他下巴上的胡须变得稀疏，开始看见白花花的肉皮了。

她心里明白，却不敢吱声。反正老蔡很少照镜子，肯定不知道脸上所发生的变化。一天傍晚，妻子给他刮脸。迟暮的余晖由窗口射入。一缕夕阳正照在他的下巴上。妻子陡然觉得这日渐荒芜的下巴，好似晚秋时节杂草丛生的土岗子那样萧瑟而凄凉。她不觉落下泪来，泪水滴在老蔡的脸上。

老蔡闭着眼，却开口说："从小我就巴望它们长得慢点、慢点，现在终于遂了我的愿。你该高兴才是。"

妻子反而哭出声来。

从老蔡病倒卧床那天开始计算，七年后的一天，一个平平常常的春天的早晨，妻子醒来，习惯地用手去摸老蔡的下巴。手心抚处，奇异般地光滑，像一块卵石。她下意识地感到了什么，又摸一下，感觉更不对，老蔡的胡子呢？

此时此刻她分明听到一个声音，是老蔡的声音，很遥远，那是许久许久以前老蔡说过的一句话：

"人一死就不再长胡子了。"

她猛地翻过身，叫一声老蔡。老蔡极其刻板地仰面躺着，灰白而消瘦的脸一片死寂，没有一根胡子。她第一次看到老蔡不生胡子的脸。原来不生胡子的脸这样难看。

抬头老婆低头汉

一

这世上的事说复杂就复杂,说简单就简单。要说复杂,有一堆现成的词儿摆在这儿,比方千形万态、千奇百怪、千头万绪、千变万化等等等等,它们还互不相干地混成一团,复不复杂?要说简单——那得听咱老祖宗的。咱老祖宗真够能耐,总共不过拿出两个字,就把世上的事掰扯得清清楚楚明明白白。这两字是:阴阳。

老祖宗说,日为阳,月为阴,天为阳,地为阴,火为阳,水为阴,男为阳,女为阴,对不对?大白天,日头使足力气晒着,热热乎乎,阳气十足,正好捋起袖子干活;深夜里,月光没有什么劲儿,又凉又冷,阴气袭人,只能盖上被子睡觉。日,自然是阳;月,自然是阴。至于天与地、水与火、男与女,更是阴阳分明,各有各的特性。何谓特性?阳者刚,阴者柔。然而单是阳,太刚太硬不行；单是阴，太柔太弱也不行。阴阳就得搭配一起，还要各尽其能，各司其职。比方男女结为夫妻，向例都是男主外，女主内；男人养家，女人持家；男人搬重，女人弄轻……每每有陌生人敲门，一准儿是男人起身迎上去开门问话，哪有把老婆推在前头的？男人的天职就是保护女人，不能反过来。无论古今中外全是这样，这叫作天经地义。

可是，世上的事也有各路的、另类的、阴阳颠倒的、女为阳男为阴的，北方人对这种夫妻有个十分形象的俗称，叫作抬头老婆低头汉。

二

这对夫妻家住在平安街八号一楼那里外间房。两人同岁，都是四十五。

先说抬头老婆。姓于，在街道办的一家袜子厂当办公室主任。但从来没人叫她于主任，不论袜子厂上上下下还是家门口的邻居都喊她于姐。这么叫惯了，叫久了，连管界的户籍警也说不出她的名字来。

于姐精明强干。鼓鼓一对球眼，像总开着的一对小灯亮闪闪。她身上的一切都和这精明外露的眼睛相配。四十开外的人，没一根白发，满头又黑又亮齐刷刷。嘴唇薄，话说得干脆利索；手瘦硬，干活正得用；两条直腿走路快，骑车也快，上下车骗腿时动作像个骑兵。别小看了这个连初中也没毕业的女人家，论干活她才是袜子厂的一把好手。凭着她勤快能干，办法多，又不惜力气，硬叫这小厂子一百来号人有吃有喝有钱看病一直挨到今天。

再说低头汉，姓龚。他可不如他老婆，不单名字——连他的

"姓"也没人知道。所有熟人,包括他老婆都叫他老闷儿。

他人闷,模样也闷,好像在罐里盒里箱子里捂久了,抽抽巴巴,乌里乌涂。黑脸的人本来就看不清楚,一双小眼再藏在反光的镜片后边,很难看出他的心思。他从不张嘴大笑,不知他的嘴是大是小。虽然没听说他有什么病,但身子软绵绵,站直了也是歪的。多少年来,他一直像个小学生那样斜挎着一个长背带黑色的人造革公文包上下班。他在大沽路那边的百货公司做会计。有人说他这样挎包是因为包里边装的全是账本,提在手里不保险,会丢,会被抢,套在身上才牢靠。他走路很慢,不会骑车,每天走路要用很多时间,他为什么不学骑车呢?不爱说话的人的道理是无法知道的。

他的脚步极轻,没有声音。这脚步就像他本人,从不打扰别人,碰上街坊最多抿嘴一笑,不像他老婆兴冲冲的步伐像咚咚敲鼓。老婆喜欢和人搭讪,喜欢主动说话,不在乎对方是不是生人,也不在乎别人什么想法,求人帮忙时也一样,就像工厂派活时,一下子就交到人家手里。可是老闷儿不行,逢到必须开口求人帮忙时,嘴上就像贴了胶带。于是家里所有要和外边打交道的事就全落在他老婆身上。

老婆在门外边,他在门后边;老婆与人谈判,他站在一边旁观,也决不插嘴。可户主是他老闷儿呀。

其实不只是家外边的事,家里边的事也都摊在他老婆身上。

老婆急性子,老闷儿慢性子;性急的人遇事主动抢着干。老婆能干,他不会干;能干的人遇事不放心交给别人干。这就是为什么世上的事总是往急性子和能干的人身上跑的缘故。

久而久之,这个家庭形成的分工别有风趣。老婆做饭,老闷儿洗碗;老婆登梯爬高换灯泡换保险丝,老闷儿扶梯子;老婆搬蜂窝煤,老闷儿扫煤渣,老婆还总嫌他扫不干净一把将扫帚夺过去重扫。这个家里给老闷儿只留下一件正事,就是给不识数的儿子补习数学。所以,老婆常常会对人说,我在家是两个人的"妈"。在这个老婆万能的家庭里,老闷儿常常找不到自己。从属者的位置是可悲的。这是不是老闷儿总那么闷闷不乐的根由?

于是平安街上的人家,常常可以看到这对抬头老婆低头汉几近滑稽的形象——

于姐习惯地仰着脸儿、挺着胸脯走在前边,一个在家里威风惯了的女子会不知不觉地男性化。她闪闪发光的眼睛左顾右盼,与熟人热情和大声地打招呼。老闷儿则像一个灰色的影子不声不响紧紧跟在后边。老婆不时回过头来叫一声:"你怎么也不帮我提提这篮子,多重!"

这一瞬,老闷儿恨不得有个地沟眼没盖盖儿,自己一下掉进去。

改变这种局面是一天夜里。老婆突然大喊大叫把老闷儿惊醒。老闷儿使劲睁开睡眼才明白,一只大蝙蝠钻进屋来,受惊蝙蝠找不到逃路便在屋里像轰炸机那样呼呼乱飞,飞不好就会撞在头上。

老婆胆子虽大,但她怕一切活物。从狗、猫、老鼠到壁虎、蟑螂、屎壳郎全怕。更怕这种吱吱尖叫、乱飞乱撞的蝙蝠。儿子叫道:"老师说,叫蝙蝠咬着就得狂犬症!"吓得老婆用被子蒙头,一手拉着儿子,光脚跳下床,拉开门夺路跑到外屋。动作慢半拍的老闷儿跟在后边也要逃出去。被老婆使劲一推,随手把门拉上,将老闷儿关在里边。只听老婆在外屋叫着:"该死,你一个大男人也怕蝙蝠,不打死它你别出来!"

老闷儿正趴在地上打哆嗦,老婆的话像根针戳在他的脊梁骨上。他忽然浑身发热,脸颊发烧,扭身抓过立在门后的长杆扫帚,一声喊打，便大战起蝙蝠来。他一边挥舞扫帚，一边呀呀呀地喊着。这叫喊其实是一种恐惧，也为了驱赶心中的恐惧。

然而，于姐在门外看呆了。她隔着门上的花玻璃看见丈夫抡动扫帚的身影，动作虽然有些僵硬，但从未有过如此的英勇。伴随着丈夫的英姿，那一闪一闪的东西就是发狂的蝙蝠的影子。只听几声哗哗啦啦瓷器碎裂的声音，跟着像是什么重东西摔在地上，随即没了声音。于姐怕老闷儿出什么事，正疑惑着，突然屋里爆发一阵大叫："我打死它啦，我胜啦，我胜啦！"

老婆和儿子推门进去，只见满地的碎壶、碎碗、糖块、闲书、破玻璃，老闷儿趴在中间，手里的扫帚杆直捅墙根。一只可怕的黑乎乎的非鼠非鸟的家伙被扫帚杆死死顶住，直顶得蝙蝠的肚肠带着鲜血从长满尖牙的嘴里冒出来。

老婆说："老闷儿，你还真把它弄死了。"伸手把他拉起来。

儿子兴奋极了，说："我爸真棒，我爸是巨无霸！"

老闷儿一身是土，满头是汗，眼镜不知掉在哪儿了，抖动的手还在紧握着扫帚杆。过度的紧张和兴奋，使他的表情十分怪异。他对老婆说：

"我行——"

然后，直盯着老婆，似是等待她的裁决。

老婆第一次听到他用"我行"这两个字表白自己，心里一酸，流下泪来。对他哽咽地说：

"是、是，你行，真的行！"

三

进入二十一世纪的第一个月，老闷儿流年不利，下岗了。一辈子头一遭没事干，或者说干了一辈子的事忽然没了，人也就空了。

这并不奇怪。公司亏损，无力强撑，便卖给私企老板，老板精兵减员，选人择优汰劣，这都是在理的。但老板只讲效益，不讲人情，人裁得极狠，下去一半，老闷儿自然在这一刀切下的一堆一块里边。

老闷儿和他老婆慌了神，着实忙了一阵，托人找事，看报找事，到人才中心找事，在大街上贴条找事；用会计的单位倒是有，但那种像模像样的企业一见老闷儿就微笑着说拜拜。小店小铺小买卖倒也用人，可就是另一层天地另一番人间景象了。经老婆的袜子厂一位同事介绍，有三家店铺都想用人，铺子不大，财务上的事都不多，想合用一个会计，月薪不算低。说要老闷儿和他们"会会"。老婆怕老闷儿不会说话，好事弄坏，便和他同去。这两口一前一后走进人家的店铺，很像家长领着一个老实的孩子来串门。

待和这三家的小老板一一见过谈过，才知道在这种店铺里，会计这行当原来只是一台数字的造假机器。前两家的小老板说得直截了当，不管他用偷税漏税加大成本还是开花账造假账等等什么花活，只要保证账面上月月"收支平衡"就行。小老板对老闷儿龇着黄牙笑道：

"您是见过世面的老手，这种事对于您还不是小菜一碟？"

这话叫老闷儿冒出一头冷汗。

第三家是一家国营的贸易公司下边的实体。老板的左眼是个斜眼，眼神挺怪，话却说得更明白："我们这买卖就是为领导服务。领导的招待费礼品费出国费用全要揉到账里。"他用食指戳戳账本，"你的工作是在这里边挖口井。"

老板的话是对老闷儿说的，眼睛却像瞅着于姐。老闷儿听不懂他的意思，没等他问，于姐便问：

"什么井？您说白了吧。"

老板一笑，目光一扫他俩，一时弄不清他的眼睛对着谁，只听他说：

"你们怎么连这话也听不懂？小金库嘛！井里不管怎么掏，总得有水呀！"

这话叫于姐也冒出冷汗。走出门来，于姐对老闷儿说："咱要干这个，等于把自己往牢里送！"

打这天，于姐不再忙着给老闷儿找事，老闷儿便赋闲在家了。

在旁人眼里，老闷儿坐着吃，享清福。整天没事，有人管饭，多美！但世上的美事浮在表面，谁都能看见；人间的苦楚全藏在心里，惟有自知。为了表示自己的存在价值，老闷儿把接送儿子上下学、采买东西、洗碗烧饭、收拾屋子全揽在自己身上，一天两次用湿布把桌椅板凳擦得锃亮。

可是老婆并不满意他做的事，干惯了活的人的手闲不住，随手会把不干净不舒服的地方再收拾收拾。这在老闷儿看来，都是表示对他价值的否定。

老闷儿便悄悄地通过他有限的熟人，为他介绍工作。邻居万大哥也是下岗人员，靠卖五香花生仁度日。五香花生仁是他自己炒的，又脆又酥又香，卖得相当不错，有时还能挣到些烟钱酒钱零花钱。

万大哥对他说："哪有老爷儿们吃老娘儿们的，这不坐等着别人说闲话？跟我卖花生去！喂不饱自己的肚子，起码也能堵住别人的嘴。"

老闷儿跟着万大哥来到不远的大超市那条街上，按照万大哥的安排，两人一个在街东口，一个在街西口。可是老闷儿总怕碰见熟人，不敢抬头，抬起头又吆喝不出口。不像卖东西，倒像站在街头等人的。直等到天色偏暗，万大哥笑嘻嘻叼根烟，手里甩着个空口袋过来了。老闷儿这口袋的花生仁却一粒不少。

就这一次，万大哥决定把自己的义气劲儿收回了。

一天，老闷儿上街买菜。一个黄毛小子叫他，说一会儿话才知道是七八年前到他们百货公司会计科实习过的学生，只记得姓贾，名字忘了。小贾听说老闷儿下岗陷入困境，很表同情，毅然要为老闷儿排忧解难。他说，卖东西最来钱的是卖盗版光盘。卖光盘这事略有风险，但对老闷儿最合适，不但无须吆喝也根本不能吆喝，一吆喝不就等于招呼"扫黄打非"那帮人来抓自己吗？只要悄悄往商店门口台阶上一坐，拿三五张光盘放在脚边，就有人买，卖一张赚两块。其余光盘揣在书包里，背在身上。万一看到有人来查光盘，拾起地上的那几张就走，如果查光盘的人来得太急，拔腿便跑，地上的光盘不要了，几张光盘也不值几个钱。

不等老闷儿犹豫，小贾就领着老闷儿到不远一家商店门口，亲眼看见一个人半小时就卖掉五六张光盘。十多元钱的票子已经装进口袋。

身在绝境中的老闷儿决心冒险一搏。晚上就向老婆伸手借钱。家里的钱从来都在老婆的手里攥着。老婆听说他要干这种事，差点笑出声来。可是老闷儿今儿一反常态，老婆反对他坚持，老婆吓他他不怕，看上去又有点当年大战蝙蝠的气概。老婆带着一点风险意识，给了他三百块本钱。转天一早老闷儿就在菜市场等来小贾。小贾答应帮他去进货，还帮他挑货选货。他把钱掏出来，留下一百，其余二百交给小贾，一个小时后，小贾就提来满满一塑料兜花花绿绿的光盘。对他说：

"您运气真够壮。正赶上一批最新的美国大片，还有希区柯克的悬念片呢！都是刚到的货。保您半天全出手！"

老闷儿把光盘悉数塞满那个当年装账本的黑公文包,斜挎肩上。自个儿跑到就近的一家商店门口坐在台阶上。伸手从包里掏出五张光盘,亮闪闪放在脚前边。没等他把光盘摆好,几只又黑又硬的大皮鞋出现在视线里,查光盘的把他抓个正着。他想解释,想争辩,想求饶,却全说不出口来。人家已经把他所有光盘连同那公文包全部没收。只说了一句:"看样子你还不是老手。你说吧,是认罚,还是跟我们走。"说话这声音,在老闷儿听来像老虎叫。

他的腿直打哆嗦,走也走不动了。只好把身上剩下的一百块钱掏出来,人家接过罚款,把他训斥一番,警告他"下不为例",便放了他。他竟然没找人家要罚单,剩下的只有两手空空和一个吓破了的胆。

当晚,老婆气得大脸盘涨得像个红气球,半天说不出话来。呆了一会儿,她眼皮忽然一动,目光闪闪地问道:

"没罚单怎么知道他们是'扫黄打非'的?他们穿制服了吗?别是冒牌的吧?"

老闷儿怔着,发傻。他当时头昏脑涨,根本没注意人家穿什么,只记得那几只又黑又硬的大皮鞋。

老婆突然大叫:"我明白了。这两个人和你那个小贾是一伙的。他们拴好套,你钻进去了。老闷儿呀——"这回老婆气得没喊没骂,反倒咯咯笑起来,而且笑得停不住也忍不住。

老闷儿像挨了一棒。这一棒很厉害,把他彻底打垮了。

世上有些事,不如不明白好。

四

小半年后的一天晚饭后,于姐的弟弟于老二引一个胖子到他们家来。

　　胖子姓曹，人挺白，谢顶，凸起的秃脑壳油光贼亮，像浇了一勺油。这人过去和于老二同事，在单位里伙房的灶上掌勺，手艺不错，能把大锅菜做出小灶小炒的味儿来。近来厂子挺不住，刚刚下岗。于老二想到姐夫老闷儿在家闲着，而姐夫家在不远的洋货街上还空着一间小破屋，不如介绍他们合伙干个露天的"马路餐馆"，屋里砌个灶做饭，屋外摆几套桌椅板凳，下雨时扯块苫布，就是个舒舒服服的小饭摊了。于老二还说，洋货街上的人多，买东西卖东西的人累了饿了，谁不想吃顿便宜又好吃的东西？

　　"你给人家吃什么？"于姐问曹胖子。

　　曹胖子满脸满身是肉，肚子像扣个小盆。一看就是常在灶上偷吃的吃出来的。他神秘兮兮地说出三个讨人喜欢的字来：

　　"欢喜锅。"

　　"从来没听过这菜名。"于姐说，脸上露出颇感兴趣的样子。

　　于老二插话说，听说过去南方有个地方乞丐挺多，讨来的饭菜都是人家剩的，没有吃头儿，只能填肚子。可这帮乞丐里有个能人，出一个主意，叫众乞丐把讨来的饭菜倒在一个锅里煮。别看这些东西烂糟糟，可有鱼尾有虾头有肉皮有鸡翅膀有鸭脖子，一煮奇香，好吃还解馋，从此众乞丐迷上这菜食，还给它起个好听的名字，叫"欢喜锅"。

　　"瞎说八道！我听怎么有点像'佛跳墙'呢，是你编出来的吧？"于姐笑道。

　　曹胖子接过话说："这不都是种说法，那'李鸿章杂碎'呢，不也是把各种荤的、腥的、鲜的全放在一锅里烩？要紧的是得把里边特别的味道煮出来。"

　　"这些东西放在一块煮说不定挺香的，就像什锦火锅。再说鸡脖子鱼头猪肉皮都是下脚料，不用多少钱，成本很低。"于姐说。

"您算说对了！"曹胖子说，"其实这锅子就是'穷人美'，专给干活的人解馋的，连汤带菜热乎乎一锅，再来两个炉火烧饼，准能吃饱。"

"怎么卖法？"于姐往下问。

"我先用大锅煮，再放在小砂锅里炖。灶台上掏一排排火眼，每个火眼放上一个砂锅，使小火慢慢炖，时候愈长，东西愈烂，味愈浓。客人一落座，立马能端上来，等也不用等。一人吃的是小号砂锅，八块；两人吃，中号，十二块；三人吃，大号，十五块。添汤不要钱，烧饼单算。"曹胖子说，看来他胸有成竹。

这话把于姐说得心花怒放。凭她的眼光，看得出这欢喜锅有市场，有干头。合伙的事当即就拍板了。往细处合计，也都是你说我点头，我说你点头。于姐和曹胖子全是个痛快人，不费多时就谈成了。小饭店定位为露天的马路餐馆。单卖一样欢喜锅，一天只是晚上一顿，打下午六点至夜里十一点。两家入伙的原则是各尽所有，各尽所能。老闷儿家出房子和桌椅板凳，曹胖子手里有成套的灶上的家伙。两家各拿出现金五千，置办必不可少的各类杂物。人力方面，各出一人——老闷儿和曹胖子。曹胖子负责灶上的事，老闷儿担当端菜送饭，收款记账。谈到这里，老闷儿面露难色，于老二一眼瞧见了。他知道，姐夫是会计，不怵记账，肯定是怕那些生头生脸的客人不好对付，便说：

"姐夫，反正你们这马路餐馆只是晚上一顿，晚上只要我没事就来帮你忙乎。"

于姐斜睨了老闷儿一眼，心里恨丈夫怕事，但还是把话接过来说道：

"我晚上把儿子安顿好也过来。"

老闷儿马上释然地笑了。老婆在身边，天下自安然。

曹胖子却将这一幕记在心里。这时，于姐提出一个具体的分工，把餐厅买菜的事也交给老闷儿。曹胖子一怔。不想老闷儿马上答应下来："买菜的事，我行。"

老闷儿因为刚刚看出老婆不高兴，是想表现一下，却不知于姐另有防人之心。曹胖子老经世道，心里明明白白。他懂得，眼前的事该怎么办，今后的事该怎么办。因说道："那好，我只管一心把欢喜锅做成——人人的喜欢锅！"说完哈哈大笑，浑身的肉都像肉球那样上下乱窜。

在分红上，于姐的表态爽快又大方，主动说十天一分红，一家一半。这种分法，曹胖子原本连想都不敢想，连房子带家具都是人家的呢！可是曹胖子反应很快，赶紧说了一句："我这不是占便宜了吗？"便把于姐这分法凿实了。随后，他们给这将要问世的小饭铺起了一个好听好记又吉利的名字：欢喜餐厅。

于姐这人真是给点阳光就灿烂，给个舞台就光彩，而且说干就干！打第二天，一边到银行取钱和凑钱，一边找人刷浆收拾屋子，办工商税务证，打点洋货街的执法人员，购置盘灶用的红砖、白灰、沙子、麻精子、炉条、煤铲、烟囱，还有灯泡、电门、蜡烛、面缸、菜筐、砂锅、竹筷子、油盐酱醋、记账本、手巾、蝇拍、水桶、水壶、暖壶、冲水用的胶皮管子、扫马路的竹扫帚和插销门锁等等。但是，能将就的、家里有的、可买可不买的，于姐一律不买。桌椅板凳都是袜子厂扩建职工食堂时替换下来的，一直堆在仓库里，她打个借条从厂里借出七八套，连厨房切菜用的条案也弄来一张，并亲手把这些东西用推车从厂里推到洋货街。她干这些活时，老闷儿跟在后边，多半时候插不上手，跟着来跟着去，像个监工的。

于姐还请厂里的那位好书法的副厂长，给她写个牌匾，又花钱请人使油漆描到一块横板子上，待挂起来，有人说字写错了。把餐厅的"厅"上边多写了一点，成了"庁"字。这怎么办？曹胖子不认字，他摆摆肉蛋似的手说，多一点总比少一点强，凑合吧。偏有个退休的小学教师很较真，他说繁体的"廳"字上边倒有个点，简体的"厅"字绝没点，没这个字，怎么认？怎么办？于姐忽然灵机一动，拿起油漆刷子踩凳子上去。挥腕一抹，将上边多出来那一点抹到下边的一横里边。虽说改过的这一横变得太粗太愣，但错字改过来了，围看的人都叫好。老闷儿也很高兴，不觉说：

"她还真行。"

站在一旁的曹胖子说：

"你要有你老婆的一半就行了。"

老闷儿不知怎样应对。于姐听到这话，狠狠瞪曹胖子一眼。对于老闷儿，她不高兴时自己怎么说甚至怎么骂都行，可别人说老闷儿半个不字她都不干。这一眼瞪过去之后，还有一种隐隐的担忧在她心里滋生出来。这时，一阵噼噼啪啪的声音打断她的思索。两挂庆祝买卖开张的小钢鞭冒着烟儿起劲地响起来。洋货街不少小贩都来站脚助威，以示祝贺。

不出所料，欢喜锅一炮打响。

人嘴才是最好的媒体。十天过去，欢喜锅的名字已经响遍洋货街，跟着又蹿出洋货街，像风一样刮向远近各处。天天都有人来寻欢喜锅，一头钻进这勾人馋虫的又浓又鲜的香味中。自然，也有些小饭铺的老板厨师扮作食客来偷艺，但曹胖子锅子里边这股极特别的味道，谁也捉摸不透。

老闷儿头一次掉进这么大的阵势里，各种脾气各种心眼各种神头鬼脸，好比他十多年前"五一"节单位组织逛北京香山时，在碧霞寺见到的五百罗汉。他平时甭说脑袋，连眼皮都很少抬着，现在怎么能照看这么多来来往往的人？两眼全花了，心一急就情不自禁地喊：

"老曹。"

曹胖子忙得前胸后背满是汗珠。光着膀子，大背心像水里捞出来似的湿淋淋贴在身上。灶上一大片砂锅中冒出来的热气，把他熏得两眼都睁不开。这当儿，再听老闷儿一声声叫他，又急又气回应一嗓子：

"老子在锅里煮呢，要叫就叫你老婆去吧。"

外边吃饭的人全乐了。

人和人之间，强与弱之间，都是在相互的进退中寻找自己的尺度。本来曹胖子对他还是客客气气的，可是冒冒失失噎了他一句，他不回嘴，就招来了一句更不客气的。渐渐地，说闲话时拿他找乐，干活憋气时拿他撒气，特别是曹胖子一个心眼想把买菜的权利拿过去，老闷儿偏偏不给——他并不是为了防备曹胖子，而是多年干会计的规矩。曹胖子就暗暗恨上了他。开始时，拿话呛他、损他、撞他，然后是指桑骂槐说粗话；曹胖子也奇怪，这个窝囊废怎么连底线也没有。这便一天天得寸进尺，直到面对面骂他，以至想骂就骂，骂到起劲时摔摔打打，并对老闷儿推推搡搡起来。老闷儿依旧一声不吭，最多是伸着两条无力的瘦胳膊挡着曹胖子的来势汹汹的肉手，一边说："唉唉，别，别这样。"他懦弱，他胆怯，不敢也不会对骂对打；当然也是怕闹起来，老婆知道了，火了，砸了刚干起来的买卖。

每次曹胖子对老闷儿闹大了，都担心老闷儿回去向于姐告状。可是转天于姐来了，见面和他热情地打招呼，有说有笑，什么事儿没有，看来老闷儿回去任嘛没说。这就促使曹胖子的胆子愈来愈大，误以为这两口子不一码事呢。

洋货街上的人都是人精，不干自己的事躲在一边，没人把老闷儿受欺侮告诉于姐，相反倒是疑惑于姐有心于这个做一手好饭菜并且一直打着光棍的胖厨子。有了疑心就一定留心察看。连她对曹胖子的笑容和打招呼的手势也品来品去。终于有一天看出眉目来了。这天收摊后，歇了工的老闷儿夫妇和曹胖子坐在一起，也弄了一个欢喜锅吃。不止一人看到于姐不坐在老闷儿一边，反倒坐在曹胖子一边。吃吃喝喝说说笑笑之间，曹胖子竟把一条滚圆的胳膊搭在于姐的椅背上，远看就像搂着老闷儿的老婆一样。可老闷儿叫人当面扣上绿帽子也不冒火，还在一边闷头吃。

人们暗地里嘻嘻哈哈议论开了。一个说：看样子不是曹胖子欺侮他，是他老婆也拿他不当人，当王八。

另一个说，八成是这小子不行。干那活儿的时候，这小子一准儿在下边。

前一个说，等着瞧好戏吧，不定哪天收了摊，这女人把他支回家，厨房的门就该在里边销上了。

后一个说，那"欢喜锅"不变成了"欢喜佛"？

打这天，人们私下便把欢喜锅叫成"欢喜佛"，而且一说就乐，再说还乐，越说越乐。

可是世上的事多半非人所料。一天收摊后，老闷儿动手收拾桌椅板凳，曹胖子站在一边喝酒，他嫌老闷儿慢，发起火来。老闷儿愈不出声他的火反而愈大。到后来竟然带着酒劲给了老闷儿迎面一拳。老闷儿不经打，像个破筐飞出去，摔在桌子上，桌面一斜，反放在上边的几个板凳，劈头盖脸全砸在老闷儿身上。立时头上的血往下流。曹胖子醉烘烘，并不当事。看着老闷儿爬起来回家，还在举着瓶了喝。

不一会儿,于姐突然出现,二话没说,操起一根木棍抡起来扑上来就打。曹胖子已经醉得不省人事,却知道双手抱着头,蜷卧在地,像个大肉球,任凭于姐一阵疯打,洋货街上没人去劝阻,反倒要看看这里边是真是假谁真谁假。于姐一直打累了,才停下来,呼呼直喘,只听她使劲喊了一嗓子:"别以为我家没人!"

这话倒是像个男人说的。

打这天起,欢喜餐厅关门十天。第十一天的中午曹胖子来卸了门板,收拾厨房,从里边往外折腾炉灰炉渣,不一会儿黑黑的烟就从小屋顶上的烟囱眼儿里冒出来,看样子欢喜餐厅要重新开业。

下午时分,于姐就带着老闷儿来了。于姐扬着头满面红光走在前边,老闷儿提着两筐肉菜跟在后边——抬头老婆低头汉也来了。

洋货街的小贩们都把眼珠移到眼角,冷眼察看。不想这三人照旧有说有笑,奇了,好像十天前的事是一个没影儿的传说。

五

一个卖袜子的程嫂听说,于姐已经在袜子厂停薪留职,来干欢喜锅了。她放着袜子厂的办公室主任不做,跑到街头风吹日晒,干这种狗食摊,为嘛?为了给她的宝贝老公撑腰,还是索性天天做"欢喜佛"了?如果是后者,那天那场仗的真情就变成——曹胖子打老闷儿是给于姐看,于姐打曹胖子是给大伙看。这出戏有多带劲,里边可咀嚼的东西多着呢!

可是,于姐的为人打乱了人们的看法。她逢人都会热乎乎地打招呼,笑嘻嘻说话,有忙就帮,大小事都管,看见人家自行车放歪了也主动去摆好。最难得的是这人说话办事没假,一副热肠子是她天生的,很快于姐就成了洋货街上受欢迎的人物。这种人干饭馆人气必然旺，人愈多她愈有劲，那双天生干活的手从来没停过；从地面到桌面，从砂锅到竹筷，不管嘛时候都像刚刚洗过刷过擦过扫过一样，桌椅板凳叫她用碱水刷得露出又白又亮的木筋。而且老闷儿在外边听她指挥，曹胖子在厨房听她招呼，里里外外浑然一体。自打于姐来到这里，再不见曹胖子对老闷儿发火动气，骂骂咧咧。老闷儿那张黑黑的脸上竟然可以清晰地看到笑意。

她来了三个月，马路餐桌已经增加到十张，但还是有人找不到座位，把砂锅端到侧边那堵矮墙上吃；四个月过去，于姐给曹胖子雇了个帮厨；半年过后，曹胖子买了辆二手九成新的春兰虎摩托，于姐和老闷儿各买一个小灵通。到了年底，于姐和曹胖子就合计把不远一连三间底层的房子租下来。那房子原是个药铺，挺火，后来几个穿制服的药检人员进去一查，一多半是假药，这就把人带走，里边的东西也掏净了。房子一直空着没用，房主就是楼上的住户。

于姐对曹胖子说："我已经和房主拉上关系了。前天还给他们送去一个欢喜锅呢。拿下这房子保证没问题。"

日子一天天阳光多起来，闪闪发亮，使人神往；但日子后边的阴气也愈聚愈浓，只不过这仨人都不知觉罢了。

六

天冷时候，露天餐馆变得冷清。这一带有不少大杨树，到了这节气焦黄的落叶到处乱飘，刚扫去一片又落下一片，有时还飘到客人的砂锅里，于姐打算请人用杉篙和塑料编织布支个大棚，有个棚子还能避风。不远一家卖衣服的小贩说，他们也想这么干，要不衣服摊上也都是干叶子，不像样。他们说西郊区董家台子一家建材店就卖这种杉篙，又直又挺，价钱比毛竹竿子还低。他们已经订了十根，今晚去车拉。于姐叫老闷儿晚上跟车去一趟，问问买五十根能打多少折。傍晚时车来了，是辆带槽的东风120，又老又破。马达一响，车子乱响；马达停了，车子还响。

卖衣服的小贩叫老闷儿坐在车楼子里，自己披块毯子要到车槽上去，老闷儿不肯。老闷儿决不会去占好地方，他争着爬上了车槽。老闷儿走时，于姐在家里给孩子做饭。于姐来时，听说老闷儿跟车走了，心里一动，也不知哪里不对劲儿。是不是没必要叫老闷儿去？老闷儿即使去也没多大用处，他根本不会讨价还价，那么自己为什么叫老闷儿去呢？一时说不清楚是担心是后悔还是犯嘀咕，后脊梁止不住一阵阵发凉发疹，打激灵子。她只当是自己有点风寒感冒。

这天挺冷挺黑，收摊后远远近近的灯显得异样地亮，白得刺眼。于姐、曹胖子和那个帮厨正在把最后几个砂锅洗干净，嘴里念叨着老闷儿该回来了，忽然天大的祸事临到头上。洋货街一家卖箱包的小贩上气不接下气地跑来报信，说老闷儿他们的车在通往西郊的立交桥上和一辆迎面开来的长途大巴迎头撞上，并一起栽到桥下！

于姐立时站不住了，瘫下来。曹胖子赶紧叫来一辆出租车，把她拉到车里。赶到出事的地方，两辆汽车硬撞成一堆烂铁，分不出哪是哪辆车。场面之惨烈就没法细说了，血淋淋的和屠宰场一样，横七竖八的根本认不出人。曹胖子灵机一动，用手机拨通老闷儿小灵通的号码，居然不远处的一堆黑乎乎的血肉里响起铃声。于姐拔腿奔去，曹胖子一把拉住，说嘛也不叫于姐去看，又劝又喊又拦又拽，用了九牛二虎的力气，又找人帮忙才强把她拉回来。看着她这披头散发、直眉瞪眼的样子，怕她吓着孩子，将她先弄到洋货街上。谁料她一看到欢喜餐厅的牌子，发疯一样冲进去把所有砂锅全扔出来，摔得粉粉碎。她嘶哑地叫着：

"是我毁了老闷儿呀，是我毁了你呀！"

她的喊叫撕心裂肺，贯满了深夜里漆黑空洞的整条洋货街。

曹胖子忽然跑到厨房把炖肉的大铁锅也端出来，"叭"地摔成八瓣。

欢喜餐厅的门板又紧紧关上。照洋货街上的人的看法，于姐一定会带着儿子嫁给光棍曹胖子，和他一起把这人气十足的饭馆重新开张干起来。但是，事违人愿，一个月后，于姐人没露面，却叫曹胖子来把那块牌匾摘下来扔了，剩下的炊具什物全给了曹胖子。

又过些日子来了一高一矮两个生脸的人，把小屋的门打开，门口挂几个自行车的瓦圈和轮胎，榔头改锥活扳手扔了一地，变成修车铺了。矮个子的修车匠说这房子是花两万块钱买的。这才知道香喷喷的欢喜锅和那个勤快又热情的女人不会再出现了。

有人说，她没嫁给曹胖子，是因为曹胖子有老婆，人家还有个十三岁的闺女呢；也有人说，欢喜锅搬到大胡同那边去了，为了离开这块伤心之地，也为了避人耳目。

真正能见证于姐实情的还是平安街的老街坊们。于姐又回到袜子厂。据说不是她硬要回去的，而是厂里的人有人情，拉她回厂。她回厂后不再做那办公室主任，改做统计。倒不是因为办公室主任的位置已经有人，而是她不愿意像从前那样整天跑来跑去，抛头露面。

此事过去，她变了一个人。平安街的老街坊们惊奇地看到，从眼前走过的于姐不再像从前那样抬着下巴，目光四射，不时和熟人大声地打招呼。她垂下头来，手领着儿子默默而行。人们说，她这样反倒更有些女人味儿。

开始都以为她死了丈夫，打击太重，一时缓不过劲儿来。后来竟发现,先前那股子阳刚气已经从她身上褪去。难道她那种昂首挺胸的样子并非与生俱来?难道是老闷儿的懦弱与衰萎,才迫使她雄赳赳地站到前台来?

这些话问得好,却无人能答;若问她本人,则更难说清。人最说不好的,其实就是自己。

雪夜来客

"听,有人敲门。"我说。

"这时候哪会有人来,是风吹得门响。"妻子在灯下做针线活,连头也没抬。

我细听,外边阵阵寒风呼呼穿过小院,只有风儿把雪粒抛打在窗玻璃上的沙沙声,掀动蒙盖煤筐的冻硬的塑料布的哗哗啦啦声,再有便是屋顶上那几株老槐树枝丫穿插的树冠,在高高的空间摇曳时发出的嘎嘎欲折的摩擦声了……谁会来呢?在这个人们很少往来的岁月里,又是暴风雪之夜,我这两间低矮的小屋,快给四外渐渐加厚的冰冷的积雪埋没了。此刻,几乎绝对只有我和妻子默默相对,厮守着那烧红的小火炉和炉上嗞嗞叫的热水壶。台灯洁净的光,一闪闪照亮她手里的针和我徐徐吐出的烟雾。也许我们心里想的完全一样就没话可说,也许故意互不打扰,好任凭想象来陪伴各自寂寞的心。我常常巴望着有只迷路的小猫来挠门,然而飘进门缝的只有雪花,一挨地就消失不见了……

咚！咚！咚！

"不——"我说确实有人敲门。

妻子已撂下活计，到院里去开门。我跟出去。在那个充满意外的年代，我担心意外。

大门打开。外边白茫茫的雪地里站着一个挺宽的黑乎乎的身影。谁？

"你是谁？"我问。

那人不答，竟推开我，直走进屋去。我和妻子把门关上，走进屋，好奇地看着这个莫名其妙的不速之客。他给皮帽、口罩、围巾、破旧的棉衣包裹得严严实实。我刚要再问，来客用粗拉拉的男人浊重的声音说：

"怎么？你不认识，还是不想认识？"

一听这声音，我来不及说，甚至来不及多想一下，就张开双臂，同他紧紧拥抱在一起。哟哟，我的老朋友！

我的下巴在他的肩膀上颤抖着：

"你……怎么会……你给放出来了？"

他没答话。我松开臂膀，望着他。他摘下口罩后的脸颊水渍斑斑，不知是外边沾上的雪花融化了，还是冲动的热泪。只见他嘴角痉挛似的抽动，眼里射出一种强烈的情绪。看来，这个粗豪爽直、一向心里搁不住话的人，一准儿要把他的事全倒出来了。谁料到，他忽然停顿一下，竟把这情绪收敛住，手一摆：

"先给我弄点吃的，我好冷，好饿！"

"哦——好！"我和妻子真是异口同声，同时说出这个"好"字。

我点支烟给他。跟着我们就忙开了——

家里只有晚饭剩下的两个馍馍和一点白菜丝儿，赶紧热好端上来。妻子从床下的纸盒里翻出那个久存而没舍得吃掉的一听沙丁鱼罐头,打开放在桌上。我拉开所有抽屉柜门,恨不得找出山珍海味来,但被抄过的家像战后一样艰难!经过一番紧张的搜索,只找到一个松花蛋,一点木耳的碎屑,一束发黄并变脆的粉丝,再有便是从一个瓶底"磕"下来的几颗黏糊糊的小虾干了。这却得到妻子很少给予的表扬,她眉开眼笑地朝着我:"你真行,这能做一碗汤!"随后她像忽然想到一件宝贝似的对我说:

"你拿双干净筷子夹点泡菜来。上边是新添上的,还生。坛底儿有不少呢!"

待我把冒着酸味和凉气的泡菜端上来时,桌上总算有汤有菜,有凉有热了。

"凑合吃吧!太晚了,没处买去了。"我对老朋友说。

"汤里再有一个鸡蛋就好了。"妻子含着歉意说。

他已经脱去棉外衣,一件不蓝不灰、领口磨毛、袖口奄拉线穗儿的破绒衣,紧紧裹着他结实的身子,被屋里的热气暖和过来的脸微微泛出好看的血色。

他把烟掐灭,搓着粗糙的大手。眼瞪着这凑合起来的五颜六色的饭菜,真诚地露出惊喜,甚至有点陶醉的神情:"这,这简直是一桌宴席呀!"然后咽一口口水,说,"不客气了!"就急不可待地抓起碗筷,狼吞虎咽起来。他像饿了许多天,东西到嘴里来不及尝一尝、嚼一嚼,就吞下去,却一个劲儿、无限满足、呜噜呜噜地说:"好极了,真是好极了,真香!"

这仅仅是最普通、最简单,以至有点寒酸的家常饭呀,看来他已经许久没吃到这温暖的人间饭食了。

女人最敏感。妻子问他:

"你刚刚给放出来,还没回家吧?"

我抢过话说:"听说你爱人曾经……"我急着要把自己知道的情况说出来。

他听了,脸一偏,目光灼灼直对我。我的话立即给他这奇怪却异常冷峻的目光止住了,嘴巴半张着。怎么?我不明白。

妻子给我一个眼色,同时把话岔开:

"年前,我在百货大楼前还看见嫂子呢!"

谁知老朋友听了,毫无所动。他带着苦笑和凄情摇了摇头,声调降到最低:

"不,你不会看见她了……"

怎么?他爱人死了,还是同他离婚而远走高飞了?反正他的家庭已经破碎,剩下孤单单的自己,那么他从哪儿来,到哪儿去?

一时,我和妻子不知该说什么,茫然无措地望着他,仿佛等待他把自己那非同寻常的遭遇说出来。

他该说了!若在以前,他早就说了——

我等待着……然而,当他的目光一碰到冒着热气儿的饭呀菜呀,忽然又把厚厚的大手一摆,好像把聚拢在面上的愁云拨开,脸颊和眸子顿时变得清亮,声调也升高起来:

"哎,有酒吗?来一杯!"

"酒?"我和妻子好像都没反应过来。

"对!酒!这么好的菜哪能没酒?"他说,脸上露出一种并非自然的笑容。但这笑容分明克制住刚才那浸透着痛楚的愁容了。

"噢……有,不过只有做菜用的绍兴酒。"妻子说,"咱北方人可喝不惯这种酒。"

"管它呢!是酒就行!来,喝!"他说,话里有种大口痛饮、一醉方休的渴望。

"那好。"妻子拿来酒,"要不要温一下?"

"不不，这就蛮好！"他说着伸手就拿酒。

还是妻子给他斟满。他端起酒叫道：

"为什么叫我独饮？快两年没见了，还能活着坐在一起，多不易！来来来，一起来！"

真应该喝一杯！我和妻子有点激动，各自斟了一杯。当这漾着金色液体的酒杯一拿起来，我感觉，我们三人心中都涌起一种患难中老友相逢热烘烘、说不出是甜是苦的情感。碰杯前的刹那，我止不住说：

"祝你什么呢？一切都还不知道……"

他这张宽大的脸"腾"地变红，忽闪闪的眸子像在燃烧，看来他要依从自己的性格，倾吐真情了。然而当他看到我这被洗劫过而异常清贫的小屋，四壁凄凉，他把厚厚的嘴唇闭上，只见他喉结一动一动，好像在把将要冲出喉咙的东西强咽下去。他摆了摆手，用一种在他的个性中少见的深沉的柔情，瞅了瞅我和妻子，声音竟然那么多愁善感：

"不说那些，好吧！今儿，这里，我，你们，这一切就足够了。还有什么比这一切更好？就为眼前这一切干杯吧！"

一下子，我理解了他此时的心情。我妻子——女人总是更能体会别人的心——默默朝他点头表示同意。

我们把酒朝他举过去，好像两颗心，"当"地碰响了他那强烈抖动的杯子。

我们各饮一大口。

酒不是水，它不能把心中燃起的情感熄灭，相反会加倍地激起来。

瞧他——抓起身边的帽子戴上又扔下，忙乱的手把外边的绒衣直到里边衬衫的扣子全解开了。他的眉毛不安地跳动着，目光忽而侧视凝思，忽而咄咄逼人地直对着我；心中的苦楚给这辛辣的液体一激，仿佛再也遏止不住而要急雨般倾泻出来……

我和妻子赶忙劝他吃菜、饮酒，不给他说话的机会。只要他张开嘴，不等他说，就忙抓起酒杯堵上去。

我们又像在水里拦截一条来回奔跑的鱼，手忙脚乱，却又做得不约而同。

他，忽然用心地瞧我们一眼。这一眼肯定对我们的意图心领神会了。他便安静下来，表情变得松弛平和，只是吃呀、饮呀，连连重复一个"好"字……随后就乐陶陶地摇头晃脑。我知道他的酒量，他没醉，而是尽享着阔别已久的人间气息，尽享着洋溢在我们中间纤尘皆无的透明的挚诚……不用说，我们从生活的虚伪和冷酷的荆棘中穿过，当然懂得什么是最宝贵的。生活是不会亏待人的。它往往在苦涩难当的时候，叫你尝到最甜的蜜。这时，我们已经互相理解，完全默契了。我给他点上烟。抽着烟，我们相对不语，只是默然微笑着。隔着徐徐的发蓝的烟雾，对方可亲的笑容或隐或现。是啊，现在似乎只有微笑才能保住这甜蜜的情景。由于这微笑是给予对方的，才放进去那么多关切、痛惜、抚慰和鼓励，才笑得这么倾心、这么充实、这么痴醉，一直微笑得眼眶里颤动着发涩的泪水来。

如果任何美好的事物都是有限的，我们今天的相见就应该到此为止。恰恰这时，老朋友拿起帽子扣在头上，起身告辞了。啊，我们可是真正懂得怎样爱惜生活了！

外边依旧大风大雪，冰天冻地。

在冷风呼啸的大门口分手的一瞬，他见我嘴唇一动，忙伸手打个手势止住我。我朝他点头，也算做告别吧！他便带着一种真正的满足，拉高衣领，穿过冰风冷雪去了。

他至走什么也没说。

那天,我和妻子不知在寒风里站了多久。

大风雪很快盖住他的脚印。一片白茫茫,好像他根本没来过。这却是他,留给我的一块最充实的空白……

老夫老妻

为我们唱一支暮年的歌儿吧!

他俩又吵架了。年近七十的老夫老妻,相依为命地共同生活了四十多年,也吵吵打打地一起度过了四十多年。一辈子里,大大小小的架,谁也记不得打了多少次。但是不管打得如何热闹,最多不过两个小时就能恢复和好,好得像从没吵过架一样。他俩仿佛两杯水倒在一起,怎么也分不开。吵架就像在这水面上划道儿,无论划得多深,转眼连条痕迹也不会留下。

可是今天的架打得空前厉害,起因却很平常——就像大多数夫妻日常吵架那样,往往是从不值一提的小事开始的——不过是老婆儿把晚饭烧好了,老头儿还趴在桌上通烟嘴,弄得纸块呀、碎布条呀,沾着烟油子的纸捻子呀,满桌子都是。老婆儿催他收拾桌子,老头儿偏偏不肯动,老婆儿便像一般老太太们那样叨叨起来。老婆儿们的唠唠叨叨是通向老头儿们肝脏里的导火线,不一会儿就把老头儿的肝火引着了。两人互相顶嘴，翻起对方多年来一系列过失的老账，话愈说愈狠。老婆儿气得上来一把夺去烟嘴塞在自己的衣兜里，惹得老头儿一怒之下，把烟盒扔在地上，还嫌不解气，手一撩，又将烟灰缸子打落地上。老婆儿则更不肯罢休，用那嘶哑、干巴巴的声音说：

"你摔呀！把茶壶也摔了才算有本事呢！"

老头儿听了，竟像海豚那样从座椅上直蹿起来，还真的抓起桌上沏满热茶的大瓷壶，用力"叭"地摔在地上，老婆儿吓得一声尖叫，看着满地碎瓷片和溅在四处的水渍，直气得她那因年老而松垂下来的两颊的肉猛烈抖颤起来，冲着老头儿大叫：

"离婚！马上离婚！"

这是他俩还都年轻时，每次吵架吵到高潮，她必喊出来的一句话。这句话头几次曾把对方的火气压下去，后来由于总不兑现便失效了；但她还是这么喊，不知是一时为了表示自己盛怒已极，还是迷信这句话最具有威胁性。六十岁以后她就不知不觉地不再喊这句话了。今天又喊出来，可见她已到了怒不可遏的地步。

同样的怒火也在老头儿的心里撞着，就像被斗牛士手中的红布刺激得发狂的牛，在看池里胡闯乱撞。只见他嘴里一边像火车喷气那样不断发出呼呼的声音，一边急速而无目的地在屋子中间转着圈。转了两圈，站住，转过身又反方向地转了两圈，然后冲到门口，猛拉开门跑出去，还使劲"啪"的一声带上门。好似从此一去就再不回来。

老婆儿火气未消，站在原处，面对空空的屋子，还在不住地出声骂他。骂了一阵子，她累了，歪在床上，一种伤心和委屈爬上心头。她想，要不是自己年轻时候得了肠结核那场病，她会有孩子的。有了孩子，她可以同孩子住去，何必跟这愈老愈执拗、愈急躁、愈混账的老东西生气?可是现在只得整天和他在一起,待见他,给他做饭,连饭碗、茶水、烟缸都要送到他跟前,还得看着他对自己耍脾气……她想得心里酸不溜秋,几滴老泪从布满一圈细皱的眼眶里溢出来。

过了很长时间,墙上的挂钟当当响起来,已经八点钟了。他们这场架正好打过了两个小时。不知为什么,他们每次打架过后两小时,心情就非常准时地发生变化,好像大自然的节气一进"七九",封冻河面的冰片就要化开那样。刚刚掀起大波大澜的心情渐渐平息下来,变成浅浅的水纹一般。她耳边又响起刚才打架时自己朝老头儿喊的话:"离婚!马上离婚!"她忽然觉得这话又荒唐又可笑。哪有快七十的老夫老妻还打离婚的?她不禁"扑哧"一下笑出声来。这一笑,她心里一点皱褶也没了,连一点点怒意、埋怨和委屈的心情也都没了。她开始感到屋里空荡荡的,还有一种如同激战过后的战地那样出奇的安静,静得叫人别扭、空虚、没着没落的。于是,悔意便悄悄浸进她的心中。她想,两人一辈子什么危险急难的事都经受过来了,像刚才那么点儿小事还值得吵闹吗?——她每次吵过架冷静下来时都要想到这句话。可是……老头儿总该回来了;他们以前吵架,他也跑出去过,但总是一个小时左右就悄悄回来了。但现在已经两个小时仍没回来。他又没吃晚饭,会跑到哪儿去呢?外边正下大雪,老头儿没戴帽子、没围围巾就跑了,外边地又滑,瞧他临出门时气冲冲的样子,别不留神滑倒摔坏吧?想到这儿,她竟在屋里待不住了,用手背揉揉泪水干后皱巴巴的眼皮,起身穿上外衣,从门后的挂衣钩儿上摘下老头儿的围巾、棉帽,走出房子去了。

雪下得正紧,积雪没过脚面。她左右看看,便向东边走去。因为每天早上他俩散步就先向东走,绕一圈儿,再从西边慢慢走回家。

夜色并不太暗，雪是夜的对比色，好像有人用一支大笔蘸足了白颜色把所有树枝都复勾一遍，使婆娑的树影在夜幕上白茸茸、远远近近、重重叠叠地显现出来。雪还使路面变厚了，变软了，变美了；在路灯的辉映下，繁密的大片大片的雪花纷纷而落，晶晶莹莹地闪着光，悄无声息地加浓它对世间万物的渲染。它还有种潮湿而又清冽的气息，有种踏上去清晰悦耳的咯吱咯吱声；特别是当湿雪蹭过脸颊时，别有一种又痒、又凉、又舒服的感觉。于是这普普通通、早已看惯了的世界，顷刻变得雄浑、静穆、高洁，充满活鲜鲜的生气了。

她一看这雪景，突然想到她和老头儿的一件遥远的往事。

五十年前，她和他都是不到二十岁的欢蹦乱跳的青年，在同一个大学读书。老头儿那时可是个有魅力、精力又充沛的小伙子，喜欢打排球、唱歌、演戏，在学生中属于"新派"，思想很激进。她不知是因为喜欢他、接近他，自己的思想也变得激进起来，还是由于他俩的思想常常发生共鸣才接近他、喜欢他的。他们在一个学生剧团。她的舞跳得十分出众。每次排戏回家晚些，他都顺路送她回家。他俩一向说得来，渐渐却感到在大庭广众中间有说有笑，在两人回家的路上反而没话可说了。两人默默地走，路显得分外长，只有脚步声，那是一种甜蜜的尴尬呀！

她记得那天也是下着大雪，两人踩着雪走，也是晚上八点来钟，她从多少天对他的种种感觉中，已经又担心又期待地预感到他这天要表示些什么了。在沿着河边的那段宁静的路上，他突然仿佛抑制不住地把她拉到怀里去。她猛地推开他，气得大把大把抓起地上的雪朝他扔去。他呢？竟然像傻子一样一动不动，任她用雪打在身上，直打得他浑身上下像一个雪人。她打着打着，忽然停住了，呆呆看了他片刻，忽然扑向他身上。她感到，他有种火烫般的激情透过身上厚厚的雪传到她身上。他们的恋爱就这样开始了。——从一场奇特的战斗开始的。

多少年来，这桩事就像一张画儿那样，分外清楚而又分外美丽地收存在她心底。每逢下雪天，她就不免想起这桩醉心的往事。年轻时，她几乎一见到雪就想到这事；中年之后，她只是偶然想到，并对他提起，他听了都要会意地一笑，随即两人都沉默片刻，好像都在重温旧梦。自从他们步入风烛残年，即使下雪天气也很少再想起这桩事。是不是一生中经历的事太多了，积累起来就过于沉重，把这桩事压在底下拿不出来了？但为什么今天它却一下子又跑到眼前，分外新鲜而又有力地来撞她的心……

现在她老了，与那个时代相隔半个世纪了。时光虽然依旧带着他们往前走，却也把他们的精力消耗得快要枯竭了。她那一双曾经蹦蹦跳跳、多么有劲的腿，如今僵硬而无力；常年的风湿病使她的膝头总往前屈着，雨雪天气里就隐隐发疼；此刻在雪地里，每一步踩下去都是颤巍巍的，每一步抬起来都费力难拔。一不小心，她滑倒了，多亏地上是又厚又软的雪。她把手插进雪里，撑住地面，艰难地爬起来，就在这一瞬间，她又想起另一桩往事——

啊！那时他俩刚刚结婚，一天晚上去平安影院看卓别林的《摩登时代》。他们走进影院时，天空阴沉沉的。散场出来时一片皆白，雪还下着。那时他们正陶醉在新婚的快乐里，内心的幸福使他们把贫穷的日子过得充满诗意。瞧那风里飞舞的雪花，也好像在给他们助兴；满地的白雪如同他们的心境那样纯净明快。他们走着走着，又说又笑，跟着高兴地跑起来。但她脚下一滑，跌在雪地里。他跑过来伸给她一只手，要拉她起来。她却一打他的手：

"去，谁要你来拉！"

她的性格和他一样，有股倔劲儿。

她一跃就站了起来。那时是多么轻快啊，像小鹿一般，而现在她又是多么艰难呀，像衰弱的老马一般。她多么希望身边有一只手，希望老头儿在她身边！虽然老头儿也老而无力了，一只手拉不动她，要用一双手才能把她拉起来。那也好！总比孤孤单单一个人好。她想到楼上邻居李老头，"文化大革命"初期老伴被折腾死了。尽管有个女儿，婚后还同他住在一起，但平时女儿、女婿都上班，家里只剩李老头一人；星期天女儿、女婿带着孩子出去玩，家里依旧剩李老头一人。年轻人和老年人总是有距离的。年轻人应该和年轻人在一起玩，老人得有老人为伴。

真幸运呢！她这么老，还有个老伴。四十多年如同形影，紧紧相随。尽管老头儿爱急躁，又固执、不大讲卫生、心也不细等等，却不失为一个正派人，一辈子没做过一件亏心的、损人利己的、不光彩的事。在那道德沦丧的岁月里，他也没丢弃过自己奉行的做人的原则。他迷恋自己的电气传动专业，不大顾及家里的事。如今年老退休，还不时跑到原先那研究所去问问、看看、说说，好像那里有什么事与他永远也无法了结。她还喜欢老头儿的性格，真正的男子气派，一副直肠子，不懂得与人记仇记恨；粗心不是缺陷，粗线条才使他更富有男子气……她愈想，老头儿似乎就愈可爱了。两小时前能够一样样指出来、几乎无法忍受的老头儿的可恨之处，也不知都跑到哪儿去了。此刻她只担心老头儿雪夜外出，会遇到什么事情。她找不着老头儿，这担心就渐渐加重。如果她的生活里真丢了老头儿，会变成什么样子？多少年来，尽管老头儿夜里如雷一般的鼾声常常把她吵醒，但只要老头儿出差外地，身边没有鼾声，她反而睡不着觉，仿佛世界空了一大半……想到这里，她就有一种马上把老头儿找到身边的急渴的心情。

她在雪地里走了一个多小时，大概快有十点钟了，街上没什么人了，老头儿仍不见，雪却稀稀落落下小了。她两脚在雪里冻得生疼，膝头更疼，步子都迈不动了，只有先回去了，看看老头儿是否已经回家了。

她往家里走。快到家时，她远远看见自己家的灯亮着，灯光射出，有两块橘黄色窗形的光投落在屋外的雪地上。她心里怦地一跳：

"是不是老头儿回来了？"

她又想，是她刚才临出家门时慌慌张张忘记关灯了，还是老头儿回家后打开的灯？

走到家门口，她发现有一串清晰的脚印从西边而来，一直拐向她楼前的台阶。这是老头儿的吧？跟着她又疑惑这是楼上邻居的脚印。

她走到这脚印前弯下腰仔细地看，这脚印不大不小，留在踏得深深的雪窝里。她却怎么也辨认不出是否老头儿的脚印。

"天呀！"她想，"我真糊涂，跟他生活一辈子，怎么连他的脚印都认不出来呢？"

她摇摇头，走上台阶打开楼门。当将要推开屋门时，心里默默地念叨着："愿我的老头儿就在屋里！"这心情只有在他们五十年前约会时才有过。初春时曾经撩拨人心的劲儿，深秋里竟又感受到了。

屋门推开了，啊！老头儿正坐在桌前抽烟。地上的瓷片都扫净了。炉火显然给老头儿通过，呼呼烧得正旺。顿时有股甜美而温暖的气息，把她冻得发僵的身子一下子紧紧地攫住。她还看见，桌上放着两杯茶，一杯放在老头儿跟前，一杯放在桌子另一边，自然是斟给她的……老头儿见她进来，抬起眼看她一下，跟着又温顺地垂下眼皮。在这眼皮一抬一垂之间，闪出一种羞涩的、发窘的、歉意的目光。每次他俩闹过一场之后，老头儿眼里都会流露出这目光。在夫妻之间，打过架又言归于好，来得分外快活的时刻里，这目光给她一种说不出的安慰。

她站着，好像忽然想到什么，伸手从衣兜里摸出刚才夺走的烟嘴，走过去，放在老头儿跟前。一时她鼻子一酸，想掉泪，但她给自己的倔劲儿抑制住了。什么话也没说，赶紧去给空着肚子的老头儿热菜热饭，还煎上两个鸡蛋……

中 篇 小 说

三寸金莲

书前闲话

  人说，小脚里头，藏着一部中国历史，这话玄了！三寸大小脚丫子，比烟卷长点有限，成年论辈子，给裹脚布裹得不透气，除去那股子味儿，里头还能有嘛？

  历史一段一段。一朝兴，一朝亡。亡中兴，兴中亡。兴兴亡亡，扰得小百姓不得安生，碍吃碍喝，碍穿碍戴，可就碍不着小脚的事儿。打李后主到宣统爷，女人裹脚兴了一千年，中间换了多少朝代，改了多少年号，小脚不一直裹？历史干它嘛了？上起太后妃子，下至渔女村姑，文的李清照，武的梁红玉，谁不裹？猴不裹，我信。

  大清入关时，下一道令，旗人不准裹脚，还要汉人放足。那阵子大清正凶，可凶也凶不过小脚。再说凶不凶，不看一时。到头来，汉人照裹不误，旗人女子反倒瞒爹瞒妈，拿布悄悄打起"瓜条儿"来。这一说，小脚里别有魔法吧！

魔不魔，且不说。要论这东西的规矩、能耐、讲究、修行、花招、手段、绝招、隐秘，少说也得三两天。这也是整整一套学问。我可不想蒙哪位，这些东西，后边书里全有。您要是没研究过它，可千万别乱插嘴；您说小脚它裹得苦，它裹得也挺美呢！您骂小脚它丑，嘿，它还骂您丑哪！要不大清一亡，何止有哭有笑要死要活，缠了放放了缠，再缠再放再放再缠。那时候人，真拿脚丫子比脑袋当事儿。您还别以为，如今小脚绝了，万事大吉。不裹脚，还能裹手、裹眼、裹耳朵、裹脑袋、裹舌头，照样有哭有笑要死要活，缠缠放放放放缠缠，放放缠缠缠缠放放。这话要再说下去，可就扯远了。

这儿，只说一个小脚的故事。故事原带着四句话：

说假全是假，
说真全是真；
看到上劲时，
真假两不论。

您自管酽酽沏一壶茉莉花茶，就着紫心萝卜芝麻糖，边吃边喝，翻一篇看一篇，当玩意儿。要是忽一拍脑门子，自以为悟到嘛，别胡乱说，说不定您脑袋走火，想岔了。

今儿，天津卫犯邪。

赶上这日子，谁也拦不住，所有平时见不到也听不到的邪乎事，都挤着往外冒。天一大早，还没亮，无风无雨，好好东南城角呼啦就塌下去一大块，赛给火炮轰的。

邪乎事可就一件接一件来了。

先是河东地藏庵备济社的李大善人，脑袋一热，熬一百锅小米粥，非要周济天下残人不可。话出去音儿没消，几乎全城穷家穷户的瞎子、聋子、哑巴、瘸子、瘫子、傻子，连癞痢头、豁嘴、独眼龙、罗锅、疤眼、磕巴、歪脖、罗圈腿、六指儿、黑白麻子，全都来了。闹红眼发痄腮的，也挤在当中，花花杂杂将李家粥厂围得密密实实，好像水陆画的小鬼们全下来了。吓得那一带没人敢上街，孩子不哭，狗不叫，鸡不上墙，猫不上房。天津卫自来没这么邪乎过。

同天，北门里长芦盐运司袁老爷家，也出一档子邪乎事。大奶奶吃马牙枣，叫枣核卡住嗓眼儿，吞饽饽、咽水、干咳、喝醋、扯着一只耳朵单腿蹦，全没用，却给一个卖野药的，拿一条半尺长的细长虫，把枣核顶进肚子里。袁老爷赏银五十两，可不多时那长虫就在大奶奶肚子里耍巴开了。疼得床上地下打滚翻个捶肚脑袋直撞墙，再找卖野药的，影儿也不见。一个老妈子懂事多，忙张罗人拿轿子把大奶奶抬到西头五仙堂。五仙堂供五大仙，狐黄白柳灰。狐是狐狸，黄是黄鼠狼，白是刺猬，灰是老鼠，柳就是长虫。大奶奶撅屁股刚磕三个头，忽觉屁眼儿痒痒，哧哧响滑溜溜，那长虫爬出来了。这事邪不邪？据说因为大奶奶头天早上，在井边踩死一条小长虫，这卖野药的就是大仙，长虫精。

邪乎事绝不止这两件。有人在当天开张的宫北聚合成饭庄吃紫蟹，掀开热腾腾螃蟹盖，里边居然卧着一粒珍珠，锃光照眼滴溜圆。打古到今，珍珠都是长在蚌壳里，谁听说长在螃蟹盖里边的？这珍珠不知便宜哪家小子，饭庄却落个开市大吉。吃螃蟹的，比螃蟹还多。这事算邪却不算最邪，更邪乎的事还在后边——有人说，一条一丈二尺长（另一说三丈六尺长）"金眼银鱼王"，沿南运河南下，今儿晌午游过三岔河口，奔入白河归东海。中晌就有几千号人，站在河堤上等候鱼王。人多，分量重，河堤扛不住，轰隆一声塌了方，一百多人赛下饺子掉进河里。一个小孩给浪卷走，没等人下去救，脑袋顶就不见了，该当淹死。可在娘娘宫前，一个老船夫撒网逮鱼，一网上来，有红有白，以为大鲤鱼，谁知就是那孩子，居然有气，三弄两弄，眨眨眼站起来活了。在场的人全看傻了，这事算邪到家了吧？

谁料时过中晌，这股邪劲非但不减，反倒愈来愈猛，一头撞进官府里。

东北城角和河北大街两伙混星子打群架，带手把锅店街四十八家买卖铺全砸了。惊动了兵备道裕观察长，派了捕快中的强手，把两边头目冯春华和丁乐然拿了，关进站笼，摆在衙门口，左右两边一边一个。立时来了四五百小混星子，人人手攥本《混星子悔过歌》。这正是头年十月二十五日，裕观察长来津上任时，发给城中每个混星子一本，叫他们人人背熟，弃恶从善。今儿，他们就冲衙门黑压压一片跪着，捧本齐声念道：

　　混星子，到官府，多蒙教训，
　　混星子，从今后，改过自新；
　　细思量，先前事，许多顽梗，
　　打伤人，生和死，全然不论。
　　纵然间，逃法网，一时侥幸，
　　终有日，被拿访，捉到公庭；
　　披枷锁，上镣铐，王刑受尽，
　　千般苦，万般罪，难熬难撑。

……………

念到这儿，几百个小混星子，脸色全变，脑门上的青筋直蹦，眼里射凶光，后槽牙磨得咯咯响，好像五百个老鼠一起嗑东西。裕观察长坐在后堂听这声音，心里发瘆，浑身起鸡皮疙瘩。他本是气盛胆壮的人，可也顶不住这阴森森声音，竟然抖抖打起冷战来，赛要发热病。三杯烈酒下去也压不住，只好叫人出去，开笼放人。混星子们一散，身上鸡皮疙瘩立时消下去。

再说，县衙门那边，邪得更邪。十七位本地有头有脸有名有姓的人物，平时也都是好事之徒，联名上呈子说，西市上拉洋片的胡作非为，洋片上画的净是光膀子，露脖子，还露半截大腿的洋娘儿们。勾引一些浪荡小子，伸头瞪眼，恨不得一头扎进洋片匣子里去。呈子的措辞有股逼人之气，说这是洋人有意糟蹋咱中国百姓。"污吾目，即污吾心；丧吾心，即丧吾国也。"还说，"洋片之毒，甚于鸦片，非厉禁净除不可！"向例，武人闹事在外，文人闹事在内，故此，文人闹起事更凶。可这次是朝洋人去的。邪乎劲一直冲向洋人。天津卫有句俗话：谁和洋人顶上牛，自有好戏在后头。看吧，大祸临头了！

果然，当天有人打租界那儿来说，大事不妙不好。租界各街口都贴出《租界禁例》，八大条：

一、禁娼妓；二、禁乞丐；三、禁聚赌酗酒打架斗殴；四、禁路上倾积废物垃圾灰土污水；五、禁道旁便溺；六、禁捉拿树鸟；七、禁驴马车轿随处停放；八、禁纵骑在途飞跑狂奔疾驰横行追逐争赛。

都说，这八大条，就是那呈子招惹的。你禁一，他禁八，看谁横？半天里，府县大人们碰头三次，想辙，躲避洋人的来势。估摸洋人要派使者找上门来耍横。大热天，县太爷穿上袍子补褂，备好点心茶水，还预备好一套好话软话脓话，直等到日头落下西城墙，也没见洋人来。县太爷心里的小鼓反而敲得更响。洋人不来，十成有更厉害的招儿。

这儿一大堆邪乎事，扰得人心赛河心的船，晃晃悠悠，靠不着边。有些人好琢磨，琢磨来琢磨去，就琢磨到自己身上。呀！原来今儿自己大小多少也有些不对劲的事儿。比方，砸了碟子和碗儿，丢东西丢钱，犯了小人，跑冤枉腿吃闭门羹，跑肚子，鼻子流血，等等。心里暗怕，生怕自己也犯上邪。有人一翻皇历，才找到根儿。原来今儿立秋，在数的"四绝日"。皇历上那"忌"字下边明明白白写着"一切"二字。不兴做一切事。包括动土，出行，探病，安葬，婚娶，盖屋，移徙，入室，做灶，行船，栽种，修坟，安床，剃头，交易，纳畜，祈福，开市，立券，装门，拔牙，买药，买茶，买醋，买笔，买柴，买蜡，买鞋，买鼻烟，买樟脑，买马掌，买枸杞子，买手纸等，全都不该做，只要这天做了事的，都后悔，都活该。

可又有人说，今儿的邪劲过大，非比一般，皇历上不会写着。这事原本有先兆——住在中营后身的一位老寿星说，今儿清晨，鼓楼的钟多敲了一下，一百零九下。本该一百零八下，所谓"紧十八，慢十八，不紧不慢还十八"。老寿星活了九十九，头遭碰上钟多敲一下。人们天天听钟响，天天一百零八下，谁会去数？老寿星的话就没人不信。这多出的一下正是邪劲来到，先报的信儿。愚民愚，没用心罢了。这一来，今儿所有邪乎事都有了来头。来头的来头，没人再去追。世上的事，本来明白了七八成，就算到头了。太明白，更糊涂。这些邪乎事、邪乎话，满城传来传去。人嘴歪的比正的多，愈说愈邪乎。可传到河北金家窑水洼一户姓戈的人家立时给挡住了。这家有位通晓世事的老婆子，听罢咧开嘴，露出满嘴黄牙，笑着说："嘛叫犯邪，今儿才是正经八百大吉祥日！您说说，这一档档事，哪一档称得上邪，穷鬼们吃上小米粥还不福气？袁大奶奶惹了大仙，没招灾，打嗓子眼儿进去，可又打屁眼儿出来了，这叫逢凶化吉！兵备道向例最凶，今儿居然开笼了事；饭庄子螃蟹盖里吃出大珍珠，您说是吉是邪？那该死在鱼肚子里的孩子，愣叫渔网打上来，河那么大，哪那么巧，娘娘显灵啊，不懂？要不为嘛偏偏在娘娘宫前边打上来的？这都是一千年也难碰上的吉祥事！吉利难得，逢凶化吉更难得。文人们上呈子闹事，碍您哪位吃饭了，可他们不闹闹，没事干，指嘛吃？洋人的告示哪是冲咱中国人来的？打立租界，咱中国人谁敢骑马在租界里乱跑？这是人家洋人给自己立规矩，咱何苦往身上揽，拿洋人当猫，自己当耗子，吓唬自己玩儿。我这话不在理？再说鼓楼敲钟，多一下总比少一下强，省得懒人睡不醒。东南城角塌那一块，给嘛冲的？邪气？不对，那是喜气！嘛叫'紫气东来'？你们说说呀！"

大伙儿一听，顿时心抻平了。嘛邪？不邪！大吉大利大喜大福！满城人立时把老婆子这些话传开了，前边都加上一句："那戈老婆子说——"可谁也没见过这老婆子。

老婆子一天都在忙自己的事。她有个小孙女刚好到了裹脚的年岁。头天她就蒸好两个红豆馅的黏面团子，一个祭灶，一个给小孙女吃了。据说，吃下黏面团，脚骨头变软，赛泥巴似的，要嘛样能裹成嘛样。

她要趁着这千载难逢的大吉利日子，成全小孙女一双小脚，也了却自己一桩大心事。却没料到，后边一大串真正千奇百怪邪乎事，正是她今天招惹出来的。

第一回　小闺女戈香莲

　　眼瞅着奶奶里里外外忙乎起来，小闺女戈香莲心就发毛了。一大块蓝布，给奶奶剪成条儿，在盆里浆过，用棒槌捶得又平又光，一排晾在当院绳子上，拿风一吹，翻来翻去扑扑响，有时还拧成麻花，拧紧再往回转，一道道松开。这边刚松那边又拧上了。

　　随后奶奶打外边买来大包小包。撇开大包，把小包打开摊在炕上。这么多好吃的，苹果片，酸梨膏，麦芽糖，酥蹦豆，还有最爱吃的棉花糖，真跟入冬时奶奶絮棉袄的新棉花一样又白又软，一进嘴就烟赛地没了，只留下点甜味——大年三十好吃的虽多也没这么齐全！

　　"奶奶干嘛这么疼我？"

　　奶奶不说，只笑。

　　她一瞧奶奶心就定了。有奶奶嘛也不怕，奶奶有的是绝法儿。房前屋后谁不管奶奶叫"大能人"。头年冬天扎耳朵眼儿时，她怕，扎过耳朵眼儿的姑娘说赛受刑，好好的肉穿个窟窿能透亮，能不受罪？可奶奶根本不当事儿。早早拿根针，穿了丝线，泡在香油碗里。等天下雪，抓把雪在香莲耳朵垂儿上使劲搓，搓得通红发木，一针过去毫不觉疼，退掉针，把丝线两头一结，一天拉几次，血凝不住。线上有油，滑溜溜只有点痒，过半个月，奶奶就把一对坠着蓝琉璃球的耳环子给她戴上了。脑袋一晃，又滑又凉的琉璃球直蹭脖梗，她问奶奶裹脚也这么美。奶奶怔了怔，告她："奶奶有法儿。"她信奶奶有法保她过这关。

　　头天后晌，香莲在院里玩耍，忽见窗台上摆着些稀奇玩意儿，红的蓝的黑的，原来四五双小鞋。她没见过这么小的鞋，窄得赛瓜条，尖得赛五月节吃的粽子尖，奶奶的鞋可比这大。她对着底儿和自个儿的脚一比，只觉浑身一激灵，脚底下筋一抽缩成团儿。她拿鞋跑进屋问奶奶：

"这是谁的？奶奶。"

奶奶笑着说：

"是你的呀，傻孩子。瞧它俊不？"

香莲把小鞋一扔，扑在奶奶怀里哭着叫着：

"我不裹脚，不裹，不裹哪！"

奶奶拿笑堆起的满脸肉，一下卸了，眼角嘴角一耷拉，大泪珠子砸下来。可奶奶嘛话没说，直到天黑，香莲抽抽噎噎似睡非睡一整夜，影影绰绰觉得奶奶坐在身边一整夜。硬皮老手，不住揉擦自己的脚；还拿起脚，按在她那又软又皱又干的起了皮的老嘴上亲了又亲。

转天就是裹脚的日子！

裹脚这天，奶奶换一张脸。脸皮绷得直哆嗦，一眼不瞧香莲。香莲叫也不敢叫她，截门往当院一瞧，这阵势好吓人呀——大门关严，拿大门杠顶住。大黑狗也拴起来。不知哪来一对红冠子大白公鸡，指头粗的腿给麻经子捆着，歪在地上直扑腾。裹脚拿鸡干嘛？院子当中，摆了一大堆东西，炕桌、凳子、菜刀、剪子、矾罐、糖罐、水壶、棉花、烂布，浆好的裹脚条子卷成卷儿放在桌上。奶奶前襟别着几根做被的大针，针眼穿着的白棉线坠在胸前。香莲虽小，也明白眼前一份儿罪等她受了。

奶奶按她在小凳上坐了，给她脱去鞋袜，香莲红肿着眼说：

"求求奶奶，明儿再裹吧，明儿准裹！"

奶奶好赛没听见，把那对大公鸡提过来，坐在香莲对面，把俩鸡脖子一并，拿脚踩住，另只脚踩住鸡腿，手抓着鸡胸脯的毛几大把揪净，操起菜刀，噗噗给两只大鸡都开了膛。不等血冒出来，两手各抓香莲一只脚，塞进鸡肚子里。又热又烫又黏，没死的鸡在脚上乱动，吓得香莲腿一抽，奶奶疯一样叫：

"别动劲！"

她从没听过奶奶这种声音，呆了。只见奶奶两手使劲按住她脚，两脚死命踩住鸡。她哆嗦鸡哆嗦奶奶胳膊腿也哆嗦，全哆嗦一个儿。为了较上劲，奶奶屁股离开凳子翘起来。她又怕奶奶吃不住，一头撞在自己身上。

不会儿，奶奶松开劲，把她脚提出来，血糊淋拉满是黏糊糊鲜红鸡血。两只大鸡奶奶给扔一边，一只蹬两下腿完了，一只还扑腾。奶奶拉过木盆，把她脚涮净擦干，放在自己膝盖上。这就要裹了。香莲已经不知该嚷该叫该求该闹，瞅着奶奶抓住她的脚，先右后左，让开大脚趾，拢着余下四个脚指头，斜向脚掌下边用劲一掰，骨头嘎儿一响，惊得香莲"嗷"一叫，奶奶已抖开裹脚条子，把这四个脚指头勒住。香莲见自己的脚改了样子，还不觉疼就又哭起来。

奶奶手好快。怕香莲太闹，快缠快完。那脚布裹住四趾，一绕脚心，就上脚背，挂住后脚跟，马上在四趾上再裹一道。接着返上脚面，借劲往后加劲一扯，硬把四趾煞得往脚心下头卷。香莲只觉这疼那紧这断那折，奶奶不叫她把每种滋味都哑摸过来，干净麻利快，照样缠过两圈。随后将脚布往前一拉，把露在外边的大脚趾包严，跟手打前往后一层层，将卷在脚心下的四个脚指头死死缠紧，好比叫铁钳子死咬着，一分一毫半分半毫也动弹不了。

香莲连怕带疼，喊声大得赛猪嚎。邻居一帮野小子，挤在门外叫："瞧呀，香莲裹小脚啦！"门推得咣咣响，还打外边往里扔小土块。大黑狗连蹿带跳，朝大门吼也朝奶奶吼，拴狗的桩子硬给扯歪。地上鸡毛裹着尘土乱飞。香莲的指甲把奶奶胳膊掐出血来。可天塌下来，奶奶也不管，两手不停，裹脚条子绕来绕去愈绕愈短，一绕到头，就取下前襟上的针线，密密缝上百十针，拿一双小红鞋套上。手一撩粘在脑门上的头发，脸上肉才松开，对香莲说：

"完事了，好不？"

香莲见自己一双脚，变成这丑八怪，哭得更伤心，却只有抽气吐气，声音早使尽。奶奶叫她起身试试步子。可两脚一沾地皮，疼得一屁股蹲儿坐下起不来。当晚两脚火烧火燎，恳求奶奶松松脚布，奶奶一听脸又板成板儿。夜里受不住时，就拿脚架在窗台上，让夜风吹吹还好。

转天脚更疼。但不下地走，脚指头踩不断，小脚不能成型。奶奶干脆变成城隍庙里的恶鬼，满脸杀气，操起炕扫帚，打她抽她轰她下地，求饶耍赖撒泼，全不顶用。只好赛瘸鸡，在院里一蹦一跳硬走，摔倒也不容她趴着歇会儿。只觉脚指头嘎嘎断开，骨头碴子咯吱咯吱来回磨，先是扎心疼，后来不觉疼也不觉是自己的了，可还得走。

香莲打小死爹死妈，天底下疼她的只有奶奶。奶奶一下变成这副凶相，自己真成没着没靠孤孤零零一只小鸟。一天夜里，她翻窗逃出来，一口气硬跑到碱河边，过不去也走不动，抱着小脚，使牙撕开裹脚布，打开看。月亮下，样子真吓人。她把脚插在烂泥里不敢再看。天蒙蒙亮，奶奶找到她，不骂不打，背她回去，脚布重又裹上。谁知这次挨了更凶狠的裹法，把连着小脚指头的脚巴骨也折下去，四个卷在脚心下边的小指头更向里压，这下裹得更窄更尖也更疼。她只道奶奶恨她逃跑，狠心罚她，哪知这正是裹脚顶要紧的一节。脚指头折下去只算成一半，脚巴骨折下去才算裹成。可奶奶

还不称心,天天拿擀面杖敲,疼得她叫声带着尖钻墙出去。东边一家姓温的老婆子受不住,就来骂奶奶:

"你早干嘛去了!岁数小骨头软不裹,哪有七岁的闺女才裹脚的,叫孩子受这么大罪!你嘛不懂,偏这么干!"

"要不是我这孙女的脚天生小,天生软,天生有个好模样,要不是不能再等,到今儿我也下不去这手……"

"等,这就你等来的。等得肉硬骨头硬,拿擀面杖敲出样儿来?还不如拿刀削呢!别遭罪了,没法子了,该嘛样就嘛样吧!"

奶奶心里有谱,没言声。去拾些碎碗片,敲碎,裹脚时给香莲垫在脚下边。一走碎碗碴就把脚硌破了。奶奶的扫帚疙瘩怎么轰,香莲也不动劲儿了。挨打也不如扎脚疼。可破脚闷在裹脚条子里头,沤出脓来。每次换脚布,总得带着脓血腐肉生拉硬扯下来。其实这是北方乡间裹脚的老法子。只有肉烂骨损,才能随心所欲改模变样。

这时候,奶奶不再硬逼她下地。还招呼前后院大姑小姑们,陪她说话做伴。一日,街北的黄家三姑娘来了。这姑娘人高马大,脚板子差不多六寸长,都叫她"大脚姑"。她进门一瞅香莲的小脚就叫起来:

"哎——呀!打小也没见过这脚,又小,又尖,又瘦,透着灵气秀气,多爱人呀!要是七仙姑见了,保管也得服。你奶奶真能,要不叫'大能人'呢!"

香莲嘴一撇,眼泪早流干,只露个哭相:

"还是你娘好,不给你往紧处裹,我宁愿大脚!"

"呀呀,死丫头!还不赶紧吐唾沫,把这些浑话吐净了。你要喜欢大脚,咱俩换。叫你天天拖着我这双大脚丫子,人人看,人人笑,人人骂,嫁也嫁不出去,即便赶明儿嫁出去,也绝不是好人家。"大脚姑说,"你没听过这支歌,我唱给你听——裹小脚,嫁秀才,白面馒头就肉菜;裹大脚,嫁瞎子,糟糠饽饽就辣子。听明白了吗?"

"你没受过这罪,话好说。"

"受不就受一时,一咬牙就过去了。'受苦一时,好看一世'嘛!等小脚裹成,谁看谁夸,长大靠这双宝贝脚,求亲保婚少得了?保你荣华富贵,好吃好穿的一辈子享用不尽!"

"三姑说的嘛呀!问你,打今儿,我还能跑不?"

"傻丫头!咱闺女家裹脚,为的就是不叫你跑。你瞧谁家大闺女整天在大街上撒丫子乱跑?没裹脚的孩子不分男女,裹上脚才算女的。打今儿,你跟先前不一样,开始出息啦!"大脚姑小眼弯成月亮,眼里却满是羡慕。

香莲给大脚姑说得云遮雾罩。虽说迷迷糊糊,倒觉得自己与先前变得两样。嘛样,不清楚,好赛高了一截子。大了,大人了,女人了。于是打这天,再不哭不闹,悄悄下床来,两手摸着扶着撑着炕沿、桌角、椅背、门框、缸边、墙壁、窗台、树干、扫帚把,练走。把天大地大的疼忍在心里,嘴里绝不出半点没出息没志气的声儿。再换裹脚条子,撕扯一块块带血挂脓的皮肉时,就仰头瞧天,拿右手掐左手,拿牙咬嘴唇,任奶奶摆布,眉头都不皱。奶奶瞧她这样怔了,惊讶不解,但还是不给她好脸儿,直到脓血消了,结了痂又掉了痂。

这一日,奶奶打开院门,和她一人一个板凳坐在大门口。街上行人格外多,穿得花花绿绿,姑娘们都涂胭脂抹粉,呼噜呼噜往城那边走。原来今儿是重阳节,九九登高日子,赶到河对面,去登玉皇阁。香莲打裹脚后,头次到大门外边来。先前没留心过别人的脚。如今自己脚上有事,也就看别人脚了。忽然看出,人脸不一样，小脚也不一样。人脸有丑有俊有粗有细有黑有白有精明有憨厚有呆滞有聪慧，小脚有大有小有肥有瘦有正有歪有平有尖有傻笨有灵巧有死沉有轻飘。只见一个闺女，年纪跟自己不相上下，一双红缎鞋赛过一对小菱角，活灵活现，鞋帮绣着金花，鞋尖顶着一对碧绿绒球，还拴一对小银铃铛，一走一颠，绒球甩来甩去，铃铛叮叮当当，拿自己的脚去比，哪能比哪！她忽起身回屋里拿出一卷裹脚条子，递给奶奶说："裹吧，再使劲也成，我就要那样的！"她指着走远的小闺女说。

不看她神气，谁信这小闺女会对自己这么发狠。

奶奶的老眼花花冒出泪。俩仨月来一脸凶劲立时没了。原先慈爱的样儿又回来了。满面皱纹扭来扭去，一下搂住香莲呜呜哭出声说：

"奶奶要是心软，长大你会恨奶奶呀！"

第二回　怪事才开头

世上有些相对的事儿，比方好和坏、成和败、真和假、荣和辱、恩和怨、曲和直、顺和逆、爱和仇等，看上去是死对头，所谓非好即坏非真即假非得即失非成即败，岂不知就在这好坏、曲直、恩怨、真假之间，还藏着许许多多曲折许许多多花样许许多多学问，要不何止那么多事缠成死硬死硬疙瘩，难解难分？何止那么多人受骗、中计、上套，完事又那么多人再受骗、中计、上套？

单说这"真假"二字，其中奥妙，请来圣人，嚼烂舌头，也未必能说破。有真必有假，有假必有真；假愈多，真愈少；真愈多，假却反而愈多！就在这真真假假之中，打古到今，玩出过多少花儿？演过大大小小多少戏？戏接着戏，戏套着戏，没歇过场。以假充真,是人家的高招;以假乱真,是人家的能耐;以假当真,是您心里糊涂眼睛拙。您还别急别气,多少人一辈子拿假当真,到死没把真的认出来,假的不就是真的吗?在"真假"这俩字上,老实人盯着两头,精明人在中间折腾,还有人指它吃饭。这宫北大街上"养古斋"古玩铺佟掌柜就是一位。这人能耐如何,暂且不论,他还是位怪人。嘛叫怪,作小说的不能说白了,只能把事儿摆出来。叫您听其言观其行度其心,慢慢琢磨去。

一大早,佟忍安打家出来,进了铺子就把大小伙计全都打发出去,关上门,只留下少掌柜佟绍华和看库的小子活受。不等坐下歇歇就急着说:

"把那几幅画快挂出来!"

每逢铺子收进好货,请老掌柜过眼,都这么办。古董的真假,是绝顶秘密,不能走半点风出去。佟绍华是自己儿子,自然不背着。对看库的活受,绝非信得过,而是这小子半痴半残。人近二十,模样只有十三四,身子没长成个儿,还歪胸脯斜肩膀,好比压瘪的纸盒子。说话赛嘴里含着热豆腐,不知大舌头还是舌头短半截。两只眼打小没睁开过,小眼珠含在眼缝里,好赛没眼珠。还有喘病,一年三百六十五天,一口气总憋在嗓子眼里吱吱叫;静坐着也下气不接上气,生下来就这德行。小名活受,大名也叫活受,爹娘没打算他活多久,起名字都嫌费事多余。佟忍安却看上他这副没眼没嘴没气没神的样子,雇他看库。拿死的当活的用,也拿活的当死的用。

活受开库把昨儿收进的一捆画抱来,拿竿子挑着一幅幅挂上墙。佟忍安撩起眼皮在画上略略一扫,便说:"绍华,你先说说这几幅的成色,我听着。"这才坐下来,喝茶。

佟绍华早憋劲要在他爹面前逞能,佟忍安嘴没闭上,他嘴就张开了：

"依我瞧，大涤子这山水轴旧倒够旧，细一瞧，不对，款软了，我疑惑是糊弄人的玩意儿，对不？这《云罩挂月图》当然不假，可在金芥舟的画里顶头够上中流。这边焦秉贞的四幅仕女通景和郎世宁的《白猿摘桃》，倒是稀罕货。您瞧，一码皇绫裱。卖主说，这是当年打京城大宅门里弄出来的。这话不假，寻常人家绝没这号东西……"

"卖主是不是问津园张霖家的后人？"

"爹怎么看出来的？上边又没落款！"佟绍华一惊。佟忍安两眼通神，每逢过画时，都叫他这样一惊又一惊。

佟忍安没接着往下说，手一指东墙上一幅绢本的大中堂画说：

"再说说那幅……"

以往过画，他一张口，爹就摇头。今儿爹没点头也没摇头，八成自己都蒙对了，得意起来，笑道：

"爹还要考我？谁瞧不出那是地道苏州片子，大行活。笔法倒是宋人的，可惜熏老点儿，反透出假。这造假，比起牛凤章牛五爷还差着些火候。您瞧它成心不落款，怕露马脚，或许想布个迷魂阵——怎么？爹，您看见嘛了？"

佟绍华见他爹已经站起来，眼珠子盯着这中堂直冒光。佟绍华知道他一认出宝贝，眼珠就这么冒光，难道这是真货？

佟忍安叫道："你过去看，下角枯树干上写着嘛？"他指画的手指直抖。

佟绍华上去一瞧，像踩着的鸭子，"呀"的一嗓子，跟着叫："上边写着'臣范宽制'，原来一张宋画。爹，您真神啦！这幅画买进来后，我整整瞧了三天，也没看出这上边有字呀！您、您……"他不明白，佟忍安为嘛离画一丈远，反而看见画上的字。

佟忍安远视眼，谁也不知，只他自己明白。他躲开这话说：

"闹嘛？叫唤嘛？我早告过你，宋人不兴在画上题字，落款不是写在石头上，就夹在树中间，这叫'藏款'。这些话我都说过，你不用心，反大惊小怪问我……"

"可咱得了张宝画呀，您知道咱统共才花几个钱——"

"嘛宝画，我还没细看，谁断定准是宋画了？"佟忍安接过话，脸一沉，扭头看一眼站在身后的活受说，"去把这中堂，大涤子那山水轴，还有金芥舟的《云罩挂月图》，卷起来入库！"

"剩……夏……织鸡古……鹅？"活受觍着脸问。

"叽咕叽咕嘛？去！"佟忍安不耐烦说。

活受绷起舌头，把这几个字儿的边边角角咬住又说一遍："剩、下、这、几、幅、呢？"他指焦秉贞和郎世宁画的几幅。

"留在柜上标价卖！"佟忍安对佟绍华说，"洋人买，高高要价！"

"爹，这几幅难道不是……"

佟忍安满脸瞧不起的神气。忽然长长吐一口气，好一股寒气！禁不住自言自语地念了天津卫流传的四句话："海水向东流，天津不住楼，富贵无三辈，清官不到头。"接着还是自言自语说道："成家的成家，败家的败家。花开自谢，水满自干，谁也跳不出这圈儿去。唉——唉——唉——"他沉了沉，想把心里的火气压住却压不住，刚要说话，眼角瞅见活受斜肩歪脑袋，好赛等着自己下边的话，便轰活受快把画抱回库里，待活受前脚出去，后脚就冲到儿子面前发火：

"嘛，这个那个的！你把真假正看倒了个儿，还叫我当着下人寒碜你。再说，真假能当着外人说吗？我问你，咱指嘛吃饭？你说——"

"真假。"

"这话倒对。可真假在哪儿？"

"画上呀！"

"放屁！嘛画上？在你眼里！你看不出来，画上的真假管嘛用！好东西在你眼里废纸一张，废纸在你眼里成了宝贝！这郎世宁、焦秉贞，明摆着'后门道儿'，偏当好货，反把宋人真迹当作'苏州片子'！这宋画一张就够你吃半辈子，你睁眼瞎！拿金元宝当狗屎往外扔！再说大涤子那轴，嘛，也假？你不知康熙二十九年到三十一年他客居天津，住在问津园张家？那画上明明写着康熙辛未，正是康熙三十年在张家时画的！凭着皮毛能耐，也稳能拿下来的东西，你都拿不住，还想在古玩行里混。我把铺子交给你还不如放火烧了呢！再有三年，还不把我这身老骨头贴进去！听着，打明儿，你卷被褥卷儿搬过来住，没我的话不准回家去，叫活受把库里的东西折腾出来，逐件看、看、看、看、看……"说到这儿，佟忍安上下嘴唇只在这"看"字上打转悠，好赛叫这字儿绊住了。

佟绍华见他爹眼对窗外直冒光，以为他爹又看出嘛稀世的宝贝来，就顺着佟忍安目光瞧去，透过花格窗棂，后院里几个人正干活。

这后院，外人不知，是"养古斋"造假古董的秘密作坊。

原来佟忍安这老小子与别人不同，他干古玩行，不卖真，只卖假。所有古玩行都是卖假也卖真。凡是逛古玩铺都是奔真的去的，还有能人专来买"漏儿"。佟忍安看到这层，铺子里绝不放真货，一码假的，好比诸葛亮摆空城计，愣一兵一卒不放。古玩行干的就是以假乱真，这一招真把古玩商的诀窍玩玄了玩绝了。只要掏钱准上当，半点便宜拿不到。他更有出奇能耐，便是造假。手底下有专人为他造假字假画，还在铺子后院，关上门造假古董。玉器、铜器、古钱、古扇、宣炉、牙器、砚台、瓷器、珐琅、毯子、碑帖、徽墨……他没不知不懂不能不会的。仿古不难，乱真死难。古董的形制、材料、花纹，一个朝代一个样，甚至一个朝代几百样，鱼龙变化无穷尽，差点道行，甭说摸门，围墙也摸不着。更难是那股子劲儿气儿味儿神儿。比方古玩行说的"传世古"和"出土古"。"传世古"是说一直打世上流传下来的东西，人手摸来摸去，长了就有股子光润含混的古味儿。"出土古"是说一直埋在土底下的东西，挖出来满带着土星子和锈花，有一股子斑驳苍劲味儿。再往细说，比方出土的玉器，发箍、笛头、扳指儿、镯子、佩环、烟嘴这些，在地下边一埋几百上千年，挨着随葬的铜器，日久天长铜锈浸进去生出绿斑，叫"铜浸"；死人的血透进去生出红斑，叫"血浸"。造假怎么造出铜浸血浸来？再说东西放久，不碰也生裂纹，过些时候再生一层裂纹罩在上边，一层一层，自然而然，硬造就假，懂眼的就能挑出来，偏偏佟忍安全有办法。这办法，一靠阅历，二靠眼力，三靠能耐。这叫高手高眼高招，缺一不行。假货里也有下品中品上品绝品，绝顶假货，非得叫这里头的虫子，盯上一百零八天，心里还不嘀咕，那才行。佟忍安干的就是这个。

他雇的伙计，跟一般古玩行不同，不教本事，只叫干活干事。那些雇来造假古董的，对古玩更是一窍不通的穷人，跟腌鸭蛋、烧木炭差不多，叫怎么干就怎么干。满院堆着泥坯瓦罐柴禾老根颜色药粉匣子箩筐黑煤黄泥红铁绿铜，外人打表面绝看不出名堂。当下，吸住佟忍安眼神的地方，两个小女子在拉一张毯子。这正是按他的法儿造旧毯子。毯子是打张家口定制的，全是蓝花黑边，明式的。上边抹黄酱，搭在大麻绳上，两人来回来去拉，毛儿磨烂，拿铁刷子捣去散毛，再使布帚蘸水刷光，就旧了。拉毯子不能快，必得慢慢磨，才有历时久远的味儿。佟忍安有意雇女人来拉，女人劲小，拉得自然慢。这俩女子每人扯着毯子两个角，来回来去，拉得你上我下。

站在毯子这边的背着身儿，站在那边的遮着脸儿，只能看见两只小脚，穿着平素无花、简简单单的红布鞋。每往上一送毯子，脚尖一踮立起来，每往下一拉，脚跟一蹲缩回去，好赛一对小活鱼。

"绍华！"佟忍安叫道。

"在这儿，嘛事？"

"那闺女哪来的？"

"哪个？背影儿那个？"

"不，穿红鞋那个。"

"不知道。韩小孩帮着雇的，我去问问。"

"不，不用，你把她领来，我有话问她。"

佟绍华跑去把这闺女领来。这闺女头次来到柜上又头次见老爷，怕羞胆小，眼睛不知瞧哪儿，一慌，反而一眼瞧了老爷，却见老爷并没瞧她脸，而是死盯着自己一双小脚。眼神发黏，好赛粘在自己脚上，她愈发慌得不知把脚往哪儿摆。佟忍安抬起眼时，眼珠赛鎏了金，直冒贼光，跟见鬼差不多，吓得这小闺女心直扑腾。佟绍华在一边，心里已经大明大白，便对这闺女说：

"你往前走一步。"

这闺女不知嘛意思，一怕，反倒退后半步。两脚前后往回一缩，赛过一对受惊的小红雀儿，哆哆嗦嗦往巢里缩去，只剩两个脚尖尖露在裤脚外边，好比两个小小鸟脑袋。佟忍安满面生光问这闺女：

"你多大年纪？"

"十七。"

"姓嘛叫嘛？"

"姓戈，贱名香莲。"

佟忍安先一怔，跟手叫起来：

"这好的名字！谁给你起的？"

戈香莲羞得开不了口。心里头好奇怪，这"香莲"名字有嘛好？可听老爷声音，看老爷神气，真叫她掉进雾里了。

佟忍安立时叫佟绍华把工钱照三个月尽数给她，不叫她干活，打发她先回家。香莲慌了，好好干活，话也不说半句，怎么反给辞了？可看样子又不赛被辞，倒像要重用她。不知老爷打算干嘛，到底好事坏事，当时只当是桩怪事。

要说怪事，在这儿不过才开头罢了。

第三回 这才叫：怪事才开头

小半月后，择一天宜娶也宜嫁的大吉日，戈香莲要嫁到佟家当大儿媳妇。水洼那片人家，无人不知无人不晓无人肯信又无人不信，大花轿子已经摆在戈家门口了。

凭佟家在天津卫的名气，娶媳妇比买鱼还容易。虽说香莲皮白脸俊眉清目秀，腰身也俏，离天仙还差着一截。为嘛佟家非要这穷家小户闺女，还非要明媒正娶，花钱请了城里出名的媒婆子霍三奶奶登门游说？这种家的闺女还用得着游说？给个信儿还不上赶着把闺女送去？据说两家换帖子一看，生辰八字相克，佟家大少爷属鸡，戈香莲属猴，"白马犯青牛，鸡猴不到头"，这是顶顶犯忌的事。佟家居然也认可了。放"定"（定婚）那日，佟家照规矩派人送来八大金——耳环戒指镯子簪子脖链鸡心头针裤钩，外带五百斤大福喜的白皮点心。要说门当户对讲礼摆阔有头有脸人家也不过如此。这为嘛？吃错药了？

人说，多半因为佟家大少爷是傻子，好人家闺女谁也不肯跟这半痴半呆男人过一辈子，这等于花钱买媳妇。可再一想，也不对。

佟家没闺女，四个儿子，俗话叫"四虎把门"，排绍字辈，名字末尾的字，一叫荣，一叫华，一叫富，一叫贵。正好"荣华富贵"。都说佟忍安老婆会生，刚把这"荣华富贵"凑齐，就入了阴间。可这四个儿子，一半是残。大儿子佟绍荣是傻子。小儿子佟绍贵自小有心病，娶过媳妇三年，就叫阎王派小鬼抓走了。可这四媳妇董秋蓉，正经是振华海盐店大掌柜董亭白的掌上明珠，明知佟家四少爷早早在阎王那里挂上了号，不也把闺女送来了？冲嘛？冲佟家的家底儿。佟忍安买媳妇绝不买假，他买香莲买的嘛？

戈家老婆子笑不拢嘴，露着牙花子说，买就买她孙女一双小脚！

这话不能算错。香莲小脚人人夸人人爱。那年头娶媳妇先看脚后看脸，脸是天生的，脚是后裹的，能耐功夫全在脚上。可全城闺女哪个不裹脚，爹娘用心，自个儿经心，好看的小脚一个赛一个，为嘛一眼盯上香莲？

对这些瞎叨咕戈婆子理也不理，虽说她自个儿对这门鸡上天的婚事也多半糊涂着。糊涂就糊涂吧！反正香莲嫁了，拾个大便宜，佟家根本不管陪嫁多少。只两包袱衣服，两床缎被，一双鸳鸯绣花枕头，一对金漆马桶，佟家来两个用人一抱全走了。

香莲临上轿，少不得和奶奶一通抱头海哭。奶奶老泪纵横对她说：

"奶奶身贱，不能随你过去，你就好好去吧！总算你进了天堂一般的人家，奶奶心里的石头放平了。你跟奶奶这么多年，知道你疼爱奶奶。只一件事——那次裹脚，你恨奶奶！你甭拦我说，这事在奶奶心里憋了十年，今儿非说不可——这是你娘死时嘱咐我的，裹不好脚，她的魂儿要来找我……"

香莲把手按在奶奶嘴上，眼泪簌簌掉：

"我懂，那时奶奶愈狠才愈疼我！没昨儿个，也没今儿个！"

奶奶这才笑了，抹着泪儿，打枕头底下掏出个红包包。打开，三双小鞋，双双做得精细，一双紫面白底绸鞋，一双五彩丝绣软底鞋，还一双好怪，没使针线，赛拿块杏黄布折出来的。不知奶奶打哪弄来干嘛用。奶奶皱嘴唇蹭着她的耳朵说：

"这三双喜鞋，是找前街黑子他妈给你赶出来的，房前屋后就她一个全可人。听奶奶告明白你这三双喜鞋的穿法——待会儿你先把这双紫面白底的鞋换上。紫和白，叫'百子'，赶明儿抱一群胖小子。这双黄鞋要等临上轿子，套在紫鞋外边。这叫'黄道鞋'，记着，套上它就'双脚不沾娘家地'了，得我把你抱上轿子。还有，到了婆家必定要在红毡子上走，不准沾泥沾土，就穿它拜堂，拜过堂，叫它'踩堂鞋'。等进洞房，把这鞋脱下来藏个秘密地界儿，别叫别人瞧见。俗话说，收一代，发一代，黑道日子黄道鞋。有它压在身边，嘛歪的邪的，都找不到你头上……"

香莲听这大套大套的话怪好玩儿。挂着泪儿的眼笑眯眯瞧着奶奶，顺手不经意拿起另一双软鞋，一掰鞋帮，想看鞋底。奶奶一手抢过来，神气变得古怪，说："先别乱瞧！这是睡鞋……入洞房，脱下踩堂鞋，就换这双睡鞋。记着，临到上床时，这鞋可得新郎给你脱，羞嘛！谁结婚都得这样！拿耳朵听清楚，还有要紧的话呢——这鞋帮里边，有画，要你和新郎官一起看……"说到这儿，奶奶细了眼笑起来。

香莲没见过奶奶这样笑过，有点狡猾，有点发坏，好奇怪！她说："嘛画不兴先瞧瞧！"伸手去拿鞋。

奶奶"啪"打她手说："没过门子哪兴看！先揣怀里，进洞房看去!"上手把鞋掖她腰间。

外边呜里哇呜里哇吹奏敲打起来。奶奶赶紧叫香莲换上紫鞋,外套黄鞋,嘴巴涂点胭脂,脑门再扑点粉,戴上凤冠,再把一块大红遮羞布搂头罩上。还拿了两朵绒花插在自己白花花的双鬓上,一猫腰,兜腰抱起香莲走出院子大门。这事情本该新娘子的父亲、兄长做的,香莲无父无兄,只好老奶奶承当。

香莲脸上盖着厚布,黑乎乎不透气,耳边一片吵耳朵的人声乐声放炮声。心里忽然难过起来,抓着奶奶瘦骨嶙峋的肩膀,轻轻喊:

"香莲舍不得奶奶!"

奶奶年老,抱着大活人,劲儿强顶着,一听香莲的叫声,心里一酸,两腿软腰也挺不住劲儿,"扑通"一下趴下了,两人摔成一团。两边人忙上去把她俩扶起来。奶奶脑门撞上轿杆立时鼓起大包,膝盖沾两块黄土,不管自己,却发急地喊:

"我没事!千万别叫香莲的脚沾地!抱进轿子快抱进轿子!"

香莲摔得稀里糊涂,没等把遮羞布掀开瞧,人已在轿子里。乱哄哄颤悠悠走起来,她忽觉自个儿好赛给拔了根儿,没挨没倚没依没靠,就哭起来,哭着哭着忽怕脸上脂粉给眼泪冲花了,忙向怀里摸帕子,竟摸出那双软底绣花睡鞋,想到奶奶刚才的话,起了好奇,打开瞧,鞋帮黄绸里子上,竟用红线黑线绣着许多小人儿,赛是嬉戏打闹的小孩儿,再看竟是赤身光屁股抱在一堆儿的男男女女。男的黑线,女的红线,干的嘛虽然不甚明白,总见过鸡儿猫儿狗儿做的事。这就咯噔一下脸一烧心也起劲扑腾起来,猛地大叫:

"我回家呀!送我回家找奶奶!"

由不得她了。轿子给鼓乐声裹着照直往前走,停下来就觉两双手托她胳膊肘,两脚下了轿了便软软踩在毡子上。走起来,遮羞布摆来摆去，只见脚下忽闪忽闪一片红。一路上过一道门又一道门再一道门。每一抬脚迈门槛，都听见人喊：

"快瞧小脚呀！"

"我瞧见小脚啦！"

"多大？多小？"

"瞧不好呀！"

香莲记着奶奶的话，在阔人家走路，最多只露个脚尖。虽然她这阵子心慌意乱，却留心迈门槛时，缩脚，用脚尖顶着裙边，不露出来，急得周围人弯腰歪脖斜眼谁也瞧不清楚。

最后好似来到一大间房子里。香烛味、脂粉味、花味，混成一团。忽然"唰"地眼前红绿黄紫闪光照眼一亮，面前站着个胖大男人，团花袍褂，帽翅歪着，手攥着她那块盖脸的红布，肥嘴巴一扭说：

"我要瞧你小脚！"

四边一片大笑。这多半就是她的新郎官。香莲定住神四下一瞧，满房男男女女个个披红挂绿戴金坠银，那份阔气甭提啦。几十根木桩子赛的大红蜡烛全点着，照得屋里赛大太阳地。香莲打小哪见过这场面，整个蒙了。多亏身边搀扶她的姑娘推一下那胖大男人说：

"大少爷，拜过天地才能看小脚。"

香莲见这姑娘苗条俊秀赛画里的女子。新鲜的是，她脖子上挂个绣花荷包，插许多小针，打针眼奔拉下各色丝线。

大少爷说："好呀桃儿，叫你侍候我俩的，你帮她不帮我，我就先看你的小脚！"上去就抓这桃儿裤腿，吓得桃儿连蹦带叫，胸前丝线也直飘舞。

几个人上来又哄又拦大少爷。香莲才看见佟家老爷一身闪亮崭

新袍褂,就坐在迎面大太师椅上。那几人按着大少爷跪下腿同香莲拜过天地,不等起身,只听一个女人脆声说:

"傻啦,大少爷,还不掀裙子瞧呀!"

香莲一怔当儿,大少爷一把撩起她裙子,一双小脚毫不遮掩露在外边。满堂人大眼对小眼,一齐瞅她小脚,有怔有傻有惊有呆,一点声儿没有。身边的桃儿也低头看直了眼。忽然打人群挤进个黄脸老婆子,一瞧她小脚,头往前探出半尺,眼珠子鼓得赛要蹿出来,跟手扭脸挤出人群。四周到处都响起咦呀唏嘘呜哇喊喳咕嘎哟啊之声。香莲好赛叫人看见裸光光的身子,满身发凉,跪那里动不了劲。

佟忍安说:

"绍荣,别胡闹!桃儿你怔着干嘛,还不扶大少奶奶入洞房?"

桃儿慌忙扶起香莲去洞房,大少爷跟在后边又扯又撩,闹着要看小脚。一帮人也围起来胡折腾瞎闹欢,直到入夜人散,大少爷把桃儿轰走。香莲还没照奶奶嘱咐换睡鞋,大少爷早把她一个滚儿推在床上,硬扒去鞋,扯掉脚布,抓着她小脚大呼大叫大笑个不停。这男人有股蛮劲,香莲本是弱女子,哪敌得过。撑着打着躲着推着撕扯着,忽然心想自己给了人家,小脚也归了人家。爷儿们是傻子也是爷儿们,一时说不出是气是恼是恨是羞是委屈,闭上眼,伸着两只光脚任这傻男人赛摆弄小猫小鸡一样摆弄。

一桩怪事出在过门子之后不几天。香莲天天早上对镜梳妆,都见到面前窗纸上有三两小洞。看高矮,不是孩子们调皮捣蛋捅的,也不像是拿手指头抠的。洞边一圈毛茸茸,赛拿舌头舔的。今儿拿碎纸头糊上,赶明儿在旁边添上两个洞。谁呢?这日中晌大少爷去逛鸟市,香莲自个儿午觉睡得正香,模模糊糊觉得有人捏她脚。先以为是傻男人胡闹,忽觉不对,傻男人手底下没这么斯文。先是两手各使一指头，竖按着她小脚趾，还有一指头勾住后脚跟儿，其余手指就在脚掌心上轻轻揉擦，可不痒痒，反倒说不出的舒服。跟着换了手法，大拇指横搭脚面，另几个小指绕下去，紧压住折在脚心上的四个小指头。一松一紧捏弄起来。松起来似有柔情蜜意，紧起来好赛心都在使劲。一下下，似乎有章有法。香莲知道不在梦里，却不知哪个贼胆子敢大白天闯进屋拿这怪诞手法玩弄她脚，又羞又怕又好奇又快活，还有种欲望自身体燃起，脸发烧，心儿乱跳。她轻轻睁眼吓了一大跳！竟是公公佟忍安！只见这老小子半闭眼，一脸醉态，发酒疯吗？还要做嘛坏事情？她不敢喊，心下一紧，两只小脚不禁唏溜缩到被里。佟忍安一惊，可马上恢复常态，并没醉意。她赶紧闭眼装睡，再睁开眼时，屋里空空，佟忍安已不在屋里。

门没关，却见远远廊子上站个人，全身黑，不是佟忍安，是过门子那天钻进人群看她小脚的黄脸老婆子，正拿一双眼狠狠瞪她，好赛一直瞪进她心窝。为嘛瞪自己？

再瞧，老婆子一晃就不见了。

她全糊涂了。

第四回　爷儿几个亮学问

八月十五这天，戈香莲才算头次见世面。世上不止一个面。要是没嫁到佟家，万万不知还有这一面。

都说晚晌佟忍安请人来赏月，早早男女用人就在当院洒了清水，拿竹帚扫净，通向二道院中厅的花玻璃隔扇全都打开。镶罗钿的大屏桌椅条案花架，给绸子勒得贼亮，花花草草也摆上来。香莲到佟家一个多月，天下怪事几乎全碰上，就差没遇见鬼，单是佟家养的花鸟虫鱼，先前甭说见，听都没听说过。单说吊兰，垂下一棵，打这棵里又蹿出一棵，跟手再从蹿出的这棵当中再蹿出一棵来。据说一棵是一辈，非得一棵接一棵一气儿垂下五棵，父辈子辈孙辈重孙辈重重孙子辈，五世同堂，才算养到家，这就一波三折重重叠叠累累赘赘打一丈多高一直垂到地。菊花养得更绝，有种"黄金印"，金光照眼，花头居然正方形，真赛一方黄金印章，奇不奇怪？当院摆的金鱼缸足有一人多高，看鱼非登到珊瑚石堆的假山上不可。里边鱼全是"泡眼"，尺把长，泡儿赛鸡蛋，逛逛悠悠，可是泡儿太大，浮力抻得脑袋顶着水面，身子直立，赛活又赛死，看着难受。这样奇大的鱼，说出去没人肯信……

晌午饭后，忽然丫头来传话说，老爷叫全家女人，无论主婢，都要收拾好头脚，守在屋里等候，不准出屋，不准相互串门，不准探头探脑。香莲心猜嘛样客人，要惊动全家梳洗打扮，在屋恭候，还立出这么多莫名其妙的规矩。

这样，家里就换一个阵势。

这家人全住三道院。佟忍安占着正房三间，门虽开着，不见人影。东西厢房各三间。香莲住东房里外两间，另外一间空着，三少爷佟绍富带着媳妇尔雅娟在扬州做生意，这间房留给他们回来时临时住住，平时空着关着。对面西厢房，一样的里外两间归二少爷佟绍华和媳妇白金宝闺女月兰月桂住，余剩的单间，住着守寡的四媳董秋蓉，身边只有个两岁小闺女，叫美子。虽是这样住，为了方便，都把里边的门堵上，房门开在外边。

香莲把窗子悄悄推开条缝儿，只见白金宝和董秋蓉房间都紧紧关闭。平时在廊子上走来走去的丫头们一个也不见了，连院当中飞来飞去的蜻蜓蝴蝶虫子也不见了，看来今晚之举非比寻常。她忽想到，平时只跟她客客气气笑着脸儿却很少搭话的二媳妇白金宝，早上两次问她，今儿梳嘛头穿嘛鞋，好赛摸她的底。摸她嘛底呢？细细寻思，一团糨糊的脑袋就透进一丝光来。

打过门子来，别的全都不清楚，单明白了自己真的是靠一双小脚走进佟家的。这家子人，有个怪毛病，每人两眼都离不开别人的脚。瞧来瞧去，眼神只在别人脚上才撂得住。她不傻，打白金宝、董秋蓉眼里看出一股子凶猛的妒恨。这妒恨要放在后槽牙上，准磨出刃来！香莲自小心强好盛，心里暗暗使了劲，今晚偏要当众拿小脚镇镇她们！趁这阵子傻爷儿们去鸟市玩儿，赶紧梳洗打扮收拾头脚。把头发篦过盘个连环髻，前边拿齐刷刷的刘海儿半盖着鼓脑门，直把镜子里的脸调理俊了。随后放开脚布，照奶奶的法儿重新裹得周正熨帖。再打开从家带来的包袱，拣出一双顶艳的软底小鞋。鲜鲜大红绸面，翠绿亮缎沿口，鞋面贴着印花布片儿，上边印着蝴蝶牡丹——鞋帮上是五彩牡丹，前脸趴着一只十色蝴蝶，翅膀铺开，两条大须子打尖儿向两边弯。她穿好试走几步，一步一走，蝴蝶翅膀就一扇一扇，好赛活的，惹得她好喜欢，自己也疼爱起自己的小脚来。她还把裤腰往上提提，好叫蝴蝶露给人看。

正美着，门一开，桃儿探进半个身子说："大奶奶好好收拾收拾脚，今晚赛脚！"香莲没听懂，才要问，桃儿忙摇摇手不叫她出声，胸前耷拉的五彩丝线一飘就溜走了。

赛脚是嘛？香莲没见过更没听说过。

门里门外，羊角灯一挂起来，客人们陆陆续续前前后后高高矮矮胖胖瘦瘦各带各的神气到了。两位苏州来的古玩商刚落座，佟绍华陪着造假画的牛五爷牛凤章来到。说是牛五爷弄来几件好东西，带手拿给佟忍安，问问铺子收不收。牛凤章常去四外搜罗些小古玩器，自己分不出真假，反正都是便宜弄来的，转手卖给佟忍安。佟忍安差不多每次都收下。牛五爷卖出的价比买进的多，以为赚了。

但佟忍安也是得到的比花出的多,这里的多多少少却一个明白一个糊涂了。这次又掏出两小锦盒。一盒装着几枚蚁鼻币,一盒装着个小欢喜佛。佟忍安看也没看,顺手推一边,两眼直瞅着白金宝的房门,脸上皱纹渐渐抻平。佟绍华住在柜上,只要逮机会回来一趟,便急急渴渴回房插门和媳妇热热乎乎闹一闹。牛凤章天性不灵,看不出佟忍安不高兴,还一个劲儿把小锦盒往佟忍安眼睛底下摆。佟忍安好恼,一时恨不得把锦盒扒落地上去。

门口一阵说说笑笑,又进来三位。一个眉清目朗,洒脱得很,走起路袖口、袍襟、带子随身也随风飘。另一个赛得了瘟病,脸没血色,尖下巴撅撅着,眼珠子谁也不瞧,也不知瞧哪儿。这两位都是本地出名的大才子。一个弄诗,一个弄画。前头这弄诗的是乔六桥,人称乔六爷,作诗像啐唾沫一样容易;这弄画的便是大名压倒天津城的华琳,家族中大排行老七,人就称他华七爷。六爷和七爷中间夹着一个瘦高老头。多半因为这二位名气太大,瘦老头高出一星半点不会被人瞧得见,就一下子高出半头来。这人麻酱色绣金线团花袍子,青缎马褂,红玛瑙带铜托的扣子一溜儿竖在当胸。眼睛黑是黑白是白,好比后生,人上岁数眼珠大都带浊气,他没有,眼光前头反有个挑三拣四的利钩儿。乔六桥后面的脚还没跨进屋,就对迎上来的佟忍安说:

"佟大爷,这位就是山西名士吕显卿。自号'爱莲居士'。听说今儿您这里赛脚,非来不可。昨儿他跟我谈了一夜小脚,把我都说晕了,兴致也大增,今儿也要尽尽兴呢!"

佟忍安听了,目光打二媳妇白金宝的房门立即移到这瘦高老头脸上。行礼客套刚落座,吕显卿便说:

"我们大同,每逢四月初八,必办赛脚大会,倾城出动,极是壮美。没想到京畿之间,也有赛脚雅事。不能不来饱饱眼福呢,佟大爷不见怪吧！"

"哪的话，人生遇知己，难得的幸会。早就听说居士一肚子莲学。我家赛脚，都是家中女眷，自个儿对自个儿比比高低，兼带着相互切磋莲事莲技。请来的人都是正经八百的'莲癖'，这就指望居士和诸位多多指点。方才听您提到贵乡赛脚会，我仰慕已久不得一见，可就是大同晾脚会？"

"正是。赛脚会，也叫晾脚会。"

佟忍安眉梢快活一抖，问道：

"嘛场面，说说看。"

他急渴渴，以致忘记叫人送茶。吕显卿也不在意，好赛一上手，就对上茬儿，兴冲冲说：

"鄙乡大同，古称云中。有句老话说'浑河毓秀，代产娇娃'。我们那儿女子，不但皮白肤嫩，尤重纤足。每逢四月八日那天，满城女子都跷着小脚，坐在自家门前，供游人赏玩。往往穷家女子小脚被众人看中，身价就一下提上去百倍……"

"满城女人？好气派好大场面呀！"佟忍安说。

"确是，确是。少说也有十万八万双小脚，各式各样自不必说。顶奇、顶妙、顶美、顶丑、顶怪的，都能见到。那才叫'天下之大，无奇不有'呢……"

"世上有此盛事！可惜我这几个儿子都不成气候。我这把年纪，天天还给铺子拴着。晾脚会这样事不能亲眼看一看，这辈子算白活了！"佟忍安感慨一阵子，又蛮有兴趣问道，"听说，大同晾脚时，看客可以上去随意捏弄把玩儿？"

乔六桥接过话说：

"佟大爷向来博知广闻，这下栽了。这话昨夜我也问过居士，人家居士说，晾脚会规矩可大——只许看，不许摸。摸了就拿布袋子罩住脑袋大伙儿打。打死白打！"

众人哈哈笑起来。乔六桥是风流人，信口就说，全没顾到佟忍安的面子。吕显卿露出得意来。佟忍安嘛眼？只装不知，却马上换了口气，不赛求教，倒赛考问：

"居士，您刚刚说那顶美的嘛样，倒说说看。"

"七字法呀，灵、瘦、弯、小、软、正、香。"吕显卿张嘴就说。好赛说，你连这个也不知道。

"只这些？"

这瘦老头挺灵，听出佟忍安变了态度，便说："还不够？够上一字就不易！尖非锥，瘦不贫，弯似月，小且灵，软如烟，正则稳，香即醉，哪个容易？"他面带笑对着佟忍安，吐字赛炒蹦豆，叫满屋听了都一怔。

佟忍安当然明白对方在抖搂学问，跟自己较劲，便面不挂色，说了句要紧的话：

"得形易，得神难。"

吕显卿巴巴眨两下眼皮，没听懂佟忍安的话，以为他学问有限，招架不住，弄点玄的。他真恨不得再掏出点玩意儿，压死这天津爷儿们，便抡起舌头说：

"听说您家大少奶奶一双小脚，盖世绝伦，是不是名唤香莲？大名还是乳名？妙极！妙极！是啊，古来称小脚为金莲。以'香'字换'金'字，听起来更入耳入心，还不妙！'金莲'一说由来，不知您考过没有？都说南唐后主有宫嫔窅娘，人俊，善舞，后主命制金台，取莲花状，四周挂满珠宝，命窅娘使帛裹足，在金莲台上跳舞。自始，宫内外妇女都拿帛裹足，为美为贵为娇为雅，渐渐成风，也就把裹足小脚称作'金莲'。可还有一说，齐东昏侯，命宫人使金箔剪成莲花贴在地上，令潘妃在上边走，一步一姿，千娇百媚，所谓'步步生莲花'，妇女也就称小脚为'金莲'了。您信哪种说法？我信前种，都说窅娘用帛缠足，可没人说潘妃缠足。不缠足算不得小脚！"

吕显卿这一大套，把屋里说得没声儿，好赛没人了。这些人只好喜小脚，没料到给小脚的学问踩在下边。佟忍安一边听，一边提着自个儿专用的逗彩小茶壶，嘴对嘴吮茶，唧唧直响。人都以为他也赞赏吕显卿，谁料他等这位爱莲居士一住嘴，就说：

"说到历史，都是过去的事，谁也没见过，谁找着根据谁有理。通常说小脚打窅娘才有，谁敢断言唐代女子绝对不裹脚缠足？伊世珍《琅嬛记》上说，杨贵妃在马嵬坡被唐明皇赐死时，有个叫玉飞的女子，拾得她一双雀头鞋，薄檀木底，长短只有三寸五。这可不是孤证，徐用理的《杨妃妙舞图咏》也有几句：'曲按霓裳醉舞盘，满身香汗怯衣单。凌波步小弓三寸，倾国貌娇花一团。'三寸之足，不会是大脚。可见窅娘之前，贵妃先裹了脚。要说唐人先裹脚，杜牧还有两句诗：'钿尺裁量减四分，纤纤玉笋裹轻云。'一尺减去四分，还剩多少？"

"佟大爷，别忘了，那是唐尺，跟今儿用的尺子不一般大小！"吕显卿边听边等漏儿，抓住漏儿就大叫。

"别忙，这我考过。唐人哪能不用唐尺？唐尺一尺，折合今儿苏尺八寸，苏尺又比营造尺大一寸。诗上说一尺减四，便是唐尺六寸，折合苏尺是四寸八，折合今儿营造尺是四寸三。不裹脚能四寸三吗？您说说。"

吕显卿一时接不上话茬，眼睛嘴巴全张着。

乔六桥拍手叫起来：

"好呀，看来能人在咱天津卫，别总把眼珠子往外瞧了！"

众人都将吃惊的眼神打山西人身上挪到佟忍安这边来。可人家

吕显卿也是修行不浅的能人。能人全好胜,哪能三下两下就尿,稍稍一缓,话到嘴边,下巴一仰就说:

"佟大爷的话,听来有理。可使两句诗作根据,还嫌单薄。《唐语林》上说,唐时一般士人妻,服丈夫衫,穿丈夫靴,可见并不缠足。"

"说的是。可我并没说唐朝女子都缠足,而是说有缠足。有没有是一码事,都不都是另一码事。居士所考,是缠足发端哪朝哪代,不是哪朝哪代蔚成风气的,对不?咱议的嘛,先要定准,免得你说东我说西,走了题,不明不白。再说,从唐诗中求根据,绝非这三两句,白乐天有句'小头鞋履窄衣裳',焦仲卿也有句'足躞红丝履,纤纤作细头',说的都是唐朝女子穿鞋好小头。按唐时礼节,走路不直疾促,行步快,即失礼。用布缠裹约束,自然迟缓。这是情理之中的事。至于缠成嘛样,嘛法,多大,另当别论。"

"今儿倒长了见识,天津卫佟大爷把缠足史的上限定到了唐。"吕显卿话里带讥讽,仍遮不住一时困窘。明摆着没话相争,学问不顶饬了。

佟忍安笑笑,好赛话才开头,接着说:

"要说上限,我看唐也嫌晚。《周礼》有屦人,掌管皇上和王妃鞋子,所谓赤舄、黑舄、赤繶、黄繶、青勾、素履、葛履,都是各式各样鞋子。看重鞋,必看重脚。汉朝女子鞋头喜尖,打武梁祠壁画上看,老莱之母,曾子之妻,鞋头都尖。《史记·货殖列传》上说:'今夫赵女郑姬,设形容,揳鸣琴,揄长袂,蹑利屣。'所谓'利屣',也是尖头鞋子。《汉书·地理志》上有句话挺要紧,'女子弹弦跕躧',师古注,躧字与屣同,是种无跟小鞋,跕是轻轻站着。由此看,汉朝女子以尖鞋、细步、轻站为美。自然要在脚上下功夫,那就非小不可。史游《急就篇》有句'靸鞮卬角褐袜巾",下边的注不知您留意没有。注中说,靸谓韦履,头深而尖,平底,俗名著革先子;鞮,薄革小履也;巾者,裹足也。这话说得还要多明?您要听,我还有好多例子,就怕占大伙儿不少时候,犯不上。单把这些书上零零碎碎记载,细心推敲推敲,缠足始于唐,恐怕也不能说死吧!都说历史是死的,我看是活的,谁把它说死,谁就等着别人来翻个儿!"

吕显卿好赛给对方扔到水里,又按到水下边。不傻也呆,轮到了由人摆布的份儿。乔六桥比刚才叫得更欢:

"完了完了!今儿我才明白,没学问,玩小脚,纯粹傻玩儿!"

牛凤章脖子一缩说:

"说得我也想裹小脚了!"

这话惹得众人笑声要掀去屋顶。牛凤章人不怪心眼怪,他总是自觉身贱,时不时糟蹋自己一句,免得别人再来糟蹋。

今儿不比寻常。佟忍安正来劲,满肚子学问要往外倒,逮住牛凤章这句话,笑道:

"牛五爷可别这么说。明朝还真有男人裹足,伪装女子,混在女人堆儿里找便宜。事败后坐几年大狱,放出来人人骂他,藏不成,躲不了,人人能认出他来。"

"为嘛哪?"牛凤章瞪着小眼问。

"脚裹小了,还能大回来?"佟忍安说。

众人又是大笑。牛凤章双脚紧跺,叫着:"我可不裹!我可不裹!"卖傻样儿逗大伙儿乐。

华琳摇着白手细指说:"不不,牛五爷裹脚准叫人认不出来。"他说完这上半句,等别人追问为嘛才说下半句,"牛五爷造假画,赛真的;裹小脚,更赛真的!"说话时,眼珠子不看牛凤章,也不看佟忍安,好赛看屋顶。

这话够挖苦,可别人说还行,牛凤章和华琳同行,都画画,同行犯顶,不吃这话。他小眼一翻,立时把话撞回去:

"我的假画,骗得了您华七爷,可逃不过佟大爷的眼。对不,对不?嗯?嘻!"

牛凤章这句话既买好了佟忍安,又恶心了华琳,说得自己都得意起来。华琳清高,但清高的人拉不下脸儿来,反倒吃亏没辙,脸气白了。

乔六桥说:

"牛五爷,你还是闭嘴拿耳朵听吧!没见佟大爷和这位居士正亮着学问。今儿吴道子、李公麟来了,也叫他滚。爷几个都是冲小脚来的!"

牛凤章立时捂嘴,发出牛叫般粗声儿:

"请佟大爷给诸位长学问!"

佟忍安压倒吕显卿,占了上风,心里快活。可他不带出半点得意,也就不显浅薄,反倒更显得高深。他心想,自己还要退一步,有道是,主不欺客,得意饶人,才算是大度。便看也没看牛凤章,撂下茶壶和颜悦色说道:

"这些话算嘛学问,都是闲聊闲扯罢了。世上事,大多都是说不清道不明,公说公有理,婆说婆有理,其实都有理。人说,凡事只有一个理,我说,事事都有两个理。每人抱着自己的理,天下太平;大伙儿去争一个理,天下不宁。古人爱找真,追究鸡生蛋,还是蛋生鸡,管它谁生谁!有鸡吃,有蛋吃,你吃鸡我吃蛋,你吃蛋我吃鸡,或是你吃鸡也吃蛋,我吃蛋也吃鸡,不都吃饱又吃好了?何苦去争先鸡后蛋先蛋后鸡?居士!眼下咱把这些废话全撂下,别耽误正事。马上赛脚给您看,听听您眼瞅着小脚,发一番实论,那才真长见识呢，好不好……"

"好好好！"吕显卿刚刚心里还拧着，这一下就平了。他给佟忍安挤到井边，进不是退也不是。谁料这老小子一番话又给他铺好台阶，叫他舒舒坦坦下来。心想，天津卫地起是码头，码头上的人是厉害；骑驴看景走着瞧，抓着机会再斗一盘！

第五回　赛脚会上败下来

众人听说赛脚开始，都欢呼起来。有的往前挪椅子，有的揉眼皮，有的按捺不住站起身，精神全一振。方才谁也没留意，这会儿忽见大门外廊子上站一个黄脸婆子。人虽老，神气绝不凡，脑袋梳着苏头鬏子，油光光翘起来的小鬏上，罩黑丝网套，插两朵白茉莉，一朵半开的粉红月季。身上虽是短打扮，一码黑，大褂子上的宽花边可够艳，胸前披一块一尘不染的雪白帕子，两只小脚包得赛一对紧绷绷乌黑小粽子。鞋上任嘛装饰也没有，反倒入眼。

吕显卿低声问乔六桥：

"这是谁？"

乔六桥说：

"原来是佟大爷老婆的随身丫头。佟大奶奶死后，一直住在佟家。原叫潘嫂，现叫潘妈。您看那双小黑脚够嘛成色？"

"少见的好！凭我眼力，恐怕脚上的功夫更好。你们这位佟大爷花哨吗？"

乔六桥斜眼瞅一下佟忍安，离得太近，便压低声儿说："跟您差不离儿。"又说："潘妈这脸儿可够瘆人的，谁也不会找她闹。"

"六爷这话差了！脚好不看脸，顾脚不顾头。谁还能上下全照应着。"

两人说得都笑出声来。

佟忍安这儿对潘妈发了话：

"预备好就来吧！"

大伙儿只等着佟家女眷们一个个上来亮小脚。谁知佟忍安别有一番布置，只听大门两边隔扇哗啦哗啦打开了。现出佟家人深居的三道院。院中花木假山石头栏杆秋千井台瓷凳都给中秋明月照得一清二楚，地面亮得赛水银镜子。可这伙人没一个抬头望月，都满处寻小脚看。只见连着东西南北房长长一条回廊中，挂一串角子灯。每盏灯下一个房门，全闭着。潘妈背过身子，哑嗓门叫一声："开赛了！"又是哗啦哗啦，各个厢房门一下全都打开，门首挂着各色绣花门帘，门帘上贴着大红方块纸，墨笔写着：壹号、贰号、叁号、肆号、伍号、陆号，总共六个门儿。大伙儿几乎同时瞧见，每个门帘下边都留了一截子一尺长短的空儿，伸出来一双双小脚，这些脚各有各的捯饬，红紫黄蓝、描金镶银、挖花绣叶、挂珠顶翠，都赛稀世奇宝，即使天仙下凡，看这场面，照样犯傻。刚刚站在廊子上的潘妈忽然不见，好赛土行孙打地下钻走。

人之中，只有吕显卿看出潘妈人老身子重，行路却赛水上漂，脚上能耐世上绝少。他把这看法放在心里没说。

佟忍安对吕显卿说：

"居士，我家几次赛脚，都是亡妻生前主办。这法儿是她琢磨出的。为的是，请来评脚的客人有生有熟，熟人碍情面，不好持平而论，生人更难开口说这高那低。再有我的儿媳妇都怕羞，只好拿门帘挡脸，可别见怪。"

"这好这好！鄢乡大同是民间赛脚，看客全是远处各地特意赶去的，谁也不认得谁。您这儿全是内眷，这样做再好不过。否则我们真难评头论足了。"

佟忍安点点头，又对大伙儿说：

"前日，乔六爷出个主意说，每个门帘上都写个号码，各位看过脚，品出高低，记住号码，回到厅里。厅里放张纸，写好各位姓名，后边再写上甲乙丙。各位就按心里高低，在甲乙丙后边填上号码。以得甲字最多为首。依次排出三名来。各位听得明白？这样赛成不成？"

"再明白不过！再妙不过！又简单又新鲜又好玩，乔六爷真是才子。出主意也带着才气！来吧，快！"吕显卿已经上劲，精神百倍，急得直叫。

众人也都叫好，闹着快开始。这一行人就给佟忍安带领绕廊子由东向西，在一个个门前停住观摩品味琢磨议论，少不得大惊小怪喧哗惊叫一通。

戈香莲坐在门口。只见一些高矮胖瘦人影，给灯照在门帘上。她有认得也有不认得，乱七八糟分不出哪是哪位，却见他们围在她脚前呼好叫绝议论开：

"这双脚，如有'七十字法'，字字也够得上。我猜这就是佟家大儿媳妇，对不？"

"居士，您刚才说，'七字法'中有个'香'字，现在又说'七十字法'，肯定也跑不掉'香'字，我问您这'香'字打哪得来的？"

"乔六爷，咱文人好莲，不能伤雅，大户人家，哪有不香道理。惟香一字，只能神会。"

"佟大爷，方才说赛脚会上许看不许摸，闻一闻总可以吧！啊？哈哈哈哈！"

香莲见门帘一个人影矮下来。心一紧，才要抽进脚来，又见旁边一个矬胖影子伸手拉住这人，嘻嘻哈哈说：

"乔六爷,提到'香'字,我们苏州太守也是莲癖,他背得一首山歌给我,我背给您听。'佳人房中缠金莲,才郎移步喜连连。娘子啊,你的金莲怎的小,宛如冬天断笋尖,又好像五月端阳三角粽,又是香来又是甜。又好比六月之中香佛手,还带玲珑还带尖。佳人听罢红了脸,贪花爱色恁个贱,今夜与你两头睡,小金莲就在你嘴边,问你怎么香来怎么甜,还要请你尝尝断笋尖!"

这人苏州音,念起来似唱非唱。完事,有人笑有人拍手,有人说不雅,有人拿它跟乔六桥开心,却给香莲解了围。

忽然一个声音好熟,叫道:

"各位再往下看,好的还在后边呢!"

一群人应声散去,在西边一个个门前看脚谈脚,却没有刚刚在自己门前热闹。后来却在一处油锅泼水赛地喧闹开了。有人说:

"简直闹不清,哪个是您大媳妇了!"

又是那好熟的声音:

"哪脚好,就哪个;这脚好,就这个!"

香莲忽觉得这是二少爷佟绍华的嗓门。模糊有点不妙,蛮有把握的手竟捏起汗来。耳听这伙人,说说笑笑回到前厅,打打闹闹去填号码。好一会儿,佟绍华在厅上唱起票来:

"乔六爷——甲一乙二丙六,吕老爷——甲一乙二丙四,华七爷——甲二乙一丙四,牛五爷——甲一乙二丙三,苏州白掌柜甲二乙一丙四,苏州邱掌柜甲一乙二丙五……把票归起来,壹号得甲最多,为首;贰号次之,第二;肆号第三。"

戈香莲好欢喜,一时门帘都显亮了。又听佟绍华叫道:"潘妈,拉下门帘,请各位少奶奶、姑娘,见见诸位客人!"跟着香莲眼前更一亮,几十盏灯照进眼睛。却见前厅辉煌灯火里满是客人,周围各房门口都坐一个花样儿的女人。

佟绍华赛刚给抽了三鞭子，十分精神。那张大油脸鼓眼珠，今儿分外冒光，双手举着一张写满人名号码的洒金朱砂纸，站在前厅外高声儿叫：

"壹号，白金宝，我媳妇！你来谢谢诸位老爷！贰号，戈香莲，我嫂子；肆号，董秋蓉，是我弟妹。余下三个都是我家丫鬟，桃儿、杏儿、珠儿。各位也请出来吧！"

戈香莲傻了！她是大少奶奶，该壹号，怎么贰号？是弄错还是佟绍华成心捣鬼？回头一瞧，门帘上贴的居然就是贰号。可是凭自己的脚，写上嘛号码也该选第一呀！她不信会败给白金宝，但拿眼一瞧就奇了，白金宝好赛换一双小脚，玲珑娇小，隐隐一双淡绿小鞋，分明两片苹果叶子，鞋头顶着珠子，刷刷闪光，又赛叶子上颤悠悠的露水珠儿。这会儿她正打屋里出来，迈步也完全不同往常，绣花罗裙，就赛打地面上飘过，脚尖在裙子下边，忽然露出忽然不见，逗人眼馋。香莲起身走出屋时，本打算拿鞋上的那对蝴蝶压压白金宝，一提裙腰，蝴蝶出来了，可两只脚咋咋呼呼支支棱棱，有露没藏赛叉鱼的叉子，劈着两个大尖。那白金宝走到众人前，道万福行礼，右脚没露，只把左脚成心往外一闪。这一闪叫人看个满眼，再多看一眼又不成。香莲也给这一下闪呆了。原本白金宝的脚比自己大，怎么显得比自己还小？一刀切去一块不成！鞋子更是出奇讲究，连鞋底墙子、底牙、裤腿套上全是精致到家的绣花。香莲打小也没见过这么贵重花哨的鞋子。自己这印花蝴蝶不过奶奶打香粉店花二十个铜子儿买的，一比，太穷气了。

这种场面上，一透穷气，就泄了气！她打脚底到腰叉子全发凉。恨不得拨头跑回屋，关门躲起来。潘妈招呼珠儿、杏儿、桃儿端三个青花瓷墩子，放在当院，请三位少奶奶坐下。香莲想拿裙子把小脚罩住，偏偏刚才为了露蝴蝶，裙腰往上提，腰带扎得又紧，拉不下来，小脚好赛净心晾在外边给她出丑。她不敢瞅自己脚，也不敢瞅白金宝的脚，更不敢瞅白金宝的脸。白金宝脸儿不定多光彩呢！

佟忍安对吕显卿说：

"居士，打这评选结果上看，你果然不凡。您看其他各位有的一错两对，有的两错一对，有的名次顺序颠倒，惟有您号码也对，顺序也对。不知您品评金莲按嘛规格？"

吕显卿听了好得意，才要开口，乔六桥抢过话打趣道：

"还是那七字法呗！"

吕显卿刚刚比学问栽了，这次不能再栽，嘴皮子也鼓起劲儿说：

"七字法是通用之法。品莲要分等级的。"

"怎么分法，请指教。"佟忍安一追问，两人又较量上了。

"这要先说六个字。"

"不是七字又六字了？愈说愈糊涂了！"乔六桥嘻嘻哈哈说，一边跟旁人挤眉弄眼，想拿这山西佬找乐子。

吕显卿是老江湖，当然明白。他决意给这些家伙点真格的瞧瞧，正色说：

"听明白就不糊涂。小脚美丑，在于形态。所谓形态，形和态呗！先说形，后说态。形要六字具备，即短、窄、薄、平、直、锐。短指前后长度，宜短不宜长。窄指左右宽度，宜窄不宜宽。还须前后相称，一般小脚，往往前瘦后肥，像猪蹄子，不美。薄指上下厚度，宜薄不宜厚；直指足根而言，宜正不宜歪，这要打后边看。平指足背而言，宜平不宜突，如能向下微凹更好。锐指脚尖而言，宜锐不宜秃，单是锐还不成，要稍稍向上翘，便有媚劲儿。向上撅得赛蝎子尾巴，或向下耷拉得赛老鼠尾巴，都不足取。这是说小脚的形。"

这几句就叫香莲听得云山雾罩，从不知小脚上还这么多道理讲究。拿这些道理一卡，自己的脚哪儿还算脚，只赛坠在脚脖下两块小芋头。前厅里诸位把吕显卿这套听过，不觉拿眼全瞄向佟忍安。盼望这位天津卫能人，再掏出点真玩意儿，把这外边来的能耐梗子压住。佟忍安单手端小茶壶，歪脖眯眼慢条斯理吮着，不知有根还是没词，不搭腔，只是又追了一句：

"这说了形，还有态呢？"

吕显卿瞥他一眼，心想不管你有根没根，先痛快压你一阵再说。

"'态'字上要分三等。上等金莲，中等金莲，下等金莲。"

香莲心里一惊，想到自己得第二名，生怕这老头把自己归入中等。

"先说上等！"苏州那商人听得来劲，急着说。

"好，我说。上等金莲中间又分三种。两脚缠得细长，好比笋尖，我们大同叫'黄瓜条子'，雅号叫钗头金莲。两脚缠得底窄背平，好比弯弓，雅号叫单叶金莲。两脚缠得头尖且巧，好比菱角，雅号叫红菱金莲。这三种小脚中间垫高底，又叫穿心金莲，后边蹬高底，又叫碧台金莲。都是上等。"

"居士敢情有后劲，快说说中等嘛样！"乔六桥说。

"脚长四五寸，还端正，走起来不觉笨，鞋帮没有棱角鼓起来，叫锦边金莲。脚丰而不肥，好赛鹅头，招人喜爱，叫鹅头金莲。两脚端正，只是走路内八字，叫并头金莲；外八字的叫并蒂金莲。这都是中等。"

"这名字真比全聚德炒菜的名儿还好听！"乔六桥笑道。

"六爷你是眼馋还是嘴馋？"

"别打岔！居士，你别叫他们一闹把话截了，接着说下等的金莲。"

吕显卿说：

"今儿佟家府上没下等金莲。三位少奶奶都是上等的。要在我们大同赛脚会上，我敢说也能夺魁！"

他这几句话，不知真话假话客气话应酬话，却说得三位少奶奶起身向他道谢。一站一坐当儿，白金宝无意打裙缝露出小脚，叫戈香莲逮住着意一看，吓一跳，竟然真比平时小了至少一寸，是自己看错还是人家用了嘛魔道法术？

吕显卿对佟忍安说：

"我虽嗜好金莲，比您，至少还差着三磴台阶。方才班门弄斧，可别笑话我无知，多多指点才对呢！"

佟忍安眼瞅一处，不知想嘛，一听吕显卿这话好比跑到自己大门口叫阵，略一沉便说：

"秦祖永《桐阴论画》，把画分成四品。最高为神品，逸品次之，妙品又次之，最末才是能品。能品最易得，也最易品。神品最难得，也最难品。拿我们古玩行说，辨画的真伪，看纸，看墨，看裱，看款，看图章，看轴头，都容易，只要用心记住，走不了眼。可有时候高手造假画，用纸、用墨、用绫、用锦，都用当时的，甚至图章也用真的，怎么办？再有，假宋画不准都是后来人造的，宋朝当时就有人造假！看纸色墨色论年份都不错，就没办法了？其实，盯准更紧要的一层，照样分辨出来，就是看'神'！真画有神，假画无神。这神打哪儿来的呢？比方，山林有山林气，画在纸上就没了。可画画的高手，受山林气所感，淋淋水墨中生出山林一股精神。这是心中之气，胸中之气，是神气。造假绝造不出来。小脚人人有，人人下功夫，可都只求形求态。神品……人世间……不能说没有……它,它……它……"

佟忍安说到这儿忽然卡住,眼珠子变得浑浑噩噩朦朦胧胧虚虚幻幻离离叽叽,发直。香莲远远看,担心他中了风。

吕显卿笑道:"未免神乎其神了吧!"他真以为佟忍安肚子里没货,玩玄的。

"这神字,无可解,只靠悟。一辈子我只见过一双神品,今生今世再……唉!何必提它!"佟忍安真赛入了魔。弄得众人不明不白不知该说嘛好。

忽然,门外闯进一个胖大男人。原来大少爷佟绍荣,进门听说今儿赛脚,白金宝夺魁,他老婆败了阵,吼一声:"我宰了臭娘儿们!"把手里鸟笼子扯了,刚买的几只红脖儿走了运,都飞了。他操起门杠,上来抡起来就打香莲,众人上去拉,傻人劲大,乔六桥、牛凤章等都是文人,没帮上忙,都挨几下,牛凤章门牙也打活了。一杠子抡在香莲坐的瓷墩子上,粉粉碎。佟忍安拍桌子大叫:"拿下这畜生!"男用人跑来,大伙儿合力,把大少爷按住,好歹拉进屋,里边还一通摔桌子砸板凳,喊着:

"我不要这臭脚丫子呀!"

客人们不敢吱声,安慰佟忍安几句,一个个悄悄溜了。

当晚,傻爷儿们闹一夜,把香莲鞋子脚布扒下来,隔窗户扔到院里。三更时还把香莲叽哇喊叫死揍一顿轰出屋来。

香莲披头散发,光着脚站在当院哭。

第六回　仙人后边是神人

戈香莲赛脚一败,一跟头栽到底儿。

无论嘛事,往往落到底儿才明白。悬在上边发昏,吊在半截也迷糊。在佟家，脚不行，满完。这家就赛棋盘，小脚是一个个棋子儿，一步错，全盘立时变了样儿。

白金宝气粗了。香莲刚过门子时，待她那股子客客气气劲儿全没了。好赛憋了八十年的气，一下子都撒出来。时不时，指鸡骂狗，把连钩带刺的话扔过来，香莲哪儿敢拾。原先不知白金宝为嘛跟她客气，现在也不知白金宝干嘛跟她犯这么大性。白金宝见这边不拾茬，性子愈顺愈狂。不知打哪弄一双八寸大鞋，俗名叫大莲船，摆在香莲门口，糟蹋香莲。香莲看得气得掉泪却不敢动。别人也不敢动。

守寡的四媳妇董秋蓉在家的地位有点变化。过去白金宝总跟她斗气，板死脸给她看。赛脚会后换了笑脸，再逢亲朋好友来串门，就把秋蓉拉出来陪客人说话，甩开香莲理也不理，弄得秋蓉受宠若惊，原是怕白金宝，这会儿想变热乎些又转不过来，反而更怕见白金宝了。

佟绍华沾了光。只要在铺子里待腻了想回家，打着二少奶奶旗号，说二少奶奶找他，挺着肚子就回来了，佟忍安也没辙。可后来，二少奶奶自己出来轰他，一回来就赶回去。本来佟绍华骑白金宝脖子上拉屎当玩儿，这阵子白金宝拿佟绍华当小狗儿。谁也不知二少奶奶怎么一下子对二少爷这么凶。戈香莲明白。她早早晚晚三番五次瞧见佟忍安往白金宝屋里溜。但她现在躲事都难还去招惹是非？再说家里人都围着白金宝转，知道也搋肚子里，谁说？丫头们中只桃儿待香莲好，她原是派给香莲用的，可当下只要她一脚迈进香莲屋，白金宝就叫喊桃儿去做事，两只脚很难都进来。一日中晌，趁着白金宝睡午觉当儿，桃儿溜进香莲屋来悄悄说，自打白金宝不叫二少爷着家，二少爷索性到外边胡来，过去逛一回估衣街的窑子，到家话都少说，怕走了嘴。现在嘛也不怕，整天花街柳巷乱窜。憋得难受时竟到落马湖去尝腥，那儿的窑姐都是野黑粗壮的土娘儿们，论钟头要钱，洋表转半圈，四十个铜子儿。到时候老鸨子就摇铃铛，没完事掏钱往外一扔。桃儿说，这一来柜上的钱就由二少爷尽情去使。乔六桥一伙摽上了他，整天缠他请吃请喝请看请玩儿再请吃请喝请看请玩儿。

"老爷可知道？"

"老爷的心思向来没全摆铺子里，你哪儿知道！"

香莲也知道，但不知自己知道一多半还是一少半。

这家里，看上去不变的惟有潘妈。她住在后院东北角紧挨佟忍安内室的一间耳房。平时总待房里，偶然见她在太阳地晒鞋样子、晾布夹子，开门叫猫。她养这猫倒赛她自己，全黑、短毛、贼亮、奇凶、赛只瘦虎。白天在屋睡觉，整夜上房与外边流窜来的野猫厮打，鬼哭狼嚎吼叫，有时把屋顶的砖头瓦块"啪哒"撞下来。桃儿说，全家人谁也离不开潘妈，所有鞋样子都归她出。赛脚那天白金宝的小脚就靠她捯饬的，她的鞋样敢说天下没第二个。

"十天半个月，她也往各屋瞧瞧，鞋不对，她拿去弄。可她就不往您屋里来。您没瞧见赛脚前她天天都往二少奶奶屋跑，就是她把您打赛会上弄下来的。不知她为嘛偏向二少奶奶，恨您！"

香莲没搭腔，心里却有数。香莲心细，看出潘妈打赛脚后不再去白金宝屋子了。

变得最凶，要数香莲的傻爷儿们。香莲真不懂傻人也把小脚看得这么重。原先是傻，这一下疯了。疯人更没准，犯起病就跟香莲瞎闹。有时拿拴床帐的带子，把香莲两脚捆一块儿，就要拿出去卖。买鸟儿，这是高兴时候。凶狠起来就拿针锥扎小脚，鲜血打裹脚布里往外冒。香莲已有了身孕，桃儿等几个丫头来哄大少爷说，大少奶奶肚里有他孩子，孩子有双天下没比的小脚，叫他必得好好待大少奶奶,等着好小脚生出来。这话管用,大少爷一听立时变样,天天捧着香莲小脚亲了又亲。一天打外边回来,居然给香莲买一包蜜枣,叫香莲心里一热直掉泪。可过几天,街上两个坏小子拦着大少爷说:"听说你爹给你娶个大脚媳妇,还要再生个大脚闺女。"他眼就直了,进门操起菜刀踹门进屋,非要切开香莲肚子看小脚不可。扯脖子叫喊着:

"我爹诳了我,谁要不信,打开看!"

香莲这两天正是心如死灰时候。不知谁把赛脚会的事传给香莲的奶奶,奶奶听了,气闭过去。香莲得信赶到家,奶奶拿最后一口气对她说:"奶奶也不知怎么会毁的你!"糊里糊涂,抱着悔恨作古了。香莲绝了后路,见傻爷儿们也不叫她活,心一横,把衣服两边一扯唰地撕开,露出鼓鼓白肚皮,瞪着眼对大少爷说:

"开吧!我活腻了,要嘛给你嘛!"

谁知当啷一声,菜刀扔在地上,傻爷儿们居然给香莲磕起头来。脑门撞得青砖地"嗵、嗵、嗵"直响,十来下就撞昏了,脑门鼻子都流血。再醒来,不打不闹,也不说话,只是傻笑,饭菜全不吃,到后来滴水不进,药汤没法灌,人就完了。挺大一个活人,完了,真容易。

应上"白马犯青牛,鸡猴不到头"这句话,香莲结婚没一年,守了寡。人强心不死,她只盼着生个小子。白金宝和董秋蓉两房头都是闺女,董秋蓉一个,白金宝两个,据说在南边的三少奶奶尔雅娟生的也是闺女。香莲要生个小子,给佟家留根,日子还能喘过口气。偏偏心强命不强,生的是丫头!想改也改不了,想添再也添不了!生下来不久还满身疹子。她心凉得赛冰块,天天头不拢脚不裹,孩子死就死,死完自己死。可自己身上掉下的这块肉,满是红点,痒得整天整夜哭,哭声叫她待不住,每天一趟去到娘娘宫,给斑疹娘娘烧香。娘娘像前还有三个泥塑长胡的男人，人称"挠司大人"，专给出疹子的孩子挠痒，还有一条泥做的黑狗，专给孩子舔痒痒痘。她一连去七天，别说娘娘不灵，孩子的疹子竟然退了。

一天潘妈忽进来，抓起孩子的小脚看了看，惊讶地说："又是天生一块稀罕料。"随后拿着吓人的鼓眼盯住香莲说："老爷叫我给她起个名儿，就叫莲心吧！"

香莲听了，两眼立时发直，潘妈走出去时，看也不看。桃儿端饭进来了。自打大少爷死后，香莲落得同丫头们地位差不多，吃饭也不敢和老爷少爷少奶奶们同桌。桃儿问她：

"不是二少奶奶又骂闲街了？甭搭理她，她骂，您就把耳朵给她，也不掉块肉。"

香莲直呆呆不动。

桃儿又说：

"我看四少奶奶心眼倒不错。这汤面上的肉丝，还是她夹给您的呢！原先她那双脚，不比二少奶奶差。倒霉倒在一次挑鸡眼，生了脓，烂掉肉，长好了就嫌太瘦。那天赛脚，我劝她垫点棉花，她不肯。她怕二少奶奶看出来骂她。可我看……您可别往外说呀——二少奶奶脚尖就垫了棉花。本来她脚尖往下耷拉！不单我瞧出来，珠儿杏儿全瞧出来了，谁也不敢说就是了！"

桃儿引香莲说话。本来这话十分勾人谈兴的。但香莲还是不吭声也不动劲儿，神色不对，好赛魂儿不在身上。桃儿以为她一时心思解不开，不便扰她，就去了。香莲在床边直坐到半夜，拿着闺女雪白喷香的小脚，口里不停念叨着潘妈的话：

"又是天生一块稀罕料……天生一块稀罕料……天生一块稀罕料……"

三更时，香莲起来插上门，打开一小包砒霜，放在碗中，拿水沏了，放在床头。上床放了脚，使裹脚条子把自己和闺女的脚捆在一块儿，这才掉着泪说：

"闺女！不是娘害你！娘就是给这双脚丫子毁成这样，不愿再叫你也毁了！不是娘走了非拉着你不可，是娘陪你一块儿走呀！记着，闺女！你到了阎王殿也别冤枉你娘呀！"

闺女正睡。眼泪掉在闺女脸上，好赛闺女哭的。

香莲猛回身，端起毒药碗就要先往闺女嘴里灌。

忽听"哗啦"一响，窗子大敞四开，黑乎乎窗前站着一个人。屋里灯光把一张老婆子的脸照得清清楚楚，满脸横七竖八皱纹，大眼死盯着自己，真吓人！

"鬼！"香莲一叫。毒药碗掉在地上。

恍惚间，以为是奶奶的鬼魂儿找来了，又以为是自己从没见过早早死去的婆婆。耳朵却听这老婆子发出声音，哑嗓门，口气很严厉：

"要死还怕鬼！再瞅瞅，我是谁？"

香莲定住神，一看是潘妈。

"开开门，叫我进去！"潘妈说。

香莲见是她，心一定，不解脚条子，把头扭一边。

潘妈打窗子进去，站在炕前，冷笑道：

"活不会活，死倒会死！"

香莲心还横着，在死那边，根本不理她。

潘妈上去，拿起香莲的脚，摆来摆去又捏又按上下左右前前后后地瞧了又看看了又瞧，真赛端详一个精细物件。香莲动也不动，好似这脚不跟她身子连着。心都死了，脚还活着？潘妈手拿她的脚，眼瞅一边，长长地叹一口气说："他眼力真高！我要有这双脚，佟家还不是我的！"她沉一下忽扭头对香莲说，"您要肯，把您这双脚交给我，我保您在佟家横着走路！"这两句话说得好坐实，一个字儿在板上钉一个钉子。

她等着香莲回答，停一刻，没听香莲吭声，便冷冷说："带金镯子穷死，活该去当窝囊鬼吧！"转身就走，小脚还没迈出门槛，香莲的声音就撞在她后背上：

"你说的算，我就依你！"

潘妈回过身。香莲打进佟家，头次见潘妈笑脸。脸板惯了，一笑更吓人。可跟着笑容就消失，不笑反比笑更舒服。潘妈问：

"这脚谁给您缠的？"

"我奶奶。"

"算她对得起您！您听好了——您这双脚，要论天生，肉嫩骨软，天下没第二双；要论缠裹，尖窄平直，也没挑儿。您奶奶算能人，没给您缠坏，就算成全了您。可是怨就怨您自己没能耐收拾它。好比一块好肉，只会水煮放盐，不会煎炒烹炸，白叫您给淹浸了！再好比一块玉，没做工，还不跟石头一样！单说赛脚那天，那双蝴蝶鞋还算鞋？破点心盒子！酱菜篓子！要嘛没嘛，嘛好脚套上它还有样？再说您为嘛不穿弓底？人家二少奶奶四寸脚，穿上弓底，脚一弯，四寸看上去赛三寸。您这脚本来三寸，反叫这破鞋连累的显得比二少奶奶脚还大，这不屈了！不等着败等嘛？"

香莲眼珠子闪一道蓝光：

"告我，还有救吗？"

"要没有，跟您说它干嘛！"

香莲解开脚上带子，下炕"扑通"趴下来给潘妈磕三个头：

"潘妈，求您给我指个明道儿，叫我翻过身来吧！"

她眼里直冒火。

潘妈冷言道：

"您起来，您是主家，不兴给用人跪着。再说，我又不是为您。您为您自己，我也为我自己，可都得用您这双脚。谁也别谢谁了！"

香莲听懂一半，另一半不懂。

潘妈不管她懂不懂，"叭"地打开桌上一个漆盒子。不知这盒子嘛时候摞在桌上的。黑漆面，朱漆里，铜蝙蝠包角，盒里一块绣花黄绸子。掀开花绸，拿出一双花团锦簇般的小鞋，绣工可谓盖世无双，花边一层套一层，细得快看不出来，拿眼一盯，藤萝鱼鸟博古走兽行云海浪万字回纹，都是有姿有态精整不乱。拿出来就喷香浓香异香，赛两朵花儿。放在手中，刚和手掌一般大小。又软又轻又俏又柔，弯弯的，好比一对如意紫金钩。再看底儿竟是紫檀木旋的。

"您穿上试试。"

"这鞋怕不到三寸吧，我哪儿能穿？"

"不能我叫您穿？"

香莲提着鞋跟，把脚尖伸进去一蹬，只觉光溜溜鞋底蹭着脚掌一滑，哧溜穿上，不大不小，正正好好。咦，看上去比脚小的鞋，怎么正好？她瞧着潘妈发怔。潘妈说：

"我说了，三寸脚一弯，就比三寸小。这是古式鞋底，样好，弯得赛桥，正经八百叫弓底，不比现时市面上的柳木底子，随便有个弯儿就得。照规矩，三寸鞋，木底长二寸六，弯七分。您再量您那双，顶多弯三分，哪成？好了，您把这双裤腿套儿套在外边，看看嘛样儿吧！"

潘妈打盒里又拿双裤腿套，香莲接过一看，恐怕这样好的绣活别处甭想见到。潘妈说：

"都是桃儿绣的,往后你就找她。"

香莲惊得说不出话来。低头套上这裤腿套,鞋是绿的,套是粉红的,绣线全是淡色,浅紫浅蓝浅黄浅棕浅灰浅酱,加上白和银,又素又艳,愈显得脚儿玲珑娇小可爱,想不到这小脚就连在自己腿下边。她瞅瞅潘妈,心想潘妈也要夸赞几句。潘妈却说:

"您站起来走几步看。记着,小脚有四忌,坐着忌讳晃裙子,躺着忌讳抖脚尖,站着忌讳踮脚跟,走路忌讳跷脚趾。"

香莲想起身试试,身子一立,只觉自己好赛给挂在杆子上,摇摇晃晃,脚发空又发紧。赶紧收拢脚尖,人就往前栽,差点来个马趴;脚跟一使劲,人又往后仰,险些来个老头钻被窝。潘妈按她坐下,叫她脱下鞋子,自己坐对面,把香莲的裹脚条子揪下来一扔,边说:"大少奶奶,再受次罪吧,我给您重缠。您穿惯小弯底儿,脚弓不够,全靠缠了!"说着手里已拿了一卷又窄又齐整的青布条子,不管香莲乐不乐意,这脚丫子好比她的东西,大拇指一挑,"嗒"地脚布头就按在脚上,这下真比逮小飞虫还快。她说:"您看好了,下次就照这样裹!"

香莲用心看,也用心记。只见潘妈——先把脚布直头按在脚内侧靠里怀踝骨略前,打脚内直扯大拇指尖兜住斜过来绕到脚背搂紧,再打脚背外斜着往下绕裹严压向脚心,四个脚趾拉住抻紧再转到脚外边翻上脚背,搭过脚外边挂脚跟前扯勾脚尖回到脚内侧又直扯大拇指斜绕脚背,下绕四脚趾打脚心脚外边上脚背外挂脚跟勾住脚尖二次回到脚内侧,跟手还是脚内脚尖脚背脚心脚外脚背脚跟脚尖三次回到原处再来。香莲看出,和奶奶裹法差得并不大,不过手底下更利索,脚布绕来绕去绝不折边,一道道紧紧包着密不透气,使力均匀,没有半点松劲地方。可缠到第八道,手法忽变,又加进一条宽裹脚条子,嘴里说一句:

"这叫拦裹布,用的是'拦脚背法',专治你脚弓不够弯的毛病!"

随这话,脚布上手一勾脚尖,返过足背,竟打外边向下绕,反着拉脚跟,转上去刚好缠脚巴骨,跟着就打内边绕过脚背,来回几圈,算把裹脚布扣住。跟手转过脚跟上脚脖,把脚背前半截拦上,不松劲地打脚跟后直拉大拇指头,连着脚巴骨一包上足背,这算拦一扣,再裹再拦,再拦再裹,直到把一卷一丈多的裹脚条子全用完。香莲便觉脚背发胀,脚心发空,脚跟和脚心好比叫人两手攥着往下使劲掰,就赛脚抽筋一样。看是好看,有模有样,上弓前翘,俏丽俊巴,可穿上潘妈拿给她另一双扳脚用的青布鞋,难受多了,迈步赛踩高跷。

"能受?"潘妈问。鼓眼珠子瞧着她。分明考问她。

香莲毫不含糊:

"打算活,都能受。还怎么着,你就说吧!"

潘妈冷冷盯她一眼,点点头。打盒里又拿出一把小尺,尺三寸,象牙做的,用得久,发旧发黄发亮,上边的星子都是嵌银的。她把尺子给她时说:"这是专量脚使的。二少奶奶使不了,她脚比这尺大。"潘妈嘿嘿一笑。这笑,赛股寒气,往人骨头里钻,"你天天晚上拿热水洗脚,洗完照我刚才那样缠上。记住!一双好脚睡觉时候也不能松开,只要缠好就拿它量。我这儿还有张表,脚上每个关节上边都有尺寸,不能错过半分半毫,哪儿涨出来就勒哪儿。给你——"又递给香莲一张破旧的元书纸,木版印的表格,满是字是尺寸。

香莲拿过一看,这才算打小脚的门缝往里边瞅一眼。一眼就看花了——

足部尺度一览表（营造尺）

各　部	径	赤足尺度	紧缠尺度	注
足尖至后跟	直	三寸二分	二寸九分	即足之大小
大　趾	直	八分	八分	
大　趾	中部横	五分	三分五	
二　趾	直	六分	六分	
二　趾	中部横	三分	二分七	
中　趾	直	七分	七分	
中　趾	中部横	四分	三分七	
四　趾	直	六分	六分	
四　趾	中部横	四分	三分六	
小　趾	直	四分	四分	
小　趾	中部横	二分		缠后小趾会被挤没，不占宽度
足心足跟间缝口	中部垂直深	一寸	一寸一分	
里缝口	垂直	一寸三分	一寸四分	
外前缝口	垂直	七分	八分	趾跟肉折成之深缝
外后缝口	垂直	一寸	一寸一分	足跟前大深横缝
缝　底	横	一寸	九分	
下缝口	横	一寸二分	一寸	
下缝口	原宽 分开宽	二分 四分		开时如刀削 缠时合一线
缝至足尖	直	二寸一分	一寸八分	
足跟下	横	一寸	九分	
足跟下	直	一寸一分	一寸一分	
后　跟	高	一寸五分	一寸七分	缠后自然高起

续表

各 部	径	赤足尺度	紧缠尺度	注
足跟下至膝盖	直	一尺三寸	一尺三寸二分	
起足尖至胫腕	斜高	四寸	四寸	
足 尖	圆	一寸三分	一寸一分	大趾中部
胫 腕	圆	三寸八分	三寸八分	
足 腰	圆	二寸五分	二寸	
足面至后跟	直	二寸三分	二寸	
足面至足心	厚	一寸三分	八分	三四趾处
足心下至平地	空	三分	五分	
足面上至膝盖	直	一尺一寸四分		
赤足站立时	直	三寸四分		

自打这夜，天天三更，潘妈准时推门进来，帮她调理小脚，教给她种种规矩、法度、约束、讲究、忌讳、能耐和诀窍，怎么洗脚怎么治脚怎么修脚怎么爱脚怎么调药和怎么挑鸡眼。渐渐还教会她自制弓鞋，做各种各样各门各类鞋壳子，削竹篾、钉曳拔、缘鞋口、缝裤腿套，这一切，不论制法、配色、选料、尺度，都有苛刻的规法。错了不成，否则叫行家笑话。不懂就糊涂着，懂了就非照它办不可。规矩又是一层套一层，细一层，紧一层，严一层。愈钻反而愈来劲愈有趣愈有学问。在它下边受制，在它上边制它。她真不知潘妈肚子里还有多少东西，也许一辈子也学不尽，可香莲是个会用心的女子，非但用心还尽心，一样样牢牢学到手。

虽然她的脚天生质嫩，骨头没硬死，但毕竟成人，小脚成形，要赛泥人张手中胶泥可不成。强弓起来的脚，沾地就疼，赛要断开，真好比重受当年初裹的罪。她不怕！有罪挨着，疼就强忍，硬裹硬来硬踩硬走，硬拿自己干。白金宝眼尖，看出来，就骂她："臭蹄子，裹烂了，还不是只死耗子！"她只装没听见。这话赛刀子，她死往肚里咽。只想一天，拿出一双盖世绝伦的小脚，把这佟家全踩在脚底下。就不知她命里，叫不叫她吐出这口恶气。她叫自己的命差点制死啊！

这日，她抱着莲心在廊子上晒太阳，佟忍安站在门口揪鼻子毛，一使劲，一扭脸，远远一眼就盯上香莲的脚。佟忍安何等眼力，立时看出她的脚大变模样，神气全出来了。佟忍安走过来只说一句："后晌，你来我屋一趟。"转身便走了。

她打进了佟家门，头次进公公屋，也很少见别人进去过。这屋子一明两暗，满屋书画古董，一股子潮味儿、书味儿、樟木味儿、陈茶味儿、霉味儿，浓得噎人。她进来就想出去换口气。忽见佟忍安的眼正落在她脚上。这目光赛只手，一把紧紧抓住她脚，动不得。佟忍安忽问：

"谁帮你捯饬这脚？"

"我自己。"

"不对，是潘妈。"佟忍安说。

"没有。我自己。"香莲不知佟忍安的意思，怕牵扯潘妈，咬住这句话说。

"你要有这能耐，上次赛脚也败不下来……"佟忍安眼瞧别处，不知琢磨嘛，自个儿对自个儿说，"唉！这老婆子！再收拾好这双脚，更没你的份儿啦……"他起身走进东边内室，招手叫香莲跟进去。

香莲心怕起来。不知公公是不是要玩她脚。反过来又想，反正这双脚，谁玩儿不是玩儿，祸福难猜，祸福一样，进去再说。

屋里更是堆满书柜古玩儿，打地上到屋顶。纸窗帘也不卷，好暗。香莲的心嘣嘣跳，只见佟忍安手指着柜子叫她看。柜子上端端正正放一个宋瓷白釉小碟儿，碟上反扣着一个小白碗儿。佟忍安叫香莲翻开碗看。香莲不知公公要嘛戏法，心里揪得紧紧，上手一翻拿开碗！咦呀！小白碟上放着一对小小红缎鞋，通素无花，深暗又鲜，陈旧的紫檀木头底子，弯得赛小红浪头，又分明静静停在白碟上。鞋头吐出一个古铜小钩，向上卷半个小圆，说不出的清秀古雅精整沉静大方庄重超逸幽闲。活活的，又赛件古董。无论嘛花哨的鞋都会给这股沉静古雅之气压下去。

"哪朝哪代的古董？"香莲问。

"哪来的古董，是你婆婆活着时候穿的。"

"这样好看的小鞋，怕天下没第二双！"香莲惊讶瞪圆一双秀眼说。

"我原也以为这样，谁知天不绝此物，又生出你这双脚来，会比你婆婆还强！"佟忍安脸上唰唰冒光。

"我的？"香莲低头看自己的小脚，疑惑地说。

"现在还不成。你这脚光有模样！"

"还少嘛？"

"没神不成。"

"学得来吗？"

"只怕你不肯。"

"公公，成全我！"香莲"扑通"跪下来。

谁料佟忍安"扑通"竟朝她跪下来，声儿打颤地说："倒是你成全我！"他比她还兴奋。

她不知佟忍安怎么和潘妈一样，到底为嘛都指望她这双脚，只当公公想玩儿。香莲有自己一盘算盘珠儿，通身一热，站起来把脚伸给他。佟忍安抱着香莲小脚说："我不急，先成就你这双脚再说。"他问她,"你认得几个字儿?"

"蹦蹦跳跳,念得了《红楼梦》。"

"那好!"佟忍安立时起来拿几套书给她,"反反复复看了,等你心领神会,我再给你开个赛脚会,保你拿第一!"

香莲这会儿才觉得一脚把佟家大门踢开。她把书抱回屋,急急渴渴打开,是三种。一是《缠足图说》,带画的;一是李渔写的《香艳丛谈》,也带画带小人;还有薄薄一小本,是《方氏五种》,全是字。打粗往细看上几遍才懂得,小脚里头比这世界还大。潘妈那些玩意儿,还是皮毛,这才摸到神骨。打比方,奶奶给她是囫囵一个大肉桃,潘妈给她剥出核儿来,佟忍安敲开核儿,原来里边还藏着核仁。核仁还有一百零八种吃法,这叫作:

能人背后有仙人,
仙人背后有神人。

第七回　天津卫四绝

今儿,爷几个凑一堆儿,要论论天津卫的怪事奇人,找出四件顶绝的,凑成"津门四绝"。这几位事先说定,四件里头,件件都得有事,还得有人,还非得大伙儿全点头才能算数。更要紧的是这事这人拿出去必能一震。叫外地人听了张口瞪眼,苍蝇飞进嘴里也不觉得才行。这样说来论去,只凑出三件。

头件叫作恶人恶事。

这是说,城内白衣庵一带,有个卖铁器的,大号王五,人恶,打人当玩儿,周围的小混星子们都敬他,送他个外号叫小尊,连起来就叫小尊王五。前几年，天津卫的混星子们总闹事，京城就派一个厉害的人来当知县，压压混星子，这人姓李，都说是李中堂的侄子。上任前，有人对他说天津卫的混星子都是拿脑袋别在裤带上的，惹不得，趁早甭去。姓李的笑笑，摇摇头，并不在意。他后戳硬，怕谁？上任这天贴出告示，要全城混星子登记，凡打过架即使不是混星子也登记，该登记不登记的抓来就押，还嘱咐县里滕大班头多预备些绳子锁头。这滕大班头，人黑个大，满脸凶相，出名的恶人，混星子们向来跟他井水不犯河水，今儿他公务在身，话就该另说。小尊王五听到了，把一群小混星子召到他家，一抬下巴问道："天津卫除我，还谁恶？"小混星子当下都憷李知县和滕大班头，就说出这二人。小尊王五听罢没言语，打眉心到额顶一条青筋鼓起来，腾腾直跳，转天一早操起把菜刀来到滕大班头家，举拳头"哐哐"砸门。滕大班头正吃早饭，嚼着半根果子出来，开门见是小尊王五，认得，便问："你干嘛？"小尊王五扬起菜刀，刀刃却朝自己，"咔嚓"一下把自己脑袋砍一道大口子，鲜血冒出来。小尊王五说："你拿刀砍了我，咱俩去见官。"滕大班头一怔，跟着就明白，这是找他"比恶"来的。照天津卫规矩，假若这时候滕大班头说："谁砍你了？"那就是怕，认栽，那哪行！滕大班头脸上肉一横说："对，我高兴砍你小子，见官就见官！"小尊王五瞅他一眼，心想这班头够恶！两人进了县衙门，李知县升堂问案，小尊王五跪下来就说："小人姓王名五，城里卖香干的，您这班头吃我一年香干不给钱，今早找他要，他二话没说，打屋里拿出菜刀给我一下。您瞧，凶器在这儿，我抢过来的，伤在这儿，正滴答血呢！青天大老爷得为我们小百姓做主！"李知县心想，县里正抓打架闹事的，你堂堂县衙门的班头倒去惹事。他转脸问滕大班头这事当真。假若滕大班头说："我没砍他，是他自己砍的自己。"那也是怕吃官司，一样算栽。滕大班头当然懂得混星子们这套，又是脸上肉一横说："这小子的话没错，我白吃他一年香干不给钱，今早居然敢找上门要账，我就给他一刀，这刀是我家剁鸡切疙瘩头的！"小尊王五又瞅他一眼，心想："别说，还真有点恶劲！"李知县又惊又怒，对滕大班头说："你怎么知法犯法？"一拍惊堂木叫道："来人！掌手！五十！"衙役们把架子抬上来，拉着滕大班头的手，将大拇指插进架子一个窟窿眼儿里，一掰，手掌挺起来，拿枣木板子就打，"啪啪啪啪"十下过去，手心肿起两寸厚，"啪啪啪啪啪啪"又十五下，总共二十五下才一半，滕大班头就挺不住，硬邦邦肩膀子好赛抽去筋，耷拉下来。小尊王五在旁边见了，嘴角一挑，"嘿"地一笑，抬手说："青天大老爷！先别打了！刚才我说那些不是真的，是我跟咱滕大班头闹着玩儿呢！我不是卖香干是卖铁器的。他没吃我香干更没欠我债，这一刀不是他砍是我自个儿砍的，菜刀也不是他家是我铺子里的。您看刀上还刻着'王记'二字呢！"李知县怔了，叫衙役验过刀，果然有"王记"二字，便问滕大班头怎么档事。滕大班头要是说不对，还得再挨二十五下，要是点头说对，就算服栽。可滕大班头手也是肉长的，打飞了花，多一下也没法受，只好连脑袋也耷拉下来，等于承认王五的话不假。这下李知县倒难了！王五自己砍自己，给谁定罪？如果这样作罢，县里上上下下不是都叫这小子耍了？可是，如果说这小子戏弄官府给他治罪，不就等于说自己蠢蛋一个受捉弄？正是骑虎难下，气急冒火的当儿，没料到小尊王五挺痛快，说道："青天大老爷！王五不知深浅，只顾取乐，胡闹乱闹竟闹到衙门里，您不该就这么便宜王五，也得掌五十。这样吧，您把刚刚滕大班头剩下那二十五下加在我这儿，一块算，七十五下！"李知县火正没处撒，也没处下台阶，听了立时叫道："他这叫自作自受。来人！掌手！七十五！"小尊王五不等衙役来拉他，自个儿过去把右手大拇指插进架子，肩膀一抬手心一翘，这就开打。"啪啪啪啪"一连二十五下，手掌眼瞅着一下下高起来，五十下就血肉横飞了。小尊王五看着自己手掌，没事，还乐，就赛看一碟"爆三样"，完事谢过知县，拨头就走。没过三天，李知县回京卸任，跟皇上说另请能人，滕大班头也辞职回乡。这人这事，恶不恶？

众人点头，都说这事叫外地人听了，后脖子也得发凉，够上一绝。

第二件叫作阔人阔事。

天津卫，阔人多，最阔要数"八大家"。就是天成号养船的韩家、益德裕店高家、长源店杨家、振德店黄家、益照临店张家、正兴德店穆家、土城刘家、杨柳青石家。阔人得有阔事，常说哪家办红白事摆排场，哪家开粥厂随便人来敞开吃，一开三个月等，都不能算。必得有件事，叫人听罢，这辈子也忘不了才行。当年卖海盐发财的海张五，掏钱修炮台，算一段事，但细一分析，他花钱为的是买名，算不上摆阔，就还差着点儿。今儿，一位提出一段事，称得上空前绝后。说的是头年夏天，益德裕店的高家给老太太过八十大寿。儿子们孝顺，费尽心思摆个大场面，想哄老太太高兴。不料老太太忽说："我这辈子嘛都见过，可就没看过火场，连水机子嘛样也没瞧过，二十年前锅店街的油铺着火，把西半边天烧红了，亮得坐在屋里人都有影儿。城里人全跑去看，你们爹——他过世，我不该说他——就是不叫我去看。这辈子白来不白来？"说完老太太把脸耷拉挺长，怎么哄也不成。三天后，高老太太几个儿子商量好，花钱在西门外买下百十间房子，连带房里的家具衣物也买下，点火放着。又在半里地外搭个高棚子，把老太太拿轿抬去，坐在棚里看救火。大火一起，津门各水会敲起大锣，传锣告警。天津卫买卖人家多，房子挤着房子，最易起火，民间便集合"水会"，专司救火，大小百八十个，这锣一起，那锣就跟上，城里城外，河东河西，顷刻连成一片，气势逼人。紧跟着，各会会员穿各色号坎，打着号旗，抬着水柜和水机子，一条条龙似的，由西城门奔出来，进入火场。比起三月二十三开皇会威风多了。火场中央，专有人摇小旗指挥，你东我西你南我北你前我后你进我退，绝不混乱，十分好看。水机子上有横杆，是压把儿，两头有人，赛小孩儿打压板，一上一下，柜里的水就从水枪喷出来，一道道青烟蹿入烟团火海里，激得大火星子，噌噌往天上飞，比大年三十的万花筒不知气派几千几万倍。高老太太看直了眼。大火扑灭，各会轻敲"倒锣"，一队队人撤出去。高家人在西门口，拿二十辆大马车装满茶叶盒点心包，犒劳各会出力表演。这下高老太太心里舒坦了，连说今儿总算亲眼看过火场，天下事全看齐了。这事够不够阔？

众人说，阔人向例爱办穷事。这一手，不单叫穷人看傻了，也叫阔人看傻了，甚至叫办事的人自己也看傻了，这不绝嘛绝。当然算一绝！这可就凑上两绝啦！

第三件叫作奇人奇事。

这人就是眼睛不瞅人的华琳。此人名梦石，号后山人，家住北城里府署街。祖上有钱，父亲好闲，喜欢收罗天下怪石头。这华琳在天津卫画人中间，称得上一位大奇人。他好画山水，名头远在赵芷仙上边，每天闭门作画，从不待客，更不收弟子。他说："画从心，而不从师。"别人求画，立时回绝，说："神不来，画不成。"问他："神何时来？"答："不知，来无先兆，多在梦中。"又问："梦里如何画得？"答："梦即好画。"再问："嘛叫好画？"答："画山不见山，画水不见水。"接着问："如何才能见？"答："心照不宣。"再接着问："古人中谁的画称得上好？"答："惟李成也。李成后，天下无人。"可是，打古到今，谁也没见过李成真迹，古书上早有"无李论"一说。他只承认李成好，等于古今天下不承认一人。这是他的奇谈，还有件事，便是无论谁也没见过他的画。据说，他每画完，挂起来，最多看三天就扯掉烧了。有天邻居一个婆子打鸡，鸡上墙飞到他院中。这婆子去抱鸡，见他家门没锁，推门进去，抓着鸡，又见他窗子没关，屋内无人，桌上有画，顺手牵羊隔窗偷走他的画，拿到画铺去卖。他知道后，马上使四倍的钱打画铺把画买回，撕了烧掉。好事者去打听那婆子、那画铺，那画画得怎样，经手人糊里糊涂全都说不清道不明，只好作罢。但谁也弄不明白，既然没画，哪来这么大的名气？这算不算奇人奇事？绝不绝？众人都说绝，惟有牛凤章摇头，说他是骗子。其余人都不画画。隔行如隔山，隔行不认真，隔行气也和。乔六桥笑道："嘛都没见着，靠骗能骗出这么大名气，也算绝了。"牛凤章这才点头。于是又多一绝，加起来已经三绝了。

今儿是大年十四，乔六桥、牛凤章、陆达夫等几位都闲着没事，在归贾胡同的义升成饭庄摆一桌聚聚。陆达夫也是跟大伙儿常混在一堆儿的名士，也是莲癖也是一肚子杂学，阅历文章都比乔六桥老梆得多。他个儿小，苹果脸，大褂只有四尺半，人却精气头大，走起路两条胳膊甩得高高。乔六桥三盅酒进了肚子，就说单吃喝没劲，蹦出个主意，要大伙儿聊聊天津卫的奇人怪事，凑出"津门四绝"来。这主意不错，东扯西扯，话勾着酒，酒勾着话，嘻嘻哈哈就都喝得五体流畅红了脸，可第四绝难凑出来。牛凤章说：

"这第四绝，依我看，该给养古斋的佟大爷。咱不说他看古董的能耐，小脚的学问谁能比，顶了天。"

乔六桥笑着说："真是吃人嘴短，他买你假画，你替他说话……提到小脚，我看他家够上小脚窝，哪个都值捏一捏。"他的酒有点过量，说得脑袋肩膀脖子小辫一齐摇晃。

牛凤章说：

"这话您只说对一半。他家小脚双双能叫绝。可这些小脚哪来的，还不都是他看中的？拿看古董的眼珠子选小脚，还有挑？不是我巴结他——他又没在场，我怎么巴结他——他那双眼称得上神眼。头年，一幅宋画谁也没认出来，当假画破画买进铺子，可叫他站在十步开外一眼居然把款看出来，在树缝里，是藏款。"

"好家伙！他家有宋画！你也看见了？"乔六桥说。

"不不不！"牛凤章失了口，摇着双手说，"没瞧见，影儿没瞧见，都是听人说的，谁知确不确。你甭去问他，再说问他也不会告你。还是说说他家小脚来劲。"

"没想到牛五爷小脚的瘾比我还大。好，你跟他家近，我问你，佟大爷到底喜欢谁的小脚？"

"我不说，你也猜不着。"牛凤章笑眯眯说，看样子他不轻易说。

乔六桥叫道："好呀！你不说，把你灌醉就说了。陆四爷，来，灌他！"一手扯牛凤章耳朵，一手拿酒壶。其实灌酒该掰嘴，揪耳朵干嘛？没灌别人自个儿先醉了！这手扯得牛凤章直叫，那手的酒壶也歪了，酒打壶嘴流出来，滴滴答答溅满菜盘子。

陆达夫仰着脑袋大笑：

"说不说没嘛，灌一灌倒好！"

牛凤章呀呀叫着说：

"我耳朵不值钱可连着脑袋呢，扯下来拿嘛听，呀呀……我说我说，先撒手就说！"

乔六桥叫着笑着闹着扯着：

"你说完，我再撒手！"

"你可得说了算,我说——先前,他最喜欢他老婆的,听说是双仙足。那时我还不认识佟家,没见过那脚。他老婆死后……他……他……"

"怎么,又是吃人嘴短?快说,是大少奶奶还是二少奶奶的?"

"六爷真是狗拿耗子管闲事。人家两个媳妇守寡在家,另一个媳妇又不准她爷儿们回去,还不随他今天这个明天那个。嘻!"

"去!佟大爷是嘛修行,当你呢!弄不透小脚就弄不透佟大爷,弄不透佟大爷就弄不透小脚。牛五爷你再不说,我使劲扯啦!"

"别别,我说。他一直喜欢他……他那老妈子!"

"嘛!""嘛!""嘛嘛!"一片惊叫。

"潘妈?那肥婆子?不信,要说那几个小丫头我倒信。"

"骗你,我是你小辈。"

"呀,这可没料到。"乔六桥手一松,放了牛凤章耳朵,"那猪蹄子好在哪儿,别是佟大爷爱小脚爱得走火入邪了?"

"乔六爷,你可差着火候了。小脚好坏,更看脚上的玩意儿。你又没玩过,打哪知道?"陆达夫又说又笑好开心,单手唰唰把马褂一排蜈蚣扣全都解开。

乔六桥还是盯住牛凤章问:

"这话要是佟家二少爷告你的,就靠不住了。那次赛脚后,二少奶奶不叫他着家,他总在外边拿话糟蹋他爹。"

牛凤章说:

"告你吧,可不准往外传。砸了我饭碗我就跑你家吃去。这话确是佟二少爷告我的,可远在两年前。信了吧!"

乔六桥先一怔,随后说:

"我向例不信佟家的话。老的拿假当真的,小的满嘴全是假的。"

这话音没落，就听背后一人高声说：

"什么真的假的，我反正不折腾假货！"

大伙儿吓一跳，以为佟大爷忽然出现。牛凤章一慌差点出溜到桌子下边去，定住神一瞧，却是一个瘦长老头，湖蓝色亮缎袍子，外套羔皮短褂子，玄黑暗花锦面，襟口露出出针的白羊毛，红珊瑚扣子，给铜托托着，赛一颗颗鲜樱桃，头戴顶大暖帽，精气神派头都挺足。原来是山西的吕显卿，身后跟着个穿戴也考究的小胖子。

"恭喜发财，居士，前天就听说您来了。必是专门赶着来看明儿佟家的赛脚会吧！真是好大的瘾呀！"乔六桥打着趣儿说。

"哪里是。我是来取……"吕显卿一眼瞅见牛凤章垂在下边的手，使劲朝他摇，转口变作笑话说，"向佟大爷取小足经来呀，什么事你们谈得好快活。"

大伙儿相互一客气，坐下了。吕显卿并不跟这些人介绍随来的小胖子。这些人都是风流才子，多半都醉，谁也没在意。乔六桥急着把刚刚议论"津门四绝"的话说了，便问：

"居士，依您看，我们的佟大爷够不够一绝？"

吕显卿琢磨一下说：

"平心而论，这人够怪，够不够怪绝还难说。才跟他见一面，不摸他的底。这样吧，明儿他家赛脚，咱都去。我料他既然这样三请四邀下帖子，必有令人意想不到的阵势。上次跟他斗法，一对一，没胜没败，这次他要叫我吕某人服了——我就在大同给他挂一号，天津这里当然就得算一绝了！"

"好好好，绝不绝，外人说。"乔六桥叫道。跟着鸡鸭鱼肉又要一桌，把荤把素把酒把油把汤把劲，填满一肚子，预备明儿大尽兴。

第八回　如诗如画如歌如梦如烟如酒

大早一睁眼，小雪花就没完没了。午后，足足积了两寸厚，地上、墙沿、缸边、石凳面、栏杆，都松松软软。粗细树杈全赛拿粉勾一遍，粗的粗勾，细的细勾。鲜鲜腊梅花儿，每朵都赛含一口白绵糖。

今儿是灯节，佟家两扇大门关得如同一扇。串门来的拍门环，守在门洞里一个小用人，截门就喊一嗓子：

"全瞧灯去啦，家没人！"

其实人都在家，媳妇们在房里收拾脑袋捯伤脚，小丫头们在廊子上走来走去，往各房送热水送东西送吃的送信儿。个个穿鲜戴艳，脸上庄重小心，又赛大年三十夜拜全神那阵子那劲头。

这当儿，佟忍安正在前厅，陪着乔六桥、华琳、牛凤章、陆达夫和山西来的爱莲居士吕显卿喝茶说话。几位一码全是新衣新帽，牛五爷没戴帽子却刚刚剃过头，瓢赛地光溜溜。乔六爷也不比平时那样漫不经心，大襟上没褶，扣也扣得端正，看上去赛唱戏一样。

这次不比上次，大冬天门窗全闭着，人中间放着大铜盆，盆里的火炭打昨后晌烧个通宵，压也没压过，此刻烧得正热。隔寒气的玻璃都热得冒汗，滴答水儿。迎面红木大条案上摆着此地逢年必摆的插花，名叫"玉堂富贵"。是拿朱砂海棠白碧桃各一枝，牡丹四朵，水仙四头，杂着样儿色儿，栽在木槽子里。红是红白是白黄是黄绿是绿高是高矮是矮嫩是嫩俏是俏，没风吹，却一种一种香味替换着飘过来。打这人鼻眼儿钻出来，再钻进那人鼻眼儿去。好不快活好不快活！

乔六桥一口茶下去，美滋滋咂咂嘴说：

"佟大爷，今儿这茶好香，可是打正兴德买的？"

佟忍安说：

"正兴德哪来这样好茶？这是我点名打安徽弄来的。一般茶喝到两碗才有味，这茶热水一冲，味儿色儿全出来了。不信，你们就相互瞧瞧，赛不赛蹲在荷花塘里照得那色，湛绿湛绿。它不单喝着香，三碗过后，再把茶叶倒进嘴嚼，嫩得赛菠菜心子。"

乔六桥瞧众人脸，忽叫道：

"可不是，大伙儿快瞅牛五爷的脸，活赛阴曹地府的牛头，碧绿！"

众人一齐哈哈哈哈大笑。陆达夫笑得脑袋使劲往后仰，喉结在脖子上直跳。

牛凤章晃着大脑袋说：

"牛肉是五大荤。驴、马、狗、骡、牛，各位不嫌腻，只管来吃我！"

陆达夫说：

"要吃快吃，立春过后再杀牛，就得'杖一百，充乌鲁木齐'了！"

众人又是笑。

佟忍安偏脸朝吕显卿说：

"您喝这茶名叫'太平猴魁'。居士可知它的来历？"

吕显卿摇头没言语。他和佟忍安一直暗较劲，谁摇头谁就窘。

乔六桥说：

"这茶名好怪，八成有些趣事。"

佟忍安正等这个话引子，马上说：

"叫六爷说着了——这是安徽太平产的茶。据说太平县有石峰，高百丈，山尖生茶，采茶人上不去，就驯养一群猴子，戴小竹帽，背小竹篓，爬上去采。所以叫'太平猴魁'。这茶来得稀罕吧！再说它长在山尖上，整天叫云雾煨着，味儿自然空灵清远。"

"'空灵清远'这四个字用得好。"华琳忽说，他手指着茶，眼珠子却没瞧茶，说，"难得人间有这好茶，可惜没这样好画！"

佟忍安说：

"今儿我可不是把茶和画配一块儿，而是拿它和小脚配一块儿的。"

吕显卿抓住话茬就说："佟大爷，您上次总开口闭口说什么神品。眼见为实耳听虚，要说这茶倒有股子神劲儿，小脚的神品还没见着。可就等今儿赛脚会上看了，要是总看不着，别怪我认为您佟家'眼高'——'脚低'了。"说完嘿嘿笑，赛打趣儿，又赛找茬儿。

佟忍安听罢面不更色，提起小茶壶，拿指头在壶肚上轻轻敲三下。应声忽然哗啦哗啦一阵响，通向三道院的玻璃隔扇全打开，一阵寒气扑进来。热的凉的一激，差不多全响响地打喷嚏。这几下喷嚏，反倒清爽了。只见外边一片银白雪景，又静又雅。吕显卿抬起屁股急着出去瞧。佟忍安说："居士少安毋躁，这次变了法儿，不必出屋，坐着看就行。各位只要穿戴暖和，别受凉冻了头。"众人全都起来，有的拿外边的大氅斗篷披上，有的打帽筒取下帽子戴上。

嘛声儿没有，又见潘妈已经站在廊子上。还是上下一身皂，只在发箍、襟边、鞋口，加了三道黄边。这三道就十分扎眼。黑缎裹腿打脚脖子人字样紧绷绷直缠到膝盖下边，愈显出小脚，钉头一般戳在地上。乔六桥忽想到昨儿在义升成牛五爷的话，着意想打这脚上看出点邪味来，愈想看愈看不出来。回头正要请教陆达夫，只见佟忍安朝门口潘妈那边点点头，再扭过头来潘妈早不见了，好赛一阵风吹走。跟着一个个女子，打西边廊子走来，走到门前，或停住俏然一立，或左右错着步转来转去绕两圈，或半步不停行云流水般走过，却都把小脚看得清也看不清闪露一下。那些女子牛五爷全都认得，是桃儿杏儿珠儿，还有个新来的小丫头草儿，四少奶奶压场在顶后边。个个小脚都赛五月节五彩丝线缠的小粽子，花花绿绿五光十色一串走过，已经叫诸位莲癖看花了眼。陆达夫笑着说：

"这场面赛过今年宫北大街的花灯了！"

"我看是走马灯，眼珠子跟不上，都快蹦出来了！"乔六桥叫着。

座中只有吕显卿和华琳不吭声，不知口味高还是这样才显得口味高。

忽然潘妈上来说：

"大少奶奶头晕，怕赛不了。"

众人一怔，佟忍安更一怔，瞅瞅潘妈，似是不信。潘妈那张石头脸上除去横竖褶子，嘛也看不出来。佟忍安口气发急地说：

"客人都等着，这不叫人家扫兴！"

潘妈说：

"大少奶奶说，请二少奶奶先来。"

佟忍安手提小茶壶嘴对嘴慢慢饮，眼珠子溜溜直转，忽冒出光，好赛悟出嘛来，忙点头对潘妈说：

"好，去请二少奶奶先来亮脚。"

潘妈一闪没了。

只等片刻，打西厢房那边站出四个女子，身穿天蓝水绿桃红月黄四样色的衣裙，正是桃儿杏儿珠儿草儿，一人一把长杆竹扫帚，两人一边，舞动竹帚，齐刷刷，随着雪雾轻扬，渐渐开出一条道儿，黑黑露出雪下边的方砖地，直到这边门前台阶下。丫鬟们退去，门帘一撩，帘上拴的小银铃叮叮一响，白金宝大火苗子赛的站在房门口。只见她一身朱红裙褂，云字样金花绣满身，外披猩红缎面大斗篷，雪白的羊皮里子，把又柔又韧又俏又贼的身段全托出来。这一下好比戏台上将帅出场，看势头就是夺魁来的！头发高高梳个玉葱朝天髻，抓髻尖上插一支金簪子，簪子头挂着玉丰泰精制的红绒大凤，凤嘴叼着串珠。每颗珠子都是奇大宝珠，摇摇摆摆垂下来，闪闪烁烁的珠子后头是张红是红、白是白、艳丽照人的小脸儿。可她站在高门槛里，独独不见小脚。乔六桥、牛凤章、陆达夫，连同吕显卿，都翘起屁股，伸脖子觍脸往里瞧。

瞧着，瞧着，终于瞧见一只金灿灿小脚打门槛里迈出来，好赛一只小金鸡蹦出来。立即听到乔六爷一声尖叫，嗓子变了调儿。打古到今，没人见过小金鞋，是金线绣的，金箔贴的，纯金打的，谁也猜不透。跟手另一只也迈到门槛外边，左挨右，右挨左，并头并跟立着，赛一对小金元宝摆在那里。等众人刚刚看好，便扭扭摆摆走过来，每一步竟在青砖地上留下个白脚印。这是嘛，脚底没雪，哪来的白印子？白金宝一直走上这边台阶。众人眼珠子跟在她脚跟后边细一看，地上居然是粉印的白莲花图案，还有股异香扑鼻子，一时众人都看傻了。吕显卿站起来恭恭敬敬躬身道：

"二少奶奶，我爱莲居士自以为看尽天下小脚小鞋，没料到在您跟前才真开了眼。您务必告我，这银莲怎么印在地上的。您要是不叫我在外边说，我担保不说；什么时候说了，什么时候我就把我的姓倒着写。"

乔六桥叫道：

"别听他的，'吕'字倒过来还是'吕'字！"

吕显卿连忙摇手说：

"别听六爷的！他是念书的，心眼儿多，我们买卖人哪这么多心计。您要是不信，告了我，我马上把舌头割去！"

陆达夫取笑道：

"割了舌头，你还会拿笔写给别人看。"

"说完干脆就把他活埋了。"乔六桥说。

众人笑。吕显卿好窘，还是要知道。

白金宝见戈香莲不露面，不管她真有病还是临阵怯逃，自己上手就一镇到底，夺魁已经十拿九稳，心里高兴，便说：

"还能叫居士割舌头，您自管张扬出去我也不在乎。我白金宝有九十九个绝招，这才拿出一招，您瞧——"

白金宝坐在凳上，把脚腕子搁在另一条腿上，轻轻一掀裙边，将金煌煌月弯弯小脚露出来，众人全站起身，不错眼盯着看。白金宝一掰鞋帮，底儿朝上，原来木底子雕刻一朵莲花，凹处都镂空，通着里边。她再打底墙子上一拉，竟拉出一个精致小抽屉，木帮，纱网做底，盛满香粉。待众人看好，她就把抽屉往回一推，放下脚一踩一抬，粉漏下来，就把鞋底镂刻的莲花清清楚楚印在地上了。

众人无不叫绝。

吕显卿也禁不住叫起来：

"这才叫'步步生莲花'，妙用古意！妙用古意！出神入化！出神入化！佟大爷，我今儿总算懂得您说的'神品'二字是……"

吕显卿说到这儿，不知不觉绊住口。只见佟忍安直勾勾望向院中，眼珠子唰唰冒光，看来好赛根本没听到吕显卿的话，回过头却摇脑袋说："你这见的，最多不过是妙品！"这话叫满屋人，连同白金宝都怔住。

吕显卿才要问明究竟，乔六桥忽指着院里假山石那边，直叫："看，看，那儿是嘛？"他眼尖。牛凤章把眼闭了又睁，几次也看不见。

没会儿，众人先后都瞧见，那堆山石脚下有两个绿点儿，好赛两片嫩叶。大冬天哪来的叶子？但在白雪地里，点点红梅间，这绿又鲜又嫩又亮又柔又照眼又扎眼又入眼。嘛东西呢？不等说也不等问，两绿点儿一波一动，摇颤起来，好赛水上漂的叶片儿，上边正托着个女子，绕出山石拐角处，修竹般定住不动。一件银灰斗篷裹着身子，好赛石影，低头侧视，看不见脸。来回来去轻轻挪几步，绿色就在裙底忽闪忽闪，才知道是双绿鞋，叫人有意无意把眼神都落在这鞋上。天寒地冻，红梅疏落，这绿色立时使得满院景物都活起来。

吕显卿入了迷，却没看出门道。乔六桥究竟是才子，灵得很，忽有醒悟，惊叫道：

"这是'万翠丛中一点红'的反用，'万红丛中一点翠'！"

这句话把众人眼光引上一个台阶。

可是一晃绿色没了，人影也没了。院子立时冷清得很，梅也无色，雪也无光。众人还没醒过味儿来，更没弄清这人是谁，连白金宝也没看明白，东厢房的房门"哗啦啦"一开，那披斗篷的女人走出来，正是戈香莲。她两手反过腕儿向后一甩，甩掉斗篷，现出一身世上没有画上也没有的打扮。再看那模样韵致气度风姿神态，这个香莲与上次赛脚的香莲哪里还是一个人儿？白金宝也吓一跳，竟以为香莲要花活找个替身！

先说打扮，上边松松一件月白丝绸裙子，打前襟右下角绣出一枝桃花，花色极淡，下密上疏，星星点点直上肩头，再沿两袖变成一片落瓣，飘飘撒向袖口。单这桃花在身上变了两个季节，绝不绝？袖口领口镶一道藤萝紫缎边，上边补绣各色蝴蝶，一码银的。下身是牙黄百褶罗裙，平素没花，条条褶子折得赛折扇一样齐棱棱。却有一条天青丝带子，围腰绕一圈，软软垂下来，就赛风吹一条柳条儿挂在她腰上。再说她脸儿，粉儿似擦没擦，胭脂似涂没涂，眉毛似描没描，这眉毛淡得好比在眼睛上边做梦。头发更是随便一卷，在脑袋上好歹盘个香瓜髻，罩上黑线网，没花没玉没金没银更没珍珠。打上到下，颜色非浅即淡，五颜六色，全给她身子消融了。这股子疏淡劲儿自在劲儿洒脱劲儿，正好给白金宝刚刚那股子浓艳劲儿精神劲儿玩命劲儿紧绷劲儿，托出来，比出来。这股子与世无争的劲儿反叫人看高了。世上使劲常常给别人使，真是累死自己便宜别人。还说戈香莲这会儿——她脸蛋斜着，眼光向下，七分大方，三分羞怯。直把众人看得心里好赛小虫子爬，痒痒痒痒却抓不着。更尤其，人人都想瞧她小脚，偏偏给百褶裙盖着。一路轻飘飘走来，一条胳膊斜搭腰前，一条胳膊背在身后，腰儿一走一摆，又弱又娇，百褶裙跟着齐齐摇来摆去，可无论怎么摆怎么摇，小脚尖绝不露出半点。直走到阶前停住，把背在后边的手伸向胸前，胳膊一举，手一张，掌心赛开出一朵黑黑大花，细看却是个黑毛大毽子。陆达夫好似心领神会，大叫一声：

"好呀，这招叫人美死呀！"

香莲把毽子向空中一抛，跟手罗裙一扬，好赛打裙底飞出一只小红雀儿，去逮那毽子，毽子也赛活的，一逮就蹦，这只小红雀刚回裙底，罗裙扬处，又一只小红雀飞出去逮。那毽子每一腾空飞起，香莲仰头，露出粉颈，眼睛光闪闪盯住那毽子，与刚才侧目斜视的神气全不同了；毽子一落下，立即就有只小红雀打裙底疾飞而出，也与刚才步履轻盈完全两样。只见百褶罗裙来回翻飞，黑毛大毽子上下起落。两只小雀一左一右你出我回出窠入窠，十分好看。众人才知这对小雀是香莲一双小脚。原先那双绿鞋神不知鬼不觉换了红鞋，才叫人看错弄错。亏她想得出，一身素衣，两只红鞋，外加黑毛大毽子，还要多爽眼！

舞来舞去的小红鞋，看不准看不清却看得出小、尖、巧、灵，每只脚里好赛有个魂儿。忽地，香莲过劲，把毽子踢过头顶，落向身后，众人惊呼，以为要落地。白金宝尖嗓子高兴叫一声："坏了！"香莲却不慌不忙不紧不慢来个鹞子翻身，腰一拧，罗裙一转，一脚回勾底儿朝上，这式叫作"金钩倒挂"，拿鞋底把毽子弹起来，黑乎乎返过头顶，重新飘落身前，另只脚随即一伸，拿脚尖稳稳接住。这招为的是把脚亮出来，叫众人看个满眼。好细好薄好窄好俏的小脚，好赛一牙香瓜。可好东西只能给人瞧一眼，香莲把脚轻巧一跺，毽子跳起来落回手中，小脚重新叫罗裙盖住。

香莲又是婷婷立着，眼神不瞧众人羞答答斜向下瞧。刚刚那阵子蹦跳过后，胸口一起一伏微微喘，更显得娇柔可爱。

厅内外绝无声息死了半天，这时忽然爆起一阵喝彩。众莲癖如醉如狂，乔六桥高兴得手舞足蹈，叫人以为他假装疯魔瞎胡闹；陆达夫脸上没笑，只有傻样；牛凤章眼神不对，好赛对了眼一时回不了位；华琳的傲气也矮下一截。乔六桥闹一阵，静下来，叹口气说：

"真是如诗如画如歌如梦如烟如酒，叫人迷了醉了呆了死了也值了。小脚玩到这份儿，人间嘛也可以不要了！"

众莲癖听罢一同感慨万端。

吕显卿对佟忍安说：

"昨儿乔爷他们议论'津门一绝'，把您归在里边，老实说，我还不服。今儿我敢说，您不单津门一绝，天下也一绝！这金莲出海到洋人那边保管也一绝！洋女人的脚，一比，都是洋船啊！"

"居士，你们内地人见识有限。那不叫洋船，叫洋火轮！"陆达夫叫着。

佟忍安满脸冒光，叫人备酒备菜，又叫戈香莲和白金宝、董秋蓉陪客人说话。可再一瞧,白金宝不在了,桃儿要去请她,佟忍安拦住桃儿只说句:"多半绍华回来了,不用管她!"就和客人们说笑去了。很快酒肉菜饭点心瓜果就呼噜呼噜端上来。此时是隆冬时节,正好吃"天津八珍":银鱼、紫蟹、铁雀、晃虾、豆芽菜、韭黄、青萝卜、鸭梨。都是精挑细拣买来加上精工细制的,黄紫银白朱红翠绿,碟架碟碗擦碗摆满一桌。

酒斟上刚喝,陆达夫出个主意,叫香莲脱下一只小鞋,放在三步开外地方,大伙儿拿筷子往里扔,仿照古人"投壶"游戏,投中胜,投不中输罚一大杯。众莲癖马上响应,都说单这主意,就值三百两银子,只怕香莲不肯。香莲却大方得很,肯了。脱鞋之时,众莲癖全都盯着看脚,不想香莲抿嘴微微一笑没撩裙子,双手往下一操,海底捞月般,打裙底捧上来一只鲜红小鞋,通体红缎,无绣无花,底子是檀木旋的,鞋尖弯个铜钩儿,式样很是奇特。吕显卿说:

"底弯跟高,前脸斜直,尖头弯钩,古朴灵秀,这是燕赵之地旧式坤鞋,如今很少见到,也算是古董了。是不是大少奶奶家传?"

香莲不语,佟忍安"嘿嘿"两声,也没答。

潘妈在旁边一见,立时脸色就变,一脸褶子"扑啦"全掉下来,转身便走,一闪不见。大伙儿乱糟糟,谁也没顾上看。

小红鞋撂在地上,一个个拿筷子扔去。大伙儿还没挨罚就先醉了。除去乔六桥瞎猫撞死耗子投中一支,牛凤章两投不中,罚两杯。佟忍安一支筷子扔在跟前,另一支扔到远处铜痰桶里,罚两杯。吕显卿远看那小小红鞋,魂赛丢了,手也抖,筷子拿不住,没扔就情愿罚两杯。几轮过后,筷子扔一地,小鞋孤零零在中间。佟忍安说:

"这样玩太难,大伙儿手都不听使唤,很快就给罚醉了,扫了兴致，陆四爷，咱再换个玩法可好？"

陆达夫马上又一个主意。他说既然大伙儿都是莲癖，每人说出一条金莲的讲究来，说不出才罚。众莲癖说这玩法更好，既风雅又长学问，于是起哄叫牛凤章先说。

"干嘛？以为我学问跟不上你们？"牛凤章站起来，竟然张口就说，"肥，软，秀。"

乔六桥问：

"完啦？"

"可不完啦！该你说啦！"

"三个字就想过关，没门儿，罚酒！"

"哎，我这三个字可是在本的！"牛凤章说，"肥、软、秀，这叫'金莲三贵'。你问佟大爷是不。学问大小不在字多少，不然你来个字多的！"

"好，你拿耳朵听拿嘴数着——我这叫金莲二十四格。"乔六桥说，"这二十四格分做形、质、姿、神四类，每类六字，四六正好二十四。形为纤、锐、短、薄、翘、称；质为轻、匀、洁、润、腴、香；姿为娇、巧、艳、捷、稳、俏；神为闲、文、超、幽、韵、淡。"

吕显卿说：

"这'神'类六个字，若不是今儿见到大少奶奶的脚，怕把吃奶的劲使出来也未必能懂。可这中间惟'淡'一字……还觉得那么飘飘忽忽的。"

乔六桥说：

"哪里飘忽，刚才大少奶奶在石头后边一场，您还品不出'淡'味儿来？淡雅淡远淡泊淡漠，疏淡清淡旷淡淡淡，不是把'淡'字用绝了吗？"

这山西人听得有点发傻，拱拱手说："乔六爷不愧是天津卫大才子，张嘴全是整套的。好，我这儿也说一个。叫作'金莲四景'，不知佟大爷听过没有？"他避开满肚子墨汁的乔六桥，扭脸问佟忍安。还没忘了老对手。

"说说看。"佟忍安说，"我听着。"

"缠足，濯足，制履，试履。怎么样？哈哈！"吕显卿嘴咧得露黄牙。

在座的见他出手不高，没人接茬。只有造假画的牛凤章连连点头说："不错不错！"佟忍安连应付一下的笑脸也没给。他瞧一眼香莲，香莲对这山西人也满是瞧不上的神气。华琳的眼珠子狠命往上抬，都没黑色了，更瞧不上。牛凤章见了，逗他说：

"华七爷，别费劲琢磨了，您也说个绝的，震震咱耳朵！"

华琳淡淡笑笑，斜着眼神说：

"绝顶金莲，只有一字诀，曰：空！"

众莲癖听了大眼对小眼，不知怎么评论这话的是非。

牛凤章把嘴里正嚼着的铁雀骨头往地上一啐，摆手说：

"不懂不懂！你专拿别人不懂的糊弄人。空无所有叫嘛金莲？没脚丫子啦？该罚，罚他！"

没料到香莲忽然说话：

"我喜欢这'空'字！"

话说罢，众莲癖更是发傻，糊涂，难解费解不解无法可解。佟忍安那里也发怔，真赛这里边藏着什么极深的学问，没人再敢插嘴。

陆达夫哈哈笑道：

"我可不空，说的都是实在的。我这叫'金莲三上三中三下三底'。你们听好了，三上为掌上、肩上、秋千上，三中为醉中、睡中、雪中，三下为帘下、屏下、篱下，三底为裙底、被底、身底……"

乔六桥一推陆达夫肩膀，笑嘻嘻说：

"陆四爷你这瞒别人瞒不了我。前边三个三——三上三中三下，是人家方绚的话，有书可查。后边那三底一准是你加的。为嘛？陆四爷向例不吃素，全是荤的。"

陆达夫大笑狂笑，笑得脑袋仰到椅子靠背后边去。

轮到佟忍安，本来他开口就说了，莫名其妙闷住口。事后才知，他是给华琳一个"空"字压住了，这是后话。眼下，佟忍安只说："我无话可说，该罚。"一仰脖，把眼前的酒倒进肚里，随后说，"又该换个玩法，也换换兴致！"

众莲癖知道小脚学问难不倒佟忍安，只当他不愿胡扯这些不高不低的话，谁也不勉强他。乔六桥说：

"还是我六爷给你们出个词儿吧——咱玩行酒令，怎么样？规矩是，大伙儿都得围着小脚说，不准扯别的。就按'江南好'牌子，改名叫'金莲好'，每人一阕，高低不论，合仄押韵就成。咱说好，先打我这儿开始，沿桌子往左转，一个挨一个，谁说不出就罚谁！"

这一来，众莲癖兴趣又提到脑袋顶上，都夸乔六桥这主意更好玩更风雅更尽兴。牛凤章忙把几块坛子肉扒进肚子里，垫底儿，怕挨罚顶不住酒劲儿。

"金莲好！"乔六桥真是才子，张口就出句子，"裙底斗春风，钿尺量来三寸小，袅袅依依雪中行，款步试双红。"

"好！"众莲癖齐声叫好，乔六桥"嗒"地手指一弹牛凤章脑袋就说，"别塞了，该你啦！"

"我学佟大爷刚才那样，喝一杯认罚算了！"牛凤章说。

"不行,你能跟佟大爷比?佟大爷人家是天津卫一绝。你这牛头哪儿绝?你要认罚,得喝一壶。"乔六桥说。

众人齐声喊"对"。

牛凤章给逼得挤得整得抓耳挠腮,直翻白眼,可不知怎么忽然蹦出这几句:

"金莲好,大少奶奶脚,毽子踢得八丈高,谁要不说这脚好,谁才喝猫尿!"

这话一打住,众莲癖哄起一阵疯笑狂笑,直笑得捂肚子掉眼泪前仰后合翻倒椅子,华琳一口茶"噗"地喷出来。

"牛五爷这几句,别看文气不够,可叫大少奶奶高兴!"吕显卿说。

直说得香莲掩口咯咯笑,笑得咳嗽起来。

牛凤章得意非凡,一把将正在咬螃蟹腿儿的陆达夫拉起来,叫他马上说,不准打岔拖时候,另只手还端起酒壶预备罚。谁料陆达夫好赛没使脑袋,单拿嘴就说了:

"金莲好,入夜最销魂,两瓣娇荷如出水,一双软玉不沾尘,愈小愈欢心。"

香莲听得羞得臊得扭过脸去。乔六桥说:"不雅,不雅,该罚该罚!"众莲癖都闹着灌他。

陆达夫连连喊冤叫屈说:"这叫雅俗共赏。雅不伤俗,俗不伤雅,这几句诗我敢写到报上去!"他一边推开别人的手,一边笑,一边捂嘴不肯认罚。

乔六桥非要灌他。这会儿,人人连闹带喝,肚子里的酒逛荡上头,都想胡闹。陆达夫忽起身大声说:

"要我喝不难,只一条,依了我喝多少都成!"

"嘛,说!"乔六桥朝他说,赛朝他叫。

"请大少奶奶把方才做投壶用的小鞋借我一用。"陆达夫把手伸向香莲。

香莲脱了给他,不知他干嘛用。却见陆达夫竟把酒杯放进鞋跟里,杯大鞋小,使劲才塞进去。"我就拿它喝!"陆达夫大笑大叫。

"这不是胡来?"牛凤章说,扭脸看佟忍安。

佟忍安竟不以为然,反倒开心地说:

"古人也这么做,这叫'采莲船',以鞋杯传酒,才真正尽兴呢!"

这话一说,众莲癖全都不行酒令,情愿挨罚。骂陆达夫老奸巨猾,世上事真是"吓死胆小的,美死胆大的"。愈胡来愈没事,愈小心愈来事。五脏六腑里还是胆子比心有用!于是大伙儿打陆达夫手里夺过鞋杯,一个个传着抢着争着霸着,又霸又争又抢又夺,斟满就饮,有的说香,有的说醉,有的说不醉,还喝。乔六桥夺过鞋杯捧起来喝。两手突然一松,小鞋不知掉到哪里,人都往地上看地上找,忽然陆达夫指着乔六桥大笑,原来小鞋在乔六桥嘴上,给上下牙咬着鞋尖,好赛叼着一只红红大辣椒!

第九回　真人真是不露相

这歪歪扭扭小人儿,头顶瓜皮小夹帽,一副旧兔皮耳套赛死耗子挂在脑袋两边,胳肢窝里夹着个长长布包。冻得缩头缩脖缩手缩脚,拿袖子直抹清鼻涕汤子。小步捯得贼快,好赛条恶狗在后边追。一扭身,"哧"地扎进南门里大水沟那片房子,左转三弯,右转两弯,再斜穿进条小夹股道。歪人走道,逢正变斜,逢斜变正,走这小斜道身子反变直了一般。

他站在一扇破门板前,敲门的声儿三重一轻,连敲三遍,门儿

才开。开门的是牛凤章,见他就说:

"哎!活受!你小子怎么才来,我还当你掉臭沟里呢,人家滕三爷等你好半天!"

活受呼哧呼哧喘,嗓子眼儿还咝咝叫,光张嘴说不出话。牛凤章说:"甭站在这呼哧啦,小心叫人瞧见你!"引活受进屋。

屋里火炉上架一顶大铁锅,正在煮画。牛凤章给热气蒸得大脸通红发紫,真赛鼓楼下张官儿烧的酱牛头,那边八仙桌旁坐着个胖人,一看就知保养得不错,眼珠子、嘴巴子、手指肚儿、指甲盖儿,哪儿哪都又鼓又亮。穿戴也讲究。腰间绣花烟壶套的丝带子松着,桌上立着个挺大的套蓝壶,金镶玉的顶子,还摆个瓷烟碟,碟子上一小撮鼻烟。活受打眼缝里一眼看出这烟碟是拿宋瓷片磨的,不算好货。

这位滕三爷见活受,满脸不高兴,活受嘴不利索,话却抢在前头:"铺织(子)有锅(规)矩,正(真)假不能湿(说)。杏(现)在跟您湿(说)实在的,您扰(几)次买的全是假的……"说到这儿,上了喘,边喘边说,"您蛇(谁)也不能怨,正(真)假全凭自己养(眼),交钱提货一出摸(门),赔脑袋也认头……今儿是冲牛五爷面织(子),您再掏儿(二)百两,这轴大涤子您拿赤(去),保管头流货……"说着打开包儿又打开画儿,正是前年养古斋买进的那张石涛真迹。

滕三爷俩眼珠子在画上转来转去,生怕再买假,便瞧一眼牛凤章,求牛凤章帮忙断真假。牛凤章造惯假画,真的反倒没根,反问活受:

"这画确实经佟大爷定了真的?可别再坑人家滕三爷了。三爷有钱,也不能总当冤大头。自打山西那位吕居士介绍到你们铺子里买古董,拿回去给行家一瞧就摇头。这不是净心叫人家倾家荡产吗？活受，俗话可是说，坑人一回，折寿十岁！"

"瞧您湿（说）的……要是假的，河（还）不早墨（卖）了……这画撂在沽（库）里，我看湿（守）它整整乐（两）年半……"

"你把这画偷着拿出来，不怕你们佟大爷知道？"滕三爷问。

"这好布（办）……我想好了，请牛五爷织（造）轴假的，替出这轴真的耐（来）……"

牛凤章冷笑道："打得好算盘。钱你俩赚，毁就毁我！谁能逃出佟大爷那双眼，他不单一眼就看出假，还能看出是我造的！"他手一摆说："我老少三辈一家子人指我吃饭呢，别坑完滕三爷再来坑我！"

"这也好布（办），我有……夫（法）子。"活受脸上浮出笑来。

"嘛法儿？"牛凤章问。他盯着活受的眼，可怎么也瞧不见活受的眼珠子。

活受没吭声。牛凤章指着滕三爷说：

"人家花钱，你得叫人家心明眼亮。死也不能当冤死鬼！"

活受怔了怔，还是说：

"古董行的事，湿（说）了他未必明白。不管佟家铺织（子）坑没坑人，我活受保管不坑滕三爷就是了……"

牛凤章听出活受有话要瞒着滕三爷，就改了话题说：

"这画要造假，至少得在我这儿撂个把月，少掌柜要是找不着它不就坏事了？"

活受再一笑，小眼几乎在脸上没了。他说：

"少掌柜哪河（还）有兴（心）管画。"

"怎么？"滕三爷是外人，不明白。

"您问牛五爷，佟家事，他情（全）知道。自打灯节那条

（天）比脚，大少奶奶制（占）杏（先），二少奶奶玩完，佟家当下是大少奶奶天下。不光小丫头们都往大少奶奶屋里跑，佟大爷也往大少奶奶屋里跑，嘻嘻……二少爷没脏（沾）光脏（沾）一脚屎！二少爷二少奶奶两口子天天弄（闹），头夫（发）揪了，药（牙）也打掉了……"

"听吕居士说，你们大少奶奶本是穷家女人，能挑得起来这一大家子？"滕三爷问。

牛凤章说：

"滕三爷话不能这么说。人能，不分穷富。我看她——好家伙，要是男人，能当北洋大臣。再说……还有佟大爷给她作劲，谁不听不服？"

"这佟家的事奇了，指着脚丫子也能称王！"滕三爷听得来劲，直往鼻眼抹鼻烟。

牛凤章笑道：

"小脚里头的事你哪懂？你要想开开眼，哪天我带你去见见世面，那双小脚，盖世无双，好赛常山赵子龙的枪尖！哎，吕居士头次带你来天津那天，我们在义升成饭庄说的那些话你不都听到了？吕居士也心服口服称佟家脚是天下一绝！"

谁料滕三爷听罢嘴巴肉堆起来，斜觑着眼儿说：

"吕居士心服口服，我不准心服口服。老实给您说，吕居士跟我论小脚，我在门里，他在门外。要不赛脚那天你们请我去，我也不去。我敢说，我能制服你们大少奶奶！"

"嘛？你？凭你的脚，大瓦片，大鸭子，大轮船。别拿自个儿开心啦！"牛凤章咧开嘴大笑。

"谁跟你胡逗，咱们动真格的。你今儿去跟佟家说好，明儿我就把闺女带去！"滕三爷正儿八经地说。

"嘛嘛,你闺女,在哪儿呢?我怎么没听说过。"

"在客店里,我把她带来逛天津了。你上京城里扫听扫听去,二寸二,可着京城我闺女也数头一份儿!"

"二寸二,是脚的尺寸?多大多大?"牛凤章瞪圆牛眼。

滕三爷拿手指头把烟壶捅倒,说:

"就这么大。你们大少奶奶比得了?"

"呀呀呀,天下还有这么大的脚,听也没听过。我不会儿得先瞧瞧去。我好歹也算个莲癖,你要叫我开开眼,我也叫你开开眼。我还藏着些真古董!"

牛凤章说着,站起身打开柜子,拿出一面海兽祥鸟葡萄镜,一尊黑陶熏炉,一块葫芦状的歙砚,半套失群的岫岩玉雕八仙人。只剩下吕洞宾、蓝采和、汉钟离、曹国舅四个,刻工却是一流,个个须眉手指襟带衣袂都有神气。滕三爷看花了眼,高兴得嚓嚓搓手心,活受在一旁不吭声,却看出来,这几件东西,只有那铜镜是块唐镜,炉子砚台全是假货。四个玉人是玩意儿,算不上古董物件。活受说:

"滕三爷,您织(真)拿葱(出)二寸二小脚,把我们大少奶奶压下秋(去),我担保少掌柜送个揪(周)鼎谢您。"

"这不难。你回去说好,明儿就登门拜访。"滕三爷说。

活受高高兴兴起身告辞。牛凤章送他到门外,带上门说:

"你刚才说有嘛法造大涤子的假画,我可够戗,怕不像,顶多像五分……甭说五分,像三分就不错!"

活受凑上来,踮起脚跟立脚尖,嘴对着牛凤章扇风大耳朵磕磕巴巴,直把牛凤章说得嘴岔子咧得赛要裂开,吃惊地说:

"你小子能耐比我还大!"

他呆呆瞅着活受。那模样不知见鬼还是见神了。他不明白这半死不活的小子，打哪知道这些造假画的绝招！

这才叫真人不露相，真人真是不露相。

活受说：

"往喝（后）咱俩一秋（齐）干。您单会弄假的不成。我这叫半正（真）半假，有正（真）有假，想风（分）也风（分）不出来！"

"绝是绝，可我的心直扑腾，我怕佟大爷！"

"怕他干嘛？佟家人兴（心）思都在脚丫子上，没人锅（顾）得了铺织（子）。您再拨拨算泼（盘）珠子，这一张顶上您过去一本（百）张还不止……"

牛凤章牛眼立时一亮，来了胆子，只说："到时候你别咬我就成！"又嘀咕两句，"你得留神，这大件东西拿进拿出，太招眼儿！"

活受又白又歪又光又凉小脸上，一笑，满是瞧不起神气，没接对方话茬，却说：

"你盯住滕三爷，明儿务布（必）叫他领闺女去。只要那二寸二腰（压）住大少奶奶，佟家又是一次大翻锅（个）儿，您就是把铺织（子）搬耐（来），也没人锅（顾）得上……"

牛凤章两眼发直，嘀咕着：

"可以假换真这事，我还是有点拿不准。"

活受已经给他瞧后背了。

第十回　白金宝三战戈香莲

几位少奶奶，打头到脚收拾好，等候滕三爷带闺女来访。说来访是句好听话，实在是斗法来的！

白金宝今儿挺兴致，人也轻松。她知道滕家小姐不是冲她来的，倒是帮她来的。她完全不必使劲儿，只当一场好戏看就是了。她扭脸凑向身边的三少奶奶尔雅娟说："听说这闺女的脚顶多才二寸二，我不信，要是真的，咱们佟家的脚还往哪儿摆？对吗？"这声儿不大不小，刚好能叫坐在另一边的戈香莲听见。

尔雅娟低眼瞅瞅戈香莲，没敢吱声。香莲的脸好静好冷，让人没法子知道她今儿这一战，有根没根，胜败如何。

尔雅娟前天才打南边回来，本该随着三少爷绍富早早回来过年。临到起程，绍富叫架眼儿掉下来一个铜乌龟砸断脚背，一步挪不动。尔雅娟只好同远房一位婶子搭伴，回天津看看婆家人老熟人。也想见见没见过面的嫂子戈香莲。她早就听说嫂子的脚赛过当年的婆婆，耳闻不如目见，她心里还暗存着比试比试的劲儿。回到家白金宝就把她拉进屋翻腾事儿，先说戈香莲在家如何一手遮天，随后就挑唆尔雅娟跟香莲斗脚。

扬州小脚也是闻名天下，尔雅娟又是佟忍安去扬州买帖时看上的，更是万里挑一。在扬州向例也是一震，有能耐的人都傲，再叫白金宝左挑右挑，心里的暗劲变成明劲，当即穿上一双白铜鞋去见嫂子。白金宝跟在后边，她算计好，只要尔雅娟一胜，她就给香莲闹个"破鼓乱人捶"！

香莲见了尔雅娟，谈东谈西，似笑不笑，不冷不热，不咸不淡。两眼只瞧尔雅娟一张月季花赛的小脸儿，就是不看她的脚。自己的脚也给裙子盖着，叫尔雅娟没法子跟她干。可香莲说着笑着忽然手指尔雅娟的脚说：

"你这双白铜鞋，是找人打的？"

尔雅娟可逮住机会，马上说：

"一位湖南的客商送我的。他在湘西碰见个耍马戏的女子，那女子穿这双鞋走钢丝，还拿它踢木板，一寸厚的板子，一脚一个窟窿。客商花了好几百两银子买下这双鞋，非要送我。这鞋可比不得一般鞋，面子底子帮子哪儿哪全都是硬的，没半点柔和劲儿。脚肥一点，长一点，歪一点，都进不去。它不将就你，你将就它也不行。谁知我一试，正好。"

尔雅娟说到这儿，脸赛花开似的一笑，还瞅一眼白金宝。白金宝跟着就说：

"那得看谁的脚。驴蹄子鸡爪子当然不成！"

香莲只当没听见，含笑对尔雅娟说：

"妹子给我试试成吗？"

尔雅娟一怔，巴不得给香莲试穿，叫她出丑。这铜鞋是硬的，十双脚九双半不合适。没料到自己拴套，香莲不知轻重傻往里钻，正好！尔雅娟毫不犹豫脱下铜鞋给香莲。谁知香莲的脚往里一伸，好赛东西掉进袋子里，一仰脸朝站在后边的丫头桃儿说：

"去拿些丝绵来，这鞋好大！"

这话等于一斧子砍死尔雅娟！

尔雅娟没见过这样又小又俏又软又美的脚。铜鞋再硬，卡不住比它小的脚。

香莲笑眯眯又对白金宝说：

"二少奶奶，你也试试玩儿？"

这话又赛一斧子砍向白金宝。白金宝自知这鞋穿也穿不进去，摇摇头，脸上好窘。香莲起身，没言语，带着桃儿回了屋子，打这儿尔雅娟就憷她了。白金宝更憷香莲，多少天没敢正眼看香莲的脸，还总觉得香莲蔫坏损瞧着她。其实香莲根本不挂相，好赛没这回事。

今儿白金宝又活起来。二寸二的脚，单是小，就叫香莲没辙，香莲心里的小鼓要不咚咚敲才怪呢！

四位少奶奶等候滕家小姐的当儿。乔六桥、陆达夫几个来请佟大爷到海大道庆来坤戏园子看《拾玉镯》。佟忍安打算在家等着瞧二寸二小脚。乔六桥说："咱那边也有双脚，比这二寸二强十倍，诳你就割我鼻子！"说话时，门口连篷车都预备好了。佟忍安疑惑着："比二寸二再强十倍，就二分二了，跟蚂蚱一般大？"就出门上车一路嘻嘻哈哈去了。其实这戏票是佟绍华买的，由乔六桥出面请，为的是把佟忍安架出来，没人给香莲作劲。这边只要滕家小姐一赢，白金宝就翻天。真是一边看戏，一边唱戏。演戏瞧戏闹戏捧戏哄戏做戏，除去没戏全是戏。再往深处说，没戏更是戏。

　　那边，佟忍安进了园子，戏已开唱。孙玉姣坐在台中央一张椅子上，左腿架在右腿上，娇声娇气说："小女孙玉姣，母亲烧香拜佛去了，我在家中闲着没事，不免做些针黹，散闷罢了。"说到这儿，小锣当儿一响，跷着的左脚腕子一挺，把鞋底满亮出来，青白细嫩，真赛笋尖。这下差点叫佟忍安看昏过去，急着问这花旦名姓，绍华忙说叫月中仙。佟忍安口中就不停念叨着："月中仙来月中仙……"下边一出垫戏《白水滩》看赛没看。等到再下一出《活捉三郎》，又是月中仙的戏。演到阎惜姣的鬼魂儿，小脚满台跑，赛一溜溜青烟，佟忍安顾不得旁人，一个劲傻叫："好！好啊——好！好！"惹得一帮子戏迷说他劝他骂他拿苹果核儿砍他也止不住他。

　　这边，牛凤章一手提着袍襟"噔噔噔"奔进佟家来。四位少奶奶见他，白金宝劈面就问："人呢？滕家小姐呢？在哪儿！"不等牛凤章转起舌头，只见一个胖男人抱一个娇小女子大步来到。一个大活人再轻也七八十斤，难怪这胖男人呼呼喘粗气。看样子这就是滕三爷和滕家小姐了。几位少奶奶都当是滕家小姐半道病了，忙招呼丫头们上来侍候，不想这胖男人撂下小姐，掏出块大帕子抹汗，一边笑呵呵说："没事没事，她挺好！"滕家小姐跟手也笑了。众人不明白是嘛事，好好的干嘛抱进来？

可谁也不管为嘛，都一窝蜂围上去看滕家小姐二寸二的脚。一看全蒙住！这脚就赛打脚脖子伸出个小尖。再一弯，也就橘子瓣大小，外套鲜亮银红小鞋，精致绣满五色碎花，鞋口的花牙子，跟梳子齿一般细。不赛人穿的，倒赛特意糊的小鞋样子，可它偏偏有姿有态不残不缺，大脚趾还不时动它一动。人能把脚缠这么小，真算得上世间奇迹，不看谁也不信。

甭比，佟家脚连亮也不敢亮！

香莲脸色刷白，一眼瞅见站在身旁的牛凤章，小声说：

"好啊，五爷，你原来也恨我不死！"

牛凤章听这话打个冷战，忙说：

"不瞒您说，这是少掌柜请来的，不过叫我跑跑腿，我不好推辞罢了。我是佟大爷的人，哪敢跟您捣蛋。心想也是叫您瞧个新鲜。别瞧她脚小，可小过了劲儿，站不住。走路必得人扶着，出门必得人抱着，站都站不住，京城人都称她'抱小姐'。可别人抱不成，非她爹不可，娇着呢！那滕三爷，阔佬一个，任嘛不懂。"

香莲情不自禁"噢"一声，眼睛一亮，心也一亮，好赛意外忽然抓到得胜的招数。

白金宝在人群中间叫着："不管别人服不服，反正我服了，不服就比，谁比谁完蛋！人家这脚是明摆着的！对吗？雅娟、秋蓉、桃儿、杏儿……"她挨个儿问，声音愈来愈高，就是不问香莲，句句却是朝香莲去的。

谁也不抬头看香莲，都怕香莲。

香莲不言不语站一边。不等白金宝闹到头，她不出招。

白金宝只当她愣了,索性大喊大叫:"反正有这双脚,别人嘛脚我也瞧不上!待会儿老爷回来,叫他也开开眼。别总拿南瓜当香瓜,拿瞎蛾子当蝴蝶儿。"又扭脸冲滕三爷说,"叫您小姐留在我家住些天好吗?就跟我住一屋,我还叫桃儿给她绣双红雀鞋……"

滕三爷说:

"二少奶奶这么厚爱,敢情好。只是我这闺女……"

香莲看准火候,走到抱小姐身前,笑眯眯说:

"小姐,跟我到当院看看桃花可好?前两天一乍暖,满树都是骨朵,居然开了不少,还招来蜜蜂,好看着呢!"

抱小姐说:"我走不好!"她奶声奶气,倒赛七八岁的娃娃卷着舌尖说话。

"这没事,我扶你,几步就到当院。"

香莲说着扶她起来。谁也不知香莲用意,只见她一挽一扶与抱小姐走出前厅,下了台阶。这一走,就看出毛病来。抱小姐好比一双烂脚,沾不得地;香莲每一步都是肩随腰摆,腰随脚扭,无一步不美。到了院中,香莲抬头看花,好赛不知不觉松开挽着抱小姐的手臂,自个儿往前走两步,忽然叫道:"抱小姐你看!你看!那片花全开了,赛朵红云彩,多爱人,抬头呀,就在你脑瓜顶上!"她手指头顶上方。

抱小姐一抬头,脚没拿稳,没等叫出声,"扑通"一下,死死摔个硬屁股蹲儿。抱小姐皮薄肉少,屁股骨头撞在砖地那一声,叫人听得心里一揪。香莲惊慌叫道:"好好站着,没石子绊脚,怎么倒了!快快,桃儿珠儿,还不快扶起抱小姐!"滕三爷和众人都跑来搀抱小姐。抱小姐栽了面子,坐在地上捂着脸哭,不起来,谁也弄不动。

"我真该死,叫她摔了。怎么?她站不住吗?"香莲对滕三爷说。

"这不怪大少奶奶。小女没人扶，站不住。"滕三爷说。

"这倒怪了。脚有毛病？"香莲说。看不出她是装傻，还是有意讥讽。

"毛病倒没有，就是太小，立不住。"滕三爷说着低头冲闺女说，"还不起来，赖在地上什么样儿！"

这话更伤了抱小姐，拼命晃肩膀不叫人扶，谁伸手打谁，两脚乱踹乱蹬，直把鞋子踹掉，脚布也散了。香莲看着，恨不得她踹光了脚才好，嘴上却说：

"桃儿，帮着小姐穿上鞋，别着了凉！"

滕三爷见闺女这样胡闹，满脸挂窘，不住向香莲道歉。香莲说：

"这么说就见外了。可是我打心里疼您家小姐。人脚哪能不能站不能走的，这脚不算废了？我看这脚没救了，您真该在鞋上给她想点辙。是吧！"

这两句是拐着弯儿把抱小姐骂死。

滕三爷连说"是、是、是"，猫腰抱起抱小姐就走。出去的步子比进来的还大。牛凤章也赶紧向香莲告辞。只见香莲脸上的笑透股寒气，吓得牛凤章没转身三步倒退出屋门。

抱小姐走后，香莲当着众人对桃儿笑道：

"真哏，这牛五爷不长牛眼，长一对狗眼，愣看上这对烂猪蹄了！"

桃儿不笑不答，她知道这话是给白金宝听的。白金宝脸上早就不是色。香莲话说得轻松，神气也自如，直到回屋，"咯噔"一下，悬着的心才回位。

可是过了三天，香莲的心又提起来。白金宝站在当院嚷嚷开，说佟大爷请来一双飞脚，饭后就到。还说这是宝坻县红得发紫的彩旦，名唤月中仙。不单脚小脚美，还满台赛珠子在盘子里飞转，这同头三天那个不会走道的抱小姐全然两样。一个站不能站走不能走立都立不住，一个如驰如飞如鱼游水如鸟行空。白金宝的嗓门向例脆得赛青萝卜，字儿咬得一个是一个赛蹦豆，香莲还听到这么一句："听说飞起来，逮也逮不着。"香莲虽胜了抱小姐，不敢说也能胜这个月中仙。天下之大，无奇不有，香莲不敢不信。假若不是真的，白金宝也不会这么咋呼。香莲心里早懂得，人要往上挣，全是硬碰硬，不碰碎别人就碰碎自己。只有把对手都当劲敌才是。她闭上门，想招儿。可是一点不知月中仙的内情，哪知嘛招当用，这真难了！最好的办法是先在屋里秘着，等机会。

午后，一阵人声笑语进了前厅。忽听一句："佟大爷在上，奴家月中仙有礼了！"声调又娇又脆又清又亮，赛黄莺子叫，用的都是戏里道白的口儿。说完就一阵喧笑哗闹。

就听佟大爷的声音：

"我家众位都是爱莲人。听说月中仙有金莲绝技，巴不得饱眼福，就请到当院表演一番。"

跟手这些声音挪到当院。只听月中仙两个字儿："献丑。"没有行走奔跑声，却有一片咂嘴赞叹和拍巴掌声音。尔雅娟吃惊的声音：

"哟，快得我只见人影儿。"

佟绍华的声音：

"金宝，你不跟着转两圈？"

白金宝的声音：

"我哪儿有这脚，吓得只想回屋关门关窗躲起来。"

又是说又是笑又是叫又是闹，还听佟忍安声音：

"是啊，怎么还不见香莲来呢？"

白金宝的声音：

"猫一来，耗子还看得见。"

香莲憋在屋，心里的火腾腾往上蹿，胜败反正都得拼过才能说。她"哗啦"打开门，走出来一瞧，院里站满人，一时眼花，看不清谁是谁。桃儿跑到跟前来挤挤眼说：

"您看那就是月中仙，男的！"

香莲顺着桃儿细巧的手指头望去，人群中果然站着一个瘦弱男人，再瞧，下边竟是一双精灵的女人小脚。看模样是个男旦，可哪儿来一双女人小脚？这天底下的事真是不知道的比知道的多得多得多。这会儿，那瘦男人正上下打量她，忽叫一声："啊呀，这就是闻名津门的佟家大少奶奶戈香莲吧！"说着风吹似的跑过来，两脚好赛不沾地，眨眼工夫到了香莲面前，双手别在腰间道万福，说话的调儿还是戏腔，"月中仙拜见大少奶奶。"

香莲还没弄明白怎么档子事，有点发傻。那边白金宝和佟绍华大声哈哈笑，好赛在看香莲的笑话。

这月中仙忽扬起一条腿扛在肩上，脚过头顶，来招童子功，说："您看我月中仙的脚，比得上您大少奶奶的脚吗？"

香莲一看这扛过头顶底儿朝上的小脚，才明白原来是木头造的假小脚，上头有布套，套在真脚上，用丝绳扎牢，好比踩高跷，叫衣裙一遮，跟真的一样。原来这就是男扮女装的彩旦使的踩跷呀！过去听说今儿才见。香莲赛打梦里醒来，松口大气。众人当作趣事咯咯地笑。惟有白金宝、佟绍华笑得邪乎，白金宝笑岔了气，直弯腰捂肚子。香莲立时明白，这是白金宝搬来尔雅娟和抱小姐斗不过她，才剜心眼儿，弄来月中仙唬她，看她乐子，当众糟践她。可她脑子一转，又想，白金宝拿她没辙，才使这招。这招够笨，毕竟假玩意儿，不过一时解解气罢了，更显出自己一双脚谁也扳不倒。想到这儿，反而精神起来，脸上的笑也有根了。她对月中仙说：

"你这假脚唬住我不算嘛，可唬住我公公？我公公是火眼金睛，绝不会叫你骗过。"

佟忍安听出香莲的话带刺，便说：

"我头一眼也给蒙住了。原以为死物有真假，没料到活物也有真假。不过，假的再绝，也不如平平常常真的。"

香莲这是逼着佟忍安替自己说话。待佟忍安的话说完，就朝白金宝、佟绍华挑起嘴角一笑，话却反着佟忍安说：

"老爷的话可得罪人家月中仙了。戏台上不论真假。戏里的人都是假的，管他脚假不假，唬住人就成！"

"这话在理，这话在理！"佟忍安忙应和着，请众人到厅里说话。

月中仙对戈香莲说："有请大少奶奶——"虽然不再用戏腔，声音还是女声女气。神气动作举手投足也都扭捏羞涩婀娜娇柔，活赛女的。

香莲见对方不是对手，来了兴头，一提气，与月中仙一同走上前厅。这几步，月中仙好比腾云驾雾，戈香莲竟如行云流水，步子又疾又稳，肩不动腰不动腿也不动，看不见哪儿动，只有裙子飘带子飞，好赛风里穿行，转眼一同站在前厅里。

月中仙拍着手说："大少奶奶真是名不虚传，这几步强我十倍！"他拍手时，跷着细白手指，只拿掌心拍，小闺女嘛样他嘛样。随后月中仙说他非要瞧瞧香莲的小脚不可。对着这半男半女不男不女的人，香莲也不觉羞了，亮出来给他瞧，他又拍手叫：

"我跑遍江南江北，敢说这脚顶到天了。少掌柜还叫我来镇镇您，倒叫您把我镇趴下了！"

香莲听罢一笑便了，也不去瞧佟绍华，只向月中仙要取那跷一看。月中仙这老大男人，屁股在椅子面儿上一转，腰一拧，头一歪，眼一斜，居然做出忸怩样子。然后两手手指摆出兰花样儿，解开跷上的丝带说：

"您要喜欢，就送您好了。"

香莲接过话顺口就说：

"不，送给我们二少奶奶吧，她看上这玩意儿了！"

这话一说，只听身后"哐当"一响，随着一片呼叫，尔雅娟叫声最尖。回头瞧，原来白金宝一口气闭过去，仰脸摔在地上。几个丫头又掰胳膊又折腿又弯脖子又推腰，绍华拿大拇指头死命掐白金宝鼻子下边的人中，直掐出血，才回过这口气来。

惟有香莲坐在那边动也不动，消消停停喝茶，看着窗外飞来飞去追来追去几个虫子玩儿。

第十一回　假到真时真即假

天没睁眼，地没睁眼，鬼市上的人都把眼珠子睁得贼亮。打赵家窑到墙子河边，这一片窝棚土铺篱笆灯小房中间，那些绕来绕去又绕回来的羊肠子道儿上，天天天亮前摆鬼市。最初都是喝破烂的，把喝来的旧衣破袄古瓶老钟烂鞋脏帽废书残画，缺这儿少那儿的日用杂物，拿大筐挑来卖。借着黑咕隆咚看不清，打马虎眼，以坏充好，有钱人谁也不来买这些烂货。可是，事情不能总一个样，话不该老么说。渐渐有人拿来好货新货真货，却都是一手交钱，一手交东西。买卖一成，拨头便走，回头再找，互不认账，人称"把地干"。为嘛？因为干这行当大多是贼，偷到东西来销赃。胆大的敢卖，胆大的就敢买。也有些有钱人家的败家子，脸皮薄，不愿在当铺古玩铺旧货铺露面，就拿东西到这儿找个黑咕咛一站等买主。哪位要是懂眼，真能三子儿两子儿，买到上好的字画珠宝玉器瓷器首饰摆饰善本书孤本帖。这一看能耐，二看运气，两样碰一块儿，财能发炸了。

今儿，挤来挤去人群里，有个瘦老头子，缩头藏脸，也不打灯笼，眼珠子却在人缝里乱钻。忽然，赛过猫见耗子，撞开几个人一头扑过去。墙边，挨着个破担子，蜷腿蹲着一个男人，跟前地上铺块布，摆着一个白铜水烟袋，一个大漆描金梳妆匣儿，几卷绣花被腰子，还有三双小鞋，都是红布蓝布，双合脸，极窄极薄，鞋尖又短又尖赛乌鸦嘴，天津卫看不见这样的鞋。瘦老头子一把抓起来，翻过来掉过去一看，就喊：

"呀！鸦头履，苏北坤鞋！"

这男人瘪脑门鼓眼珠子，模样赛蛤蟆，仰脸瞅瞅这瘦老头子说："碰到内行，难得。您想要？"

瘦老头子两个膝盖"嘎巴"一响也蹲下来，低声说：

"全要！这儿压根儿也碰不上这鞋！"

这瘦老头子好怪。在鬼市买东西，碰上中意的也得装不懂不在意不中意，哪能见了宝似的！可更怪的是卖东西的蛤蟆脸男人，并不拿出卖东西的架势，也赛见了宝。问道：

"您好喜这玩意儿吧？"

"说的是。告我您这鞋哪弄来的？您是南边人？"

"您甭问，反正不是北边人。老实告您，我也好喜这玩意儿，可如今江南几省都闹着放脚，小鞋扔得到处都是，连庙里也是，河里还漂着……"

"造孽造孽！"瘦老头子连说两句，还不尽意，又加一句，"还不如把脚剁去呢！"沉一下把气压住便说，"您该逮这机会把各样小鞋赶紧收罗些,赶明儿说不定也是宝贝。"

"说得好,您真懂眼。听说,北边还不大时兴放脚?"

"闹也闹了,放脚的还不多,叫唤得却够凶,依我看这风刹不住,有今天没明天。"瘦老头子直叹气。

"是啊,我听说了,这才赶紧弄几麻袋南边的小鞋,到北边转转,料想能碰上像您这样有心人肯花钱存一些。我打算卖一些南边的,买一些北边的,说不定把天下小鞋凑全了呢!"这蛤蟆脸男人说,"我已然存了满满一屋子!"

"一屋子?"瘦老头子眼珠子唰唰冒光,"好啊,宝啊,你这次带来都是嘛样的?"

蛤蟆脸男人抿嘴一笑,打身后麻袋里掏出两双小鞋递给瘦老头子,也不说话,好赛要考考这瘦老头子的修行。

瘦老头子接过鞋一看,是旧鞋,底儿都踩薄了,可式样怪异之极。鞋帮挺高,好赛靴子高矮,前脸竖直,通体一码黑亮缎,贴近底墙圈一道绣花缎边。一双绣牡丹寿桃,花桃之间拿红线缝几个老钱在上头,这叫"富贵双全"。另一双绣松叶梅花竹枝,松托梅,梅映竹,竹衬松,这叫"岁寒三友"。再看木底和软底中间夹一片黄铜,打跟到尖,再打尖吐出来,朝上弯半个圈再伸向前,赛蛇出洞。瘦老头子说:

"这是古式晋鞋。"

蛤蟆脸男人一怔,跟手笑了:

"您真行!能看懂这鞋的人不多!"

"这鞋也卖?"

"货卖识家。别说价了,您给多少,我都拿着。"

这前后五双瘦老头全要,掏出五两给了。要说这些钱买五双银鞋也富裕。蛤蟆脸男人赶紧把银子掖进怀里,满脸带笑说道:

"说句老实话，这鞋现在三文不值二文。我不是图您钱，是打算拿它多买些北方小鞋带回去。您要是藏着各样北方小鞋，咱们换好了，省得动钱！"

"那更好！您还有嘛鞋？"

"老先生，您虽然见多识广，浙东八府的小鞋恐怕没见过吧！"

"打早听说浙东八府以小称奇，我二十年前见过一双宁波小脚，二寸四。可头两年见过京城一女子，小脚二寸二，那真叫小到家小到头啦！"

"那也比不过广州东莞小脚，二寸刚刚挂点零。一双小鞋，一抓全在手心里。还有福建漳州一种文公履，是个念书人琢磨出来的，奇绝！"

"嘛绝法？"

"竟然有股书卷气，有如小小一卷书。"

"好啊！你都有？带来了吗？"

"在旅店里。您要换，咱说好时候。"

急不如快，两人定准转天这时候在前边墙子河边一棵歪脖老柳树下边碰面。转天都按时到，换得十分如意，好赛互相送礼。又约第三天，互换之后，这瘦老头提着十多双小鞋穿过鬼市美滋滋乐呵呵往回走。走到一个拐角，都是些折腾碑帖字画古董玩器的。只见墙角站着一个矮人，头上卷檐小帽儿压着上眼皮，胳肢窝里夹一轴画，上边只露个青花瓷轴。

瘦老头子一看这瓷轴就知这画不一般，上去问价。

对方伸出右手，把食指中指叠在一起，翻两翻，只一个字儿："青。"

鬼市的规矩，说价递价给价要价还价争价，不说钱数，打手势用暗语，俗称"暗春"。一是肖，二是道，三是桃，四是福，五是乐，六是尊，七是贤，八是世，九是万，十是青。手势一翻加一倍。

对方这"青"字再加上手势一翻，要二十两。

瘦老头子说："嘛画这个价，我瞧瞧。"撂下半口袋小鞋，拿过画，只把画打开一小截，刚刚露出画上的款儿，忽一惊，问道："你是谁？"

这矮子一怔，拨头就跑。

瘦老头子本来几步赶去能追上，心怕半袋小鞋丢了，一停的当儿，矮子钻进小胡同没了。

瘦老头子叫道："哎，哎，抓……"

旁边一个大个子，黑乎乎看不清脸，影子赛口大钟，朝他压着粗嗓门说：

"咋呼嘛，碰上就认便宜，赶紧拿东西走吧，小心惹了别人，把你抢了，还挨揍！"

瘦老头子听见又没听见。

这天早上，佟忍安打外边遛早回来，就要到铺子去，满脸急相，不知道为嘛。门外备了马，他刚出门一哧溜坐在台阶上，只说天转地转人转马转树转烟囱转，其实是他脑袋转。用人们赶忙扶他进屋坐在躺椅上。香莲见他脸色变了，神气也不对，叫他到里屋躺下来睡个觉。他不干，非要人赶紧到柜上去，叫佟绍华和活受马上来，还点了些画，叫活受打库里取出带来。过了很长时候，才见人来，却只是柜上一个姓邬的小伙计，说少掌柜不在柜上，活受闹喘，走不了道儿，叫他把画送来。佟忍安起不来身半躺半坐，叫人打开一幅幅看。先看一幅李复堂的兰草，看得直眨眼，说：

"我眼里是不是有眵目糊？"

香莲瞅瞅他眼珠，说：

"不见有呢,头昏眼花吧,回头再看好了!"

佟忍安摇手非接着看不可。小邬子又打开一幅,正是那幅大涤子山水幅。

平时佟忍安过画,顶多只看一半画,真假就能断出来。下一半不看就叫人卷上,这一是他能耐,二是派头。活受知道他这习惯,打画就打开一半,只要见他点头或摇头,立时卷起来。今儿要是活受来打画给他瞧,下边的事就没有了。偏偏小邬子唰地把画从头打到底儿,佟忍安立时呆了,眼珠子差点掉下来,身子向前一撅,叫着:

"下半幅是假的!"

"半幅假的,怎么会?别是您眼闹毛病吧!"香莲说。

"没毛病!这画,字儿是真,画是假的!"佟忍安指着画叫,声音扎耳朵。

香莲走上前瞧,上半幅给大段题跋诗款盖着,下半幅画的是山水。"这不奇了,难道换去下半幅,可中间没接缝呀!"香莲说。

"你哪懂?这叫'转山头',是造假画的绝招。把画拿水泡了,沿着画山的山头撕开,另外临摹一幅假的,也照样泡了撕开。随后,拿真画上的字配假画上的画,接起来,成一幅;再拿假画上的字配真画上的画,又成一幅。一变二,哪幅画都有真有假,叫你看出假也不能说全假,里头也有真的。懂行的拿它也没辙。可是……这手活没人懂得,牛五爷也未必知道。难道是我当初买画时错眼了……"

"您看画总看一半,没看下半幅呗!"

"那倒是……"佟忍安刚点头忽又叫,"不对,这幅画是头几年挂在铺子墙上看的!"说到这儿,也想到这儿,眼珠子射出的光赛箭。他对小邬子说,"你拿画到门口,举起来,透亮,我再瞧瞧!"

小邬子拿画到门口一举，外边的光把画照透，清清楚楚明明白白看出，画中腰沿着山头，有一道接口，果然给人作了假！佟忍安脑袋顶涨得通红，跟着再一叫："我明白了，刚才李复堂那幅也作了假的！"不等香莲问就说，"这是'揭二层'，把画上宣纸一层层揭开，一三层裱成一幅，二四层裱成一幅。也是一变二！虽然都是原画，神气全没了，要不我看它笔无气墨无光，总疑惑眼里有眵目糊呢！"

香莲听呆了！想不到世上造假也有这样绝顶的功夫。再看佟忍安那里不对劲了，一双手簌簌抖起来，长指甲在椅子扶手上，"嘚嘚嘚"磕得直响，眼神也滞了。

香莲怕他急出病来，忙说：

"干嘛上火，一两幅画不值当的！"

佟忍安愈抖愈厉害，手抖脚抖下巴抖声音也抖："你还糊涂着，铺子里没一幅真的了！我佟忍安卖一辈子假的，到头自己也成假的了。一窝全是贼！"说到这儿，脑门青筋一蹦，眼珠子定住不动了。香莲见不好，心一慌，不知拿嘛话哄他。只见他脸一歪嘴一斜肩膀一偏，瘫椅子上了。

立时家里乱了套，你喊我我喊他，半天才想起去喊大夫。

香莲抹着泪说：

"谁叫您懂呢！我不懂真的假的，反不着这么大急。"

不会儿，大夫来了，说前厅有风，叫人把佟忍安抬到屋里治。

香莲定一定心，马上派小邬子去请少掌柜，并把活受叫来。小邬子去过一会儿就回来说，活受卷包跑了，佟绍华也不见了。香莲听罢好赛晴天打雷，知道家里真出大事了！白金宝问嘛事，香莲只说："心里明白还来问我。"就带着桃儿坐轿子急急火火赶到铺子。

只见铺子里乱糟糟赛给抄过。两个小伙计哭着说:"大少奶奶骂我们罚我们打我们都成,别怪我们不说,我们嘛都不知道啊!"香莲心想家那边还一团乱呢,就叫他们挑出真玩意儿锁起来,小伙计们哭丧脸说:"我们不知哪个真哪个假。老掌柜少掌柜叫我们跟主顾说,全是真的。"香莲只好叫他们不管真假全都拣巴一堆封起来再说。

回到家,白金宝不知打哪儿听到佟绍华偷了家里东西跑了,正在屋里哭了叫叫了哭又哭又叫:

"挨千刀的,你这不是坑了老爷子,也坑我们娘仨吗……你准是跟哪个臭婊子胡做去了,你呀你呀你……"

香莲板着脸,叫桃儿传话给杏儿草儿,看住白金宝的屋子,不准她出来也不准人进去,更不准往里往外拿东西。白金宝见房门给人把守,哭得更凶,可不敢跟香莲闹。她不傻,绍华跑了,没人护她。她要闹,香莲能叫人把她捆上。

这时,佟忍安给大夫治得见缓,忽叫香莲。他虽然不知道家里家外到底出了嘛事,却赛全都明白。两眼闪着惊光,软软的嘴里硬蹦出三个字儿:

"关、大、门!"

香莲点头说:"好,马上就办。"赶紧传话吩咐家里人急急忙忙把两扇大门板吱吱呀呀一推,哐啷一声,紧闭上。

第十二回　闭眼了

佟忍安赛块稀泥瘫在床上,头也抬不动,后背严丝合缝压在床板上,醒不醒睡不睡,眼神赛做梦。说话一阵清楚一阵含糊。清楚时,看不见绍华就死追着问,大伙儿胡诌些理由糊弄他;糊涂时,没完没了没重样地数落着各类小脚的名目。城里苏金伞、妙手胡、关六、神医王十二、铁拐李、赛华佗、不望不切黄三爷、没病找病陆九爷……各大名医轮着请到，都说他大腿给阴间小鬼拉住，药力夺不回来。

这天，桃儿领着香莲的闺女莲心看爷爷。莲心进门就爬上床玩儿，忽然尖哭尖叫，桃儿只当莲心给爷爷半死不活样子吓着，谁料是小脚叫爷爷抓住。不知佟忍安哪来的劲，攥住拉不开。死脸居然透出活气，眼珠子冒光，嘴巴的死肉也抖动起来，呼呼喘气，一对鼻眼儿忽大忽小。桃儿不知老爷是要活过来还是要死过去，吓得喊叫。香莲闻声赶来，一见这情景脸色变得纸白，一把将莲心硬拉下来，骂桃儿：

"哪玩儿不好，偏到这来，快领走！"

桃儿赶快抱走莲心，佟忍安眼里一直冒光，人也赛醒了，后晌居然好好说话了，虽不成句，一个个字儿能听清。他对香莲说：

"下、一、辈、该、裹、脚、了！"

香莲沉一下，光点头没表情，静静说：

"我明白。"

佟忍安没病倒之前，已经天天念叨这事。外边有的说放足有的说禁缠，闹得不安生。佟家下一代又都是闺女，莲心四岁，白金宝两个闺女，一个五岁，一个六岁，董秋蓉的闺女也六岁了。都该裹，只因为香莲说莲心还小，拖着压着，佟忍安表面不敢催香莲，放在心里总是事。这会儿再等不及，心事快成后事了。

佟忍安叫着：

"找、潘、妈，找、潘、妈。"

裹脚的事非潘妈不可。

可是自打赛脚那天，潘妈见香莲穿上当年佟家大奶奶的小红鞋，拨头回屋就绝少再出屋。除去几个丫头找她画鞋样，缝个帮儿纳个底儿糊个面儿，再有便是开门关门送猫出屋迎猫进屋，不知她在屋干些嘛事。偶尔在当院碰见香莲，谁不答理谁。香莲现在佟家称王，惟独对潘妈客气三分，有好吃的好喝的不好买的，都叫丫头们送去，惟独自个儿不进潘妈屋。可以说，她压根儿就没进过潘妈屋。

这会儿，无论佟忍安怎么一遍遍说叫潘妈，香莲也不动劲儿，守在旁边坐。直到深更半夜，佟忍安不再叫，睁大眼眨眼皮，好赛听嘛，再一点点把手挪到靠床墙边，使劲抓墙板，不知要干嘛，忽然柜子那边咔咔连响，有人？香莲吓得站起身，眼瞅着护墙板活了，竟如同一扇门一点点推开，走进一个黑婆子，香莲差点叫出声来，一时这黑婆子也惊住，显然没料到她也在这屋里。这黑婆子正是潘妈！她怎么进来的？难道穿墙而入？她忽地大悟，原来这墙是个暗门，潘妈住在隔壁呀！这一下，香莲把佟家的事看到底儿，连底儿下边的也一清二楚三大白了！

无论嘛事，只要她一明白，心立时就静下来。她几年没正眼看潘妈，今儿一瞅大变模样，头发见白不见黑，脸上肉都没有，剩下皮包骨。皮一松褶子更多，满脸满了，只一双鼓眼珠子打黑眼窝里往外冒寒光。潘妈同香莲面对面站着怔着傻着瞪着，好半天。到底还是香莲更有内劲，先说话，她指着佟忍安对潘妈说：

"他有话跟你说。"

潘妈到床前站着等着。佟忍安说：

"预、备、好、明、天、裹，全裹！"

最后两个字儿居然并一起说出来的。

潘妈点点头，然后抬起眼皮望了香莲一眼，这一眼赛刀子，扎进香莲心口。香莲明白这一眼就是潘妈闷了几年来要说没说的话。

随后潘妈扭身就走，却不走暗门，打房门出去。黑衣一身，立时化在夜里。

转天一早，香莲把全家人都叫到院里说道："老爷子发话了，今儿下晌，各房小闺女一齐裹脚，先预备预备去吧！"说完回自己屋。

各房，有的没声有的哭声有的说话声，都是低声低气。可快到晌午时候，桃儿忽然在当院大声叫喊莲心。香莲跑出房一问，莲心不见了！几个丫头和男用人房前屋后找，连山石眼里、灶膛里、鱼缸里、茅坑里、屋顶烟囱里都找了，也不见。香莲脸色变了，左右开弓，一连抽了桃儿十八个嘴巴，把桃儿左边一个虎牙打掉，嘴角直流血。桃儿不吭声不求饶掉着泪听着香莲尖吼：

"大门关着，人怎么没了？你吃啦，吃啦，你给我吐出来呀！"

哭得闹得叫得折腾得人都不赛人样。

莲心丢了，当天裹脚裹不成。佟忍安知道后说："等、等、一、块、裹！"那就一边等一边找。

家里没有就到外边找。左邻右舍，房前屋后，巷头巷尾，城里城外，河东水西，连西城外的人市都去了，也不见影儿。这一跑，才觉得天津城大得没边，人多得没数。把桃儿两只脚都跑肿了，还到处跑。有的说叫大仙糊弄去了，有的说叫拍花的拍走，卖给教堂的神甫挖心掏肝剜眼珠子割舌头倒肠子揭耳朵膜做洋药去了。自打洋人在天津修教堂，老百姓天天揪着心，怕孩子被拐去做洋药。

桃儿当着众人给香莲跪下，两眼哭得赛红果儿。她说：

"莲心怕真丢了，我也没心思活了，您说叫我怎么死我就怎么死！"

香莲说不出话来。脸上的泪，一会儿湿一会儿干。

潘妈那边，早做好一二十副裹脚条子，染了各种颜色，晾在当院梅枝上，赛过节。几个小丫头看了都暗暗流泪说：

"莲心怪可怜的……"

香莲听了就到佟忍安屋里说：

"莲心回不来了，别等了，先裹吧！"

佟忍安半死的脸一抖，发狠说一个字：

"等！"

七天过去了，佟忍安熬不住顶不住，只一口气在嗓子眼里来回串。说话嘴里赛含热豆腐，咕噜咕噜谁也听不清，跟着只见嘴皮动，连声儿也没有。早晌大伙儿在前厅吃过饭，董秋蓉留下来对香莲说：

"嫂子，我看老爷子熬过初一熬不过十五了。说句难听的，就这两天的事啦，莲心丢了，我的心也赛撕成两半。可你当下是一家之主，总得打起精神来，该给老爷子筹办后事了。再有，趁老爷子糊涂，裹脚的事快点了了算了。"

香莲这才默默点头，吩咐人把前厅的桌子椅子柜子架子统统挪走，打扫净了，摆上灵床。白事用品样样租来，还派人去天后宫、财神殿和吕祖堂，备齐和尚老道尼姑喇嘛四棚经，跟手还请来棚铺，驴车马车牛车推车，运来木杆竹竿苇席木板黄布白布蓝布粗细麻绳，在二道院扎几座宽大阔绰的经棚……可这时外出去寻莲心的人还没逮着影儿，佟忍安又硬熬三天，人色都灰了，说死就死，抬上了灵床，可就不咽气，反倒两眼睁开，亮得赛玻璃珠子。杏儿说："你们看老爷眼珠子，别是要还阳吧！"香莲赶来瞧，这亮光发贼，贼得怕人。她心里明白，俯下头悄声对佟忍安说："莲心找到了，这就给孩子们裹上！"这话说过，佟忍安眼珠子的贼光立时没了，只是还瞪着。

香莲在桃儿耳边说了几句，叫桃儿马上去办。又叫杏儿去请潘妈赶紧预备裹脚家伙，再派珠儿草儿，分头到白金宝和董秋蓉房里去，快把孩子领到院里，这就开裹！

不会儿场面摆开。白金宝的两个闺女月兰和月桂，董秋蓉的闺女美子，都弄到院里，排一横排。杏儿珠儿草儿三个丫头，分管三个孩子，一切全叫潘妈指派。丫头们把盆儿壶儿剪儿布儿药瓶药罐儿各样物品往上一拿，孩子们全吓哭了，全赛死了人一样。

这场面直对前厅，前厅门大敞四开，便正对着厅内直挺挺躺在灵床上不闭眼的佟忍安。

香莲坐在一边瓷墩子上。桃儿守在身后。

潘妈还是一身黑，可这回打头到脚任嘛别的颜色没有。她走到各个孩子前，把鞋往下一揪，扔了，拿起脚儿前后左右上下里外全看过，放进温水盆泡上，赛要宰鸡。一边把裹法一一不同告诉杏儿珠儿草儿，再选出几双尖瘦短窄不同的鞋分发下来，跑到院当中，人一站眼一瞪手一摆哑嗓子叫一声：

"裹！"

几个丫头同时下手，把孩子们小脚丫打盆里捞出来就干。孩子们哇哇大哭，月桂抓着白金宝衣袖叫道：

"娘，我再不弄你的胭脂盒了，饶我这次吧！"

白金宝"啪"地打她一巴掌说："这是你福气，死丫头！别人想裹还裹不成，留双大脚就绝你的根啦！"满院子人谁都明白这话是说给香莲听的。

香莲稳稳坐着，脸上看不出是气是恼，表情似淡似空，好赛天后宫的娘娘，总那个样儿。只听孩子哭大人叫，几个丫头手里裹脚条子唰唰唰响，还有潘妈哑嗓子死命喊："紧！紧！紧！"董秋蓉哭得比美子还厉害，却不出声，浑身抽成一个儿，前襟叫泪泡得赛泼半盆水。白金宝一滴泪没有，花似的小脸满是狠笑，时不时打杏儿珠儿手里抢过裹脚条子使劲勒一勒，看意思，这辈儿仇，要下辈儿报。

潘妈冲草儿叫：

"干嘛弄得她叽哇喊叫？"

草儿说：

"她指头硬，掰这个，那个就跷起来。"

潘妈骂道：

"死鬼！你掰第二个和最小一个指头，中间那个和第四个不用掰就带着弯下去了！"

草儿改了法儿，美子也不叫了。

香莲心想，潘妈真是地道行家。当初若不是她救自己，自己哪来的今天。不管后来的仇怨，总得记得人家过去的恩德才是。她便叫桃儿搬个瓷墩子过去。

桃儿把瓷墩子摆在潘妈身边说：

"大少奶奶叫您坐下来歇歇。"

谁料潘妈理也不理，只盯着几个孩子每一双脚。裹好后，上去一一查看。有的拿手握正，有的往弯处勒勒，有的往脚心压压，每只脚都得打内侧够得上脚尖才行。最后从头上摘下个篦子，一边是篦头发的齿儿，一边是三寸小尺，挨着个儿横量竖量直量斜量整个量分段量。量罢，冷冷说声："成啦！"眼也不瞅香莲，扭头回房去了。

香莲对桃儿悄悄说一句，桃儿去打香莲房里领出个小闺女，大伙儿全都一惊，以为莲心找到，脚也裹上穿着小鞋。待到近处看脸儿并不是，只穿戴都是莲心的，原来给莲心找的替身。这也叫白金宝小小虚惊一场。

香莲带着两个男用人走进灵堂，三人一左一右一上，托住佟忍安的头一抬，香莲说：

"看吧，中间那就是莲心，左边是月桂、月兰，另一边是美子，全裹上了！"

佟忍安本来好赛没了气儿，可这一下赛活了！眼珠子滴溜溜一扫，把这些孩子下边一横排裹成粽子似菱角似笋尖似小脚看过，立时唰唰冒光分外神采，就赛一对奇大珍珠。香莲知道这叫"回光返照"。没等跟左右用人说声"当心"，只见佟忍安大气一吐，直把嘴唇上的胡子吹立起来，眼珠子一翻，胸脯一拱，腿一蹬，完了。甭说香莲，两个男用人也怕了，手托不住，脑袋"哐当"一声落在床板上，赛个瓜掉在地上。眼睛没用人合，自己就闭上。脸皮再没有那种可怕灰色，润白润白，一片静，好比春天的湖面。

香莲大叫一声："老爷子，您可不能扔下我们一大家子孤儿寡母走啊！"又跺脚，又捶床边。满院子大人小孩也都连喊带叫大哭大闹，小孩哭得最凶，不知哭爷爷死还是哭自己小脚疼。香莲一声接一声喊着，"您太狠啦，您太狠啦……您叫我怎么办呀！"这声音带尖，往人耳朵里去可就不往死人耳朵里钻。

只有潘妈那里没动静，门闭着。大黑猫趴在墙头，下巴枕在爪子上，朝这边懒懒地看。

依照老祖宗传下的规矩，人死后停在灵堂，摆道场请和尚老道念经，超度亡魂，这叫撂七作斋。作斋多少天自己定，一七是七天，二七十四天，三七二十一天，七七往上撂。有钱人都尽劲往上撂。这据说是道光五年，土城刘家死了老爷子，念经念到第三天，轮到一群尼姑念着细吹细打的姑子经。老爷子忽然翻身坐起，吓得家里守灵的人乱跑，姑子们都打棚子跳下来，扭了脚，以为老爷子诈尸了。只见老爷子伸出两条胳膊打个哈欠，揉揉眼，冲人们嚷："你们这是干嘛？唱大戏？我饿啦！"有胆大的上去一看，老爷子真的还了阳。那年头，假死的事常有。打那儿天津有钱人家作斋要作到七七四十九天，把人摆味儿了才入殓出殡下葬安坟。

佟家作斋已经入了七七。出大殡使的鸾驾黄亭伞盖魂轿鬼幡铭旌炉亭香亭影亭花亭纸人纸马金瓜玉杵朝天凳开道锣清道旗闹哀鼓红把血柳白把雪柳等，打大门口向两边摆满一条街，好赛一条街都开了铺子。倚在墙外边的拦路神开路鬼，足有三丈高，打墙头探进半个身子，戴高帽，披长发，耷拉八尺长的红舌头，吓得刚裹了脚赖在床上的小闺女们，不敢扒窗往外瞧。戈香莲、白金宝、董秋蓉三位少奶奶披麻穿孝，日夜轮班守在灵前。怪的是佟绍华一直没露面，多半跑远了不知信儿，要不正是打回来独掌佟家的好机会。白金宝盼他回来，戈香莲盼佟忍安还阳。无论谁如了愿，佟家大局就一大变。可是四十多天过去了，绍华影儿也不见，佟忍安脸都塌了，还了阳也是活鬼。派去给佟绍富尔雅娟送信的人，半道回来说，黄河淮河都发水截住过不去，再打白河出海绕过去也迟了。守灵的只是几个媳妇。这就招来许多人，非亲非友，乃至八竿子打不着的，没接到报丧帖子也来了，借着吊唁亡人来看三位少奶奶尤其大名鼎鼎戈香莲的小脚。平时常来的朋友反倒都没露面。这真是俗话说的，马上的朋友马下完，活时候的朋友死了算。香莲的心暗得很。

可嘛话也不能说死。出殡头一天，大门口小钟一敲，和尚鼓乐响起，来一位爷儿们，进门扑到灵前趴下就咚咚咚咚咚连叩五个头，人三鬼四，给死人向例叩四个，这人干嘛多叩一个头？香莲的心一下跳到嗓子眼儿，以为佟绍华抱愧奔丧来了。待这人仰起一张大肉脸，原来是牛凤章，哭丧脸咧大嘴说："佟大爷，您一辈子待我不薄，可我有两件亏心事对不住您。头件事把您坑了……这二件事您要知道也饶不了我，我没辙呀！您这……"说到这儿，只见香莲眼里射出一道光,比箭尖还尖,吓得他跳过下边句话,停一下才说,"您变鬼可别来抓我呀!您看着我二十多年来事事依着您,我还有上下一大家子人指我养活呢!"说完哇哇大哭起来。

本来,香莲应该陪叩孝子头,完事让人家进棚子喝茶吃点心。可香莲说:"别叫牛五爷太伤心了!"就派人把他硬送出门。好赛押走的,谁也不知为嘛。

牛凤章走后,天已晚,里里外外香烛灯笼全亮起来。明儿要出大殡,一大堆事正给香莲张罗着。忽然桃儿跑来大叫:

"不好,不好……"

香莲看桃儿脸上唰唰冒光,手指她身后,张嘴说不出话来,霎时间香莲恍恍惚惚糊糊涂涂真以为佟忍安诈尸或还阳了。回头一瞧,里院腾腾冒红光,这光把周围的东西,人脸,照得忽闪忽闪。是神是佛是仙是鬼是妖是魔是怪?只听一个人连着一个人叫起来:

"起火了——起火了——起火了——"

香莲随人奔到里院,只见西北边一间小屋打窗口往外蹿火。一条条大火苗,赛大长虫拧着身子往外钻,黑烟裹着大火星子打着滚儿冲出来。香莲一惊,是潘妈屋子!

幸好火没烧穿屋顶,没风火就没劲,不等近处水会锣起,家里人连念经来的和尚老道们七手八脚,端盆提桶,把火压灭。香莲给烟呛得眼珠子流泪,一边叫着:

"救人呀——把潘妈弄出来!"

几个男的脑袋上盖块湿布钻进屋,不会儿又钻出来,不见抬出潘妈,问也不吭声,呛得不住咳嗽。那只大黑猫站在墙头,朝屋子死命地叫,叫声穿过耳朵往心里扎。香莲顾不得地上是水是灰是炭是火,踩进去,借灯笼光一照,潘妈抱着一团油布,已经烧死,人都打卷儿了。周围满地到处都是烧煳的绣花小鞋,足有几百双。那味儿勾人要吐,香莲胃一翻,赶紧走出来。

转天,佟忍安给六十四条杠抬着,一路浩浩荡荡震天撼地送到西关外大小园坟地入葬;潘妈给雇来的四个人打后门抬出去不声不响埋在南门外一块义地里。这义地是浙江同乡会买的,专埋无亲无故的孤魂。其实,不管怎么闹怎么埋都是活人干的事。

死人终归全进黄土。

第十三回　乱打一锅粥

当下该是宣统几年了?呀,怎么还宣统呢,宣统在龙椅上只坐三年就翻下来,大清年号也截了。这儿早是民国了。

五月初五这天,两女子死板着脸来到马家口的文明讲习所,站在门口朝里叫,要见陆所长。这两女子模样挺静,气挺冲,可看得出没气就没这么冲,叫得立时围了群人。所长笑呵呵走出来,身穿纺绸袍褂,大圆脑袋小平头,一副茶色小镜子,嘴唇上留八字胡。收拾得整齐油光,好赛拿毛笔一左一右撇上两笔。这可是时下地道的时髦绅士打扮。他一见这两女子先怔一怔,转转眼珠子,才说:

"二位小姐嘛事找我?"

两女子中高个儿的先说:

"听说你闹着放小脚,还演讲说要官府下令,不准小脚女子进城出城逛城?"

"不错。干嘛?怕了?我不过劝你们把那臭裹脚条子绕开扔了,有嘛难?"

周围一些坏小子听了就笑,拿这两女子找乐开心。陆所长见有人笑,得意地也笑起来。先微笑后小笑然后大笑,笑得脑袋直往后仰。

另一个矮个女子忽把两根油炸麻花递上去，叫陆所长接着。

"这要干嘛？"陆所长问。

矮女子嘿嘿笑两声说：

"叫你把它拧开，抻直。"

"奇了，拧开它干嘛。再说麻花拧成这样，哪还能抻直？你吃撑了还是拿我来找乐子？"

"你有嘛乐子？既然抻不直它，放了脚，脚能直？"

陆所长干瞪眼，没话。周围看热闹的都是闲人，哪边风硬帮哪边哄，一见这矮女子挺绝，就朝陆所长哈哈笑。高女子见对方被难住，又压上两句：

"回去问好你娘，再出来卖嘴皮子！小脚好不好，且不说，反正你是小脚女人生的。你敢说你是大脚女人生的？"

这几句算把陆所长钉在这儿。嘴唇上的八字胡赛只大黑蝴蝶呼扇呼扇。那些坏小子们哄得更起劲，嘛难听的话都扔出来。两女子"叭"地把油炸麻花摔在他面前，拨头便走。打海大道贴着城墙根进城回家，到前厅就把这事告诉戈香莲，以为香莲准会开心，可香莲没露笑容，好赛家里又生出别的事来，摆摆手，叫杏儿珠儿先回屋去。

桃儿进来，香莲问她：

"打听明白了？"

桃儿把门掩了，压低声说：

"全明白了。美子说，昨晚，二少奶奶去她们房里，约四少奶奶到文明讲习所听演讲。但没说哪天，还没去。"

"你说她会去？"香莲秀眉一挑。这使她心里一惊。

"依我瞧……"桃儿把眼珠子挪到眼角寻思一下说，"我瞧会。四少奶奶的脚吃不开，脚不行才琢磨放。美子说，早几个月夜里，四少奶奶就不给她裹了,四少奶奶自己也不裹,松着脚睡。这都是二少奶奶撺掇的!"

"还有嘛?"香莲说,雪白小脸涨得发红。

"今早晌……"

"甭说啦!不就是二少奶奶没裹脚拖拉着睡鞋在廊子上走来走去?我全瞧见了,这就是做给我看的!"

桃儿见香莲嘴巴赛火柿子了,不敢再往下说。香莲偏要再问:

"月兰月桂呢?"

"……"桃儿的话含在嘴里。

"说,甭怕,我不说是你告我的。"

"杏儿说,她姐儿俩这些天总出去,带些劝说放脚的揭帖回来。杏儿珠儿草儿她们全瞧见过。听说月兰还打算去信教,不知打哪儿弄来一本洋佛经。"

戈香莲脸又"唰"地变得雪白,狠狠说一句:"这都是朝我来的!"猛站起身,袖子差点把茶几上的杯子扫下来。吓桃儿一跳。跟手指着门外对桃儿说:"你给我传话——全家人这就到当院来!"

桃儿传话下去,不会儿全家人在当院会齐了。这时候,月兰月桂美子都是大姑娘,加上丫头用人,高高站了一片。香莲板着脸说:"近些日子,外边不肃静,咱家也不肃静。"刚说这两句就朝月兰下手,说道:"你把打外边弄来的劝放脚的帖子都拿来,一样不能少,少一样我也知道!"香莲怕话说多,有人心里先防备,索性单刀直入,不给招架的空儿。

白金宝见情形不妙,想替闺女挡一挡。月兰胆小,再给大娘拿话一蒙,立时乖乖回屋拿了来,总共几张揭帖一个小本子。一张揭帖是《劝放足歌》,另一张也是《放足歌》,是头几年严修给家中女塾编的,大街上早有人唱过。再一张是早在大清光绪二十七年四川总督发的《劝戒缠足示谕》，更早就见过。新鲜实用厉害要命的倒是那小本子，叫作《劝放脚图》。每篇上有字有画，写着"缠脚原委""各国脚样""缠脚痛苦""缠脚害处""缠脚造孽""放脚缘故""放脚益处""放脚立法""放脚快活"等几十篇。香莲唰唰翻看，看得月兰心里小鼓嘣嘣响，只等大娘发大火，没想到香莲沉得住气，再逼自己一步：

"还有那本打教堂里弄来的洋佛经呢？"

月兰傻了，真以为大娘一直跟在自己身后边，要不打哪知道的？月桂可比姐姐机灵多了，接过话就说：

"那是街上人给的，不要钱，我们就顺手拿一本夹鞋样子。"

香莲瞧也不瞧月桂，盯住月兰说：

"去拿来！"

月兰拿来。厚厚一本洋书，皮面银口，翻开里边真夹了几片鞋样子。香莲把鞋样抽出来，书交给桃儿，并没发火，说起话心平气和，听起来句句字字都赛打雷：

"市面上放足的风刮得厉害，可咱佟家有咱佟家的规矩。俗话说，国有国规，家有家法，不能错半点。人要没主见，就跟着风儿转！咱佟家的规矩我早说破嘴皮子，不拿心记只拿耳朵也背下来了。今儿咱再说一遍，我可就说这一遍了，记住了——谁要错了规矩我就找谁可不怪我。总共四条，头一条，谁要放足谁就给我滚出门！第二条，谁要谈放足谁就给我滚出门！第三条，谁要拿、看、藏、传这些淫书淫画谁就给我滚出门！第四条，谁要是偷偷放脚，不管白天夜里，叫我知道立时轰出门！这不是跟我作对，这是成心毁咱佟家！"

最后这三两句话说得董秋蓉和美子脸发热脖子发凉腿发软脚发麻，想把脚缩到裙子里却动不了劲儿。香莲叫桃儿杏儿几个，把那些帖儿画儿本儿拣巴一堆儿，在砖地上点火烧了，谁也不准走开，都得看着烧。洋佛经有硬皮，赛块砖，不起火。还是桃儿有办法，立起来，好比扇子那样打开，纸中间有空，忽忽一阵火，很快成灰儿，正这时突然来股风"噗"一下把灰吹起来，然后纷纷扬扬，飞上树头屋顶，眨眼工夫没了，地上一点痕迹也没有。好好的天，哪来这股风，一下过去再没风了。杏儿吐着舌头说：

"别是老爷的魂儿来收走的吧！"

大伙儿张嘴干瞪眼浑身鸡皮疙瘩头发根发奓，都赛木头棍子戳在那里。

这一来，家里给镇住，静了，可外边不静。墙里边不热闹墙外边正热闹。几位少奶奶不出门，姑娘丫头少不得出去。可月兰月桂美子杏儿珠儿草儿学精了，出门回来嘴上赛塞了塞子，嘛也不说，一问就拨棱脑袋。嘴愈不说心里愈有事。人前不说人后说，明着不说暗着说，私下各种消息，都打桃儿那儿传到香莲耳朵里。香莲本想发火，脑子一转又想，家里除去桃儿没人跟自己说真话，自己不出门外边的事全不知道，再发火，桃儿那条线断了，不单家里的事儿摸不着底儿，外边的事儿更摸不到门儿。必得换法子，假装全不知道，暗中支起耳朵来听。这可就愈听愈乱愈凶愈热闹愈糊涂愈揪心愈没辙愈没底愈没根。傻了！

据外边传言，官府要废除小脚，立"小足捐"，说打六月一号，凡是女人脚小三寸，每天收捐五十文，每长一寸，减少十文，够上六寸，免收捐。这么办不单禁了小脚，国家还白得一大笔捐钱，一举两得，一箭双雕。听说近儿就挨户查女人小脚立捐册。这消息要是真的就等于把小脚女人赶尽杀绝。立时小脚女人躲在家担惊受怕，有的埋金子埋银子埋首饰埋铜板，打算远逃。可跟着又听说，立小足捐这馊主意是个混蛋官儿出的。他穷极无聊，晚上玩小脚时，忽然冒出这个法儿，好捞钱。其实官府向例反对天足，相反已经对那些不肯缠脚中了邪的女人们立法，交由各局警署究办。总共三条：一、只要天足女人走在街上，马上抓进警署；二、在警署内建立缠足所，备有西洋削足器和裹脚布，自愿裹脚的免费使用裹脚布，硬不肯裹脚的，拿西洋削足器削掉脚指头；三、凡又哭又闹死磨硬泡耍浑耍赖的，除去强迫裹脚外，假若闺女，一年以上三年之下，不得嫁人，假若妇人，两年以上，五年以下，不得与丈夫同床共枕，违抗者关进牢里，按处罚期限专人看管。这说法一传，开了锅似的市面，就赛浇下一大瓢冷水霎时静下来。

香莲听罢才放下心。没等这口气缓过来，事就来了。这天，有两个穿拷纱袍子的男人，哐哐用劲叩门，进门自称是警署派来的检查员，查验小脚女人放没放脚。正好月兰在门洞里，这两个男子把手中折扇往后脖领上一插，掏把小尺蹲下来量月兰小脚，量着量着借机就捏弄起来，吓得月兰尖叫，又不敢跑。月桂瞧见，躲在影壁后头，捂着嘴装男人粗嗓门狂喝一声：

"抓他俩见官去！"

这两男人放开月兰拔腿就跑。人跑了，月兰还站在那儿哭，家里人赶来一边安慰月兰一边议论这事，说这检查员准是冒牌的，说不定是莲癖，借着查小脚玩小脚。佟家脚太出名太招风，不然不会找上门来。

香莲叫人把大门关严，进出全走后门。于是大门前就一天赛过一天热闹起来。风俗讲习所的人跑到大门对面拿板子席子杆子搭起一座演讲台，几个人轮番上台讲演，就数那位陆所长嗓门高卖力气，扯脖子对着大门喊，声音好赛不是打墙头上飞过，是穿墙壁进来的。香莲坐在厅里，一字一句都听得清楚：

"各位父老乡亲同胞姐妹听了！世上的东西，都有种自然生长的天性。如果是棵树长着长着忽然不长了，人人觉得可惜。如果有人拿绳子把树缠住，不叫它长，人人都得骂这人！可为嘛自己的脚缠着，不叫它长，还不当事？哪个父母不爱女儿？女儿害点病，受点伤，父母就慌神，为嘛缠脚一事却要除外？要说缠脚苦，比闹病苦得多。各位婆婆婶子大姑小姑哪个没尝过？我不必形容，也不忍形容。怪不得洋人说咱中国的父母都是熊心虎心豹心铁打的心！有人说脚大不好嫁，这是为了满足老爷儿们的爱好。男人是人，女人也是人。为了男人喜欢好玩儿，咱姐妹打四五岁起，早也缠晚也缠，天天缠一直到死也得缠着走！跑不了走不快，连小鸡小鸭也追不上。夏天沤得发臭！冬天冻得长疮！削脚垫！挑鸡眼！苦到头啦！打今儿起，谁要非小脚不娶，就叫他打一辈子光棍，绝后！"

随着这"绝后"二字，顿起一片叫好声呼喊声笑声骂声冲进墙来，里边还有许多女人声音。那姓陆的显然上了兴，嗓门给上劲，更足：

"各位父老乡亲同胞姐妹们，天天听洋人说咱中国软弱，骂咱中国糊涂荒唐窝囊废物，人多没用，一天天欺侮起咱们来。细一琢磨，跟缠脚还有好大关系！世上除去男的就女的，女人裹脚待在家，出头露面只靠男人。社会上好多细心事，比方农医制造，女人干准能胜过男人。在海外女人跟男人一样出门做事。可咱们女人给拴在家，国家人手就少一半。再说，女人缠脚害了体格，生育的孩子就不健壮。国家赛大厦，老百姓都是根根柱子块块砖。土本不坚，大厦何固？如今都嚷嚷要国家强起来，百姓就要先强起来，小脚就非废除不可！有人说，放脚，天足，是学洋人，反祖宗。岂不知尧舜禹汤、文武周公、孔圣人时候，哪有缠脚的？众位都读过《孝经》，上边有句话谁都知道，那就是'身体肤发，受之父母，不敢毁伤'，可小脚都毁成嘛德行啦？缠脚才是反祖宗！"

这陆所长的话，真是八面攻，八面守，说得香莲两手冰凉，六神无主，脚没根心没底儿。正这时忽有人在旁边说：

"大娘，他说得倒挺哏，是吧！"

一怔，一瞧，却是白金宝的小闺女月桂笑嘻嘻望着自己。再瞧，再怔，自己竟站在墙根下边斜着身儿朝外听。自己嘛时候打前厅走到这儿的，竟然不知道不觉得，好赛梦游。一明白过来，就先冲月桂骂道：

"滚回屋！这污言秽语的，不脏了你耳朵！"

月桂吓得赶紧回房。

骂走月桂，却骂不走风俗讲习所的人，这伙人没完没了没早没晚没间没断没轻没重天天闹。渐渐演讲不光陆所长几个了，嘛嗓门都有，还有女人上台哭诉缠脚种种苦处。据说来了一队"女子暗杀团"，人人头箍红布，腰扎红带，手握一柄红穗匕首，都是大脚丫子都穿大红布鞋，在佟家门前逛来逛去。还拿匕首在地上画上十字往上啐唾沫，不知是嘛咒语。香莲说别信这妖言，可就有人公然拿手"啪啪啪啪"拍大门，愈闹愈凶愈邪，隔墙头往里扔砖头土块，稀里哗啦把前院的花盆瓷桌玻璃窗金鱼缸，不是砸裂就是砸碎。一尺多长大鱼打裂口游出来，在地上又翻又跳又蹦，只好撂在面盆米缸里养，可它们在大缸里活惯，换地方不适应，没两天，这些快长成精的鱼王，都把大鼓肚子朝上浮出水来，翻白，玩完。

香莲气极恨极，乱了步子，来一招顾头不顾尾的。派几个用人，打后门出去，趁夜深人静点火把风俗讲习所的棚子烧了。但是，大火一起，水会串锣一响，香莲忽觉事情闹大。自己向例沉得住气，这次为嘛这么冒失？她担心讲习所的人蹿门进来砸了她家。就叫人关门上闩，吹灯熄灯上床，别出声音。等到外边火灭人散，也不见有人来闹，方才暗自庆幸，巡夜的小邬子忽然大叫捉贼。桃儿陪着香莲去看，原来后门开着，门闩扔在一边，肯定有贼，也吓得叫喊起来。全家人又都起来，灯影也晃，人影也晃，你撞我我撞你，没找到贼，白金宝突然号啕大哭起来，原来月桂没了。月桂要是真丢，就真要白金宝命了。

当年，"养古斋"被家贼掏空，佟绍华和活受跑掉，再没半点信息。香莲一直揪着心，怕佟绍华回来翻天，佛爷保佑她，绍华再没露面，说怪也怪，难道他死在外边？乔六桥说，多半到上海胡混去了。他打家里弄走那些东西那些钱，一辈子扔着玩儿也扔不完。这家已经是空架子，回来反叫白金宝拴住。这话听起来有理。一年后，有人说在西沽，一个打大雁的猎户废了不要的草棚子里，发现一具男尸。香莲心一动，派人去看，人脸早成干饼子，却认出衣服当真是佟绍华的。香莲报了官，官府验尸验出脑袋骨上有两道硬砍的裂痕。众人一议，八成十成是活受下手，干掉他，财物独吞跑了。天大的能人也不会料到，佟家几辈子家业，最后落到这个不起眼的小残疾人身上。这世上，开头结尾常常不是一出戏。

白金宝也成了寡妇，底气一下子泄了，整天没精打采。人没神，马上见老。两个闺女长大后，渐渐听闺女的了。人小听老的，人老听小的，这是常规。月兰软，月桂强，月桂成了这房头的主心骨，无论是事不是事，都得看月桂点头或摇头。月桂一丢，白金宝站都站不住，趴在地上哭。香莲头次口气软话也软，说道：

"我就一个丢了，你丢一个还有一个，总比我强。再说家里还这么多人，有事靠大伙儿吧！"

说完扭身走了。几个丫头看见大少奶奶眼珠子赛两个水滴儿直颤悠，没错又想起莲心。

大伙儿商量，天一亮，分两拨人，一拨找月桂一拨去报官。可是天刚亮，外边一阵砖头雨飞进来，落到当院和屋顶，有些半头砖好比下大雹子，砸得瓦片噼里啪啦往下掉。原来讲习所的人见台子烧了，猜准是佟家人干的。闹着把佟家也烧了，小脚全废了。隔墙火把拖着一溜溜黑烟落到院里，还咚咚撞大门，声音赛过打大雷。吓得一家子小脚女人打头到脚哆嗦成一个儿。到晌午，人没闯进来，外边还聚着大堆人又喊又骂，还有小孩子们没完没了唱道：

"放小脚，放小脚，小脚女人不能跑！"

香莲紧闭小嘴，半句话不说，在前厅静静坐了一上午。中晌过后，面容忽然舒展开，把全家人召集来说：

"人活着，一是为个理，二是为口气。咱佟家占着理，就不能丧气，还得争气。不争气还不如死了肃静。他们不是说小脚不好，咱给他们亮个样儿。我想出个辙来——哎，桃儿，你和杏儿去把各种鞋料各种家伙全搬到这儿来，咱改改样子，叫他们新鲜新鲜，给天下小脚女子作劲！"

几个丫头备齐鞋料家伙。香莲铺纸拿笔画个样儿，叫大伙儿照样做。这家人造鞋的能耐都跟潘妈学的，全是行家里手。无论嘛新样，一点就透。香莲这鞋要紧是改了鞋口。小鞋向例尖口，她改成圆口，打尖头反合脸到脚面，挖出二三分宽的圆儿，前头安个绣花小鸟头，鸟嘴叼小金豆或坠下一溜串珠。再一个要紧的是两边鞋帮缝上五彩流苏穗子，兜到鞋跟。大伙儿忙了大半日，各自做好穿上，低头瞧，从来没见过自己小脚这么招人爱，翻一翻新，提一提神，都高兴得直叫唤。

桃儿把一对绣花小雀头拿给香莲，叫她安在鞋尖上。

香莲说："大伙儿快来瞧！"拿给大伙儿看。

初看赛活的，再看一根毛是一根丝线，少数几千根毛，就得几千根丝线几千针，颜色更是千变万化，看得眼珠子快掉出来还不够使的。

"你嘛时候绣的？"香莲问。

桃儿笑道：

"这是我压箱底儿的东西。绣了整整一百天。当年老爷就是看到我这对小鸟头才叫我进这门的。"

香莲点头没吭声，心里还是服气佟忍安的眼力。

"桃儿，你这两下子赶明儿也教教我吧！"美子说。

桃儿没吭声，笑眯眯瞅她一眼，拿起一根银白丝线，捏在食指和大拇指中间一捻，立时捻成几十股，每股都细得赛过蜘蛛丝，她只抽出其中一根，其余全扔了。再打坠在胸前的荷包上摘一根小如牛毛的针儿，根本看不见针眼。桃儿翘翘的兰花指捏着小针，手腕微微一抖，丝线就穿上，递给美子说：

"拿好了。"

美子只觉自己两只手又大又粗又硬又不听使唤，叫着："看不见针在哪儿线在哪儿。"一捏没捏着，"哦，掉了？"

桃儿打地上拾起来再给她。她没捏住又掉了。这下不单美子，谁也没见针线在哪儿。桃儿两指在美子的裙子上一捏，没见丝线，却见牛毛小针坠在手指下边半尺的地方闪闪晃着。

"今儿才知道桃儿有这能耐。我这辈子也甭想学会！"美子说。又羡慕又赞美又自愧又懊丧，直摇头，咂嘴。

众人全笑了。

这当儿，香莲已经把绣花雀头安在自己鞋上。鞋尖一动，鸟头一扬，五光十色一闪。

丢了闺女闷闷不乐的白金宝，也忍不住说：

"这下真能叫那些人看傻了眼！"

董秋蓉说："就是这圆口……看上去有点怪赛的。"刚说到这儿马上打住，她怕香莲不高兴，便装出笑脸来对着香莲。

桃儿说：

"四少奶奶这话差了。如今总是老样子甭想过得去，换新样还没准成。再说，改了样儿还是小脚，也不是大脚呀。"

桃儿虽是丫头，当下地位并不在董秋蓉之下。谁都知道她在当年香莲赛脚夺魁时立了大功，香莲那身绣服就是桃儿精心做的，眼下又是香莲眼线心腹，白金宝也憷她一头。说话口气不觉直了些，可她的话在理，众人都说对，香莲也点头表示正合自己心意。

转天大早，外边正热闹，佟家一家人换好新式小鞋，要出门示威。董秋蓉说："我心跳到嗓子眼儿了。"她拿美子的手按着自己心口。

美子另只手拿起杏儿的手，按在她自己胸口上。杏儿吐舌头说：

"快要蹦出来啦！"

美子说：

"哟，我娘的心不跳了！"

一下吓得董秋蓉脸刷白，以为自己死了。

香莲把脸一绷说："当年十二寡妇征西，今儿咱们虽然只三个，门外也没有十万胡兵！小邬子，大门打开！"这话说得赛去拼死。众人给这话狠狠捅一家伙，劲儿反都激起来。想想这些天就赛给黄鼠狼憋在笼里的鸡，不能动弹不能出声，窝囊透了。拼死也是拼命呗。想到这儿，一时反倒没一个怕的了。

外边，一群人正往大门扔泥团子，门板上粘满泥疙瘩，谁也不信佟家人敢出来。可是大门"哗啦"一声大敞四开，门外人反吓得往后退，胆小的撒丫子就跑。只看香莲带领一群穿花戴艳的女人神气十足走出门来。这下事出意外，竟没人哄闹，却听有人叫："瞧小脚，快瞧佟家的小脚，多俊！多俊呀！"所有人禁不住把眼珠子都撂在她们小脚上。

这脚丫子一看官傻,妇人闺女们看了更傻。香莲早嘱咐好,今儿上街走道,两只鞋不能总藏着,时不时亮它一亮。每一亮脚,都得把鞋口露一下,好叫人们看出新奇之处。迈步时,脚脖子给上劲,一甩一甩,要把钉在鞋帮上的穗子甩起来。佟家女人就全拿出来多年的修行和真能耐真本事真功夫,一步三扭,肩扭腰扭屁股扭,跟手脚脖子一扬,鞋帮上的五彩穗子唰唰飘起,真赛五色金鱼在裙底游来游去。每一亮脚,都引来一片惊叹傻叫,没人再敢起哄甚至想到起哄。一些小闺女跟在旁边走着瞧,瞧得清也瞧不清,恨不得把眼珠子扔到那些裙子下边去瞧。

香莲见把人们胃口吊起,马上带头折返回家,跨进门槛就把大门"哐"地关上,声音贼响,赛是给外边人当头一闷棍。一个不剩全蒙了,有的眼不眨劲不动气不喘,活的赛死的了。

这一下佟家人翻过身来,惹起全城人对小脚的重新喜爱。心灵手巧的闺女媳妇们照着那天所见的样子做了鞋,穿出来在大街上显示,跟手有人再学,立时这鞋成时髦。认真的人便到佟家敲门打听鞋样。香莲早算到这步棋,叫全家人描了许多鞋样预备好,人要就给。有人问:

"这叫嘛鞋?"

鞋本无名。桃儿看到这圆圆的鞋口,顺嘴说:

"月亮门。"

"鞋帮上的穗子叫嘛?"

"月亮胡子呗!"

一时,月亮门和月亮胡子踏遍全城。据一些来要鞋样子的女人们说,混星子头小尊王五的老婆是小脚,前些天在东门外叫风俗讲习所的人拦住一通辱骂,惹火王五带人把讲习所端了。不管这话真假，反正陆所长不再来门口讲演，也没人再来捣乱闹事。香莲占上风却并不缓手，在配色使料出样上帮粘底钉带安鼻内里外面前尖后跟挖口缘墙，没一处没用尽心思费尽心血，新样子一样代替一样压过一样，冲底鞋网子鞋鸦头鞋凤头鞋弯弓鞋新月鞋，后来拿出一种更新奇的鞋样又一震，这鞋把圆口改回为尖口，但去掉"裹足面"那块布，合脸以上拿白线织网，交织花样费尽心思，有象眼样纬线样万字样凤尾样橄榄样老钱样连环套圈样祥云无边样，极是美观。更妙的是底子，不用木头，改用袼褙，十几层纳在一块儿，做成通底。再拿洱茶涂底墙，烙铁一熨成棕色，赛皮底却比皮底还轻还薄还软还舒服，勾得大闺女小媳妇们爱得入迷爱得发狂。香莲叫家里人赶着做，天天放在门口给人们看着学着去做，鞋名因那象眼图案便叫作"万象更新鞋"，极合一时潮流，名声又灌满天津卫。连时髦人、文明人也愿意拿嘴说一说这名字——万象更新。爱鞋更爱脚，反小脚的腔调不知不觉就软下来低下来。

这天，乔六桥来佟家串门。十年过去，老了许多，上下牙都缺着，张嘴几个小黑洞。脸皮干得发光没色，辫子细得赛小猪尾巴了。佟忍安过世后他不大来，这阵子一闹更不见了。今儿坐下来就说：

"原来你还不知道，讲习所那陆所长就是陆达夫陆四爷！"

香莲"呀"一声，惊得半天才说出话来：

"我哪里认出来，还是公公活着时随你们来过几趟，如今辫子剪了，留胡儿，戴镜子，更看不出，经您这么一说，倒真像，声音也像……可是我跟他无冤无仇，干嘛他朝我来？"

"树大招风。天津卫谁不知佟家脚，谁不知佟大少奶奶的脚。人家是文明派，反小脚不反你反谁去？反个不出名的婆子有嘛劲！"乔六桥咧嘴笑了，一笑还是那轻狂样儿。

"这奇了,他不是好喜小脚吗?怎么又反?别人不知他的底吧,下次叫我撞上,就揭他老底给众人看。"香莲气哼哼说。

"那倒不必,他已然叫风俗讲习所的人轰出来了!"

"为嘛?"香莲问,"您别总叫我糊涂着好不好?"

"你听着啊,我今儿要告你自然全告你。据说陆四爷每天晚上到所里写讲稿,所里有人见他每次手里都提个小皮箱,写稿前,关上门,打开小皮箱拿鼻子赛狗似的一通闻。这是别人打门缝里瞧见的,不知是嘛东西。有天趁他不在,撬门进去打开皮箱,以为是上好的鼻烟香粉或嘛新奇的洋玩意儿,一瞧——你猜是嘛?"

"嘛?"

乔六桥哈哈大笑,满脸褶子全出来了:

"是一箱子绣花小鞋!原来他提笔前必得闻闻莲瓣味儿,提起精神,文思才来。您说陆四爷怪不怪?闻小鞋,反小脚,也算天下奇闻。所里人火了,正巧您的月亮门再一闹,讲习所吃不住劲,起了内讧,把他连那箱子小鞋全扔出来。这话不知掺多少水分,反正我一直没见到他。"

香莲听罢,脸上的惊奇反不见了。她说:

"这事,我信。"

"您为嘛信呢?"

"您要是我,您也会信。"

乔六桥给香莲说得半懂不懂似懂非懂。他本是好事人,好事人凡事都好奇。但如今他年岁不同,常常心里想问,嘴懒了。

香莲对他说:

"您常在外边跑,我拜托您一件事。替我打听打听月桂有没有下落。"

四天后,乔六桥来送信说:"甭再找了!"

"死了？"香莲吓一跳。

"怎么死，活得可好。不过您绝不会再认这个侄女！"

"偷嫁了洋人？"

"不不，加入了天足会。"

"嘛？天足会，哪儿又来个天足会？"

她心一紧，怕今后不会再有肃静的一天了。

第十四回　缠放缠放缠放缠

半年里，香莲赛老了十岁！

天天梳头，都篦下小半把头发，脑门渐渐见宽，嘴巴肉往下耷拉脸也显长了，眼皮多几圈褶子，总带着乏劲。这都是给天足会干的。

虽说头年冬天，革命党谋反不成，各党各会纷纷散了，惟独天足会没散，可谁也不知它会址安在哪儿。有的说在紫竹林意国租界，有的说就在中街戈登堂里，尽管租界离城池不过四五里地，香莲从没去过，便把天足会想象得跟教堂那样一座尖顶大楼。一群撒野的娘儿们光大脚丫子在里头打闹演讲聊大天骂小脚立大顶翻跟头，跟洋人睡觉，叫洋人玩大脚，还凑一堆儿，琢磨出各种歹毒法子对付她。她家门口，不时给糊上红纸黄纸白纸写的标语。上边写道：

"叫女子缠足的家长，狠如毒蛇猛兽！"

"不肯放足的女子，是甘当男子玩物！"

"娶小脚女子为妻的男子，是时代叛徒！"

"扔去裹脚布，挺身站起来！"

署名大多是"天足会"，也有写着"放足会"，不知天足会和放足会是一码事还是两码事。月桂究竟在哪个会里头？白金宝想闺女想得厉害，就偷偷跑到门口，眼瞅着标语上"天足会"三个字发呆发怔，一站半天。这事儿也没跑出香莲眼睛耳朵，香莲放在心里装不知道就是了。

这时，东西南北四个城门，鼓楼，海大道，宫南宫北官银号，各个寺庙，大小教堂，男女学堂，比方师范学堂，工艺学堂，高等女学堂，女子小学堂，如意庵官立中学堂，这些门前道边街头巷尾旗杆灯柱下边，都摆个大箩筐，上贴黄纸，写"放脚好得自由"六个字。真有人把小鞋裹脚布扔在筐里。可没放几天，就叫人偷偷劈了烧了抛进河里或扣起来。教堂和学堂前的筐没人敢动，居然半筐子小鞋。布的绸的麻的纱的绫的缎的花的素的尖的肥的新的旧的破的嘛样的都有。这一来，就能见到放脚的女人当街走。有人骂有人笑有人瞧新鲜也有人羡慕，悄悄松开自己脚布试试。放脚的女人，乍一松开，脚底赛断了根，走起来前跌后仰东倒西歪左扶右摸，坏小子们就叫："看呀，高跷会来了！"

一天有个老婆子居然放了脚，打北门晃晃悠悠走进城。有人骂她："老不死的！小闺女不懂事，你都快活成精了也不懂人事！"还有些孩子跟在后边叫，说她屁股上趴个蝎子，吓得这老婆子撒腿就跑，可没出去两步就趴在地上。

要是依照过去，大脚闺女上街就挨骂，走路总把脚往裙边裤脚里藏。现在不怕了，索性把裤腰提起来裤腿扎起来，亮出大脚，显出生气，走起路，噔噔噔，健步如飞。小脚女人只能干瞪眼瞧。反挤得一些小脚女人想法缝双大鞋，套在小鞋外边，前后左右塞上棉花烂布，假充大脚。有些洋学堂的女学生，找鞋铺特制一种西洋高跟皮鞋，大小四五寸，前头尖，后跟高。皮子硬，套在脚上有紧绷劲儿，跟裹脚差不多，走路毫不摇晃，虽然还是小脚，却不算裹脚，倒赢得摩登女子美名。这法儿在当时算是最绝最妙最省力最见效最落好的。

正经小脚女人在外边，只要和她们相遇，必定赛仇人一样，互相开骂。小脚骂大脚"大瓦片""仙人掌""大驴脸""黄瓜种子""大抹子"，大脚骂小脚"馋粽子""臭蹄子""狗不理包子"，骂到上火时，对着啐唾沫，引得路人闲人看乐找乐。

这些事天天往香莲耳朵里灌，她没别的辙，只能尽心出新样，把人们兴趣往小鞋上引，渐渐就觉出肚子空了没新词了拿不住人了。可眼下，自己就赛自己的脚，只要一松，几十年的劲儿白使，家里家外全玩完。只有一条道儿：打起精神顶着干。

一天，忽然一个短发时髦女子跌跌撞撞走进佟家大门。桃儿几个上去看，都尖声叫起来："二小姐回来了！"可再看，月桂的神色不对，赶忙扶回屋。全家人闻声都扭出房来看月桂，月桂正扎在她娘怀里哭成一个儿，白金宝抹泪，月兰也在旁边抹泪。吓得大伙儿猜她多半给洋人拐去，玩了脚失了贞。静下来，经香莲一问，嘛事没有，也没加入天足会放足会。她是随后街一个姓谢的闺女，偷偷去上女子学堂。女学生都兴放足，她倒是放了脚。香莲瞅了眼她脚下平底大布鞋，冷冷说：

"放脚不可以跑吗？干嘛回来？哭嘛？"

月桂抽抽搭搭委委屈屈说："您瞧，大娘……"就脱下平底大鞋，又脱下白洋线袜，光着一双脚没缠布，可并没放开，反倒赛白水煮鸭子，松松垮垮浮浮囊囊，脚指头全都紧紧卷着根本打不开，上下左右磨得满是血泡，跗面肿得老高。看去怪可怜。

香莲说："这苦是你自己找的，受着吧！"说了转身回去。

旁人也不敢多待，悄悄劝了月桂金宝几句，纷纷散了。

多年来香莲好独坐着。白天在前厅，后晌在房里，人在旁边不耐烦，打发走开。可自打月桂回来，香莲好赛单身坐不住了，常常叫桃儿在一边做伴，有时夜里也叫桃儿来。两人坐着，很少三两句话。桃儿凑在油灯光里绣花儿，香莲坐在床边呆呆瞧着黑黑空空的屋角。一在明处，一在暗处，桃儿引她说话她不说，又不叫桃儿走开。桃儿悄悄撩起眼皮瞅她，又白又净又素的脸上任嘛看不出。这就叫桃儿费心思来——这两天吃饭时，香莲又拿话戗白金宝。自打月桂丢了半年多她对白金宝随和多了，可月桂一回家又变回来，对白金宝好大气。如果为了月桂，为嘛对月桂反倒没气？

过两天早上，她给香莲收拾房子，忽见床幛子上挂一串丝线缠的五彩小粽子。还是十多年前过端午节时，桃儿给莲心缠了挂在脖子上辟邪的。桃儿是细心人，打莲心丢了，桃儿暗暗把房里莲心玩的用的穿的戴的杂七杂八东西全都收拾走，叫她看不见莲心的影儿。香莲明知却不问，两个人心照不宣。可她又打哪儿找到这串小粽子，难道一直存在身边？看上去好好的一点没损害，显然又是新近挂在幛子上的。桃儿心里赛小镜子，突然把香莲心里一切都照出来。她偷偷蹬上床边，扬手把小粽子摘下拿走。

下晌香莲就在屋里大喊大叫。桃儿正在井边搓脚布，待跑来时，杏儿不知嘛事也赶到。只见香莲通红着脸，床幛子扯掉一大块。枕头枕巾炕扫寻床单子全扔在地上。地上还横一根竹竿子。床底下睡鞋尿桶纸盒衣扣老钱，带着尘土全扒出来，上面还有一些蜘蛛潮虫子在爬。桃儿心里立时明白。香莲挑起眉毛才要质问桃儿，忽见杏儿在一旁便静了，转口问杏儿：

"这几天，月桂那死丫头跟你散嘛毒了？"

杏儿说："没呀，二少奶奶不叫她跟我们说话。"

香莲沉一下说："我要是听见你传说那些邪门歪道的话，撕破你们嘴！"说完就去到前厅。

整整一个后晌坐在前厅动都不动，赛死人。直到天黑，桃儿去屋里铺好床，点上蜡烛，放好脚盆脚布热水壶，唤香莲去睡。香莲进屋一眼看见那小粽子仍旧挂在原处，立时赛活了过来似的。叫桃儿来，脸上不挂笑也不吭声，送给桃儿一对羊脂玉琢成的心样的小耳环。

杏儿糊里糊涂挨了骂，挨了骂更糊涂。自打月桂回家后，香莲暗中嘱咐杏儿看住月桂，听她跟家里人说些嘛话。白金宝何等精明，根本不叫月桂出屋，吃喝端进屎尿端出，谁来都拿好话拦在门槛外边。只有夜静三更，娘仁聚在一堆儿，黑着灯儿说话。月桂噘起小嘴，把半年来外边种种奇罕事喊喊嚓嚓叨叨出来。

"妹子，你们那里还学个嘛？"月兰说。

"除去国文、算术，还有生理跟化学……"

"嘛嘛？嘛叫生——理？"

"就是叫你知道人身上都有嘛玩意儿。不单学看得见的，眼睛鼻子嘴牙舌头，还学看不见的里边的，比方心、肺、胃、肠子、脑子，都在哪儿，嘛样儿，有嘛用。"月桂说。

"脑子不就是心吗？"月兰说。

"脑子不是心，脑子是想事记事的。"

"哪有说拿脑子想事，不都说拿心想事记事吗？"

"心不能想事。"月桂在月光里小脸甜甜笑了，手指捅捅月兰脑袋说，"脑子在这里边。"又捅捅月兰胸口说，"心在这儿。你琢磨琢磨，你拿哪个想事？"

月兰寻思一下说：

"还真你对。那心是干嘛用的呢？"

"心是存血的。身上的血都打这里边流出来，转个圈再流回去。"

"呀！血还流呀！多吓人呀！这别是糊弄人吧！"月兰说。

"你哪懂，这叫科学。"月桂说，"你不信，我可不说啦！"

"谁不信，你说呀，你刚刚说嘛？嘛？你那个词儿是嘛？再说一遍……"月兰说。

白金宝说：

"月兰你别总打岔，好好听你妹子说……月桂，听说洋学堂里男男女女混在一堆儿，还在地上乱打滚儿。这可是有人亲眼瞧见的。"

"也是胡说。那是上体育课，可哏啦，可惜说了你们也不明白……要不是脚磨出血泡，我才不回来呢！"月桂说。

"别说这绝话！叫你大娘听见缝上你嘴……"白金宝吓唬她，脸上带着疼爱甚至崇拜，真拿闺女当圣人了，"我问你，学堂里是不是养一群大狼狗，专咬小脚？你的脚别是叫狗咬了吧！"

"没那事儿！根本没人逼你放脚。只是人人放脚，你不放，自个儿就别扭得慌。可放脚也不好受。发散，没边没沿，没抓挠劲儿，还疼，疼得实在受不住才回来，我真恨我这双脚……"

第二天一早，白金宝就给月桂的脚上药，拿布紧紧裹上。松了一阵子的脚，乍穿小鞋还进不去，就叫月兰找婶子董秋蓉借双稍大些的穿上。月桂走几步，觉得生，再走几步，就熟了，在院里遛遛真比放脚舒服听话随意自如。月兰说：

"还是裹脚好，是不？"

月桂想摇头，但脚得劲，就没摇头，也没点头。

香莲隔窗看见月桂在当院走来走去，小脸笑着，露一口小白牙，她忽然灵机一动有了主意，打发小邬子去把乔六桥请来。商量足足半天，乔六桥回去一通忙，没过半月，就在《白话报》上见了篇不得了的文章，题目叫作《致有志复缠之姐妹》，一下子抓住人，上边说：

> 古人爱金莲，今人爱天足，并无落伍与进化之区别。古女皆缠足，今女多天足，也非野蛮与文明之不同。不过"俗随地异，美因时变"而已。
>
> 假若说，缠足妇女是玩物，那么，家家坟地所埋的女祖宗，有几个不是玩物？现今文明人有几个不是打那些玩物肚子里爬出来的？以古人眼光议论今人是非，固然顽梗不化；以今人见解批评古人短长，更是混蛋之极。正如寒带人骂热带人不该赤臂，热带人骂寒带人不该穿皮袄戴皮帽。
>
> 假若说缠足女子，失去自然美，矫揉造作，那么时髦女子烫发束胸穿高跟皮鞋呢？何尝不逆反自然？不过那些时髦玩意儿是打外洋传来的，外国盛强，所以中国以学外洋恶俗为时髦，假若中国是世界第一强国，安见得洋人女子不缠足？
>
> 假若说小脚奇臭，不无道理，要知"世无不臭之足"。两手摩擦，尚发臭气，两脚裹在鞋里整天走，臭气不能消散，脚比手臭，理所当然。难道天足的脚能比手香？哪个文明人拿鼻子闻过？
>
> 假若说，缠足女子弱，则国不强。为何非澳土著妇女体强身健，甚于欧美日本，反不能自强，亡国为奴？
>
> 众姐妹如听放脚胡说，一旦松开脚布，定然不能行走。折骨缩肉，焉能恢复？反而叫天足的看不上，裹脚的看不起，姥姥不疼舅舅不爱。别人随口一夸是假的，自己受罪是真的。不如及早回头，重行复缠，否则一再放纵，后悔晚矣！复缠偶有微疼，也比放缠之苦差百倍，更比放脚之苦强百倍。须知肉体一分不适，精神永久快乐。古今女子，天赋爱美。最美女子都

在种种不适之中。没规矩不能成方圆,无约束难以得至美。若要步入大雅之林,成就脚中之宝,缠脚女子切勿放脚,放脚女子有志复缠,有志复缠女子们当排除邪议,勇气当胸,以夺人间至美锦标,吾当祝尔成功,并祝莲界万岁!

文章署名不是乔六桥,而是有意用出一个"保莲女士"。这些话,算把十多年来对小脚种种贬斥诋毁挖苦辱骂全都有条有理有据有力驳了,也把放脚种种理由一样样挖苦尽了辱骂个够。文章出来,惊动天下。当天卖报的京报房铁门,都给挤得变形,跟手便有不少女人写信送到京报房,叙述自打大脚猖獗以来自己小脚受冷淡之苦,放脚不能走道之苦,复缠不得要领及手法之苦。真不知天底下还有这么多人对放脚如此不快不适不满。抓住这不满就大有文章可做。

这保莲女士是谁呢,哪儿去找这救人救世的救星?到处有人打听,很快就传出来"保莲女士"就是佟家大少奶奶戈香莲。这倒不是乔六桥散播的,而是桃儿有意悄悄告诉一个担挑卖脂粉的贩子。这贩子是出名的快嘴和快腿,一下比刮风还快吹遍全城。立时有成百上千放脚的女人到佟家请保莲女士帮忙复缠。天天大早,佟家开大门时,好比庚子年前早上开北城门一样热闹。一瘸一拐跌跌撞撞晃晃悠悠拥进来,有的还搀着扶着架着背着扛着抬着拖着,伸出的脚有的肿有的破有的烂有的变样有的变色有的变味嘛样都有。在这阵势下,戈香莲就立起"复缠会",自称会长。这保莲女士的绰号,城里城外凡有耳朵不聋的,一天至少能听到三遍。

保莲女士自有一套复缠的器具用品药品手法方法和种种诀窍。比方:晨起热浸,松紧合度,移神忌疼,卧垫高枕,求稳莫急,调整脚步。这二十四字的《复缠诀》必得先读熟背熟。如生鸡眼,用棉胶圈垫在脚底，自然不疼；如放脚日子过长，脚肉变硬不利复缠，使一种"金莲柔肌散"或"软玉温香粉"；如脚破生疮淤血化脓烂生恶肉就使"蜈蚣去腐膏"或吞服"生肌回春丸"。这些全是参照潘妈的裹足经，按照复缠不同情形，琢磨出的法儿，都奏了奇效。连一个女子放了两年脚，脚跟胀成鸭梨赛的，也都重新缠得有模有样有姿有态。津门女人真拿她当作现身娘娘，烧香送匾送钱送东西给她。她要名不要利，财物一概不收，自制的用品药物也只收工本钱，免得叫脏心烂肺人毁她名声。惟有送来的大匾里里外外挂起来，烧香也不拒绝。佟家整天给香烟围着绕着罩着熏着，赛大庙，一时闹翻天。

忽一天，大门上贴一张画，下边署着"天足会制"，把来复缠的女人吓跑一半。以为这儿又要打架闹事。香莲忙找来乔六桥商量。乔六桥说：

"顶好找人也画张画儿，画天足女子穿高跟鞋的丑样，登在《白话报》上，恶心恶心她们。可惜牛五爷走了，一去无音，不然他准干，他是莲癖，保管憎恨天足。"

香莲没言语，乔六桥走后，香莲派桃儿杏儿俩去找华琳，请他帮忙。桃儿杏儿马上就走，找到华家敲门没人，一推门开了，进院子敲屋门没人，一推屋门又开了。华琳竟然就在屋里，面对墙上一张白纸呆呆站着。扭脸看见桃儿杏儿，也不惊奇，好赛不认得，手指白纸连连说："好画！好画！"随后就一声接一声唉唉叹长气。

桃儿见他多半疯了，吓得一抓杏儿的手赶紧跑出来。迎面给一群小子堵上，看模样赛混星子，叫着要看小脚。她俩见事不妙，拨头就跑，可惜小脚跑不了，杏儿给按住，桃儿反趁机蹽进岔道溜掉。那些小子强把杏儿鞋脱了，裹脚布解了，一人摸一把光光小脚丫，还把两只小鞋扔上房。

桃儿逃到家，香莲知道出事，正要叫人去救杏儿，人还没去杏儿光脚回来了，后边跟一群拍手起哄小孩子。她披头散发，脸给自己拿土抹了，怕人认出来。可见了香莲就不住声叫着："好脚啊好脚，好脚啊好脚！"叫完仰脸哈哈大笑，还非要桃儿拿梯子上房给她找小鞋不可，眼神一只往这边斜，另一只往那边斜，好吓人，手脚忽东忽西没准。香莲见她这是惊疯，上去抡起胳膊使足劲"啪"一巴掌，骂道：

"没囊没肺，你不会跟他们拼！"

这大巴掌打得杏儿趴在地上哭起来，一地眼泪。香莲这才叫桃儿珠儿草儿，把她弄回屋，灌药，叫她睡。

桃儿说：

"这一准是天足会干的。"

香莲皱眉头呆半天，忽叫月桂来问：

"你可知道天足会？"

"知道。不过没往他们那儿去过。只见过他们会长。"

"会长？谁？"

"是个闺女，时髦打扮，模样可俊呢！"月桂说得露出笑容和羡慕。

"没问你嘛样，问你嘛人！"

吓得月桂赶紧收起笑容，说：

"那可不知道。只见她一双天足，穿高跟鞋，她到我们——不，到洋学堂里演讲，学生们待她……"

"没问学生待她怎样。她住在哪儿？"

"哟，这也不知道。听说天足会在英国地十七号路球场对过，门口挂着牌子……"

"你去过租界？"

月桂吞吞吐吐：

"去过……可就去过一次……先生领我们去看洋人赛马，那些洋人……"

"没问你洋人怎么逗妖。那闺女叫嘛？"

"叫俊英，姓……牛，对，人都叫她牛俊英女士。她这人可真是精神，她……"

"好！打住！"香莲赛拿刀切断她的话，摆摆手冷冷说，"你回屋去吧！"

完事后香莲一人坐在前厅，不动劲儿，不叫任何人在身边陪伴，打天亮坐到天黑坐到点灯坐到打更整整一夜。桃儿夜里几次醒来，透过窗缝看见前厅孤孤一盏油灯儿前，香莲孤零零孤单单影儿。迷迷糊糊还见香莲提着灯笼到佟忍安门前站了许久，又到潘妈屋前站了许久。自打佟忍安潘妈死后，那俩屋子一直上锁，只有老鼠响动，或是天暗时一只两只三只蝙蝠打破窗洞飞出来。这一夜间，还不时响起杏儿的哭声笑声说胡话声……转天醒来，脑袋发沉，不知昨夜那情景是真眼瞧见还是做梦。她起身要去叫香莲起床，却见香莲已好好坐在前厅，又不知早早起了还是一夜没回屋，神气好比吃了秤砣铁了心，沉静非常，正在把一封书信交给小邬子，嘱咐他往租界里的天足会跑一趟，把信面交那个姓牛的小洋娘儿们！

中晌，小邬子回来，带信说，天足会遵照保莲女士倡议，三天后在马家口的文明大讲堂，与复缠会一决高低。

第十五回　天足会会长牛俊英

马家口一座灰砖大房子门前，人聚得赛蚂蚁打架。虽说瞧热闹来的人不少，更多还是天足缠足两派的信徒。要看自己首领与人家首领，谁强谁弱谁胜谁败谁更能耐谁废物。信徒碰上信徒，必定豁命。世上的事就这样，认真起来，拿死当玩儿；两边头儿没来，人群中难免互相摩擦斗嘴做怪脸说脏话厮厮打打扔瓜皮梨核柿子土片小石子，还把脚亮出来气对方。小脚女子以为小脚美，亮出来就惹得天足女子一阵哄笑；天足女子以为天足美，大脚一扬更惹得小脚女子捂眼捂鼻子捂脸，各拿自己尺子量人家，就乱了套。相互揪住衣襟袖口脖领腰带，有几个扯一起，劲一大，打台阶呼噜噜骨碌下来。首领还没干，底下人先干起来，下边比上边闹得热闹，这也是常事。

一阵开道锣响，真叫人以为回到大清时候，府县大人来了那样。打远处当真过来一队轿子，后边跟随一大群男男女女，女的一码小脚，男的一码辫子。当下大街上，剪辫子、留辫子、光头、平头、中分头，缠脚、"缠足放"、复缠脚、天足、假天足、假小脚、半缠半放脚，全杂在一起，要嘛样有嘛样。可是单把留辫子男人和小脚女人聚在一堆儿，也不易。这些人都是保莲女士的铁杆门徒，不少女子复缠得了戈香莲的恩泽。今儿见她出战天足会，沿途站立拈香等候，轿子一来就随在后边给首领壮威，一路上加入的人愈来愈多，香烟滚滚黄土腾腾到达马家口，竟足有二三百人，立时使大讲堂门前天足派的人显得势单力薄。可人少劲不小，有人喊一嗓子："棺材瓢子都出来啦！"天足派齐声哈哈笑。

不等缠足派报复，一排轿子全停住，轿帘一撩，戈香莲先走出来，许多人还是头次见到这声名显赫的人物。她脸好冷好淡好静好美，一下竟把这千百人大场面压得死静死静。跟手下轿子的是白金宝、董秋蓉、月兰、月桂、美子、桃儿、珠儿、草儿，还有约来的津门缠足一边顶梁人物严美荔、刘小小、何飞燕、孔慕雅、孙姣凤、丁翠姑和汪老奶奶。四围一些缠足迷和莲癖,能够指着人道出姓名来。听人们一说,这派将帅大都出齐,尤其汪老奶奶与佟忍安同辈,算是先辈,轻易不上街,天天却在《白话报》上狠骂天足"不算脚",只露其名不现其身,今儿居然拄着拐杖到来。眼睛虚乎面皮晃白,在大太阳地一站好赛一条灰影。这表明今儿事情非同小可,比拼死还高一层,叫决死。

众人再看这一行人打扮,大眼瞪小眼,更是连惊叹声也发不出。多年不见的前清装束全搬出来。老东西那份讲究,今人绝做不到。单是脑袋上各式发髻,都叫在场的小闺女看傻了。比方堕马髻双盘髻一字髻元宝髻盘辫髻香瓜髻蝙蝠髻云头髻佛手髻鱼头髻笔架髻双鱼髻双鹊髻双凤髻双龙髻四龙髻八龙髻百龙髻百鸟髻百鸟朝凤髻百凤朝阳髻一日当空髻。汪老太太梳的苏州鬆子也是嘉道年间的旧式,后脑勺一绺不用线扎单靠挽法就赛喜鹊尾巴硬挺挺撅起来。一些老婆婆,看到这先朝旧景,勾起心思,噼里啪啦掉下泪来。

佟家脚,天下绝。过去只听说,今儿才眼见。都说看景不如听景,可这见到的比听到的绝得何止百倍。这些五光十色小脚在裙子下边哧哧溜溜忽出忽进忽藏忽露忽有忽无,看得眼珠子发花,再想稳住劲瞧,小脚全没了。原来,一行人已经进了大讲堂。众人好赛梦醒,急匆匆跟进去,马上把讲堂里边拥个大满罐。

香莲进来上下左右一瞧,这是个大筒房,倒赛哪家货栈的库房,到顶足有五丈高,高处一横排玻璃天窗,耷拉一根根挺长的拉窗户用的麻绳子。迎面一座木头搭的高台,有桌有椅,墙壁挂着两面交叉的五色旗,上悬一幅标语:"要做文明人,先立文明脚。"四边墙上贴满天足会的口号,字儿写得倒不错,天足会里真有能人。

两个男子臂缠"天足会"袖箍飞似的走来一停,态度却很是恭敬,请戈香莲一行台上去坐。香莲率领人马上台一看,桌椅八字样分列两边，单看摆法就拉开比脚的阵势。香莲她们在右边一排坐下来。桃儿站在香莲身后说：

"到现在还不见乔六爷来。小邬子给他送信时他说准来。六爷向例跟咱们那么铁，难道怕了不肯来？"

香莲听赛没听，脸色依然很冷很淡，沉一下才说：

"一切一切不过那么回事儿！"

桃儿觉得香莲心儿是块冰。她料也没料到。原以为香莲斗志很盛，心该赛火才是。

这时人群中一个戴帽翅、后脑勺垂一根辫子的小个子男人蹦起来说："天足会首领呢？脓啦？吓尿裤出不来啦！"跟着一阵哄笑，笑声才起，讲台一边小门忽开，走出几个天足会男子，进门就回头，好赛后边有嘛大人物出场。立时一群时髦女子登上台，乍看以为一片灯，再看原是一群人。为首一个标致漂亮精神透亮，脸儿白里透红，嘴唇红里透光，黑眼珠赛一对黑珍珠，看谁照谁。长发披肩，头顶宽檐银色软帽，帽檐插三根红鸟毛。一件连身金黄西洋短裙，裙子上缝两圈黄布做的玫瑰花。没领子露脖子，没袖子露胳膊，溜光脖子上一条金链儿，溜光腕子上一个金镯儿，镶满西洋钻石。短裙才到膝盖，下边光大腿，丝光袜子套赛没套，想它是光的就是光的，脚上一双大红高跟皮鞋，就好比蹬着两朵大火苗子，照得人人睁不开眼闭不上眼。许多人也是头次见到这位声势逼人的天足会会长。虽然这身洋打扮太离奇太邪乎太张狂太放肆太欺人，可她一股子冲劲兴劲鲜亮劲，把台下想起哄闹事的缠足派男男女女压住。没人出声，都傻子赛的拿眼珠子死死盯在牛俊英露在外边的脖子胳膊大腿。天足派人见了禁不住咯咯呵呵笑起来，这边反过来又压住那边。

戈香莲一行全起身，行礼。惟有汪老太太觉得自己辈分高不该起来,坐着没动劲,可别人都站起来,挡住她,反看不见她。桃儿上前,把戈香莲等一一介绍给牛俊英。

戈香莲淡淡说:

"幸会,幸会。"

牛俊英小下巴向斜处一仰,倒赛个孩子,她眼瞧戈香莲,含着笑轻快地说:

"原来你就是保莲女士。文章常拜读。认识你很快乐。你真美!"

这话说得缠足派这边人好奇怪,不知这小娘儿们怀嘛鬼胎。天足派都听懂,觉得他们头头够气派又可爱,全露出笑脸。

戈香莲说:

"坐下来说可好?"

牛俊英手一摆,说句洋话:"OK!"一扭屁股坐下来。

缠足派人见这女人如此放荡,都起火冒火发火撒火喷火,有的说气话有的开骂。月桂对坐在身边的月兰悄声儿说:

"我们学堂里也没这么俊的。瞅她多俊,你说呢?"

月兰使劲瞧着,一会儿觉得美,一会儿觉得怪,不好说,没说。

戈香莲对牛俊英发话:

"今儿赛脚,怎么赛都成,你说吧,我们奉陪!"

牛俊英听了一笑,嘴巴上小酒窝一闪,把右腿往左腿上一架,一只大红天足好赛伸到缠足派这边人的鼻尖前,惹得这派人台上台下一片惊呼,如同看见条大狗。

戈香莲并不惊慌,也把右腿架在左腿上,同时右手暗暗一拉裙子,裙边下一只三寸金莲没藏没掖整个亮出来。这小脚要圆有圆要方有方该窄就窄该尖就尖有边有角有直有弯又柔又韧又紧又润。缠足派不少人头次见戈香莲小脚,又是没遮没掩看个满眼,大饱了眼福。中间有人总疑惑她名实不符,拿出带钩带尖带刺最挑剔的眼,居然也挑不出半点毛病。再说这双银缎小鞋,层层绣花打底墙到鞋口一圈压一圈,葫芦万代,缠杖牡丹,富贵无边,锦浪祥云,万字不到头,没法再讲究了……为这双鞋,没把桃儿累吐血就认便宜。再配上湖蓝面绣花漆裤,打古到今,真把莲饰一门施展到尽头。这一亮相,鼓足缠足派士气,欢呼叫好声直撞屋顶,天窗都呼扇呼扇动。只有桃儿心里一抖,她猛然看出这鞋料绣线,除去蓝的就是白的灰的银的,这是丧鞋?虽然这一切都是戈香莲点名要的,自己绣活时怎么就没品出来,这可不吉利!

牛俊英那边却眯着眼咧嘴笑,露出一口齐齐小白牙,一对打着旋儿小酒窝,这一笑倒真是讨人喜欢。她对戈香莲说:

"你错了!"

"怎么?"

"你这叫赛鞋,不叫赛脚,赛脚得这样,你看——"

说着她居然一下把鞋脱下来,大红皮鞋"啪啪"扔在地上,又把丝光袜子赛揭层皮似的,也脱下来扔一边,露出光腿光脚肉腿肉脚,缠足派大惊,这女子竟然肯光脚丫子给人瞧!有骂有叫有哄也有不错眼地看。居然得机会看一个陌生女子的光脚,良机千万不能错过。天足派的人却都"啪啪"起劲鼓掌助兴助阵,美得他们首领牛俊英摇脚腕子晃大脚,拿脚跟台下自己人打招呼。汪老太太猛地站起,脸刷白嘴唇也刷白,叫道:"我头晕!我头晕!"晃晃悠悠站不住,桃儿马上叫人搀住汪老太太,一阵忙乎架出去,上轿回家。

香莲脸上没表情,心里咚咚响。这天足女子也叫她看怔看惊看呆看傻了。光溜溜腿,光溜溜脚丫子,皮肤赛绸缎,脚趾赛小鸟头,又光又润又嫩又灵,打脚面到脚心,打脚跟到脚尖,柔韧弯曲，一切天然，就赛花儿叶儿鱼儿鸟儿，该嘛样就嘛样，原本嘛样就嘛样，拿就拿出来看就看，可自己的脚怎么能亮？再说真亮出来一比，还不赛块烤山芋？

偏偏天足派有人叫起阵来：

"敢脱鞋光脚叫我们瞧瞧吗？包在里头，比嘛？"

"保莲女士，看你的啦！"

"你有脚没脚？"

"再不脱鞋就认输啦！"

愈闹愈凶。

多亏缠足派有个机灵鬼，拿话顶住对方：

"母鸡母鸭子才不穿鞋呢！伤风败俗，不以为耻，反以为荣，还不快把那皮篓子穿上！"

这一来，两边对骂起来，挨骂的却是两派的首领。戈香莲脸皮直抖，手尖冰凉脚尖麻。天足会那闺女牛俊英倒赛没事，哈哈乐，觉得好玩儿。索性打裙兜里掏出洋烟卷点着，叼在嘴上吸两口，忽然吐出一个个烟圈，颤颤悠悠往上滚，一圈大，一圈小，一圈急，一圈缓。这又小又急的烟圈，就打那又大又缓的烟圈中间稳稳当当穿过去。众人——不管缠足还是天足，都齐出一声"咦"，没人再闹再骂再出声，要看这闺女耍嘛花样，只见这小烟圈徐徐降落，居然正好套在她跷起的大脚指头上，静静停了不动。这手真叫人看对眼了。跟手见她大脚趾一抖，把烟圈搅了，散成白烟没了。烟圈奇，脚更灵。缠足派以为这是牛俊英亮功夫，明知自己一边没人有这功夫，全都闭嘴拿眼看。只见又一个烟圈落下来又套在脚指头上，再搅散再来，一个又一个，最后那大烟圈就稳稳降下不偏不斜刚好套在脚正中，她脚脖子一转，雪白天足带着烟圈绕个弯儿，脚心向上一扬，白烟散开，脚心正对着戈香莲。戈香莲一看这掌心正中地方，眼睛一亮，亮得吓人，跟着人往前头一栽"哐当"趴在地上。

一个女子嘴极快，跟手一嗓子：

"保莲女士吓昏了！"

一下子，缠足派兵败如山倒。天足派并没动手，小脚女人吓得杀鸡宰羊般往外跑，有的叫声比笛儿还尖，可跑也跑不动，你撞我我撞你，砸成一堆堆。等看出天足派人没上手，只站在一边看乐，才依着顺序打上边到下边一个个爬起来撒丫子逃走。

佟家人一团乱回到家，赶紧关大门，免不了有好事的闹事的爱惹事的跟到门前，拿砖头土块一通轰击。里外窗户全部砸得粉粉碎，复缠会也就垮了。转天小脚女人没人再敢上街。可谁也不明白，为嘛天足会那闺女脚丫子一扬，复缠会这样有身份有修行的首领，立时就完蛋呢？

第十六回　高士打道三十七号

隔着复缠会惨败后近一个月，一个瘦溜溜中国女子，打城里来到租界。胳膊挎个小包袱，脚上一双大布鞋，走起来却赛裹脚的，肩膀晃屁股扭身子朝前探。迎面来两个高大洋人，一个红胡子，一个黑胡子，见她怔住看，拿半生不熟的中国话问她："小脚吗？"四只蓝眼珠子直冒光。

这女子慌忙伸出大鞋给他俩看，表示自己不是小脚。俩洋人连说"闹、闹、闹"，不知要闹嘛，还使劲儿摇头还耸肩还张嘴大笑。打这黑的红的胡子中间直能看到嗓子眼儿。吓得这女子连连往后退，以为俩洋人要欺侮她。不料俩洋人对她说两声"拜拜"之类浑话便笑呵呵走了。

这女子就分外小心，只要远远见洋人走来立时远远避开。见到中国人就上去打听道儿，幸好没费太大周折找到了高士打道三十七号门牌。隔着大铁栅栏门，又隔着大花园，是座阔气十足白色大洋楼。她叫开门，就给一位大脚女用人领进楼，走进一座亮堂堂大厅。看见满屋洋摆饰有点见傻，她却没心瞧这些洋玩意儿，一眼找到见到天足会会长牛俊英，懒懒躺在大软椅上，光溜溜脚丫子架在扶手上边，头上箍一道红亮缎带。一股子随随便便自由自在劲儿，倒也挺舒服挺松快挺美，不使劲不费劲不累。她见这女子进来，没起身，打头到脚看两遍，白嘴巴现出一对酒窝，笑道：

"你把小脚外边的大鞋脱去，到我这儿来，用不着非得大脚。"

这女子怔了怔，脱下鞋，一双小脚踏在地板上。牛俊英又说：

"我认得你，复缠会的，那天在马家口比脚，你就站在保莲女士身后，对吧？你找我做什么？替那个想死在裹脚布里的女人说和，还是来下帖子，再比？"

她眼里闪着挑逗的光。

"小姐这么说要折寿的。"没料到这女子的话软中带硬，"我找你有要紧的事。"

"好——说吧！"牛俊英懒懒翻个身，两手托腮，两只光脚叠在一起直搓，调皮地说，"这倒有趣。难道复缠会还要给我裹脚？你看我这双大脚还能裹成你们保莲女士那样的吗？"

"请小姐叫旁人出去！"这女子口气如下令。

牛俊英秀眉惊奇一扬，见复缠会的死党真有硬劲犟劲傲劲，心想要和这女子斗一斗，气气她。便笑了笑，叫用人出去，关上门，说：

"不怕我听，你就说。"

可是牛俊英料也没料到这女子神情沉着异常，声调不高不低，竟然不紧不慢说出下边几句话：

"小姐，我是我们大少奶奶贴身丫头，叫桃儿。我来找你，事不关我，也不关我们大少奶奶了，却关着你！有话在先，我先问你十句话，你必答我。你不答，我扭身就走，将来小姐你再来找我，甭想我答理你。你要有能耐逼死我，也就再没人告你了！"

这话好离奇好强硬，牛俊英不觉知，已然坐起身。她虽然对这女子来意一无所知，却感到分明不是一般，但打脸上任嘛看不出。她眨眨眼说：

"好。咱们真的对真的，实的对实的。"

这牛俊英倒是痛快脾气。桃儿点点头，便问：

"这好。我问你，牛凤章是你嘛人？"

"他……你问他做什么？你怎么认得他的？"

"咱们说好的，有问必答。"

"噢……他是我爹。"

这女子冷淡一笑——这才头次露出表情，偏偏更叫人猜不透。不等牛俊英开口，这女子又问：

"他当下在哪儿？小姐，你必得答我。"

"他……头年死在上海了。抓革命党时，大街上叫军警的枪子儿错打在肚子里。"

"他死时，你可在场？"

"我守在旁边。"

"他给了你一件东西，是吧?!"

牛俊英一惊，屁股跐得离开椅面：

"你怎么会知道？"

桃儿面不挂色，打布包里掏出个小锦盒。牛俊英一见这锦盒，眼珠子瞪成球儿，瞅着桃儿拿手指抠开盒上的象牙别子，打开盒盖，里边卧着半个虎符。牛俊英大叫：

"就是它，你——"

桃儿听到牛俊英这叫声，自己嘴唇止不住哆嗦起来，声音打着颤儿说：

"小姐，把你那半个虎符拿来，合起来瞧瞧。合不上，我往下嘛也不能说了。"

牛俊英急得来不及穿鞋，光脚跑进屋拿来一个一模一样的小锦盒，取出虎符，交给桃儿两下一合正好合上，就赛一个虎打当中劈开两半。铜虎虎背嵌着纯银古篆，一半上是"与雁门太守"，一半上是"为虎符第一"。桃儿大泪珠子立时一个个掉下来，砸在玻璃茶几上，四处迸溅。

牛俊英说：

"我爹临死才交我这东西。他告我说，将来有人拿另一半虎符，能合上，就叫我听这人的。无论说什么我都得信。这人原来就是你！你说吧，骗我也信！"

"我干嘛骗你。莲心！"

"怎么——"牛俊英又是一惊，"你连我小名都知道？"

"干嘛不知道。我把屎把尿看你整整四年。"

"你到底是谁？"

"我是带你的小老妈。你小时候叫我'桃儿妈妈'。"

"你？那我爹认得你，为什么他从没提过你……"

"牛五爷哪是你爹。你爹姓佟，早死了，你是佟家人，你娘就是那天跟你比脚的戈香莲！"

"什么？"牛俊英大叫一声，声音好大，人打椅子直蹿起来。一时她觉得这事可怕到可怕至极，直怕得全身汗毛都奓起来。"真的？这不可能！我爹生前为嘛一个字儿没说过？"

"那牛五爷为嘛临死时告你，跟你合上虎符的人说嘛都让你信？你还说，骗你都信。可我为嘛骗你？我倒真想瞒着你，不说真的，怕你受不住呢！"

"你说，你说吧……"牛俊英的声音也哆嗦起来。

桃儿便把莲心怎么生，怎么长大，怎么丢，把香莲怎么进佟家门，怎么受气受欺受罪，怎么掌家，一一说了。可一说起这些往事就沉不住气，冲动起来不免东岔西岔。事是真的，情是真的，用不着能说会道，牛俊英已是满面热泪，赛洗脸似的往下流……她说：

"可我怎么到牛家来的？"

"牛五爷上了二少爷和活受的贼船，就是他造假画坑死了你爷爷。你娘要报官，牛五爷来求你娘。你娘知道牛五爷人并不坏，就是贪心，给人使唤了。也就抓这把柄，给他一大笔钱，把你交给他，同时还交给他这半个虎符，预备着将来有查有对……"

"交他干嘛？你不说我是丢的吗？"

"哪是真丢。是你娘故意散的风，好叫你躲过裹脚那天！"

"什么？"这话惊得牛俊英第二次打椅子蹿起来，"为什么？她不是讲究裹脚的吗？干什么反不叫我裹？我不懂。"

"对这事，我一直也糊涂着……可是把你送到牛家，还是我抱去的。"

牛俊英不觉叫道：

"我娘为什么不早来找我？"

"还是你爷爷出大殡那天，你娘叫牛五爷带你走了，怕待在城里早晚叫人知道。当时跟牛五爷说好无论到哪儿都来个信，可一走就再没音信，谁知牛五爷安什么心。这些年，你娘没断叫我打听你的下落。只知道你们在南边，南边那么大，谁都没去过，怎么找？你娘偷偷哭了何止几百泡。常常早晨起来枕头都赛水洗过那么湿。

哪知你在这儿，就这么近！"

"不，我爹死后，我才来的。我一直住在上海呀……可你们怎么认出我来的？"

"你右脚心有块记。那天你一扬脚，你娘就认出你来了！"

"她在哪儿？"牛俊英"唰"地站起来，带着股热乎乎火辣辣劲儿说，"我去见她！"

可是桃儿摇头。

"不成？"牛俊英问。

"不……"桃儿还是摇头。

"她恨我？"

"不不，她……她不会再恨谁了。别人也别恨她就是了。"桃儿说到这儿，忽然平静下来。

"怎么？难道她……"牛俊英说，"我有点怕，怕她死了。"

"莲心，我要告诉你晚了，你也别怪我。你娘不叫我来找你。那天她认出你回去后，就把这半个虎符交给我，只说了一句：'事后再告她'。随后就昏在床上，给她吃不吃，给她喝不喝，给她灌药，她死闭着嘴，直到断气后我才知道，她这是想死……"

牛俊英整个呆住了。她年轻，原以为自己单个一个，无牵无扯无勾无挂自由自在随心所欲，哪知道世上这么多事跟她相连，更不懂得这些事的缘由根由。可才有的一切，转眼又没了，抓也抓不住。她只觉又空茫又痛苦又难过又委屈，一头扑在桃儿身上，叫声"桃儿妈妈"，抱头大哭，不住嘴叫着：

"是我害死我娘的！是我害死我娘的！要不赛脚她不会死。"

桃儿自己已经稳住了劲儿。说的话也就能稳住对方：

"你一直蒙在鼓里，哪能怪你。再说，她早就不打算活了，我知道。"

牛俊英这才静一静，仰起俊俏小脸儿，迷迷糊糊地问：

"你说，我娘她这是为嘛呢？她到底为嘛呀！"

桃儿说嘛？她拿手抹着莲心脸上的泪，没吭声。

人间事，有时有理，有时没理，有时有理又没理没理又有理。没理过一阵子没准变得有理，有理过一阵子又变得没理。有理没理说理争理在理讲理不讲理道理事理公理天理。有理走遍天下，没理寸步难行。事无定理，上天有理。公说公有理，婆说婆有理。别再绕了，愈绕愈糊涂。

佟家大门贴上"恕报不周"，又办起丧事来。保莲女士的报丧帖子一撒，来吊唁的人一时挤不进门。一些不沾亲不带故的小脚女人都是不请自来，不顾自己爹妈高兴不高兴，披麻戴孝守在灵前，还哭天抹泪，小脚跺得地面"噔噔噔噔"响。天足会没人来，也没起哄看乐的，不论生前是好是歹，看死人乐，便是缺德。只是四七时候，小尊王五带一伙人，内里有张葫芦、孙斜眼、董七把和万能老李，都是混星子中死签一类人物，闹着非要看大少奶奶的仙足。说这回看不上，这辈子甭想再看这样好脚了。佟家忙给一人一包银子，请到厢房酒足饭饱方才了事。至此相安无事，只等入殓出殡下葬安坟。可入殓前一天，忽来一时髦女子，穿白衣披白纱足蹬雪白高跟皮鞋，脸色也刷白，活活一个白人，手捧一束鲜花，打大门口，踩着地毡一步步缓缓走入灵堂。月桂眼尖，马上说：

"这是天足会的牛俊英！瞧她脚，她怎么会来呢？"

月兰说：

"黄鼠狼给鸡吊孝，准不安好心！"

桃儿拉拉她俩衣袖，叫她俩别出声。只见牛俊英把鲜花往灵床上一放，打日头在院子当中，直直站到日头落到西厢房后边，纹丝没动，眼神发空，不知想嘛。最后深深鞠四个躬，每个躬都鞠到膝盖一般深，才走。佟家人全副戒备候着她，以为她要闹灵堂，没料到这么轻而易举走掉，谁也不明白怎么档子事。活人中间，惟有桃儿心里明白，又未必全明白。但这一切就算在她心里封上了，永远不会再露出来。

此时，经棚里鼓乐奏得正欢。这次丧事，是月桂一手经办。照这时的规矩，不仅请了和尚、尼姑、道士、喇嘛四棚经，还请来马家口洋乐队和教堂救世军乐队，一边裟裟僧袍，一边制服大檐帽，领口缝着"救世军"黄铜牌；一边笙管笛箫，一边铜鼓铜号，谁也不管谁，各吹各的，声音却混在一块儿。起初，白金宝反对这么办，可当时阔人办丧事没有洋乐队不显阔。这么干为嘛？无人知也无人问，兴嘛来嘛，就这么摆上了。

牛俊英打佟家出来时，脑袋发木腿发酸，听了整整一下午经乐洋乐，耳朵不赛自己的了，甚至不知自己是谁，姓牛还是姓佟。这当儿大门口，一群孩子穿开裆裤，正唱歌：

救世军，
瞎胡闹，
乱敲鼓，
胡吹号。

边唱边跳，脑袋上摇晃着扎红线的朝天杵，裤裆里摇晃着太阳晒黑的小鸡儿。

图书在版编目(CIP)数据

冯骥才小说/冯骥才著. —杭州：浙江文艺出版社，2019.1

(名家小说典藏)

ISBN 978-7-5339-5506-9

Ⅰ.①冯… Ⅱ.①冯… Ⅲ.①中篇小说—小说集—中国—当代②短篇小说—小说集—中国—当代 Ⅳ.①I247.7

中国版本图书馆 CIP 数据核字(2018)第 276506 号

责任编辑　邓东山
装帧设计　私书坊＿刘　俊
责任印制　吴春娟

冯骥才小说

冯骥才　著

出版　浙江文艺出版社
网址　www.zjwycbs.cn
经销　浙江省新华书店集团有限公司
制版　杭州天一图文制作有限公司
印刷　杭州富春印务有限公司
开本　650 毫米×970 毫米　1/16
字数　245 千字
印张　20.25
插页　2
印数　1—10000
版次　2019 年 1 月第 1 版　2019 年 1 月第 1 次印刷
书号　ISBN 978-7-5339-5506-9
定价　45.00 元

版权所有　违者必究

(如有印、装质量问题，请寄承印单位调换)